国家社会科学基金项目"新时期中国小说发展史论"(编号：10BZW089)结项成果

国家社科基金丛书
GUOJIA SHEKE JIJIN CONGSHU

中国新时期小说发展史论

On Chinese Fiction Since Reform and Opening Up

王海燕　等著

人民出版社

责任编辑：郭　娜
封面设计：石笑梦
版式设计：胡欣欣
责任校对：陈艳华

图书在版编目（CIP）数据

中国新时期小说发展史论/王海燕 等著. —北京：人民出版社，2020.9
ISBN 978－7－01－022261－5

Ⅰ.①中… Ⅱ.①王… Ⅲ.①小说史-研究-中国-当代 Ⅳ.①I207.409

中国版本图书馆 CIP 数据核字（2020）第 111983 号

中国新时期小说发展史论
ZHONGGUO XINSHIQI XIAOSHUO FAZHAN SHILUN

王海燕　等著

人 民 出 版 社 出版发行
（100706　北京市东城区隆福寺街 99 号）

中煤（北京）印务有限公司印刷　新华书店经销

2020 年 9 月第 1 版　2020 年 9 月北京第 1 次印刷
开本：710 毫米×1000 毫米 1/16　印张：23.5
字数：336 千字

ISBN 978－7－01－022261－5　定价：88.00 元

邮购地址 100706　北京市东城区隆福寺街 99 号
人民东方图书销售中心　电话（010）65250042　65289539

目　录

下编 | 中国新时期小说作家专论

导　言

一

当笔者以"中国新时期小说发展史论"为课题名称进入一个较为系统的研究状态时，比以往任何时候都更加强烈地意识到，首先要面对的是"新时期文学"概念和"新时期文学"意识。

"新时期文学"的概念在文学史书写过程中，被理所当然地提出并且在一段时间里有着被固化乃至权威化的趋势。

20世纪80年代出版的多种版本的《中国当代文学史》，关于当代文学的时间界定和分期，大多采用三分法，三个时期分别是：当代文学的开拓和曲折前进时期，简称"十七年文学"；当代文学的十年动乱时期，简称"'文革'文学"；当代文学复兴和发展的新时期，简称"新时期文学"。与三分法相近的是以"文革"为界的两分法，其次是"十七年文学"这一段以"反右运动"为界，再细分为"开拓时期"和"曲折前进时期"的四分法。

然而，关于现当代文学分期的争鸣，从80年代中期就不断被提出，但开始阶段总体未直接涉及对"新时期文学"概念的质疑。让我们简要回顾"分期"争鸣中的三个重要视点与不同观点，它其实总是若即若离地与"新时期文学"概念有所相关。

第一，关于"当代文学"开始的时间。将"延安文学"和"延安文学"范式的最权威的理论阐释——1942年毛泽东《在延安文艺座谈会上的讲话》作为区分"现代文学"和"当代文学"的标志。与此微异的是,有学者在关于"断裂"与"承续"的思考中,提出了更为宽泛的"当代文学"发生的时间范畴。例如:洪子诚先生认为,"研究'当代文学'不能从1949年开始。这不只是指知识背景,或者只是问题的溯源。大家都明白,谈'当代文学'自然要对延安文学,对左翼文学的情况有深入了解。我这里说的,是一种'实体性'的研究。至少应该从1945年,就是抗战结束开始。当代文学的生成或发生,在时间上,应该是40年代下半期到50年代这样一段时间。"①

第二,关于当代"新时期文学"开始的时间。请特别注意,是"分期时间"的讨论,而不是对特定时间范畴"名称"的讨论。除了"文革"结束初期,普遍选择与政治历史完全同步的1976年10月,还有1979年"第四次文代会"说。朱寨先生认为:"如果说,第一次全国文代会标志着新中国人民文艺的伟大开端;那么,第四次全国文代会则预示着新时期社会主义文艺的伟大转折。"②朱寨先生进一步阐释:我国历史新时期的真正起点是1978年的十一届三中全会。文学上来说,1979年的第四次文代会才是历史转折点,主要标志是党的文艺方针的重要调整:由"文艺为无产阶级政治服务"转变为"文艺为人民服务,为社会主义服务"。该著进一步肯定:"第四次全国文代会前后在文艺与政治关系问题上取得的重大理论突破,对我国新时期社会主义文学的发展有着极其重要的意义。"③再有"85新潮"说。认为新时期的"新"以"85年新潮

---

① 洪子诚:《问题与方法——中国当代文学史研究讲稿》,北京大学出版社2010年版,第127—128页。

② 朱寨主编:《中国当代文学思潮史》,人民文学出版社1987年版,第562页。

③ 朱寨先生在该著中论述:"《人民日报》于一九八〇年一月二十六日为此发表了题为《文艺为人民服务,为社会主义服务》的社论,指出'文艺为政治服务'在历史上起过积极作用,并着重分析了它在理论上和实践上的缺陷,明确肯定'文艺为人民服务,为社会主义服务'这个口号'概括了文艺工作的总任务和根本目的,它包括了为政治服务,但比孤立地提为政治服务更全面、更科学。它不仅能更完整地反映社会主义时代对文艺的历史要求,而且更符合文艺规律'。这集中表现了党的文艺方针的重要调整。"参见朱寨主编:《中国当代文学思潮史》,人民文学出版社1987年版,第567—568页。

文学的大批涌现为标志",甚至将 1985 年作为"当代文学"的开端。还有相当一部分学者认为,1942—1985 年是一个完整的过程曲线。

　　第三,打通人为间隔,以"20 世纪文学"作为现代文学的第一阶段,其具有文学史的性质。"新世纪文学"作为"当代文学"范畴。取消"当代文学"概念的文学史性质,"只是作为实践中的文学现象,成为文学批评的对象。若干年以后,再陆续补充到文学史的范畴里去"。肯定"现代"一词"是具有世界性的文学史意义的"。① 与此微殊的是,觉得"20 世纪文学"虽然不像"当代文学"那样是一个文学批评概念,但也不像"现代文学"是一个具有"文学史性质"的概念,它也只是对某一时段中国文学的一个"暂且的命名"。"对目前活着的三代中国人来说,所谓'一九四九至今'的'当代文学',迟早要被整合进它本来就从属的'晚清至今尚未完成的现代文学'。"②

　　伴随"文学史分期"的讨论、争鸣,作为当代文学常规"分期"的最为重要的概念:"新时期文学",有过一个从概念的提出,最为广泛的认可和运用,直到渐趋淡出,被新的概念所替换的过程。

　　"新时期文学"的时期范畴,逐渐被中性化的语词"八十年代文学"所取代。20 世纪的最后一年,1999 年,中国一北一南两所著名大学,北京大学和复旦大学出版的中国当代文学史教材:洪子诚著《中国当代文学史》,陈思和主编《中国当代文学史教程》,章节标题均未以"新时期"来记录"文革"以后的文学。洪版的"下编"标题为"80 年代以来的文学",包含其中的"章"的标题,均以诸如"80 年代的文学环境""90 年代的文学状况"等进行表述。③ 陈版则将中国当代文学划分为"'文革'前""'文革'时期"和"'文革'后"三个时期。④

---

　　①　参见陈思和:《试论 90 年代文学的无名特征及其当代性》,《复旦学报》2001 年第 1 期。

　　②　参见郜元宝:《尚未完成的"现代"——也谈中国现当代文学的分期》,《复旦学报》2001 年第 3 期。

　　③　参见洪子诚:《中国当代文学史》,北京大学出版社 1999 年版,目录第 4 页。

　　④　陈思和主编:《中国当代文学史教程》,复旦大学出版社 1999 年版,前言第 9 页。

再后,进行当代文化、当代文学研究的学者专著、论文中,较为普遍地选择了如上所述的重要概念的替换。北京大学贺桂梅教授《"新启蒙"知识档案——80 年代中国文化研究》的绪论中,对舍弃"新时期"概念做出这样的阐释:"本书采用'80 年代'这一较为'中性'的历史概念,而没有采取曾经被普遍使用的'新时期'这一范畴,来作为对所研究历史时段的指称,这本身就构成问题讨论的起点。尽管'80 年代'与'新时期'两个概念所指涉的时间范围有大致重合的地方,但'新时期'这一产生于 70 年代后期并在很长时间成为当代中国通用的时期范畴,携带着特定历史语境中的浓厚历史意识。它将'文革'后开启的历史时段视为一个'崭新'时代的开端,也就意味着一种相当意识形态化的'现代'想象视野中关于时代的自我认知。因而,这并非一个可以用作历史分析的时期范畴,毋宁说,它本身就是需要予以分析的历史对象。相对而言,'80 年代'这一较为宽泛地指涉从'文革'结束到 80—90 年代转型这个历史时段的概念,为摆脱'新时期'意识,而形成一种相对'客观'的分析性的历史描述提供了可能性。"[1]

笔者关注走进新世纪之后,文学史撰写的历史语境,也十分在意"80 年代"概念所秉承的"中性化描述"的学术思考。学者们的重要提示,让人冷静、理性,它拓宽了讨论问题的视野,也增添了思想的厚度。在一番深思熟虑之后,笔者仍然将此书书名确定为《中国新时期小说发展史论》。笔者十分清楚,在坚守"新时期"概念的同时,必须对原本在相当长时间里,受到多数人认可的概念做出更深一层的解释和回答:一、将"文革"以后的这一"时期范畴"谓之"新时期",这一"时期范畴"与过往的"十七年""文革"文学相比,乃至搁置于"20 世纪"文学史中,它的文学的"新质"何在? 关联何在? 局限何在?并且,笔者的特定视角只能是"中国小说史"。倘若这个"新"字玄虚空泛,落不到实处,这部书恐怕就真的是无立锥之地了。二、一个民族站在 20 世纪

---

① 贺桂梅:《"新启蒙"知识档案——80 年代中国文化研究》,北京大学出版社 2010 年版,第 15 页。

70—80 年代之交的历史节点上,政治领域、思想领域,继而是经济领域发生了重大"转折",这四十年的"转折"并非一帆风顺,一蹴而就。这项研究要求笔者,必须建立起正确的思想的和方法论的体系,来思考、认识并尽可能客观描述伟大而艰难的"转折"过程——从某种意义上说"过程"一词或许更加重要——对中国"新时期"小说所产生的综合影响,所产生的多重结果。

洪子诚先生的《问题与方法》讲稿,特别强调了"对'转折'的研究",这给了笔者非常及时的指导:"当代文学史研究,我们过去也相当忽略'转折期'的研究。比如'文革'和'新时期'之间的状况,就研究得不多,总觉得是很清楚、很自然的事情。"洪先生特别以"页边注"的方式加以强调:"'十七年'、'文革'与'新时期'文学之间,也被叙述为一种'断裂'。对它们之间的复杂关系,现在也还没有得到充分研究。"①洪先生引证韦勒克的观点说服同人:韦勒克认为,我们对一个文学时期的划分,主要是根据对这个时期产生的文学"规范"的理解。如果我们说这个时期是一个"独立"的时期,那可能会认为它有一种有迹可循的文学规范存在。他说,这种"规范"的产生、变化、衰落,都是有迹可循的,可以看到它的变化的状况。而且,一个时期的"规范",在另一个文学时期之中,并不是完全消失,完全更改,出现一种全新的"规范",而是其中各种因素、力量的交错,关系的变更。②

这无疑给了笔者洞彻事理的思想指导和方法论的启迪。在对于"新时期小说"研究的整个过程中,当告别了最初的感性、激情、浪漫和对小说文本粗浅的扫描,以理性的目光面对客体做冷静、客观、全面、深层的审美辨析,终于发现,"新时期"小说的诸多构成元素,例如作家群体在文学史视域的表现,时代人文环境促成价值观念、文学观念的演变,人物形象的新塑,小说叙事形式

---

① 洪子诚:《问题与方法——中国当代文学史研究讲稿》,北京大学出版社 2010 年版,第 125—126 页。

② 洪子诚:《问题与方法——中国当代文学史研究讲稿》,北京大学出版社 2010 年版,第 129 页。

的变革,不同作家个人化风格的张扬,等等,既包含着由思想解放运动、改革开放所带来的明显"变革""颠覆""重构"和"新态",同时又包含着对传统的"承续",包含着文学构成成分的"重组",存在着大量"你中有我,我中有你","新中有旧,旧中有新","现代"交融着"传统","西方"携手着"东方"的状况。这里的"我"与"你","新"与"旧","现代"与"传统","西方"与"东方",并不完全意味着构成了简单的、非此即彼的、正误之间的意识形态判断。恰恰相反,这种"复杂"本身,正是新时期最为重要的"形态"。"十七年"和"文革"文学的独尊一家的一元化格局开始崩塌,小说审美的多元化时代姗姗而来。

本书力争描述"新时期"小说的复杂状貌,敏锐捕捉产生于历史"变革"之中的"新质",并且理直气壮地确认它的"新"。笔者努力追寻它"新"的过程,辨析它"新"的诸多特征,在文学理论层面给予它审美定位,同时力图辨识其"复杂关系"中的多元共存,和谐共生,兼容并包,美美与共,进而推崇这一存在的合理性。笔者努力地通过独立的、个性化的、近距离的、有思想深度和艺术灵性的触摸,去感受"新时期"小说有血有肉的、丰满健壮的、富有魅力的躯体。它与"十七年""文革"时期显然不可同日而语,它让我们感受到中国当代小说的明显进步,让笔者对其中的一批在艺术潮流中或潮流外秉笔神游、搏风击浪的小说家心生感动和敬佩。这个时代,正是一批卓有建树的小说家,用他们有思想深度、想象力奇特、风格各异的创作,为"20世纪文学"添彩。其中的精品,完全可以与中国小说史过往的名家名篇相媲美,可以与世界同期优秀的小说作家相比肩。

二

本书的上编以"新时期"小说综论的方式,对"'红色'作家群""'知青'作家群"在该时期的文学潮流(例如"伤痕""反思""寻根""新写实""现代主义"等)、文学准流派(例如"寻根派""先锋派"等)中的群体表演与个体差异进行讨论,力图选取较为宏观的视角,纵观40年的"新时期"文学史,勾连"根据地文学""十七年"和"文革",展现小说领域代际的传承与终结,不同群体作家在不同时期文学史地位的变化,文学精神的演变,小说形式的变革,美学风格的转型等,让读者由此获得对"新时期"小说的整体走向,某些历史节点动向、状态的完整透视和理解。文中以精心挑选的重要作家群的富有文学史意义的"抽样",帮助读者厘清新时期小说"新质"如何在旧貌中产生,"样"在"转折"过程中的历史面貌,"样"的差异、"样"的变革或坚守,其文学外部的原因与作家自身的原因等对创作的影响。

开篇伊始,本书首先聚焦在历史"转折"点上最为引人注目的"'红色'作家群"。与中国现当代文学史文脉相连的"'红色'作家群",曾经是新中国前三十年最为重要的作家群体,他们数量庞大,实力可观,受到主流政治、主流文化所褒扬和肯定。其历史观、价值观、审美倾向曾代表了一个时代的文学主潮。从某种意义说,他们的革命思想,革命历史题材选择,现实主义的创作手法,对苏俄小说的借鉴模仿等,决定了那一时期小说的主导风格。然而他们在当代文坛的位置,就"群"的概念而言,不同时期又有所差异:"十七年",他们共性多于个性,是一大群在"中心",一小群在"边缘";"文革"期间,"红色"对于文化人,亦非护身符;跨入"新时期","集团军"的规模不再,零落的"红色"回归者,在小说变革的"新潮"中或执拗地恪守成规,或前卫地变革着自身,"群"的概念淡去,他们终于以一人一面示人。

当进入鲜活的史料和创作分析,笔者才真正地感受到,"'红色'作家群"最能体现文学史"断裂"与"承续"的现实复杂性。"红色作家"们作为"群"的特征,为中国现当代文学史留下了颇为丰厚的共性的历史遗产,其重要的有两点:第一,他们延续了中国文化的"文以载道"的文学观,全然不去理会,"小说"作为一种文体,在发生之时,原本只是"小书""短书""小道",不必载"圣贤之道"。由此,他们与"载道"的政治有不解之缘,新时期依然如此。他们与责任、担当、奉献、牺牲几乎相伴一生,不经意间总会把小说当成破解社会问题的"工具",情急之下,直奔功利目的而去,小说的其他元素则在其次以致更次。第二,他们的整体风格是"怨而不怒,哀而不伤"。

本书特别抽样了"'红色'作家群"的四位作家,他们分别是:最早走进陕北根据地的左翼著名作家丁玲,20世纪60年代因小说《刘志丹》而获罪的李建彤,两位均为"少共"出身而被打成"右派"的邓友梅和王蒙,一路追随着他们命运的起落变化,走进了"新时期"。笔者不断地结合着他们的小说创作,探讨他们在"新时期"历史语境中的创新和守旧,追其缘由,确定其历史价值。我为一路坎坷进入"新时期"的四位作家分别给出了如下小标题:

1. 丁玲——"依然故我"与无"我"可依。

2. 李建彤——《刘志丹》的主线是历史之作,纪实之作。

3. 邓友梅——题材转移,开掘"富矿"。

4. 王蒙——由"形式变革"踏上出奇制胜的路。

笔者在大量的史料(包括晚近出现的最新史料)钩沉中,对每一独立个体做出自己的描述和判断。在此仅以丁玲、李建彤为例:

1979年底,丁玲为自己的肖像画写下"依然故我"四个字。这几乎可以当作研究丁玲的关键词,它指向历史纵深处那个复杂的"我"的历史模样:"'五四'的女儿"——延安革命文艺的领导人,跌跌撞撞却最终完成了人生和创作"转向"的革命实践者——含冤蒙难的"反党分子""右派分子"——"文革"后终于被"解放"的老作家。丁玲是谁?"梦珂""莎菲"?《在医院中》的"陆萍"?著名杂文《三八节有感》的作者?"把自己的甲胄缴纳"的"我"?桑干河畔的"我"?北大荒风雪中的"我"?秦城监狱中的"我"?太行山下嶂头村里的"我"?被訾议为"左"的"红色女皇"的"我"?被攻讦为"右"的著名作家的"我"?也许恰恰是多重的"我",使丁玲最终成悬浮状,无"我"可依。她无论坚守任何一个"我",都可能受到非"我"的诘问、挑战、排斥和否决。丁玲的一生富有传奇色彩。丁玲不简单。但是,无论怎样单纯又复杂的丁玲,她的文学创作之路只有一次"转向",即1942年延安整风运动所导致的"转向"。并不存在"新时期"复出以后的"再转向"。她早年不俗的"艺术品位""审美理想"使她对小说心存敬畏,她最终未能完成断断续续写了三十二年的长篇小说《在严寒的日子里》。

对于李建彤,学界大多只记得20世纪60年代"利用小说反党"的那场惊天大祸,笔者试图利用最新史料:李建彤的两个女儿刘米拉、刘索拉(《你别无选择》的作者)对母亲当年创作的回忆,得出了自己的结论:《刘志丹》是遵命之作,一开始想写"传记"而不是小说,最终完成的是历史之作、纪实之作,仅对次要人物采用了鲁迅所谓的"杂取种种人,合成一个"的笔法。文学史需要面对三卷本的《刘志丹》。它分别创作于"十七年"和"新时期"。《刘志丹》曾两度受挫(1962年,1986年)。问题的焦点,不是"文学叙事"的论争,而是"历史叙事"之争。

本书第二章讨论了新时期小说的另一个重要作家群体:"知青族"。"知青族"是"'红色'作家群"直接影响下成长的一代人,是中国当代文学"作家群现象"代际传承的流风余韵,也是"代际嬗变"的转折点。我描述了他们在新时期文学的沙滩上留下的足印:"伤痕""反思""寻根""新写实""现代主义"……

笔者关注"知青族"的"地下潜伏期",关注他们整体的成长背景,关注他们在"伤痕""反思"阶段,促生了"五四"新文学之后新一轮的"问题小说":从忧国忧民到个人的苦难迷惘,从切肤的肉体之痛到刻骨的精神之殇,从群体的情感抗议到个体的思索吟哦——法治问题与教育问题,阶级斗争与血统论,个人奋斗与命运搏击,铭心刻骨的饥饿与爱情……但是,他们在"新时期"初期的写作基本没有跳出过往的强大传统。他们被历史惯性所推动、所裹挟:文学与政治的紧密关系,文学所承载的"宣传民众"的作用被凸显,文学的审美功能依然处在主题和题材的尖锐性之后乃至被忽略。面对小说的形式问题,他们的审美积淀使其力不从心,捉襟见肘。主观上渴望担当"启蒙者"的"知青"作家,客观上自身也是需要"被启蒙"的角色,他们是需要补课的一代,是经历磨难才慢慢长大长高的一代。

笔者还试图客观地为他们做出一番辩解,从而确认其文学史的价值:亲历者的记忆,亲历者的视角,亲历者的伤痛,亲历者的叩问与呼喊,思考与回避,统统指向一个词——真诚——并且久违了。情是真的,泪是真的,热度是真的,甚至幼稚、不成熟也是真的。这批小说至少扮演了"诗史互证"之中"信"的角色。我们似乎没有多少理由要求"知青族"在 70 年代末 80 年代初的历史环境中,去占领一个超越时代的,彼时不可能达到的思想制高点,譬如批评界事后的指责:"没有忏悔"而是"青春无悔";没有"美丑互现"的复杂人性,而是"善恶分明"的认知模式;没有对施暴者的理性思考和分析,而是"祈盼清官"一锤定音拯救民众,如此等等。为什么是这样的而不是那样的? 回答是:历史必然——"知青族"自身的知识谱系、"政治无意识"以及 80 年代的"文学规训"使然。

"知青族"这个庞大的作家族群又可细分为"下乡知青"和"回乡知青"。在当年"城乡分治"的政策大背景下,同样是读书之后到农村,城市背景者称之为"知青",乡村背景者的"回乡"被看作理所当然。过往的文学史基本未能将"回乡者"置于"知青族"的作家群体中讨论问题,而恰恰是路遥、贾平凹、莫言、刘震云、张炜等"回乡知青",在"新时期"文学之路的长跑中,他们的创作实力、创作韧劲彰显得格外强劲,于文坛的成就更是有目共睹。

本书特别从以下三个方面讨论了回乡的"知青族"与下乡的"知青族"之间的差异。

第一,乡村对两类"知青族"作家的生命意义不同。

乡村是"回乡者"的生命之"根",是他们连接着祖辈历史的精神脐带,这里镌刻着他们的童年记忆,纵然多年以后肉体之身已然逃离,他们对根之地的情感仍然难以割舍:亦真挚,亦绵长,亦明晰,亦恍惚,五味杂陈。回乡的"知青族"作家几乎都曾经遭遇过极度的生存困境:家境贫寒。他们虽然出生在民众受教育程度低下的乡村,可出道之前多少都得到过一些正规学堂教育,却又常因个人体能不佳,农艺不精,喜读闲书,被村民们视作异类。他们是"根"之地上的孤独者和叛逆者。

乡村对于"下乡者",则是完全不同的生命体验:三天新鲜劲一过,融入环境的艰辛接踵而至。乡村是"下乡者"砥砺人生的磨刀石,检验书本知识真伪的测试剂,"文革"弃儿的精神避难所,"青春之歌"的一曲变奏,人生之路的一个驿站。他们对乡村的体验或是蜻蜓点水,浅尝辄止;或是仍旧生活在一个知青相对集中的团队里,视野难免受阻。"下乡"的知青在乡村劳动、生活的时间长短不一,他们眼中的乡村,自然的乡村由陌生到日渐熟悉,人文的乡村却远远近近,深深浅浅,宛如雾里看花,与过往所受的学校教育有大隔膜。

第二,两类"知青族"作家透视乡村生活的视点、热点和痛点不同。

"回乡者"与"下乡者"的身上必然会打下时代的印记。他们由单纯到复杂的成长经历凸显了他们的共性:一方面是热血的,理想主义的,英雄情结的,粗犷高亢壮美的;另一方面又是伤痕的,人生迷惘的,怀疑主义的,渴望突破与变革的。然而两类知青作家睹物观世的视角却难免有所差异:这是对于乡村的"本土视角"与"他者视角"的区别,前者为平视,后者为俯视;这是血脉相通地融入故乡热土与信誓旦旦扎根另加雄心勃勃改造的区别,前者多为冷暖与共,后者多为激情变革;这是"痛"和"热"的区别,前者为自卑、自尊相交织的痛入骨髓,后者为与革命、奋进相联系的青春狂热。

视点、热点、痛点不同导致了"回乡者"与"下乡者"创作个性的差异。"回乡者"长于个体的思索吟哦:独特的乡土记忆,独特的自然景物和人文环境,独特的人物和故事,独特的历史积淀和文化阐释,成就了独特的不可复制的文字。"下乡者"则长于对"问题"的追寻和反思,长于群体性的情感抗议,80年代文坛的潮流气息更为浓郁,对于"红色文化"的吸收胜于转化,其间还夹杂着渴望更换思想、文化"武器库"的焦虑。

"下乡者"们"失根"的惶恐和"审父"意识异常强烈,所以1985年"寻根宣言"的作者均是"下乡者"而非"回乡者"。早期的"寻根文学"的代表作品也多半出自"下乡者"之手。他们在"打倒"之后终于意识到,我们民族还是有那么多陌生的好东西是要去"寻"的。不幸的是,他们犹如黄土地、红土地、黑土地上异体移植的器官,最终以异体排斥的方式而告终。他们被召回或退回城市。很多时候,"下乡者"作品中时常有一个"自傲自恋的我"隐身其中。他们抚摸身上的伤痕,对现实发出叩问,"问题结构"统率全篇,红卫兵逻辑依稀可辨。他们质疑现实,可挑战的思想武器依然如故。小说主题明确而单纯:痛苦与理想同在,奋斗与颓唐并存。作家借作品人物之口,表达对血统论、阶级论、谎言、欺骗、历史真实等问题的怀疑、追问。

在共性多于个性的"下乡者"中,阿城和王小波则是边缘的,非常个人化的作家。在"启蒙焦虑"的时代里,他们似乎是忘却了担当,也不曾被狭隘"启蒙"的作家;在"精英主义"的时代里,他们是没有口号亦没有宣言,不曾以"精英"和"拯救者"自居的作家;在理想主义、浪漫主义的时代里,他们是只想讨论"常识"(阿城),崇尚"童心"(王小波)的作家。

在对史料的搜寻、整理中,笔者发现了阿城和王小波之间的历史巧合:一、阿城、王小波均出生于北京。两人祖籍都是四川。二、父辈都曾有过奔赴红色延安继而又被打入另册的经历。三、两人都有过一段云南下乡史。四、改革开放后,两人都有走出国门游学的机缘。五、两人先后都辞去公职,做了自由撰稿人。六、两人小说创作之余都曾"触电":与中国电影有不解之缘。阿城、王小波的边缘化作品:现代笔记体小说《遍地风流》(阿城),"时代"三部曲——《黄金时代》《白银时代》《青铜时代》(王小波),在历经出版艰难之后,一经发表,随即引起当代文坛历久弥新的关注和好评。我们无需神化阿城和王小波,他们的边缘化、个性化其实从一开始就是被动的,由被动和无奈进而顺其自然,安之若命。阿城和王小波是两个从主流"知青族"群体中"退"出来的作家,他们到个人化的阅读空间和文化沙龙去补课,去交流,抱着愉悦自我和小众的目的去写作,反倒渐趋愉悦、征服了大众。

第三,两类"知青族"作家小说叙事模式不同。

就宏观倾向而言,在乡土题材小说创作中,"回乡"的"知青族"擅长并且愈来愈偏重"史传传统"的叙事方式,"下乡"的"知青族"则更多青睐"诗骚传统"的写作手法。这种选择,保持了相当长的时间,具有相对的稳定性。当然,也并非没有例外。

回乡"知青族"是乡土历史和生命的真实记录者、讲述者。他们深知农民的世界更愿意接受中国古典小说的传统,而不是"五四"以后的文人化的轻故事而重"意旨"或"情调"的情节淡化的现代小说。回乡"知青族"潜在地扮演了现代说书人的角色。"回乡"的贾平凹和"回乡"的莫言又不仅仅是有故事的人。他们在故事的经线上,织锦般地嵌入纬线:那是中国快速变革的时代景象与恒久不变的习俗、传统的交织,是人生百态轮番登场与人性恒常——演绎的融合。他们使故事以外的空间高远而阔达。两位小说家不约而同地以"史传"叙事为纲,以"诗骚"抒情张目,丰富了现代小说的叙事技巧,实在令人叹服。

相比之下,"下乡"的"知青族"关于乡村的故事则是逊色很多。他们逊色于对生活表层背后的潜隐世界的透彻了解,逊色于对"黑孩""黑氏"们命途多舛的历史追问:"我从哪里来"?因此便很难真正走进人物的心灵深处。"黑"喻指了乡村底层的脸色黝黑、双手粗糙的庄稼娃、下苦人。当多年之后的"下乡者"也黝黑也粗糙时,他们可能仍然缺少"黑"的族群的"根"和"黑"的族群的灵魂。与"下乡者"人生关联更为紧密的是:书本教诲与乡村现实的貌合神离;当年激情满怀,与此时日复一日的平淡生活全然南辕北辙;衣食难保,稼穑艰难,始料未及的底层辛苦,动摇了当初"是七尺男儿生能舍家,做千秋雄鬼死不回城"的誓言;青春萌动,思想苦闷,混杂着破碎的人生记忆,纷杂凌乱地挤进他们年轻的生命,那俨然是"老鬼"们拿起沾满泥污的石头去质问自己的母亲。理想主义的被颠覆何其痛苦,理性重构又何其艰难:一代人变调的"青春之歌"！它正是"诗骚"抒情的厚土沃壤。

"下乡"的史铁生和"下乡"的阿城几乎从不在意故事,更多是记录生活碎片,吐纳对生存、生命的感悟,在看似波澜不惊的片段、细节之中,或辑录自然人文风情,或抒发复古幽情,或勾连厚重历史,或顿悟生命哲理。所以史铁生会选择小说与散文的打通。所以阿城更倾心于借鉴明清笔记体小说形式,自由地穿越于小说和散文两种文体之间。此两人的"文体意识"在当代作家中自成一格。

人生经历注定了两类"知青族"作家"知青后"生涯的几十年:有人以永远难以割舍的情怀,钉在了乡土题材上深耕细作,花果满园;有人回眸一瞥,轻轻擦过,就此告别乡土题材,另辟蹊径。在乡土题材的小说创作中,"下乡"的"知青族"于过往没有能超过"回乡"的"知青族",于今后或许也未必能高出一筹。犹如当年延安的"本土派"和"外来者","本土派"最终胜"外来者"一筹,胜在何处? 根底! 扎根深土与扎根浮土从来都是不一样的。

当笔者在第三章中讨论"新时期文学"的人物形象时,毫不犹豫地使用了"新塑"这个词。笔者的目光长久地停留在"人""人性""人道主义"的话语形态上无法离开,耳边回响着李泽厚先生"80年代"的欢呼:

一切都令人想起五四时代。人的启蒙,人的觉醒,人道主义,人性复归……都围绕着感性血肉的个体,从作为理性异化的神的践踏蹂躏下要求解放出来的主题旋转。"人啊,人"的呐喊遍及了各个领域、各个方面。这是什么意思呢? 相当朦胧,但有一点又异常清楚明白:一个造神造英雄来统治自己的时代过去了,回到了五四时期的感伤、憧憬、迷茫、叹息和欢乐。但这已是经历了六十年惨痛之后的复归。……①

笔者几乎来不及做过多的人道主义思潮如何在新时期涨潮的理论探讨,就一步跨入了对文学自身的活生生的人物形象的剖析。

"英雄:战争文学中走来一群'陌生人'"一节细致地分析了80年代末至

---

① 李泽厚:《二十世纪中国(大陆)文艺一瞥》,载《中国现代思想史论》,生活·读书·新知三联书店2008年版,第270页。

90年代初战争文学中的"英雄"形象,我将他们称作"陌生人",对照此前的当代文学作品,这些形象与"英雄"的标准像相距遥远。他们是"感性血肉的个体",摒弃了"阶级论"/"人性论","神本主义"/"人本主义"二元对立架构而走进历史,走进现实生活的"人";是50年代钱谷融先生"文学是人学"理论影响下诞生的"人";是80年代刘再复先生恢复"人的主体地位"的理论催生的"人"。作为评论者,笔者的思想性、趣味性、鉴赏力、知识谱系正是80年代建立的:当笔者关于"人"的知识结构不断地向外延石展时,其内核却坚实无比。

　　笔者既关注了过往文学史和大多数评家所关注的"英雄"形象,更有在大量阅读作品的基础上坚守自我判断的独到感悟。本书选择了邓友梅《好梦难圆》中的童养媳小鳗,刘恒《冬之门》中的寡妇赵顺英、伪军长官小灶的伙夫谷世财,余华《一个地主的死》中的王家大财主的少爷王香火,莫言《父亲在民伕连里》的"土匪种子"父亲余豆官,池莉《凝眸》中牺牲于"自己人"之手的共产党师长严壮父,将他们当作历史长河中非观念形态的英雄加以审视和评价。这群从90年代战争文学中向我们走来的"陌生人"——你愿意称之为"英雄"也好,不愿称之为"英雄"也罢——他们都不是那种"太光滑"的人。无须讳言,作者塑造这些形象的文本有高下之分,但作者显然正在寻找不同的接近英雄的路径。小说的审美方式也令人眼前豁然一亮。如果此类形象不得不涉及"意义"这一被过度消费的词语的话,那么形象建构的"意义"已决然不是某类泛黄的文学理论所能阐释的"意义"。

　　80年代末、90年代的战争文学开始走向历史的纵深,作家不仅满足触摸历史的骨骼,还要去探一探那汩汩滴血的历史的经脉,去捏一捏那富有弹性的历史的肌肉。战争的硝烟涂黑了"英雄"的脸孔,使他们成为战神的儿女,战争的硝烟却决不能遮掩"英雄"作为朴野的"人"和社会文化的"人"的双重蕴含,他们的鼻祖是亚当、夏娃,鼻祖的鼻祖是兽。观念的硝烟曾涂抹过英雄的脸谱,硝烟散去,重新调制油彩,脸谱就有了新的画法,或者,不施粉墨,还其本真,倒可能是最佳的选择。新时期文坛,关于英雄的禁忌越来越少,"超人"式的"英雄"正在走向衰落,这随之带来新的信息:"英雄崇拜"情结的变异。

人类因了自身的弱小而要依附于、寄希望于强大者("英雄"),"英雄崇拜"帮助人类在弱小的自身与强大的异己力量之间完成心理抵抗,实现心理平衡。"英雄"从来就得肩负起引导整个社会群体向前走的使命,因此,"英雄崇拜则能有效地激发整个社会群体共通的热情。英雄崇拜的热潮,是生长中的社会正在寻求出路的表现。崇拜什么类型的英雄即意味着采取了什么样的生长形式。"①

现实主义小说塑造"英雄","现实存在"取代"梦中情境",是一个永不间断的过程。关于"英雄",我们或许还会做新的"梦",但它注定会被新的"现实"所取代。

"知识分子:'救世'与'自救'的恋情与挽歌"一节以知识分子"自审"的视角进入论题。80 年代,中国知识群体迅速崛起,占据社会舞台的中心位置,这是新中国任何时期所不可比拟的。知识分子手捧"重放的鲜花",吟唱着"归来的歌",充满激情与浪漫地欢度自己的政治狂欢节、文化艺术节。"救世""精英意识""启蒙情结""社会使命感",成为舞台关键词。他们有足够的理由沉浸在时代的或心构的历史中,感受着自我的神圣、强大与崇高。他们或许还不时陷入"实境"与"幻境"双重向度的迷失。

然而,经历了 80 年代末的政治风波和 90 年代文化市场、大众文化、消费主义价值观以及新传播媒介的综合冲击之后,知识分子表现出了难以想象的精神颓靡。新确立的精英知识分子的话语霸权在 20 世纪 90 年代受到了极大挑战,"刚刚被'赋魅'的知识分子和精英文化感受到了极大的危机。"②"危机"的最坚定最激烈的"抵抗者",正是一群 90 年代的"人文精神"呼唤者。

与理论界大讨论的"杂语喧哗"和哲学家们略显孤傲的"单语独白"相呼应,小说创作领域关于知识分子题材的作品,则以生动的文学形象,以多元的

---

① 谢选骏:《神话与民族精神》,山东文艺出版社 1986 年版,第 412 页。
② 陶东风主编:《当代中国文艺思潮与文化热点》,北京大学出版社 2008 年版,第 5 页。

文化探讨,以知识分子的自审,以尖锐的批判性,在文坛发声。笔者关注 90 年代小说所塑造的这群知识分子形象,关注他们所传递的历史的、文化的信息。诗史互证,方见得一个真实的时代。一个既非末世,亦非乱世,而是日趋世俗化了的时代。

本书对其中若干文学形象予以阐释与批评:

梁晓声《学者之死》的吴谭(《十月》1996 年第 1 期),阿宁《坚硬的柔软》的许宾(《十月》1997 年第 1 期),梁晓声《山里的花儿》的 A 君(《人民文学》1997 年第 3 期),韩东《大学三篇》的青年知识分子群像(《钟山》1995 年第 5 期)。90 年代的这几篇被文学史和批评家有所忽略的小说,正与"人文精神"大讨论相向而行,真实又不无深刻地展示了世纪末中国知识分子艰难的精神泅游和自我重铸。它们是透视一个时代的窗口。小说家们以为,"人文精神"失落的病根是,中国的知识分子病了!中国知识分子自古有不灭的"救世"情怀,甚或可称为难以泯灭的"恋情",然而面对生存现状,我们终于明白了一个最为浅显的道理:"救世"者必先"自救":疗救自我的各种怪疾顽症,疗救自我的"人文精神"——阐释复阐释,争论复争论,呼唤复呼唤,"废墟"复"废墟"的"人文精神",它的中心问题是"人",人病了,精神焉能健康? 小说家以作品发声:无论如何,"救世"与"自救",殊途同归。它是 20 世纪最后十年,中国知识界为历史留下的宏大而又沉重的话题。

本书在"爱情异化:情的荒漠　欲的汪洋"一节,讨论了新时期小说关于"爱情"书写的几个阶段。对 90 年代小说存在的较为普遍性的爱情失落、爱情错位、爱情异化的种种现状予以批评。笔者摒弃不分青红皂白的指责,深究文学中爱情失落的缘由,讨论其间所包含的历史文化、社会生活的诸多信息:现代人的生存大环境,文坛存在已久的理论误读,作家"借他人酒杯,浇胸中块垒"的心态等多重的复杂缘由,并对此大声疾呼:让我们的文学——寻觅爱情。

客观地说,举目人世之间,并非处处是爱情的坟墓,爱情的常春藤仍然遍处萌发,勃勃而生。公正地说,爱情总还有它很纯,很美,很符合人性,符合人类理想的一面。文学何以不能用自己的触角,去探寻一块这样的天地?

个体生命需要欢乐,健全人性需要性与爱,俗世中活着的人,其实是很渴望有一些高雅纯净的东西来净化自己的灵魂,就让文学的爱情来关注人们的精神需求吧。不是都说商品社会人情淡漠吗? 就让爱情为淡漠了的人情增添一份真挚,一份温柔,一份炽热,一份和谐。

爱情在客观上承担着人类生命传承、族类繁衍的作用,因而,文学为"纵欲"推波助澜与文学鼓吹"禁欲"一样,都会阻碍人类社会的正常发展。文学倘若对自己的淫乱没有罪恶感,文学失去的将不仅仅是爱情,从某种意义上说,它将毁灭人类自身。我们的文坛,确实需要对"爱情失落,欲海无边"来一番自审与自责了。

退一步而论,即便叫真爱情的东西珍稀得很,需要"寻觅",文学也得给人以希望。古希腊人以"日神冲动"美化了痛苦人生,奥林匹斯山上众神的爱情故事,缓释了人类多少苦痛与绝望。我们的文学家,你展示给人的,不能只是爱情异化的"忍受者",还要展示爱情异化的"战胜者",唯其如此,人类的情感领域,生命旅程才能真正地称得上姿色斑斓,绚丽丰满。

书中以"关于四个'孩子'的'现代亚神话'"为题,讨论新时期小说中的四个"孩子"的形象:黑孩(莫言《透明的红萝卜》),捞渣(王安忆《小鲍庄》),丙崽(韩少功《爸爸爸》)和上官金童(莫言《丰乳肥臀》)。他们虽出自现代小说而非真正意义上的神话,却无不浸染了"神性"或"魔性",他们的身上附着了民族的、群体的、端点上的某种"类"的品性,成为民族历史和民族性格的寓言品,这些"孩子"的形象,构成了犹如神话人物的形象符号的隐喻体系。

笔者从如下几点入手解读四个"孩子"的形象——黑孩:寻找苦难中人不复重得的精神幻象;捞渣:颂扬民间社会和灾难救赎中的仁义道德;丙崽:反思导致灾难的"非此即彼"的思维模式;上官金童:嗟叹七尺男儿"种的退化"的历史悲剧。"现代亚神话"形式参与"新启蒙",人物符码的象征意蕴向边缘延伸时,寓意往往模糊、多元、难以穷尽。

"结语"特别关注了如下几个问题:其一,四个"孩子""诞生"的时代,黑孩、捞渣、丙崽均诞生于 1985 年,上官金童则诞生于 1995 年。这两个年份在"新时期"文学史上从来没有被史家所忽略。为什么历史转型的时代,历史剧烈变革的时代,作家热衷于关注对"孩子"的书写。"孩子"是民族的未来和希望,关注"孩子"就是关注与自己,与自己的"孩子"息息相关的未来,转型变革之后的未来。关注"孩子"就是关注文明之旅的"目的地"。

其二,如果说远古神话透露出先民对现实世界的解释,对朦胧未知的追问,对不可抗衡的自然之力和社会之力的惶恐,那么,现代人仍然会解释,追问,迷惘,惶恐;如果说,远古神话与民族精神互为表里,神话是民族精神最初的记录,那么现代人重新审视历史,审视人性,审视善恶,审视自我的行为方式、思维方式,他们一定会在民族的集体无意识中有所发现,有所感悟。他们渴望以神话、亚神话的形态承载作家的理性思考,以唤醒民族之蒙昧,以重铸民族之灵魂。有人把古代神话称之为"人类早期的'启蒙运动'",那么当今我们的文学怎样以古老的形式参与"新启蒙"的阵营? 如上四个"孩子"的形象,当是作家们的创新与探索。

其三,人类早期创造的神话符码、意象,更多来自直觉,现代小说的人物符码、意象,则半是直觉,半是自觉。古代神话的最重要的功能是象征,现代变体的"亚神话"同样不可忽略其象征意蕴。"亚神话"的象征释义,释其"核心含义"比较容易趋同,而愈向边缘延伸,愈可能是多义,愈可能见仁见智。随时代变迁,形象自身以它的鲜活生动,使符码释义的延展性增强,象征意义愈发模糊、多元、难以穷尽。这正是作家的创造功力所在,也是"现代亚神话"的魅力所在。

其四,讨论新时期文学的历史观,乐观者有之,悲观者亦有之。两者兼有者,可谓中庸。黑孩、捞渣尽显乐观之相,丙崽不死,多少有些令人惶恐,而上官金童则透露出世纪末作家的焦虑情怀。焦虑未必是彻底的悲观主义,焦虑是一种理性十足的忧郁的亢奋。作家之笔,为时代、为社会的各个层面来做磁共振扫描,以"现代亚神话"的形式,哪怕只是一些碎片。单从这点看,想想都让人感怀。

无论如何,"新时期"小说史会留下关于这四个"孩子"的不尽相同的阐释,留下关于这些形象的纷杂话题。

本书专章讨论新时期小说的形式变革。新时期小说的形式变革,形式创新,无疑是中国20世纪文学史特别值得书写和高看一眼的成就。它所直面的历史,是当代文学前三十年的现实主义小说——无论是批判现实主义,还是社会主义现实主义——一家独大,独步天下的状态。80年代的形式革命狂潮迭起,令人眼花缭乱的实验文本给读者带来阅读的新鲜感,审美的陌生感和空间拓展的愉悦感。使单向度的表意能指,具有了时而模糊、时而清晰的多元意指空间。这一切不仅囊括了先锋派的形式试验,也包括了先锋性的叙事策略和叙事手段向现实主义小说的浸润、渗透。

想起新时期文坛曾流行过的两句话,一句是评论家黄子平先生的名言:"创新的狗追得我们连撒尿的工夫都没有。"①另一句是作家王蒙先生不无自得的比喻:说自己"打一枪换一个地方"的麻雀战术,让跟在后面的人"比如追一辆车或一匹马,连吃车扬起的或马踏起的尘土都甭想,我早把他们甩到二千公里以外去啦"②。虽说黄、王两人的比喻多少有些夸张,但对小说的形式革命之迅猛的基本判断却是完全一致的。

本书对新时期小说的形式试验研究,虽然没有面面俱到,却相当敏锐地追随了文坛形式变革的足印:讨论关于小说的变形艺术、关于小说写实化建构中的寓言介入,以及90年代文坛极其另类的形式元素:调侃。

"新时期小说的变形艺术"一节,作者试图探讨的狭义变形是:充分弘扬

① 转引自洪子诚:《问题与方法——中国当代文学史研究讲稿》,北京大学出版社2010年版,第98页。
② 参见王蒙:《王蒙自传(第三部):九命七羊》,花城出版社2008年版,第274页。

作家自由自在的心灵意识,让作品中客体形象的表层拉开与直观的现象世界和经验世界的距离,从而展示世态与心态的潜态意向。在形象全力构建的超经验与超直觉的显性结构之后,另以一种可以参悟的隐性蕴含达到指向现象世界本质真实的目的。

将小说的艺术变形区分为幻想式变形、幻觉式变形、荒诞式变形、魔幻式变形四种方式,论述中结合大量小说文本进行艺术分析与欣赏。对新时期小说领域,"反映论"的一统天下被彻底打破,代之而起的反映论、表现论、感应论三论鼎足而立的局面,表达了由衷的肯定。并且特别指出,艺术变形(均指狭义变形)以它难以穷尽、难以标准化的概括,不断产生花样翻新的正宗理论的亚种、变种,成为新时期小说艺术的一种泛文化现象。

"小说写实化建构中的寓言介入"一节,对"写实"小说平淡人生,平淡故事,平淡讲述,"反抗虚构","叙述情感隐匿"等等,予以独到的逆向思考和探究,提出在"写实"的墨香之中,真的就"实"到一步不能动弹?"实"到徒具别无歧义的"认同现实","还原生活"? 我们的读者是否因了某些评论的关系正在产生错觉:以为小说虚构的本质业已丧失?

本书由此进一步提出"寓言介入以写实为基本建构方式的小说"的命题。寓言介入写实化作品,使这类小说出现了如下的矛盾:一方面,以反抗虚构去求"真"——讲述历史或现实故事;另一方面,借虚构的力量去演示很容易让人看破或许还是有意让人看破的"非真"——寓言。在此必须强调:有无虚构是寓言和历史故事的分水岭。然而,对立的双方均不以毁灭对方而立足,而是互融,互补,异质同构,支撑起一篇小说完整坚实的框架。

书中追述了我国古代先秦寓言的"独立寓言"和只具有"相对独立性"的"依附寓言"(也叫"穿插性寓言"),认为寓言是古代文人的文化智慧,它烛照和启迪了当代小说家。今人取形态各异的寓言介入小说,使作品从人物、环境、结构到意蕴,产生出别样的文化风采。不同的是,先秦历史故事、民间传说改编成寓言,程式由繁到简,寓言的载体简易单纯,满足由本体到喻指之间的

"相对明了"就行——得其灵魂;寓言介入现代小说,程式则由简到繁,寓言载体必得丰腴生动,既要满足小说形式对本体的种种要求,又渴望获得效果的"开放性"——灵魂与肉体同在。

书中将"新时期"寓言介入写实化建构的小说,区分为两类:一类是寓言成为整部小说的结构碎片,乃至成为"还原""再现"基调中的"假语村言",寓言破坏了小说建构方式的和谐,成为小说中触目的"凸显",衍生出文心用苦的寓意。另一类是寓言精神整体贯注写实化小说,不破坏原有的小说"再现"法则和整体结构。欣赏图景和追求图景外的意义听君自便。就像登楼,既可看楼内装饰摆设,又可观楼外楼,楼外的天地风光。

书中还从多重角度——探讨了当代小说家何以纷纷看中寓言这种十分古老的文学样式? 以"写实"为基本建构方式的作品,为何借助寓言,替"虚拟"扩张出一片宽广的空间? 进而认为,小说的文本建构方式是属于时代的,它映照了时代的生活,便同时具有意识形态的意义——一种不单单靠语言自身而获得的、间接的、多元文化智性碰撞的意义。

本书以"20 世纪 90 年代的调侃及其审美"专节讨论了新时期小说中一个十分另类又格外值得关注的形式元素:"调侃"。它是 20 世纪 90 年代特定社会环境的产物。在喧嚣与变革中沉浮的现代人,来自灵魂深处的焦灼、骚动、浮躁、渴望,在一阵拥挤和纷至沓来的登台之后,终也有大潮之后的回落。这时,物质生活相对充盈,自我情感领域更加自由,调侃情绪应时而生。疲惫时,调侃是抚慰倦怠的轻松;困顿时,调侃是脱口而出的倾吐;怨忿时,调侃是有别于尖刻辛辣的责问;还有都市青年中以调侃社会、调侃命运、调侃自我为生存态的雅皮士,调侃便是他们的一种逃避圭臬的世界观和人生观。

文学的调侃与市民文学热、通俗文学热有关。调侃是幽默家族中的平民,任何儒雅高傲、贵族气旺盛的心态,都难以屈尊于它,所以它只在那些平民化、世俗化的作品中游刃有余。也许,它最初源起于市井细民的"侃大山""耍贫嘴"。于是,王朔笔下都市青年中的"顽主群",刘震云笔下"小公务员"眼中的官场文化,方方、池莉等人"新写实"小说对城市底层民众生存本相的扫描,似乎都不忌讳与调侃笔墨交好。其间,尤以为甚者非王朔莫属。

笔者结合 20 世纪 90 年代鲜活的小说文本,将调侃在文学中的表现形式区分为三种类型:作为"语言形式"的调侃,作为"叙述方式"的调侃和作为"处世哲学"的调侃。当我们的认知路径进入文学的语言形式,继而又跳出纯粹的语言形式讨论问题时,这样的审美思考便有了一种别样的精神深度。

笔者将调侃确认为美学中的"滑稽"范畴。属于"滑稽"范畴的调侃,与"悲壮"背向而行。当"悲壮"表现人的伟大、尊严、不可侮,表现人的知其不可为而为的精神时,调侃则显露人的卑微,把人作为戏弄、谐谑的对象,表现对人生或社会的嘲弄或讽刺。

作家创造调侃笔墨,"移置"的方式和技巧固然重要,更重要的是审视对象时的境界,发掘事物本质所显露的睿智。调侃如果仅仅停留在一般性的逗乐,便不免庸俗和小家子气。调侃与诸多文学手法一样,同样需要深刻,需要品位,需要语言张力和叙述张力。那么,调侃则不妨与"幽默"携起手来,

调侃与"幽默"具同向性,就心理机能而言,它们都具有"释放性"。两者"释放性"的东西在这样一层台阶上相遇:"无论是与自己有关,还是与别人有关,它意味着:'瞧啊! 这儿看来是一个多么危险的世界! 可这只是孩子们的一场游戏——仅仅值得开个玩笑!'"①

调侃可以得到"幽默"的帮助,调侃又毕竟不同于"幽默"。"幽默"在讥刺社会时,常承担了强烈的社会责任感,调侃则有一种责任感的隐匿或消解,无意于"铁肩担道义",寓"道义"于看似轻松的调笑中。因此,形成风格的调侃足以冲淡作品的道德主题,足以改变"悲剧"的色调,它最善于顺手制造"喜剧"场面。"幽默"有一种对正义的自信,调侃却多有对非正义的无可奈何;"幽默"崇尚人生价值,调侃多有玩世不恭、游戏人生的表演;"幽默"的情感以

---

① ［奥地利］西格蒙德·弗洛伊德:《论幽默》,收入《弗洛伊德论美文选》,张唤民、陈伟奇译,知识出版社 1987 年版,第 146 页。

庄严为支点,所谓"寓庄于谐",调侃的情感以荒诞为支点;"幽默"的"移置"意会性强,调侃常常直接点穴,也有"曲径通幽"。

调侃独具世俗化、口语化的特征。它含有三分油滑,三分俏皮,有些不阴不阳,有些真假难辨。调侃以调侃者自身"不正经""二花脸"遮掩论题的正经、严肃、重大、深刻。调侃者自己从不板起面孔,审美者也就很难板起面孔——无论认同或反对,即便推出错误命题,审美者面对文本的一副"二花脸"相,会这样劝慰自己:"可当真亦可不必当真";调侃于是拥有了其他文学手段无法占据的领地。90 年代,调侃以"先锋性的命题,娱乐性的手法"实现了对先锋文学的某种反正。

三

"新时期"小说史上,必将留下一批优秀作家的名字。他们各自闪闪烁烁,共同辉映一方天空,由此,文学的天空才星光璀璨;他们或"正"或"奇",或"土"或"洋",或"传统"或"现代",或"中心"或"边缘",由此,新时期小说才多元互补,风格各异。

本书的"下编"是十一位小说家的专论。笔者筛选出对"新时期"文学史做出特别贡献的,有影响的小说作家,以不同的方式走近他们。这是看清"新时期"小说在历史"转折"与文化"转型"中,"新质"的产生、原因、路径以及在小说文本中的不同样貌的最为直接的窗口。

笔者努力搜集阅读相关作家较新的、更新的史料,进入他们的历史,追寻他们的创作风格的形成和演变,力图回答他们为什么留下这样一副"面孔"的深层原因。

笔者阅读了这些作家绝大部分的小说作品。有些作家是笔者"新时期"一路跟踪的对象,漫长的过程中几乎一步未曾落下,如王蒙、苏童、余华等。我采用文本细读的方式讨论作品的文学风格,尤其是其美学风格。讨论他们的历史意识、文化观念、形式探索以及他们在中国小说史上的地位。

　　笔者对作"专论"作家的选择，绝不会首先考虑创作的"量"，而是紧紧地盯住创作的"质"。然而，无须讳言，在质量前提下的数量也曾让笔者感动，让我瞩目。譬如王蒙，年逾八旬，迄今已有1000万字的作品问世，仍然没有封笔的说法。笔者从读他新时期之初的《夜的眼》《春之声》《蝴蝶》等所谓"东方意识流作品"开始，一直跟读到他晚近的三卷本的《王蒙自传》：《半生多事》《大块文章》《九命七羊》。再如张炜，笔者从对《古船》《九月寓言》的钟爱开始，再由陈宗俊教授接力，阅读张炜用二十多年的"长跑"，完成的39卷，450万字的系列长篇《你在高原》，最终完成了一篇较完整的作家专论。此外，贾平凹、刘震云、苏童、余华等也都是高产作家，是研究者稍稍偷懒就会只摸得他一条象腿或象尾巴的研究对象。

　　本书"下编"首先为王蒙做专论。笔者对作"专论"作家的选择，决计不会忽略2012年获得诺贝尔文学奖的莫言。笔者的同事梅向东教授两易其稿完成的莫言专论，将研究对象放置于从古代、近代到现代的文化转型的大背景中，以中西文论和莫言文本相结合的方法，从较为宏观的层面给了莫言一个从哲学到美学的价值评估。他的莫言"浑涵体"论点的提出，描述了一位亦"一"亦"多"、亦"繁"亦"简"、亦"雅"亦"俗"、亦"古"亦"今"、亦"中"亦"西"的大气象的莫言。

　　笔者对作"专论"作家的选择，当然还注意到了来自不同的作家群体，如"五七族"的王蒙和"知青族"的阿城，扎根乡土的贾平凹和"先锋派"的代表潘军、苏童、余华。还注意到了他们创作风格的差异，如"喜剧面孔"的刘震云，极好地控制了艺术元素对立与和谐关系的铁凝，保持古典名士之风的汪曾祺。

　　笔者尽可能采用不同的批评方法去面对这些批评对象，这既有主观的原因：个人的阅读兴趣，文学想象力，与作家作品对话的兴奋点，文学理论批评知识的积淀；也有客观的理由：所能够获得的史料，并追求有效利用最新史料以及在意于对文坛已有研究成果和他人成熟思路的主动规避。

在为十一位小说家做专论时,如下一些问题时时萦绕心间,一刻也不敢疏忽:一、文学史的断裂、承传对作家们的影响。把握文学史的纵向脉络,包括当代与现代、近代文学的关联,"新时期"与"文革""十七年"的关联。把作家搁置于任何人所无法逃避的历史大背景中,由此关注时代与人(创作主体和对象主体)的关系,时代与社会观念的关系,时代与审美的关系。二、"新时期"小说断代层面的诸多复杂特征在不同作家身上的映射。新时期文学思潮的主流与支流,中心与边缘,以及各个阶段的思潮演进,作家在其中独立潮头的个人化风格或具有某种准流派印记的群体风格。三、纳入阐释视野的文本筛选问题。既关注被诸多版本文学史所肯定的作品,又不受拘囿,以个人化阅读中别样的筛选,扩大讨论范围,为文学史一轮又一轮合理的有价值的"重写",提供新的观测点。

王蒙阴晴圆缺的人生是中国当代文学盛衰起落的一个缩影。王蒙是一座桥:他的创作连接了 20 世纪 50 年代和新时期;主流文化与民间写作;东方形式与西方形式;小说形式与其他艺术形式。王蒙是一块界碑,"比一般界碑大一厘米的界碑,往左大一厘米,往右也厚一厘米,往前多一厘米,往后也增加一厘米。多一点胸怀。多一点选择。多一点包容。多一点自信与信任。多一点融合吸收。多一点跨越和提升……"①由王蒙三卷本自传入手,从"'醒客'王蒙与政治","'醒客'王蒙与文学"两个维度讨论这位作家,对他给出这样一组关键词:入世极深,钟爱杂色,至道中庸,辩证思想,复杂真实,游戏精神(维吾尔族人的"塔玛霞儿"精神),幽默武器。新时期王蒙的形式实验是卓有成就的。他从 50 年代的诗性勃发走向了对小说形式功能全方位的实验:半个意识流,半个黑色幽默,半个荒诞派,元小说,反语言,王式大排比,将杂文、议论、寓言、相声等非小说元素嫁接进小说……他以并不纯粹的现代主义,挑战、变革、丰富了现实主义。研究当代文学的评论家,你尽可以喜欢或者不喜欢王蒙,你

---

① 王蒙:《王蒙自传(第三部):九命七羊》,花城出版社 2008 年版,第 36 页。

却总是无法绕开王蒙。笔者30多年一路气喘吁吁地追踪阅读王蒙,喜欢王蒙绝大多数的小说,喜欢他的境界,他的幽默,他担当之中的智慧,他什么形式都敢去试一试,也敢去改造的"高龄少男"那股子"塔玛霞儿"精神。

本书以"故土的执着守望者"为题,讨论新时期文坛的"奇才、鬼才、怪才"贾平凹。作家笔下的"商州",如同鲁迅的鲁镇、沈从文的湘西、莫言的高密东北乡,正是贾平凹对当代文学"原乡"描述的重要贡献。笔者不仅仅以欣赏的目光追随作家进入"神奇""神秘"的故土,且一步步地探讨其"神秘"的原因:地域文化的熏陶,个体生命的内在参悟,老庄哲学的影响,禅宗文化的冥想等,为贾平凹的乡土小说中的"神秘性"涂抹了一层生命无常的宗教色彩,由此走向对生命哲学的探微。笔者跟随作家的创作,感同身受了故土的"撕裂之痛",叩问故土被"撕裂"的原因。纵观中国现代乡土小说文化意识的两个传统:以沈从文、赵树理为代表的封闭型传统和以鲁迅、茅盾为代表的开放型传统。前者表现为乡村文明对现代文明所采取的某种排斥与抗拒姿态,后者表现为乡村文明对现代文明的某种吸纳与借鉴襟怀。以此参照,贾平凹在两者之间徘徊,似更倾向于前者。"故土撕裂"书写的背后,寄寓着作家对故园的深切隐忧、焦虑、警惕甚至是"仇恨"。因之,贾平凹乡土小说中有关"故土撕裂"的书写就显现出一种纵深的历史厚度。贾平凹以"对中国农民的历史命运、道德品格、意识情绪的不倦探索这个总目标"的乡土小说创作,具有重要的文学史意义。同时,这些作品还具有一定的文化史、民俗史与移民史等方面的意义。笔者秉持现代文明视域下的价值理念,人文理想映照下的批判精神,对贾平凹未来的创作给予了殷切期待。

新时期,汪曾祺的同龄人中,还有几人能如此洒脱地绽放老树新花,并且让整个文坛惊叹,仿佛看到旧箱子里藏下的让人爱不释手的老物件。其实,毕业于西南联大,曾经是沈从文嫡传弟子的汪曾祺,一路走来总是背时,总是阴错阳差,连进入"新时期"的时间,也比大多数"归来者"晚了一个节拍。或许这一"晚",正是他唯一的"幸运",他完全失去了跟着"伤痕""反思"潮流走的可能。他的人生经历使他必然地成为独特的一个,成为中国文化的"抒情的人道主义者",新时代最后的"士大夫"。

本书以文化"品茗"的方式"品"出了汪曾祺"淡淡的"滋味:汪曾祺的作品中,从文人雅士到贩夫走卒,从殷实富户到升斗小民,你很难见到他们介意外在环境的恶劣而诅天咒地,而愤世嫉俗。人物的孤独是淡淡的,凄凉是淡淡的,苦涩是淡淡的,欢乐也是淡淡的。淡淡的日子就用淡淡的,与生活与人物相和谐的叙事节奏娓娓道来。淡淡的日子中也有罪恶,有残暴,有逆境,有苦痛,但汪曾祺更愿意沉湎于人与人之间的亲情、友情和爱情,沉湎于善良、温馨以及弱小者的相濡以沫。进而深究汪曾祺小说选择"淡"为基本色调的深层之因:"淡淡的"之于汪曾祺,是充满乐观主义的整体性观照世界的宇宙观;"淡淡的"之于汪曾祺,是人道主义的对人的关怀与欣赏;"淡淡的"之于汪曾祺,是客观主义与主观主义相结合的审美情致;汪曾祺的"淡",是东方式的宽容和通达,是适其人性和适其自然,是对外物优美的敏锐和对内在诗意的张扬。"淡淡的"滋味,实在不是整体的80年代文学留给人们的回忆。正如汪曾祺自己的评价:"我的作品缺乏崇高的、悲壮的美。我所追求的不是深刻,而是和谐。这是一个作家的气质所决定的,不能勉强。"①

笔者结合作品,鉴赏汪曾祺小说的结尾艺术,品读他笔下的活色生香的民俗与诗心照临的温情。笔者认为,汪曾祺是一位对人生保持着"善醒能醉"状态的作家。他的小说实之很实,民风民俗,世情世态,真境实相,尽收眼底,像是走进民俗博物馆,像是观赏现代版的《清明上河图》,像是踏入五行八作的市民会聚地;他的小说虚之亦虚,一种体察世态又超然飘逸的生活态度,一种情韵真醇的画意梦态,一种迷离混茫引人遐思的圣化之境,从而引导读者从大俗走向绝俗。于是,汪曾祺的现实主义正如他自己所称"是能容纳各种流派的现实主义",也是接收了新鲜血液而获勃勃生机的现实主义。汪曾祺备受

① 汪曾祺:《〈汪曾祺自选集〉自序》,收入《汪曾祺文集·文论卷》,江苏文艺出版社1993年版,第208页。

好评的佳作,都是"充实"与"空灵"——艺术精神两元兼得的作品。例如《受戒》,寺庙外的俗世人生与寺庙内的佛世人生相互交融,形成审美过程中客观物象的"贴近"与"间隔"——审美的"亲切感"与"距离感"。于两者之间,氤氲出艺术的"空灵"之气。汪曾祺的小说,萦绕着朦胧诗意的透气孔。诗,调整了现实主义作品的节奏,调整了人们的阅读期待,让人喘息,让人透气,让人舒展起每一根神经触摸意象之表,默会潜隐在生活最幽深处的诗心。他匠心独运地控制着纪实叙事与诗意抒情之间的关系。他的一只脚踩在现实的土地上,另一只脚已腾空而起——做飞翔的艺术精灵。

阿城在新时期文坛,是一个按照自己对中国小说、中国文化的理解,独自埋头走路的作家。他作为文化断裂带上的一代人,却在中国文化的传承与变革的路上踩出了深深的足印——不是以数量,而是以精品之作让读者铭记在心。1985 年他在《文艺报》上发表的那篇《文化制约着人类》,被批评家拉进一组群体发声的"寻根宣言"之中,让人误以为他就此成了"派"的代表,其实那只是契合了"关于中国文化再辨析"的时代思潮。笔者以翔实的史料,回溯他作为全国知名"右派"钟惦棐的儿子,自少年时代起,读书——下乡——出国,均以"边缘化"为特征的人生经历,回顾他在琉璃厂泡旧书店而形成的与新中国同龄人不同的"知识结构",佐证他小说的初始文本的"私密性"与不入文学主潮。

本书着重讨论了阿城小说的"风度":其一,"不焦虑"的风度。他不是从显性的、单一的政治层面干预生活,而是从历史的、文化的、人性的层面展示生活;他以民间的价值立场,个体的价值恪守,外道内儒的文化倾向,不入主潮的小说样貌,对抗人文环境反人道、反科学的时风;他以"历史过程"拉长了睹物观世的焦距,以"边缘化"拓宽了"民族文化"的空间;他别有一种经历过大风暴之后的从容、淡定、敏锐、深邃。《棋王》一出,多数评家眼中只见老庄不见儒,细读起来,阿城的小说实在都是入世的小说。他推崇儒家文化所建立的社会基本规则、道德理想和伦理秩序,把它看作文化传承中的"常识",需要格外地看护和恪守。这些也是他读杂书所形成的"知识结构"的价值核心,进而成为小说文本的价值核心。

其二,坚守"人性之真"的风度。阿城以人类亘古不变的生存形态彰显"人性之真"。阿城既善写"衣食为本",也善作"性的文学"。于前者,一贯好评如潮;对后者,评家普遍认为阿城不善写女人,不善写爱情,这是误读。《遍地风流》短篇里,随处可见"性"的话题,只是写了性压抑的时代,性压抑的男女,性的非常之态,让人觉得荒谬和尴尬,却为当代"史传"平添了并非文人虚构的"传奇"。阿城善写弱小黎民躲避灾难和韧性抗争的本能,善写母性,善于完成宏大历史与卑微平民的链接。这一刻,"人性"在小说里扮演着书写者赋予的最为重要的角色。

其三,现代"笔记"体的风度。阿城结集于《遍地风流》的短篇,彰显了文化断层中难得的现代"笔记"体风貌:随笔随记的叙述风格,截取或人或事或物或景,不求叙述的完整,却多有志奇志怪的跌宕;皮俗而骨雅,贴近世俗,于朴野中透露出文人的情致、雅趣、妙理、哲思;清俊摇曳、极简极净的文笔,在当代文坛,能比肩者寥寥。阿城的笔记体小说以俗为美,俗中藏雅。他不耻于言俗的同时,骨子里却推崇历代中产阶级的趣味、修养。他有中产阶级崇拜症。阿城克服了时代对中国传统文化的狭隘认同:《棋王》中一副王一生母亲磨制的让人潸然泪下的"无字棋"和另一副脚卵家祖传的"明朝乌木棋"成为文化符号,前者意指生存和母性,后者意指生存智慧和文化审美,它们的出场,完成了文化的物质性和精神性的汇合,平民化与贵族气的融合。

看生活中刘震云本人的面相,似不苟言笑,一副苦大仇深的模样。观刘震云的小说面孔,冷嘲热讽,嬉笑怒骂,喜剧效果十足——笑,同情之笑,戏弄之笑,讥刺之笑,急智之笑,会心之笑,疼痛之笑,言此意彼之笑——寓庄于谐,此可名之为"刘式幽默","喜剧面孔"。刘震云的"喜剧面孔",走路时身段很低,对目的地的希冀甚高。笔者既看到了刘震云与"新写实"作家们的"同":小人物,生存困境,烦恼图景,草根情结,从内容到结构的"一地鸡毛";又更加关注他与"新写实"作家们的"异":他以"一地鸡毛"拉近了与现实社会的距离,又以与众不同的"喜剧面孔",特立独行地完成着知识分子有担当的社会批判使命。他貌似"情感零度",却难以"终止判断"。他以"面孔"之"滑稽",揭示、讥刺种种社会历史现象的无价值,譬如:对堕入庸常的麻木,对名实相悖的惯常秩序、法则的依从,对历史可怕的周而复始的熟视无睹,等等。与此同时,他的"喜剧面孔"又有着对于情感、倾向性表达的极强控制力,于是,"面孔"与思维指向,"表情"与价值立场之间,就常常耐人寻味。直面现实"悲剧",或许,正是他的"喜剧"式的绝望和毁灭,更能给麻木的社会躯体以举重若轻般的掌击,从而摇醒昏睡的人群。

本书选择了刘震云的小说:《新闻》、"官场"系列、《温故一九四二》进行细读,看到了他的"谐词隐言",悟到了他"于嬉笑诙谐之处包含绝大文章",指认其历史叙事中悲剧的史实,喜剧的史鉴,正剧的史胆,肯定其"以悲剧情绪透入人生,以幽默情绪超脱人生"的价值取向。我们正是站在当下后现代的文化氛围中,对肤浅的"逗乐""搞笑""无厘头""大话"的新型话语运动,表达深深忧虑。此时研究刘震云的"喜剧面孔"是具有现实意义的。"刘式幽默"既打开了与经典喜剧相通的道路,又独辟蹊径,不动声色地满足了我们揭露丑、撕毁丑的深刻的快乐。"刘式幽默"在揭露社会丑恶现象时保持了一份先进社会力量的自信和优越感。这份自信和优越感于刘震云的小说中无时不在,无处不在。

铁凝是一位懂得艺术辩证法的作家,在她的诸多短篇小说中,各种艺术元素在对抗、对立、对峙、对比之中,达到了互补、互衬、统一、和谐。本书中以美学基本原理为立足点,择取四组艺术元素,阐释铁凝的若干短篇小说,欣赏她在"犯规"和"遵守规矩"的艺术平衡木上跳跃、腾飞。

书中以《两个秋天》为例,讨论铁凝如何驾驭"全与粹":她取"粹"独立于万象(全)之表,又以"粹"映照、折射、探究、包容了万象(全)之本。她的作品里,每每是容纳了社会和人生的全貌全景的,落笔时却把这"全"溶作了底色,或作无色之色,尽全力去捕捉、勾勒、描述那"粹",然这"粹"终是因了"全"的背景,"全"的底气,"全"的暗含,"粹"才有了历史感,有了生命气息,有了反映世界的意义。由此,"粹"才能使读者触动、感动之后,有了对"全"的更多联想,有了对"全"的更深思考。

书中以《孕妇和牛》《秀色》为例,讨论铁凝如何刻意地或不经意地制造"美与丑"的对立,又游刃有余地将"丑"转化为"丑的艺术"。在铁凝如上作品中,丑之愈"丑",美之愈"美";"丑"与"美"对抗愈甚,转化为与 Aesthetic 相和谐的"丑的艺术"便愈令人感动抑或震撼。

书中以《色变》《棺材的故事》《安德烈的晚上》等一组短篇为例,讨论铁凝控制"平实与触著"的能力。铁凝的"平实"是评论界的共识。她的"平实"表现在:平凡无华的小人物,平常之景的生活细节,平易简洁的叙事风格,平和清新的文笔。"平实"推向极致时,便是老作家孙犁对铁凝的称道——"纯净"。其实,我们往往忽略了铁凝与"平实"相对立的另一面,这就是,她对生活中超常的、怪异的、令人震动的甚至耸人听闻的瞬间、场景、事件、人物等有极度的敏感和癖好。我打算借用诗歌评论中的术语,把它称之为"触著"。在铁凝的短篇中,"平实"是淙淙溪流,"触著"是遭遇险滩;"平实"是一马平川,"触著"是突耸高山;"平实"是满天星斗,"触著"是流星耀眼。

书中以铁凝的成名作《哦,香雪》为例,讨论铁凝的"明白与含蓄"。铁凝的作品,从人物到事件,从叙事方式到叙述语言,都可称得上——明白。但是,铁凝并没有让人一目了然。她懂得对读者不能搞"优待的虐待",不能搞一泻无余。于是她的作品便留下了一块弹性空间,一块由于含蓄、节制、分寸感、掩饰而造成的空间,一块得由读者"补足"而非作者"给足"的空间。

铁凝的短篇小说,极好地把握了艺术元素的对立与和谐。其诸多原因中,特别值得一提的是:父女之间的艺术气息相通,艺术灵性耦合。铁凝的父亲铁扬是一位画家,20 世纪 50 年代末毕业于中央戏剧学院舞台美术系。冯骥才如此评价铁扬的画:"铁扬最终蜕去的是一切人为的——无论是别人还是自我的捆绑，达到的是一种艺术与生命合二为一的自由。他让我们看到的是画家本人的生命气质和生命理想。那就是大气磅礴中的宁静，野性里的柔和，率意中的精当，阳刚之气以及澎湃不已的生命激情。他的色彩也正是在转化为这种主观的颜色时，才焕发出他独有的性灵的沉雄与炽烈。"①父与女，绘画与小说，不同的艺术门类，两代人不约而同，控制对立的艺术元素，以致和谐，让人惊叹心有灵犀的神奇！

　　小说家张炜是一位理想主义者和行吟诗人。笔者将作家的焦虑情怀，当作贯穿他全部创作的一条红线，它是作家理想的生命歌哭与精神证词。张炜对知识分子的焦虑情怀的体验、表达有一个发展变化的过程。在 20 世纪 90 年代以前的早期小说中，由于受制于时代和经历，作家尚未形成自觉、独立的对知识分子的整体认知与评判，其焦虑情怀大多表现为传统的观念性的道德判断这一形式。这种传统焦虑情怀的集大成之作是《古船》。作品中，隋抱朴面对家族、历史与人类的苦难，就像一个苦修的圣徒，静坐磨坊十年，与自我灵魂也搏斗了十年。他在反复诵读《共产党宣言》中悲悯与思索，最后将一切思考归结为一个问题：谁来救救我，谁来救救人？隋抱朴身上，寄寓着张炜对当代中国知识分子某种"原罪"意识的认识，其反思的动力几乎全部来自于传统文化中的个人内省力。

　　从 90 年代中后期开始，张炜对知识分子命运的思考渐趋成熟，其焦虑情怀的视域由狭小走向阔大。此期作家更关注当代中国知识分子在特定历史时期的精神操守问题，这在《家族》《外省书》《能不忆蜀葵》《刺猬歌》，直至近作《你在高原》系列小说中都有充分表现。其中"外省者""虚伪者""彷徨者"等几类知识分子形象的塑造，正是作家思想力的结晶。在被称为"长长的行走之书"的《你在高原》系列中，我们看到作家的焦虑情怀在经过 22 年的长久发酵之后又一次提升。它是"我"的焦虑，也是同为"五十年代生人"的"我们"

---

① 　颜慧：《铁扬：追求艺术与生命的自由结合》，《文艺报》2011 年 4 月 25 日。

的焦虑。在 20 世纪的代际更替中,"五十年代生人"有着它自身的特点。有学者指出,这代人曾"共同建构起了以拨乱反正为旨归的宏大叙述,延续了五四思想启蒙。但是这种思想启蒙还没有完成,中国就被拉到了以经济为中心的后革命时代,五十年代生人的精神信仰顷刻间变得一钱不值"。① 巨大的精神落差,让这代人在人到中年时,精神上充满了矛盾和纠结。他们开始迅速分化,或高升或沉潜,或飞翔或堕落,《你在高原》系列作品生动地书写了这代人的命运蹉跎与精神跋涉。本书从作家个人经历、齐鲁之地的人文传统,中外大家的文化滋养等诸多方面,深入讨论了张炜焦虑书写的原因:这种焦虑情怀来自作家对"我"的家族及其苦难历史的追忆,来自"根"之地儒家入世情怀与仁爱思想的影响,来自托尔斯泰的"宽容",鲁迅的"冷峻"和他们的独立人格、批判精神的映照,还有马尔克斯、福克纳、索尔·贝娄、屈原、苏东坡等人的流风余韵。所以张炜小说中的焦虑情怀不时暴露出驳杂甚至相互矛盾的一面。

本书讨论了张炜焦虑情怀的文学史意义:张炜延续了中国现代小说自鲁迅《狂人日记》开始的,对于人文精神的追寻,对于知识分子忧患意识的探究、深掘。这场长途的精神之旅留下了几代作家的不懈努力。如叶圣陶的《倪焕之》、茅盾的《子夜》、巴金的《家》、老舍的《四世同堂》、钱锺书的《围城》、宗璞的《红豆》、王蒙的《活动变人形》、阎真的《沧浪之水》、张者的《桃李》、格非的《欲望的旗帜》等。张炜的小说正向着"精神高原"攀登。他力图对抗社会转型时期人文精神的"沙化",重建张炜坚守的道德理想、高尚人格的"芦青河""葡萄园"。他有一种令人动容的执着并且全然不顾身边有多少同道者。笔者最后讨论了张炜小说焦虑书写的自身局限,比如文化保守主义,对现代技术主义等的过度警惕。正如一些学者所言,张炜"始终无法回避道德乌托邦理想与中国知识分子实践理性入世情怀的矛盾,无法回避社会责任感强烈而持

---

① 贺绍俊:《五十年代生人的精神之旅——读张炜的〈你在高原〉》,《当代作家评论》2011年第 1 期。

久的冲动,使理想的突兀与艺术的张力处于难以调和的矛盾之中"①,等等,这些都妨碍了他"走向高原"的胸襟与智慧。小说中的人物每每沦陷在精神高地与现实洼地的情境之中难以自拔。"高原"在哪里?它仿佛只是一个幻境、一个影像、一个精神乌托邦。文坛不免生出对张炜能否突破创作瓶颈的另一种"焦虑"。

当代皖籍作家潘军,他迷恋于小说的形式,热衷种种先锋的叙事实验;他关注于创作中对母语的运用和创新,在诗语和对话体小说中独领风骚;在东西文化碰撞的语境下,他表达的是个人化的关于叛逆、道德、价值观、重构历史的人文情怀。潘军很西化也很民族化,很现代也很传统;他沉郁又张扬,内敛又豪放;他狂傲又不屑于种种身外的声名和获奖。他文风摇曳,却又恪守着某些为人为文的规矩准则。他是先锋潮流中独特的、成就卓然的、绝不该被忽略的作家。

阅读潘军,笔者频频追问,是什么样的文化将潘军雕塑成这副模样?记得鲁迅先生在论及现代艺术时曾指出:"采用外国的良规,加以发挥,使我们的作品更加丰满是一条路;择取中国的遗产,融合新机,使将来的作品别开生面也是一条路。"②

新时期小说应该还有中西结合、兼容并包的第三条路。更确切地说,两条道路不是阵线分明、截然相对的。潘军蹚的正是这第三条路。

陈平原先生在讨论东西文化碰撞背景下的"五四"作家时曾说过:他们"师法中国古典小说"是"无意中接受",是"幼年时代熟读经史、背诵诗词以至明里暗里翻看《三国演义》《水浒传》《红楼梦》《聊斋志异》,那似乎只是一种自然而然的功课或没有艺术功利的娱乐,并没想从中得到什么写作技巧"。而"理直气壮地以外国作品为榜样"则是"着意去模仿","'五四'作家则大多

---

① 王辉:《纯然与超然——张炜小说创作论》,中国社会科学出版社 2007 年版,第 169 页。
② 鲁迅:《且介亭·〈木刻纪程〉小引》,《鲁迅全集》(第 6 卷),人民文学出版社 1981 年版,第 19 页。

意识到后者而忽略了前者。还不只是前者'得来全不费工夫',故视而不见,后者'踏破铁鞋无觅处'故弥足珍贵,而是因为传统文学更多作为一种修养、一种趣味、一种眼光,化在作家的整个文学活动中而不是落实在某一具体表现手法的运用上。西洋小说则恰恰相反。无疑,具体而可视的'手法'比抽象而隐晦的'趣味'更易为作家、读者所觉察。"①当今文坛何尝不是如此?评家更加关注潘军们借鉴诸多西化形式的侧面。尽管潘军本人也一往情深地佐证,说他在读完现代西方名家大作之后,如何地眼睛发亮,如何地惊叹小说可以这么写!可他也如"五四"作家一样,有着溶进血液和骨髓中的,在母语土地上所获得的启蒙。读潘军新版散文集《山水美人》,欣赏他书中几十幅亲绘的水墨画插页,由此更加确信,在作家所钟情的山水之间,浸透着永生永世割舍不断的"根文化"的濡染。潘军发出肺腑之言:"这是我生命的烙印。"②

余华是新时期先锋派小说作家的代表性人物。笔者从1987年读他的《十八岁出门远行》,一路跟读他的作品,30年未曾间断。本书对余华的创作进行了全面评述和讨论。

前期的余华(1987—1991)犹如打开了潘多拉的盒子,汹涌而出的是关于暴力、本能、仇恨、杀戮、死亡、虐待、恐惧、阴私、猥琐、乖戾、凶残、欺诈、荒谬、野蛮、混乱、冷酷、堕落、痛苦……的空前想象,那是一个完全颠覆了80年代中国读者阅读经验的世界。从天空、大地、河流到道路、房屋、情感,从人性之恶到世道之厄、命运之舛,从社会—历史,到宇宙—人生,都露出了狰狞的面目。充斥其间的,是裸露的存在荒原,生命的深渊。那是本原性的存在真相。它鬼魅般如影随形,无处不在。余华以自我式的精神冒险,冲击着读者的心理底线。那无法超越、无法救赎的绝望感,至今令人战栗和不堪。这是此前的伤痕文学、反思文学、改革文学、寻根文学中所没有的,甚至也是20世纪以来汉语写作的世界里从未有过的。

----

① 参见陈平原:《中国小说叙事模式的转变》,北京大学出版社2003年版,第142—143页。
② 潘军:《山水美人》,广西师范大学出版社2003年版,第48页。

　　笔者列举余华大量作品，以"形式迷恋：'精神真实'的追寻者""感觉、幻觉：'仿梦小说'的制作人""黑夜茫茫：生命苦旅的独行客"等三重视角，从小说内容到小说形式，从悲剧世界观到对西方作家的形式借鉴等进行探讨。

　　书中特别提出，余华对感觉、幻觉的格外关注来自川端康成的启悟。川端摒弃单纯描摹外部世界，注重将感觉、印象投入客体之中进而把握现实的方式，即日本"新感觉派"的"主客体合一主义"，给过余华很多感性认识。在余华作品尤其是早期作品中，我们随处可见那种川端式的目光和感知方式，川端式的虚幻空灵之气，以及川端式的借助暗示、隐喻、象征等手段拓展主观感受的做法，还有川端式的似梦非梦，半寐半醒，飘飘忽忽地来，玄妙莫测地去的手法，在余华的诸多作品中都有上佳表现，甚至出于川端而胜于川端。不同的是川端之作不失清丽典雅，淡淡哀伤，幽幽情思，余华却对触目惊心、张牙舞爪的恶欲恶行异常敏感，从不避原始之态的赤裸。川端的主观感觉与客观层面不会游离太远，余华却无所拘束地弘扬主观想象力，因而更加"无政府主义"。川端之于余华，从来只是一只装酒的瓶子而已。

　　莫言把余华唤作"清醒的说梦者"，这一精彩称叹，颇似莱辛在《拉奥孔》中的名言："意象是诗人醒着的梦"。一方面是理性十足的"醒"，一方面是无理而妙的"梦"，两者本应相克相斥，在余华却能相生相融。"醒着"意在追求卡夫卡式的思想深度，"仿梦"则又幻化出生活的倒影怪影。由是，余华的"梦"已不是纯粹的梦，余华的"幻觉"也不是纯粹的幻觉。"仿梦"中的人，既不是那种佯狂假痴，作姿弄态之人，也并非大梦无醒，彻底超脱之人。"仿梦"的过程，叙述人"醒着"，叙述对象不为成法所拘地"梦着"，他们或做疯痴之行，或吐荒唐之言，一如鲁迅《狂人日记》中的狂人。若经"由影反推形"的审美，虽说尚得费番思忖，却总能现出纷扰世界的真实人形。当今文坛，能如此将本质"真实"虚幻至此的作家并不多见。

　　本书以哲学家尼采探讨人性时的"危险论"对"软索论"的互补，以哲学家雅思贝尔斯的"悲剧世界观"应该避免"绝对"的论述,与作家进行对话和商榷。

该章第四部分特别讨论了余华90年代"转型"的问题,他是"新时期"整个先锋群体"转型"的缩影。余华后期(1991年为过渡之年)叙述转型主要表现在对文学"真实观"的认知上。在前期(1987—1991)的小说中,余华破除现实生活的"不真实"而展开个人化想象,追求"精神真实",让现实处于遥远的状态,让叙述离开熟悉的事物,追求不为物所役的快感。后期的余华越来越坚信,那"活生生"的真实,不在于拒斥生活,而在于接近现实。就像他后来所说的:"不知道是时代在变化,还是人在变化,我现在更喜欢活生生的事实和活生生的情感。"①然而,余华的这种变化,并不意味着对过去"真实"观的全面否定。恰恰相反,余华正努力实现着客观"生活现实"和主观"内心精神"的统一,而不是过去的两者分离或若即若离。

余华的叙述"转型"还表现在,前期的余华体现为语言的不确定及其增殖,结构的多重、交叉、并置,时间的交错、无序,人物的平面化、符号化等。如果说那是一个做加法的叙述,那么90年代之后,余华的叙述形式就是一个做减法的叙述。去掉过去叙述形式的巴洛克式的过度修饰,删繁就简,转变为直接、简洁、朴素、单纯。

书中从哲学层面深入讨论余华的悲剧精神,认为他是对20世纪文坛由王国维所开启,鲁迅所高扬的悲剧精神的承继。无疑,它是余华小说的一种执拗的意义坚守。余华是"新时期"作家中与王国维、鲁迅最为精神相通的一个。

苏童学院派的文化功底,使他成为新时期文坛头角崭露、潜力深厚的先锋小说家之一。到苏童这群60年代出生的作家登上"新时期"文坛,意味着,中国文坛代际"传承"的转捩点到来了,代际"断裂"的景象乍现。像苏童这样从校门到校门的作家,只是把小说看作"灵魂的逆光",上代人——无论"红色作

---

① 余华:《说话》,春风文艺出版社2002年版,第114页。

家群"还是"五七族""知青族",那种或多或少的文学使命感,拯救意识,"载道"的历史倾向,革命的意识形态坐标,一股脑化作了极其个人化的"灵魂""血肉"对艺术的无可阻遏的"注入"。

苏童的艺术个性在先锋小说家中是很特别的,他出色地建构故事的才能,弥补了"先锋派"文本艰涩、理念过旺的弱点,于是才有了影视界频频垂青于他的故事的可能。苏童以独特的诗笔和独特的少年视角窥视"性",窥视"原罪"的早期作品,如《桑园留念》《城北地带》等,犹如替人性悬挂了一幅遮掩性与装饰性兼及的窗帘,于是他做到了裸露而少有恶俗,放纵亦不失美感。这些作品展示了一种《麦田里的守望者》式的无奈与无所顾忌,青春的甜涩气息,模糊的欲望,异性带来的撞击,少年古怪的念头,被一条无形的绳索牵动着,被动地承受着生命能量的指挥,就像大自然不会没有春的烟雨夏的火热。在这里,苏童不打算作为人性批判者的角色登台,而只是面对赤裸的生命吟唱舞蹈。

苏童的第二项突出的本领是营造小说的意象,这曾经让理论界一度萌生推出"意象小说"的念头。《妻妾成群》中"废井"的意象,"秋霜覆盖的庭院三太太做鬼魅之舞"的意象,"萧"和"落叶"的意象,《米》中"米"的意象,《红粉》中"胭脂盒"的意象,《狂奔》中"棺材"的意象,等等,它们既具客观性,是故事必不可少的链环,又具主观性,作者需要借助它们承载某种观念,寄寓某种情感,暗示某种结局。

苏童笔下的"逃亡者""还乡者"形象指向了人类永恒的迷惘,永恒的追寻:人类理想的栖息地在哪里?人说:不知道!事实上,当人类失去伊甸园之后,他们便永远地失去了自己的福土乐园,只剩下"精神家园"的美丽。于是才有了苏童笔下帝王与布衣们不分贵贱的熙来攘往,奔波劳顿。

苏童故事的开始与结局,因与果之间,常常回荡着命运门闩在冥冥之中被拨动的声响。无论以中国传统的"术数文化",还是西方理论"三种因果关系"模式,似乎都无法对之做出诠释。笔者推想,苏童只是感性化地、潜意识地徜祥于历史,去触摸世界的某种奇妙关系,譬如命运预兆、结局暗示以及谶语成真等,这一切就像上帝之手在和人类开玩笑,或者是他老人家为人类设置的陷阱和圈套。苏童自己也未必清醒这只"手"伸自何方。他只是忠实传达了他对生活的感觉、理解,其中包括他的童年记忆。他在"因果律"的命题前,不自觉地步入了"无决定性"一方的阵营。

苏童在男人/女人的故事中向模式之外拓荒。苏童的目光频频停留在未被开拓的荒芜之地上。他向前辈作家没有顾及或无意展开的领地冲击,并且从通常最能出意义的地方退却。文学固有的模式,生活曾发掘出的意义,苏童都无意问津。在《妻妾成群》中,传统角色配置的模式被摒弃,他并未在众多女性中确立一个符合作者审美理想的女主人公;他极力回避《雷雨》模式,颂莲与飞浦少爷间的故事在若有若无间受到节制;封建社会男权中心对女性的践踏蹂躏,主奴之争的阶级对立关系等,也未依从过往模式而被刻意捕捉和张扬。他让我们看到了隐秘家族史中很少被铺叙过的那些角落。在文学审美的天地里,苏童以人性审视的目光,探究个体感性生命的律动,表现女性在特定环境下的诡诈、恶毒、乖戾、秘不示人的复杂心态,展示红粉女子病态的美丽,病态的悲凉。

在 20 世纪 90 年代先锋"转型"的潮流中,苏童是"转型"标记最为模糊的一位。因为早期的苏童,就总是处在故事与意象、童话与市井、男人与女人、城市与乡村、光明与阴暗、善与恶、美与丑、邪恶与诗意、破败与唯美、高雅与通俗、阳刚与阴柔、小说与诗歌、小说与电影等无边界之点——当然最为重要的要算"历史与现实""传统与现代"——所有的"两两对立"都可以涵盖于这两组范畴之下。苏童仿佛既要划定那"两两对立"的边界,却又要穿行其中。他将那许多"两两对立"的东西杂糅混搭,从而体现苏童式的小说美学和苏童式的暧昧。他的世界显得那样的确定而不确定,他永远像徘徊在一个十字路口或者说处在一个临界点。

苏童"转型"后的代表作,《蛇为什么会飞》《河岸》《黄雀记》三部长篇小说,无疑构成了一幅叙写当下现实百态的图卷。他从他所迷恋而游刃有余的历史世界抽身而出,转向他所不愿面对的当下现实。苏童善于把过去写成了当代,更善于把当代也写成了过去。因此,苏童笔下的历史是现实的历史,他笔下的现实也就是历史的现实。这都是因为他过剩的文学想象,而这想象源自现代主义的生命体验与中国传统文化精神和传统文学修辞的有效融合。

苏童很像是一个以现在的名义活在过去的人,或者说以过去的名义活在现在的人。在"历史与现实"之间、"传统与现代"之间穿行,这应当是苏童独特的艺术经验和艺术个性,这涵盖到他小说的题材、主题、结构、风格、语言等各方面。它也应当是苏童对于新时期文学的贡献所在。

如果把苏童置于中国现代文学史背景中来考量,那么可以说他像是一个将沈从文式的静谧和诗意与鲁迅式的浓烈和冷峻汇于一炉的妙手。

如果把苏童放到中国古代文学与现代文学的关系这一维度上去考量,则更有意义,因为在20世纪以来古今裂变、中西碰撞的历史语境中,能够在"历史与现实"之间、"传统与现代"之间自由穿行者并不多见,苏童的艺术经验和艺术个性就尤为难能可贵。

全书以莫言专论做结。康德在《判断力批判》中说,从来就是天才艺术家为艺术立法,无疑,在中国当代文坛,莫言应该是这样一位有资格为文学立法的作家,他是中国当代最伟大的天才作家之一,是迄今获得诺贝尔文学奖的唯一中国籍作家。我们试图从"为文学立法"的意义上讨论莫言。莫言建构的"高密东北乡",已是一个具有世界性意义的文化地理学范畴,这远不仅是他某一个作品的存在,而是作为莫言文学的一个整体世界的存在,这是我们讨论莫言的一个前提。我们苦苦求索,希望能够找到一个进入莫言世界的更为有效的方式,我们终于以这样的方式接近了莫言:

其一,"鲸鱼"式的"大生命":价值基设和文学世界。

一个天才作家总能有对于历史可能性的非凡领悟,对于人的可能性的非凡领悟。这是文学的,也是哲学的。莫言把一种如沧海鲸鱼式的"大生命"基设为文学的价值形态,其本质便是:丰沛、强力、生成。当文学艺术作为生命的形而上学活动,"大生命"便是生命存在最优越的方式。这不仅关涉莫言需要什么样的文学,也关涉20世纪以来中国需要什么样的文学;不仅关涉文学自身需要是什么样的文学,更关涉文学需要以什么样的本质而存在。

莫言在一个全球化市场主义的年月里,在现代战争和工业文明所带来的前所未有的历史虚无主义的年月里,在无休无止的消费生命的年月里,以文学艺术的方式去寻求对抗性力量:他将文学艺术把握为个体性此在通往历史之根基处、关联世界性存在的最为有效的方式;文学艺术是"大生命"的存在,这是文学的最高尊严。

莫言文学的生命存在首先是作为人的身体性的存在。他穷根究底,探入身体状态的极致,这甚至表现为最极端的莫言式身体美学。生命的丰沛、强力、生成,既在形而下的身体本身,亦含对生命的形而上的叩问。莫言文学在历史性此在之根基处,拓开了中国生命的广阔高度和深渊,彰显其巨大的韧性和张力。

莫言文学表达了对于"中国现代生命"的浩大想象。在最终和最高意义上,除了生命之外,别无其他的存在,生命是在创造与毁灭的永恒矛盾冲突中的生成,这一冲突的强度,孕育和决定着生命的强度,这是其文学世界的奠基性存在。在莫言的高密东北乡,无论自然世界还是人生万象,都处于生机勃发与腐朽颓败的相互冲突和相互投射状态。莫言文学在极端的矛盾冲突中,显示出汉语写作前所未有的生命意志强度。这意味着巨大的对立面的统一:"新生"与"腐恶"共属一体,它们互涵交迭,相摩相荡,既是不同事物之间、更是同一事物自身某种矛盾的甚至悖论性的统一。大生命的内生张力机制,郁勃而成巨大强度的生命动象。

莫言所有作品都预设和隐含了大生命情境的意象。红萝卜、红高粱、红蝗、红树林、红耳朵、高粱酒,红色取向,甚至于可以说是红色思维,成为莫言文学所喷涌的存在性情境。它是血与火,指向生,也指向死,意味着新生与创造,也意味着死亡与毁灭,就像朝阳与夕阳。

其二,"大悲悯":轮回永恒中的生命形式。

"大生命"是在"大悲悯"观照中的"出场"。"大悲悯"是莫言文学的世界观、文化姿态和文学情怀。正是"大悲悯",使得"大生命"提升到形而上的高度,获得其最高形式。

莫言的"大悲悯"源于佛教的"轮回永恒"。这让莫言超越善恶、美丑对待,翻进到广博辽阔的生命空间,成为他创构文学世界的强大动力。莫言的诸多作品都是"大悲悯"之书。

轮回与悲悯并没有把莫言带向宗教,而恰恰相反,带向的是对生命的信仰:世界本体是伟大的生命本体;世界万物有同一生命本体,这一生命本体是永恒的。如果我们把莫言文学,看作是对于20世纪以来中国和世界在现代虚无主义的价值沉沦中生命弱化和枯萎的反动,如果把莫言文学看作是中华民族重新审视自我的一种方式,看作是激发、释放、洗礼中华民族生机的一种结实而厚重的文化修辞,那么它恰恰就在这种反虚无主义中,获得它的历史确定性和正当性。

其三,"大苦闷":中国现代悲剧文化。

"大生命"必存在于"大苦闷"中。"大苦闷"是莫言文学基于深深的悲剧性体验的中国现代悲剧文化精神。

现代悲剧意识的自觉和精神建构,是中国文化现代转型的一个重要标志,它远不仅是美学知识学范畴的意义,而是对于中国现代历史文化具有"价值重估"的奠基性意义。如果说从王国维到鲁迅,并没有完成伟大的中国现代悲剧文化创造,那么,莫言则让这一宏愿变成了文学现实。当莫言以"大苦闷"进入20世纪以来中国苦难的日常生活场景,悲剧之域就敞开了。在那里,悲剧不是观念,而是经验;不是反映,而是经历;不是从某种历史理性或意识形态出发去审察生存状态,而是从活生生的个人事件出发去触动历史神经;

不是以一种普遍化的抽象观念去灌注于事件,而是个人苦难生活经验本身的悲剧性生态情境。它表现为:事件的偶然性和日常性,悲剧的平民化和情境化。

莫言的悲剧精神在于:只有悲剧性体验,才是刺破生存幻象而直达生活的本质、生命本质的方式,这也是唯一的、最高的方式;只有悲剧,才使现象世界得以丰沛地涌现和存在,才使生气勃勃的个体化世界执着于生命,这才是对生命的肯定,这也是唯一的、最高的肯定。莫言文学从来没有提供过一种充满诗情画意的安逸生存家园,没有过道德审美主义和虚静审美主义以及历史乐观主义的廉价承诺。他唯一信诺的,是在中国悲剧经验中,对于世界和生命的肯定。

其四,"浑涵":叙事美学。

我们唯有以"浑涵",才能言说莫言的文学叙事。中国文学史上的"浑涵"本来自诗学,它从诗文文体拓展为古典小说的文学修辞,进而成为中国文学史的一种叙事美学、诗学气象。莫言文学则可谓是根植于中国文化和文学的一种现代性体验和巨大艺术创造,这便是其独特模样的"浑涵体"。

莫言的"浑涵体"首先是哲学层面的"道",其次是他感受世界和想象世界的方式,最终构成莫言小说独特的修辞方式,文本存在形式,构成广义的莫言"浑涵"叙事美学。

莫言在摸索中找到了抵达"浑涵"的路径:他正确处理了"一"与"多"的关系;正确处理了"繁"与"简"的关系;正确处理了"古"与"今"的关系;正确处理了"中"与"西"的关系。于是莫言的"浑涵体"在他的小说中具有了强大的叙事张力和无比丰饶的模样。

我们可以这样定位莫言的"浑涵体":它既是立足于中国现代历史文化语境的生存感受和文学修辞,又是"大生命""大悲悯""大苦闷"所必然取向的叙事冲动和赋形方式;它既是万源从出的"大胸襟",又是姿态各别的大世界;它既是融汇中外各种艺术元素的叙述张力场,又是笼括古今共时态体验的万象奔突、青黄杂糅的中国事物涌现方式。它体现为"中国现代生命"的一种博大诗学气象。

其五,莫言的为文学立法与意义。

莫言创造性地构建了大生命(价值)、大悲悯(轮回)、大苦闷(悲剧)、浑涵体(叙事)四位一体的小说文本。"大生命"是莫言的文学精神和价值形态,它出现在轮回的大悲悯观照,存在于大苦闷的悲剧文化,表征为浑涵体的艺术赋形。它就是莫言文学的"鲸鱼"形态。这一艺术经验正是莫言基于中国现代历史性此在,而为文学的立法。它是伟大的"中国现代生命"的文化想象。它不仅仅属于中国,更属于全世界。

至本书完成之日,笔者将最想回答也必须回答的问题在此做一归结:何以坚守"新时期"这一时期范畴的命名? "新"的立足之点究竟何在? 笔者以较为完整且相当艰苦的研究过程确认,"新时期"小说从独尊一家到多元并存,兼容并包的"新"的艺术格局已经出现:"新时期"小说之"新",正是它以艺术的真实,记录了民族现代化的艰难曲折的历史进程,它一步步走进历史纵深,去发掘民族"根"文化的"多质"形态,以中西文化碰撞互补的胸襟和视野,反思民族的现代与传统文化正与负的形态与价值;它开始摈弃神魔分明的形象,塑造了一批复杂生动的"人"的形象,进而探察"人性"的深度,抒发"人道主义"的理想;它开始从现实主义(包括批判现实主义和社会主义现实主义)一统天下中涅槃,实现了现实主义与现代主义的并辔而行;它审美风格和审美情趣日益多元化,不再把某一种审美理想当作唯一合度的审美理想:朴素与典雅,明白与艰涩,平民化与贵族气,美在和谐与美在冲突,正襟危坐与调侃人生,写实与变形,正史与寓言共存,其间还包含了风格各异的语言实验,文体穿越实验等,彰显了小说创作的巨大潜能,展现了新时期小说家对狭隘封闭的文学世界的反抗,对创作个性的尊崇。由此,新时期小说史上,诞生了一批风格各异的优秀作家,即便在五四以来的新文学史中,在20世纪的世界文学之林,也理当据有一席之地。2012年莫言获得了诺贝尔文学奖,正是世界文坛对中国作家从隔膜、对视、误读、碰撞到文心沟通、艺术互融的接纳、肯定、褒扬与致敬。

中国新时期小说,正继续行进在探究文学"新质"与追寻历史"多质性"的艺术进程中。这是多么值得赞赏的变革与坚守,探究和追寻。

上 编

中国新时期小说综论

第一章　"'红色'作家群"：文学"转折"处的景象

　　中国当代十七年文学中,小说领域最为重要的作家群体是"'红色'作家群"。当解放区文学成为新中国文学正宗的、主流的源头,"'红色'作家群"就顺理成章地成为中国当代小说的开拓者——他们是解放区文学转变的亲历者、见证者、实践者;他们在 20 世纪的文学变革中虔诚地接受洗礼,他们在转变,再转变,颠覆,再颠覆的过程中敏锐又惶惑地左冲右突;他们时而立于舞台中心的聚光灯下接受喝彩,时而又因各自不同的原因被赶下舞台或隔代二度梅开;他们中有的人创作生涯波澜不惊,有的人却命途多舛,人生经历本身就是一部情节曲折的长篇小说;他们的创作理念曾因强大的文化外力几近趋同,又因各自不同的追求、探索、开掘而各显特色;他们在文学史上的位置,随着时代审美风尚的变化,有了忽高忽低或正好颠倒的不同评价。更为重要的是,他们的文化观念以潜隐的方式影响了新时期的文坛。创作生命绵长者,新时期"归来"后,或秉笔续写被极左政治中断的长篇;或恪守延安文统,在创作和评论中彰显生命最后的风采;或从"革命历史题材"大转移,到"市井小说"的领地去开疆拓土;或成为形式变革的实验者,尝试着亦土亦洋,亦俗亦雅,兼收并蓄的文体扩张。继"十七年""文革"之后,"红色作家"仍然是中国新时期小说史绝对无法忽略也无法绕开的话题,只是"个体"犹存,"群"已不再。

一、谨慎命名:"'红色'作家群"还是
"'红色经典'作家群"

本书之所以拒绝采用从 21 世纪开始,使用频率颇高,更具语词热度的"'红色经典'作家群",是因为"红色经典"一词不准确,有歧义,甚至有对曾经的现当代文学史草率作结,急于翻篇的嫌疑。文学史家过于仓促地给某一类作品以定评,给某一类作家快速盖棺定论,这显然是短视的,非学术化的做法。

文坛的确给过"红色经典"一词以各种大同小异的描述。官方的定义简约而又笼统:"即曾在全国引起较大反响的革命历史题材文学名著。"①学者的诠释则给予了多重视角的定位:"红色经典,是指 1942 年以来,在《在延安文艺座谈会上的讲话》指导下,文学艺术工作者创作的具有民族风格、民族做派、为工农兵喜闻乐见的作品。这些作品以革命历史题材为主,以歌颂中国共产党领导下的人民民主革命和社会主义建设为主要内容。它的不断被倡导和广为传播,不仅为人民大众所熟悉,培育了他们独特的文学艺术欣赏、接受趣味,而且成为支配艺术家创作的重要目标。"②

事实上,早有学者注意到了"红色经典"一词内涵、外延的不确定性,他们这样做出了自己的判断:"从词语分析的角度看,'红色经典'这个词本身就非常有意思:'红色'在中国现当代史的语境中具有非常明确的政治含义:社会主义革命、中国共产党、马克思主义。与'红色'相匹配而组成的词语(如'红色江山'、'红色政权'等)在汉语中占有绝对的霸权地位;而'经典'则是一个

---

① 2004 年 5 月 25 日国家广电总局向各省、自治区、直辖市广播影视局(厅)、中央电视台、中国教育电视台、解放军总政宣传部艺术局、中直有关制作单位所发的《关于"红色经典"改编电视剧审查管理的通知》,参见 http://www.chinasarft.gov.cn/manage/publishfile/103/2123.html。
② 孟繁华:《众神狂欢——世纪之交的中国文化现象》,中国人民大学出版社 2009 年版,第51 页。

政治色彩相对淡薄的词。特别是在自由主义倾向的美学理论与文学理论的阐释框架中,'经典'通常没有或被着意淡化其政治色彩与特殊的意识形态性,而突出其普世性的价值,它被解释为人类最优秀的普遍文化的结晶,超越的道德价值与审美价值的体现。于是'红色经典'这个词本身就包含了内在的张力。"①

在文学历史化的过程里,文学史家理当用思想性、艺术性的苛严的筛子,沙里淘金般地筛出那些经得起历史检验的"经典",使现当代文学的"经典"能与古代文学的"经典"相媲美,从而在民族的文明史中真正地实至名归。

据此,笔者以为,当代小说不宜草率奉送"经典"桂冠,倘若以颜色论"经典",则更加失之偏颇。被称作"经典"的文学作品,理应有相对客观的、经得起长时间历史检验的入围标准。"经典"不宜着色,"经典"不可因为其"红色"而降低它的艺术标准。文学史命名"经典",必须慎重而又慎重。本书取"'红色'作家群"一词,对当代某一特定作家群体进行描述,比之"'红色经典'作家群"的命名,相信会客观许多。

"'红色'作家群"——作为十七年文学的主流作家群体,他们多半为小知识分子文化背景(接受过科班高等教育者人数较少),于抗日战争或解放战争时期(资深者更可推至大革命时期)投笔从戎(更确切地说,是携笔从戎),参加中国共产党领导的革命斗争,一手拿枪,一手拿笔,在革命根据地或敌后担任随军记者、报刊编辑、文化教员、宣传干部、抗敌演剧队编导、演员等。革命胜利后又纷纷脱下戎装回归文人队伍,成为职业作家或兼职作家。

"'红色'作家群",队伍庞大,人数众多,从战争年代的革命根据地,到新中国成立后的"十七年""文革",再到渡尽劫波的新时期,成为该段文学史的蔚为壮观的文学现象、文化景观。若以获文学大奖而论,有周立波、丁玲,他们

---

① 陶东风:《当代中国文艺思潮与文化热点》,北京大学出版社 2008 年版,第 212 页。

的长篇小说《暴风骤雨》《太阳照在桑干河上》,曾荣获 1951 年斯大林文学奖。若以入史而论,有创作出十七年小说史上被称为"三红一创"(《红日》《红旗谱》《红岩》《创业史》)的作家吴强、梁斌、罗广斌和杨益言、柳青;创作了"山青保林"(《山乡巨变》《青春之歌》《保卫延安》《林海雪原》)的作家周立波、杨沫、杜鹏程、曲波。若以流派而论,有"山药蛋"派的领衔作家赵树理,"山药蛋"派的"五战友":马烽、西戎、孙谦、胡正、束为。"荷花淀"派的领衔作家孙犁("草色遥看近却无"的"荷花淀"派的弟子刘绍棠、从维熙、房树民、韩映山、冉淮舟等,无论资历、创作风格,都未能入列"红色")。若以小说文体(篇幅)而论,长篇小说领域,除上述以外,还有《一代风流》(含五部长篇:《三家巷》《苦斗》《柳暗花明》《圣地》《万年春》)的作者欧阳山,《苦菜花》《迎春花》《山菊花》的作者冯德英,《铁道游击队》的作者刘知侠,《野火春风斗古城》的作者李英儒,《烈火金钢》的作者刘流,《战斗的青春》的作者雪克,《敌后武工队》的作者冯志;中短篇小说领域,《党费》《七根火柴》的作者王愿坚,《百合花》的作者茹志鹃,《黎明的河边》的作者峻青;等等。综上所述,当年这个庞大且有相当创作实力的队伍,即便称之为"红色集团军",也不算为过。

二、"'红色'作家群"在"十七年":
台上与台下,中心与边缘

如果说,"根据地文学"是"'红色'作家群"的育蕾期,那么,十七年文学则是他们的盛花期。他们一统文坛大半壁江山,小说、诗歌、散文莫不如此。如有例外,那便是戏剧领域,扛鼎之作多出于文化积淀深厚、学贯中西的老剧作家之手。"'红色'作家群"是受到主流政治、文化所褒扬和肯定的创作群体,他们的历史观、价值观、审美倾向代表了一个时代的文学主潮。可是,任何绝对化的描述都会显得过于粗疏和武断。

（一）"十七年"："群"的差异及其原因

"'红色'作家群"在文坛的位置,就"群"的概念而言,在当代的不同时期是存在差异的:"十七年",他们是共性多于个性,是一大群在"中心",一小群在"边缘";"文革"中,一通乱棍,花果凋零;跨入新时期,"集团军"的规模不再,零落的"红色"回归者,在小说变革的"新潮"中或执拗地恪守成规,或前卫地变革自身,"群"的概念淡去,他们终于以一人一面示人,这也是后文尤为关注之点。

无须赘言,代表十七年主流文学的"红色作家"们的文学道路,是被时代的社会"法则"和文学理论的"规则"所指引并且约束的。他们理应更多地表现出"相同"。尽管他们曾为此付出过艰辛的努力,他们真诚地力图改变自我而膺服群体。然而,统一作家的思想并非如统一军队的步伐那般简单。文学似乎天然地、本能地亲近个性。政治又似乎天然地、本能地寻求步调一致。当他们以相似的人生道路的选择,以共同的"红色"经历作为标识走进新中国之后,却因为创作理念、审美精神、题材选择、书写方式的不同,有的站在舞台中心,站在时代的追光灯下,有的却被挤到舞台边缘。更有因为各种政治原因和文化性格的差异,在历次的政治运动或文艺批判运动中被逐出文坛,成为"红色"的对立面、敌对阶级,政治命运一落千丈,文坛从此无立锥之地。

作为个体的"红色作家"的命运,为何差异巨大? 这是一个当代文学史值得细探、深究的问题。我们不妨从如下视角加以考察:

第一,时代审美风尚的强大力量。文学史家在讨论十七年小说长盛不衰的"革命历史题材"时,亦即关注了"时代审美风尚"的力量,这种"风尚",左右了对同一题材不同作家作品的评价。金汉先生的《中国当代小说史》,在"革命斗争历史的现实主义再现——建国初三十年的革命斗争历史小说"一章中,便区分了"英雄化、理想化的现实主义——符合时代审美风尚的峻青和王愿坚的短篇小说"①和"人性化、人情化的现实主义——不符合时代审美风尚的《洼地上的'战役'》《百合花》和《英雄的乐章》"②。对于后一类,当然是孙犁在根据地开其端。他一度受到了"左"倾化评论的低看,但从未改变他为人为文的淡定,未能改变他对个人"诗体小说"创作风格的坚守。

第二,对"红色"作家的评价,即便面对同一人,也并非褒贬一以贯之。他们是时而被推崇,时而遭贬谪:赵树理便是典型一例。文坛从来不会忽略解放区于1947年提出的那个响亮的口号:"向赵树理方向迈进",然而,"赵树理方向"在"十七年"并没有维持长久。原因有三:一、思想观念上,赵树理在民间所发现的问题与理论家提出的问题有距离。尤其是共产风、浮夸风盛行之时,赵敢于反映民间真实,仗义执言。二、人物塑造上,"英雄"崛起,"高大全"式人物备受推崇的时风,使赵树理式的"中间人物"受挫。三、小说叙事模式上,赵树理式的"内在的亲切的故事线",被"两结合创作方法"所鼓动的"革命浪漫主义"的"戏剧线",或曰"小说戏剧化"情节结构所取代。赵树理最后一次被肯定,是在1962年8月的大连会议上,时任中国作协党组书记、副主席的邵荃麟,力图扭转时风,一再由衷肯定"老赵"的创作态度。另一些评论家对赵树理这个时期创作的短篇小说《老定额》《套不住的手》《实干家潘永福》等,给予了"毫不虚夸,一切都谨遵生活规律,十分严格地从实际出发"的评价,"感叹他在当时能创造出这种人物形象,'该是怎样值得称赞和表扬'。"③赵树理最终未能躲过"文革"劫难,他被扣上"反动权威""黑标兵""大写中间人物的祖师爷"的帽子,遭受红卫兵的反复批斗,打断肋骨不得医治,屈死于1970年9月23日,这个日子离他64岁的生日仅差一天。

---

① 金汉:《中国当代小说史》,杭州大学出版社1990年版,第72页。
② 金汉:《中国当代小说史》,杭州大学出版社1990年版,第76页。
③ 朱寨:《中国当代文学思潮史》,人民文学出版社1987年版,第384页。

（二）"十七年"：以丁玲、李建彤、邓友梅、王蒙为样本

"'红色'作家群"中，对丁玲、李建彤、邓友梅、王蒙的抽样，具有文学史论的别样的价值和意义。他们实为"红色"，却一度被尴尬地置于"红色"的门外。他们都曾经上演过"出局者"与"归来者"的悲喜剧。

首先讨论丁玲（1904.10.12—1986.3.4）。革命战争年代，丁玲是最早从都市投身陕北革命根据地的知名作家。此前，她早已传奇般地蜚声文坛：20 世纪 20 年代末，她以《梦珂》（1927 年 12 月《小说月报》18 卷 12 号，头条位置）、《莎菲女士的日记》（1928 年 2 月《小说月报》19 卷 2 号）而成名，在此后不到半年间，再连续于《小说月报》头条位置发表《暑假中》《阿毛姑娘》。至 30 年代前期，长篇小说《韦护》又在《小说月报》连载。从某种意义上说，是《小说月报》这一当时最具影响力的小说刊物成就了丁玲，促她完成了从时代的苦闷者、叛逆的绝叫者、个性主义者向左翼文学探索者的过渡。杨义先生在《中国现代小说史》中称："丁玲：左翼文学的女性开拓者"①。

1936 年 11 月，丁玲结束了南京三年的幽禁生活，辗转到达陕西保安，她走进了全新而又陌生的革命根据地，她的命运自此而发生了巨大转折。初到陕北，毛泽东赋《临江仙》一词，欢迎他的小同乡："壁上红旗飘落照，西风漫卷孤城。保安人物一时新，洞中开宴会，招待出牢人。纤笔一枝谁与似？三千毛瑟精兵。阵图开向陇山东，昨天文小姐，今日武将军。"政治家毛泽东将"纤笔"与"毛瑟"②相提并论，意在强调革命战争年代的文学，应该具有武器的功能、战斗的功能。这是中国文学相当长时间里我们无法回避的问题——"纤笔"与"毛瑟"的关系——它是否成为进入"延安文学"范式的路标？这首词的时间要早于著名的 1942 年 5 月《在延安文艺座谈会上的讲话》六年。这首词

---

①　杨义：《中国现代小说史（中）》，参见《杨义文存》（第 2 卷），人民出版社 1998 年版，第 256 页。

②　毛瑟，人名，德国枪王，1888 式步枪被命名为"毛瑟步枪"。

手稿原件,由胡风、梅志夫妇历尽人间厄境,"虽经历了许多灾难和波折","多次抄家",仍由家人存于"暗藏处","一直妥为保藏"——他们替丁玲保存了40年,1980年将毛泽东手迹"完整无缺"地"奉还物主"①。1980年10月10日《新观察》第7期刊出了毛泽东手迹的照片和这首词的全文。

来到根据地的丁玲,一面"与革命相向而行"(《丁玲传·序》作者解志熙语),一面与根据地的新环境产生龃龉。杂文《"三八节"有感》,小说《在医院中》"引来大麻烦"②。

延安的"麻烦"延续到了新中国成立以后。丁玲终于在劫难逃。1955年因为《红楼梦研究》问题,《文艺报》受到问责,丁玲、陈企霞被认定为"反党";1957年在全国反右斗争中对旧案不服,"丁玲、陈企霞、冯雪峰反党集团"被错定为"右派"③。

其后二十余年的改造生涯:十一年的北大荒劳动改造(1958—1969),五年的秦城监狱监禁(1970—1975.5),四年遣送至太行山下嶂头村"养起来"(1975.5—1979)。1979年春天,丁玲带着精神和肉体的双重创伤回到北京,住进友谊医院治病。由此,丁玲宿命般地再次从"在医院中"出发,走进了新时期。

丁玲成为当代文坛最早的"出局者"之一,似有其性格的必然。个性与群体的"碰撞",知识分子的理想主义与夺取新政权、建设新政权复杂现实的"碰撞",再加上晚近严谨的文学史家和激情的传记作者频频使用的一些语词:"倔强""不服""较真""另类""复杂"……延安那篇被作为批判之箭靶的小说《在医院中》的女主人公陆萍,几乎就是奔赴新生活的知识分子与新环境"碰撞"的典型:一个与边区环境有裂隙的产科医生,一个单纯的毫无待人处世经验而不断被流言、猜测中伤的知识分子,一个被动承受他者耳提面命却又内心

---

① 王增如、李向东:《丁玲传》,中国大百科全书出版社2015年版,第668页。
② 王增如、李向东:《丁玲传》,中国大百科全书出版社2015年版,第278页。
③ 朱寨:《中国当代文学思潮史》,人民文学出版社1987年版,第327—328页。

无比倔强的理想主义者。这一形象常常让人联想到同样具有红色经历的诗人郭小川创作于1957年的长篇叙事诗《白雪的赞歌》《深深的山谷》中的两位女主人公。她们都是相当真实丰满的投身革命的青年知识女性形象。

继而讨论一个稍显陌生的名字:李建彤(1919.3.26—2005.2.14)。李建彤三四十年代是一位非常典型的进步文艺青年。她1935年考入开封艺术师范学校,1937年初考入上海新华艺术专科学校图音系,主修钢琴、声乐和油画。1937年冬天进入中共在泾阳县安吴堡开办的中国青年干部训练班。1938年夏加入中国共产党,随后奔赴延安革命根据地。她1942年初入鲁迅艺术学院音乐系学习(这或许能顺理成章地解释,她的女儿刘索拉女承母业,70年代末考入中央音乐学院,毕业后以音乐为主业,客串小说创作,成就了新时期现代派小说标志性之作《你别无选择》。并且,李建彤夫妇别出一格地以音符"米拉""索拉""都都"等,为儿女们取名)。1946年,她与陕甘宁边区政府副主席刘景范结婚。李建彤的丈夫刘景范正是陕北根据地的创建者之一,革命烈士刘志丹——她日后创作的长篇小说主人公的亲弟弟。李建彤于1958年初动笔撰写《刘志丹》,1962年夏,小说六易其稿后开始在《光明日报》《工人日报》《中国青年报》上连载。

中国现当代文学史曾经相当长时间忽略或回避了这位"'红色'作家群"中的女作家。也很少有研究者认真通读过李建彤的长篇小说《刘志丹》,人们约略知道的是小说被禁的原因,一顶足以压垮所有文化人的政治大帽子:"利用小说反党"。直到80年代,朱寨先生主编的《中国当代文学思潮史》出版,学界才对当年由一部小说引发的政治大事件,有了一个较为详尽的了解。现将该著第九章第三节的相关一段摘录如下:"康生于一九六二年九月在八届十中全会上,以抓意识形态领域的阶级斗争为名,把李建彤的长篇小说《刘志丹》打成'为高岗翻案的反党大毒草'。当时,这部小说并未出版,还是一个征求意见的样本,只有其中第二卷第一部分在当年七月二十八日至八月四日的《工人日报》上连载。直到粉碎'四人帮'以后为文艺作品落实政策时,这部作品才得以正式出版。这部小说描写的是陕甘宁革命根据地的斗争生活,歌颂革命先烈刘志丹的光辉业绩。小说中只对刘志丹等革命先烈用了真实姓名,并根据真人真事加以描写,其他人物一律采取综合概括的方法。康生别有用心,诬告《刘志丹》为高岗翻案,因而引出了毛泽东同志的批语:'利用小说反党是一大发明。凡是要推翻一个政权,总要先造成舆论,总要先做意识形态方面的工作。革命的阶级是这样,反革命的阶级也是这样。'一旦用黑体字公布出来,也就铁案如山,而且成为推论其他作品的理论根据。"①

李建彤因《刘志丹》从 1962 年冬开始停职检查,1968 年 1 月遭关押,1970年被开除党籍,到江西省峡江县"五七干校"劳动改造,1972 年底因摔伤腰腿才被送回北京。

最后讨论邓友梅和王蒙。

邓友梅(1931.3.1—),抗战中,12 岁的邓友梅在他的故乡山东当了八路军交通站的小通讯员,是地地道道的"红小鬼"。之后他有过被送往日本当"劳工"的九死一生的传奇经历。回国后再度参加革命,在新四军先后当过通讯员、文工团员和见习记者。

王蒙(1934.10.15—),1948 年,正在读中学的王蒙加入中国共产党,参加地下党领导的学生运动。那一年,他只有 14 岁。

两位少年布尔什维克,均因小说,在反右斗争中被错划成"右派"。

三、"红色作家"归来之路:惯性与个性, 继承与变革

走进新时期,"'红色'作家群"失却了昔日的规模和气势,"群"已不再,"集团军"更是言过其实。"红色作家"中得以幸存且回归文坛者,渐成零落个

---

① 朱寨:《中国当代文学思潮史》,人民文学出版社 1987 年版,第 458 页。

体。至此,他们就是个体的,个性的"红色作家"。他们沿"惯性"而行,依"个性"而文。"继承"不难理解,率先"变革"者却多少让文坛意外。他们的求新求变的小说,是新时期之"新"的重要构成,因而获得学界普遍关注——并非曾经关注过的热点"红色"——仰仗"红色"而获得文学批评的加分日渐成为过去时态。

我们依旧满怀尊崇地走近这些经历过战争岁月和共和国风雨的作家,是他们给了我们"革命"的启蒙。从他们身上,我们懂得了什么叫理想,叫执着,叫坚韧,叫痴情。在巨大的灾难中活下来,重新拿起笔——"纤笔"也行,"毛瑟"也罢,这支笔,曾给他们带来几近于灭顶的灾祸。一朝新生之后,竟然重新扑向文学,扑向小说,悲壮得犹如伤痕累累的战士重新走上战场。他们就像王蒙的中篇小说《杂色》中那匹饱经沧桑的老马,"不声不响的,不偏不倒的,忍辱负重的马! 被理所当然地轻视着,被轻而易举地折磨着和伤害着的马!"[1]它竟会"声泪俱下"地恳求:"让我跑一次吧","我只需要一次,一次机会,让我拿出最大的力量跑一次吧!"[2](王蒙《杂色》)。他们就像瞿秋白当年对丁玲的预言:"飞蛾扑火,非死不止"[3]。就像李建彤的女儿刘索拉对父辈的评价:"我的父母,是两个理想主义者,两个特别单纯的人","是童心很重的人,他们相信一件事儿他们往下做,他们没有想到那么多,真的没有想到利益和仕途。"[4]

"红色作家"们作为"群"的特征,为中国现当代文学史留下了颇为丰厚的历史遗产,其中重要的两点是:一、他们的文学观念是延续中国文化的"文以载道"的文学观,全然不去理会,"小说"作为一种文体,在发生之时,原本只是

---

[1] 王蒙:《杂色》,参见《王蒙精选集》,燕山出版社 2006 年版,第 52 页。
[2] 王蒙:《杂色》,参见《王蒙精选集》,燕山出版社 2006 年版,第 53 页。
[3] 转引自王增如、李向东:《丁玲传》,中国大百科全书出版社 2015 年版,第 32 页。
[4] 《我的父亲母亲——〈刘志丹〉小说案始末》,凤凰卫视视频《我们一起走过》,2015 年 5 月 2 日,见 http://v.ifeng.com/history/shishijianzheng/201505/01482480 - a9e2 - 43f5 - b1a8 - ee48b4c2750c.shtml。

"小书""短书""小道",不必载"圣贤之道"。是梁启超之后,"小说"当"文"来用,"道"才一路载下来。从这个角度说,他们是沿着近代以来主流的"新小说""五四小说""延安小说"一路走过来的人。由此,他们与"载道"的政治有不解之缘,新时期仍然如此。他们与责任、担当、奉献、牺牲几乎相伴一生,不经意间总会把小说当成破解社会问题的工具,情急之下,直奔功利目的而去,小说的其他元素则在其次以致更次。二、他们的整体风格是"怨而不怒,哀而不伤"。正如丁玲所云:"我的经历可以使人哭哭啼啼,但我不哭哭啼啼。"①

研究"红色作家"在新时期的小说,是一个必须对其创作个性做细致区分的工作。为此,让我们再一次回到上文对丁玲、李建彤、邓友梅、王蒙的抽样分析。

(一)丁玲——"依然故我"与无"我"可依

1979年底,中国社科院外国文学研究所的高莽给丁玲画了一幅肖像,希望丁玲能题几个字。丁玲写下了"依然故我"②。

"依然故我"四个字,几乎可以当作研究丁玲的关键词,它指向历史纵深处那个复杂的"我",那个跌跌撞撞却最终完成了人生和创作"转向"的革命实践者。让我们追寻和审视丁玲之"我"的历史模样:"'五四'的女儿"——延安革命文艺的参与者、领导人——含冤蒙难的"反党分子""右派分子"——"文革"后终于被"解放"的老作家。丁玲是谁?"梦珂""莎菲"?《在医院中》的"陆萍"? 著名杂文《三八节有感》的作者? "把自己的甲胄缴纳"③的"我"? 桑干河畔的"我"? 北大荒风雪中的"我"? 秦城监狱中的"我"? 太行山下嶂头村里的"我"? 被訾议为"左"的"红色女皇"的"我"? 被攻讦为"右"的著名作家的"我"? 也许恰恰是多重的"我",使丁玲最终成悬浮状,无"我"可依。

---

① 王增如、李向东:《丁玲传》,中国大百科全书出版社2015年版,第660页。
② 王增如、李向东:《丁玲传》,中国大百科全书出版社2015年版,第644页。
③ 丁玲:《关于立场问题我见》,转引自《谷雨》1942年1(5)。

她无论坚守任何一个"我"，都可能受到非"我"的诘问、挑战、排斥和否决。

丁玲的一生富有传奇色彩。但是，无论怎样单纯又复杂的丁玲，她的文学创作之路只有一次"转向"，即 1942 年延安整风运动所导致的"转向"。并不存在新时期复出以后的"再转向"。学界多数学者做出这样的判断："丁玲在晚年一下子从一个大右派变成大左派，似乎又转了一次向。其实她没有转向。因为比较起延安整风后与 50 年代的丁玲，80 年代的丁玲并没有什么变化，她的言说中的词语系统仍然是在延安整风时习得的。""一个人一旦进入某种话语，退出极难。"①

正是基于这一判断，我们才能较为合理地诠释新时期归来后的这位著名女作家。"丁玲 1979 年回到北京，到 1986 年 3 月去世，7 年间发表了 200 多篇文章，论文杂文占了大半，小说却一篇也没有。"②丁玲晚年最重要的三本书：回忆录《魍魉世界——南京囚居回忆》，回忆录《风雪人间》，长篇小说《在严寒的日子里》，严格意义上，都是未完成的残篇："两部回忆录只能说是大致完工，丁玲去世后，陈明加以整理补充后出版，给研究者留下珍贵史料。"③

十分遗憾又颇耐人寻味的是，以小说家驰名文坛的丁玲，一部孜孜矻矻、断断续续写了三十二年的长篇《在严寒的日子里》——倘若从酝酿之时算起，时间更长——最终竟然没有完成！这部小说可算作《太阳照在桑干河上》的续篇，1948 年就开始酝酿，原准备写上下两部，六十或七十万字，另一说八十到一百万字。1954 年动笔，1955 年刚开头就中断。1956 年 10 月，《人民文学》发表了八章 4 万多字。继而丁玲成右派，在北大荒繁重的劳动之余，曾续写了"几十万字"④，"文革"中遭红卫兵撕抢，夫妇俩将稿子交予场部公安局以图保全，不久公安局被砸，"稿子的命运可想而知"。丁玲曾对陈明说："人

---

① 李陀：《丁玲不简单——毛体制下知识分子在话语生产中的复杂角色》，参见李陀《昨天的故事——关于重写文学史》，生活·读书·新知三联书店 2011 年版，第 152 页。
② 王增如、李向东：《丁玲传》，中国大百科全书出版社 2015 年版，第 724—725 页。
③ 王增如、李向东：《丁玲传》，中国大百科全书出版社 2015 年版，第 708 页。
④ 宗诚：《风雨人生——丁玲传》，中国文联出版公司 1988 年版，第 266 页。

还活着,稿子就可以再写。老陈,现在我什么也不想了,就写书,一定要把它写出来,活着不能出版,死了交给儿子女儿。"①"文革"末期,在山西嶂头村,丁玲重整旗鼓,秉笔再书。"自1976年3月动笔,至1978年3月停笔,丁玲在修改前八章的基础上,一共完成24章,计12万字,历时两年。"1979年7月,半成品的12万字在《清明》创刊号刊出。1990年2月,人民文学出版社出版了单行本。从流放之地回到北京后的丁玲,虽然"一直念念不忘这部小说,却始终未再动笔,去世半年前还要住到桑干河去写完它,但天不假年,她留下一部未竟之作。"②长篇小说《在严寒的日子里》终成"半部"。曾有文学史家提议研究中国古今小说的"半部杰作现象",譬如曹雪芹的《红楼梦》,譬如老舍的《正红旗下》……丁玲的这"半部","杰作"与否当可另论,但至少应从双重角度探讨"半部"之因:一方面,严酷的外部创作环境阻遏了有才华的作家实现宏图大志。另一方面,延安范式和文学理论的新规让丁玲进退不得。丁玲由此被缚,悬在空中。当年丁玲经历延安"转变",艰难而痛苦地脱胎换骨,她怎么可能再来一次艺术上周身换血的大手术? 仅从1955年3月20日、3月23日丁玲给陈明的两封信可见她的纠结与煎熬:"我实在一时写不出。我想了,想得很多,可是实在难写。我不能把人的理想写得太高,高到不像一个农民。可是我又不能写低他们,否则凭什么去鼓舞人呢?""故事性不强都不重要,我希望有一些诗才好。"③她果然以诗的语言描写了桑干河畔的日出景象,却又在1976年的嶂头村修改时几乎全部删除。悬浮的丁玲,进退维谷的丁玲,审美维度游移的丁玲,她已经不可能并且也的确没有退回到"红色"之前的路。

晚年不写小说的丁玲,从某种角度说,对小说是心存敬畏的。1982年4月,她在与北京语言学院留学生的一次谈话中,谈到自己想改行,不写小说改写杂文。她说:"写小说太慢了,要绕很多圈子。所以我了解鲁迅先生后来不

---

① 宗诚:《风雨人生——丁玲传》,中国文联出版公司1988年版,第267页。

② 王增如、李向东:《丁玲传》,中国大百科全书出版社2015年版,第589—591页。

③ 王增如、李向东:《丁玲传》,中国大百科全书出版社2015年版,第483页。

写小说而写杂文的原因。因为文学不只是要表现生活,而且同时是战斗的武器。"①"毛瑟"说深深铭记在心!同时,她当然也明白小说自有小说的元素,小说的形式"要绕很多圈子",若让小说"同时是战斗的武器",不如弃小说而取杂文。丁玲对新时期小说的变化有着小说家特有的敏感,她曾由衷夸奖并评论过邓刚的《迷人的海》,史铁生的《我的遥远的清平湾》,等等。当然,那是她"艺术品位""审美理想"造就的直觉,而不是理论上的再转型与重构。丁玲的文学思维方式、话语方式经历40年代的"碰撞"之后转变,渐趋固化。对丁玲,不变的是她的真诚、率直、敢言和担当。

(二)李建彤——《刘志丹》的主线是历史之作,纪实之作

《刘志丹》是小说还是传记?笔者更倾向于认为《刘志丹》的主线是历史之作,纪实之作,而不是虚构的小说。依据凤凰卫视2015年5月2日《我们一起走过》栏目《我的父亲母亲——〈刘志丹〉小说案始末》②,综合《刘志丹》作者李建彤的一双女儿刘米拉、刘索拉的披露以及节目主持人的解说,我们大体可以对《刘志丹》做出如下描述:一、遵命之作。1954年中共中央宣传部,要求工人出版社出版一本关于刘志丹烈士的书,出版社认为,烈士的弟媳李建彤是最理想的人选。二、纪实之作。创作的过程中,李建彤曾有计划地做了大量的实地采访,"完成了一个记者做的事情"。"她两次自费去陕西采访了各级干部和群众数百人","华池,志丹县,吴起镇,这些刘志丹战斗过的地方,都留下了李建彤的足迹","在北京采访了有四五十人"。三、一开始想写"传记"而不是小说。因红军人物众多,打仗牺牲新旧交替,不好处理,最终决定"除刘志丹外,其余人物都使用虚构的名字"。"把主要的事情串起来,把次要的人物

---

① 王增如、李向东:《丁玲传》,中国大百科全书出版社2015年版,第725页。
② 《我的父亲母亲——〈刘志丹〉小说案始末》,凤凰卫视视频《我们一起走过》,2015年5月2日,见 http://v.ifeng.com/history/shishijianzheng/201505/01482480 – a9e2 – 43f5 – b1a8 – ee48b4c2750c.shtml。

合并起来的方法"，"按小说处理"。四、为党史留下丰富史料。因为纪实的需要，李建彤的"很多很多资料"和"调查笔记"，在她的两个女儿眼中，就是"陕北历史的一个非常重要的文献"，"西北党史的一个见证"。五、文学史需要面对三卷本的《刘志丹》。它分别创作于"十七年"和新时期。60年代惹出惊天大祸的《刘志丹》，即上卷，1979年10月由工人出版社正式出版。第二卷、第三卷创作于作家复出之后的新时期，1983年完稿。1984年12月到1985年6月，三卷本由文化艺术出版社陆续出版，又引争议，停止发行。研究者万万不能忽略文学史的完整性。

《刘志丹》两度受挫（1962年，1986年），问题的焦点，不是"文学叙事"的论争，而是"历史叙事"之争。换言说，是如何记录、解读、诠释中国革命史的问题。这远不是一个19岁就奔赴延安，进过延安抗大和鲁艺，却依然"学生味挺浓"，在女儿眼中有点"混不吝"的女作家所能素肩扛鼎的。

文学史上的"《刘志丹》事件"，潜在地影响了新时期的小说，暗示了历史小说虚拟空间的重要与广阔，小说家们似乎多多少少在回避被砸得头破血流的同一块石头。新时期的作家在文体分类上，更愿意明确区分纪实与虚构，前者称之为传记、回忆录、报告文学或散文。选择长篇小说文体时，面对古代历史，可以帝王将相，一路横扫。譬如二月河的清代"帝王系列"（《康熙大帝》《雍正皇帝》《乾隆皇帝》），唐浩明的晚清"名臣系列"（《曾国藩》《杨度》《张之洞》），既可考据正史，亦能到野史、笔记中寻幽发微，似未见评家以阴谋论，政治棍子大肆攻击；面对现当代史的敏感题材，作家们则绕道去耕种现代主义的"实验田"，或夸张情节，或变形细节，或寓言象征……小说家懂得了模糊比明晰更伟大，他们终于觅得在历史中高蹈凌空的欢畅。

（三）邓友梅——题材转移，开掘"富矿"

革命历史题材在"十七年"几乎被公认为"红色作家"们最为得心应手的题材。这当然与他们的人生经历有关。邓友梅小说题材的确立，曾经与"红色作家"的群体选择别无二致。1951 年的处女作《成长》，七八十年代的《我们的军长》《拂晓就要进攻》《追赶队伍的女兵们》，展现了"红小鬼"出身的邓友梅继承红色遗产、驾驭军事题材的能力。然而他却犹如偷食禁果一般地开始寻找另一块创作"富矿"——新时期很多变革的萌芽，孕育在新中国成立初期"百花时代"那个短暂的早春——邓友梅的爱情题材的短篇小说《在悬崖上》也诞生在这一时节，而结局竟是被逐出伊甸园——打成右派。1979 年春，在伤痕、反思文学的大潮中，邓友梅的《话说陶然亭》可以看作一次题材变革的过渡，虽不是军事题材，却与政治关系相当紧密。紧接着，他又接连推出了短篇小说《双猫图》《寻访"画儿韩"》，中篇小说《那五》，这一下文坛大大吃惊："红色作家"题材彻底变脸，昔日踪迹无处可觅。

由邓友梅小说的题材转移，我们对新时期的小说创作，至少可以进行如下宏观层面的检讨：

其一，作家与生活的关系。梳理过往的当代文学史，作家坚守"熟悉"，立足"原乡"，涉足早已浸透生命的原汁原味的生活，常常在开掘题材"富矿"时抢占先机；遵命"蹲点"，俯身"体验"，去熟悉作家原本陌生的生活，则常会遭遇剪除"隔膜"和克服"疏离"的艰难。当年根据地的两类作家："本土派"与"客居者"，大约就分属如上两种类型。"本土派"的"天然优势"在于，从生活、文化到语言，与叙述对象之间的"浑然天成"，没有小说语言的"夹生之感"，也少有以"异质观察者"身份发声从而"给人以居高临下之感"①。于是文化接受者与文化倡导者不约而同的选择，导致了后期的延安文学，生于斯长于斯的"本土派"作家取代了"客居者"的地位，影响也远远超过了后者。其后，当"遵命题材"与"生命题材"相悖时，当代作家每每步入两难的困惑。新时期，"遵命"之声渐弱，"红色作家"恍然醒悟，他们原本还有一块军旅之外的生活"富矿"。对于邓友梅，"人们恰恰没有注意到，他在童年少年时期，居留

---

① 李洁非、杨劼：《解读延安——文学、知识分子和文化》，当代中国出版社 2010 年版，第220—221 页。

京津地区,解放后又有较长时期留在北京,'反右'后一直在基层劳动。粉碎'四人帮'之前,只有很少人知道他的下落。据说他住在陶然亭一带的民房里,过着类乎隐居实则深入民间的生活。"①正是作家稔熟的京城市井生活,为他新时期题材转型做了最深厚的生活铺垫。

其二,追求"喜闻乐见"的路径。当我们将"为中国老百姓所喜闻乐见的中国作风与中国气派"奉为圭臬,直面的首要问题是,"中国老百姓"是一个成分芜杂、包容量巨大的词汇。接着难以回避的追问:何为"喜闻乐见"? 时代感强的现代生活,富有"意义"的生活,当然可能被"喜闻乐见";"返祖"式的宋之话本,宋元之拟话本,勾栏瓦肆,文字版的"清明上河图",也未必不是另辟蹊径之路。并且,"喜闻乐见"不可能长久地一成不变。譬如"红二代"与他们的父辈的"喜闻乐见"会有差异,都市打工仔与留守乡村的爹娘的"喜闻乐见"难免不同,遑论中国受教育的人数、层次呈几何级数增长。愈是文明开放的社会,"喜闻乐见"就愈是日益众口难调。邓友梅新时期的市井小说或曰民俗小说,在问世之时即获好评,走进新世纪又再度畅销,足见其受读者群拥戴的"喜闻乐见"的程度。

其三,人物形象塑造。工农兵和英雄,被一个时代所倡导所推崇。"市民"一词在新中国相当长的时段有含混暧昧之意:涵盖哪些职业? 属于哪个阶级? 革命与否? 红耶黑耶? 于是"市民小说"也难以名正言顺,渐渐淡出文坛。未曾想步入新时期的邓友梅,接续老舍《茶馆》传统,妙笔生出老北京的三教九流,五行八作,更奇的是还要不时传递"政治消息",有意无意间产生"意义"。人情世态道出人心向背,闲人闲笔书写历史必然。《话说陶然亭》中公园里的四位练功老人,每颗心都与丙辰清明的天安门广场相连,透露出皇城根下老百姓口中的时政,老百姓心中的爱憎。《那五》则是替没落的八旗子弟写真:内务府堂官的孙子,乾清宫五品挎刀侍卫的儿子,玩世骗世混世,他消费

---

① 雷达:《邓友梅的市井小说》,参见雷达:《重建文学的审美精神文艺评论精品》(上),北京师范大学出版社 2010 年版,第 354 页。

完了家族的全部"遗产"，只剩下图慕虚荣的"家世优越感"，唯独没有安身立命的劳动能力。小说并非耳提面命，也回避直奔主题而去，然而，却值得邀请贵胄子弟，富家"二代"们都来好好读一读，这或许会拯救若干葬送先贤功德大业的堕落灵魂。

（四）王蒙——由"形式变革"踏上出奇制胜的路

王蒙的"红色"资历没法与丁玲、李建彤相比。他没有像丁玲那样参加过延安整风运动，是延安文艺座谈会的直接参会者；没有像丁玲那样，有过"真正当兵的日子"：抗战爆发两个月后，就"率领西北战地服务团，徒步开赴山西抗日前线"①。王蒙甚至也没有像李建彤那样，作为进步文艺青年，进入抗大和鲁艺学习。或许，正是延安印记的淡化，造就了后来不时"脱轨"的王蒙。王蒙加入中国共产党一年之后，新中国诞生。严格意义上，王蒙这一代，是"红色"濡染下的一代——共和国的第一代青年——王蒙说："共和国的第一代青年是相信的一代"，王蒙竟能一口气用了23个"相信"！王蒙又说："我们的错误是轻信而不是不信。"王蒙接着说："还有好奇，我喜欢接触和尝试一切新鲜的东西。"②正是"相信""轻信""好奇"，再加上因文获罪二十年：时代如此福祸相生地重塑了新时期的王蒙。

新时期重返文坛后，王蒙是"红色作家"中创作欲望最为强盛，创作寿命最为绵长，创作成果最为丰赡的一位。2015年，他以八十有一的高龄，以创作于1974—1978年间的旧作《这边风景》获得第九届茅盾文学奖。令人感佩的是，王蒙在"政治"的惊涛骇浪中，登上了一条"形式"的方舟。这在"红色作家"中少而又少，时至21世纪，便已然可称绝响。

王蒙修正"以笔为枪"的观念，修正文学"工具论"的观念，尽管他50年代初登文坛之时，也未必能够免时代之俗。在历经阴晴圆缺的变故，潮起潮落的

---

① 王增如、李向东：《丁玲传》，中国大百科全书出版社2015年版，第179页。
② 王蒙：《王蒙自传（第一部）：半生多事》，花城出版社2006年版，第246页。

摔打之后,他能更加辩证更加深刻地去认识文学的功能,文学与政治的关系:"此时至今,我还相信一个道理,对于执政党来说,对于一个社会来说,某一类文学作品起着一个安全阀门的作用。文学毕竟是允许虚构,允许夸张的精神活动方式,文学的批判、愤懑、讽刺毕竟不具有太直接的杀伤力,它没有指令性也没有指导性,它并不要求落实。交通规则是人人必须遵守的,而莎士比亚的戏剧并没有要求人们必须遵守什么。相反,有些我们并不否认的社会不公正现象,人生的痛苦现象,人与人的不平等现象等等,在文学作品中有所表现,它既可以提醒我们的注意,又可以为众人说几句牢骚话气话,冒冒烟,出出火,像高压锅上的限压阀,气大了顶起来响两声,呲两下,对于一个健康的与没有丧失自我调节能力的社会来说,应该是有益无损的。"①王蒙的"安全阀门"说,显然告别了一个时代已被"规则化"的文学观念:当文学成为"革命文学"时,它的功能就渐被定位为"革命战略"的重要组成部分,政治机器上的"齿轮和螺丝钉",如此庄严,如此重大,焉能允许冒烟出火?运动一来,"呲两下"就是犯罪。

在正襟危坐的高校课堂,以"王蒙小说的形式变革"为研究对象,可以开一门选修课。在学者的理论专著中,王蒙使用过,借鉴又改造过的小说形式:意识流,黑色幽默,荒诞派,现代新寓言,元小说,新通俗小说,小说与非小说嫁接,语言实验……都值得从正宗的理论到非正宗的改造,来一番细数和比较。王蒙这些令人眼花缭乱的形式,均可以在某某"形式"的专有名词前加一个限制词:"半个"。"半个"恰是王蒙的创新,王蒙的独特。

形式变革的副产品——避灾。少有人把这一颇为沉重的话题点透,王蒙自己却隐忍不住招了出来:"多数情况下,那些盯住我找茬子的人,根本够不着鄙人,比如追一辆车或一匹马,连吃车扬起的或马踏起的尘土都甭想,我早把他们甩到二千公里以外去啦。""有心怀恶意的人伺机而动,有头脑简单的

---

① 王蒙:《王蒙自传(第二部):大块文章》,花城出版社2007年版,第147页。

人不理解王某,例如连续三篇创新之作就足以吓坏一批怒坏一批忙坏一批。那么我必须第四篇给你一篇古典,再加一篇慎重,一篇高头讲章,一篇高屋建瓴,一篇势如破竹,一篇白描。问君能有几多招?你跟得上吗?你够得着吗?你看得过来吗?在下的作品是有土有洋,有简有繁,有正有奇,有进有退,有笑有哭,有老实有调皮……报告文学作家理由半玩笑地说过一次,说我的写作打一枪换一个地方——有点麻雀战的意思。"①战场上的"麻雀战"是对付敌人的,而且往往是弱方对付强方。王蒙的"麻雀战"让貌似强大的批评家晕了头,真有点黑色幽默的味道。假如,当然历史与文学史都不可能"假如",当年的丁玲、李建彤,包括50年代的王蒙本人,也曾将小说的形式当"游戏",情形将会怎样?结论只有一个:形式选择绝不可能成为政治批判的盾牌,遑论他们别无选择。其实,"红色"的源头,上推至延安文学,形式问题也曾是根据地文学界最热门的话题,尤以1939年和1940年为甚。1942年整风以后,日渐确立起"延安文学"范式。那就是,重新审视"旧形式",亲近"旧形式"。对"旧形式"即文化界普遍称谓的"民间艺术形式"进行利用和改造,"大众文化"颠覆了新式知识分子所钟情的"高雅文化",细分还可区别为欧化的与本土化的"高雅文化"。

王蒙独特的形式实验,既不是继承或颠覆赵树理,也不是继承或颠覆丁玲;既不是亲苏俄而远欧美,也不是正好相反;既不是回归传统文化,也不是完全的现代派。这一变革,昭示了中国现代小说的形式变革之路径的确可以更加宽广。当代文学有足够的理由敞开襟怀,小说的形式实验并不表现为单向的、一元的实验,它必然地走向雅俗之间,土洋之间,双向交互影响,互为接纳的实验。小说的审美精神既可以沿着"脱雅入俗"的"普及"之路前行,也不排斥沿着"由俗变雅"的"提高"之路探索——小说形式变革的多元化的时代姗姗来迟。王蒙从70年代末"东方意识流"开始,长久而快乐地当了一名"形式

---

① 王蒙:《王蒙自传(第三部):九命七羊》,花城出版社2008年版,第274页。

变革"的弄潮儿,这在"红色作家"中为数很少。在小说形式的乐园里,能与他结伴的多为"八五新潮一代",因而他不孤独,他永远"青春万岁"。

"'红色'作家群"——历史在他们身上镌刻了永远无法抹去的印痕,他们为历史留下了正面的、侧面的、欢快的、泪水的、永恒的,也并非一成不变的身影。他们本身就成了历史的重要组成部分。中国当代文学史,当代小说史,以他们为开篇之作,名正言顺,别无他选。

第二章 "知青族":与新时期小说同行

岁月蹉跎,岁月有痕。这是共和国难以磨灭的历史,这是当年波及中国亿万家庭的大事件:知识青年上山下乡运动。1968年12月21日夜,毛泽东发表指示:"知识青年到农村去,接受贫下中农再教育,很有必要。要说服城里干部和其他人,把自己初中、高中、大学毕业的子女,送到乡下去,来一个动员。各地农村的同志应当欢迎他们去。"随后的十年间,1700万①知识青年上山下乡运动——中国一代人的命运就此而改写,中国乡村和城市的风景就此而改写,中国20世纪下半叶的政治史、经济史、文化史、文学史就此镌刻上这场运动难以磨灭的深深印记,也由此诞生了当代文学史上的一个专有名词:"知青族"。或许,"知青族"还将以潜在的、更加深刻的方式影响着一个国家未来的发展。

本书将"知青族"定位于有过知青经历的当代作家,而非创作了知青上山下乡题材小说的作家。下乡知青倘若细致分类,从城市下乡的可区分为插队知青、投亲靠友知青、兵团知青、国营农场知青等。属于此类"知青族"的知名作家有梁晓声、张承志、史铁生、卢新华、孔捷生、叶辛、老鬼、张辛欣、张抗抗、

---

① 有说加上"回乡知青"和20世纪50年代中期至60年代中期陆续零星下乡的知青,这一数字应该突破3000万。

竹林、乔雪竹、张曼菱、陈世旭、柯云路、阿城、韩少功、郑义、李杭育、刘恒、李锐、王安忆、池莉、范小青、铁凝、王小波、徐星、马原、潘军、陈村等。

需要特别强调的是,讨论"知青族"作家,万万不该遗漏了"回乡知青"中的作家。在文学之路的长跑中,他们的创作韧劲彰显得格外强劲,于文坛的成就更是有目共睹。路遥、贾平凹、莫言、刘震云、张炜等可谓其中代表。多数版本的当代文学史往往忽略了"回乡一族"也是知青。他们本是土生土长的农民子弟,读书之后又回到他们祖祖辈辈生活过的土地当农民,因而被称之为"回乡知青",以区别于"下乡知青"。在当年"城乡分治"的政策大背景下,他们的"回乡"被看作理所当然。他们往往不能享受城市知青的相关待遇,如下乡时的安家费以及若干年后乡村经历被计入工龄等。知青大返城时,他们当然也无城可返。这些人离开乡村的出路窄之又窄:少量的被招工;更少量的当兵;极少量的上大学——1970年至1976年间被推荐上大学(俗称工农兵大学生)或1977年之后参加已停止11年的大学公开招考,并在千军万马的拼杀中挤过独木桥。比如1949年出生的路遥和1952年出生的贾平凹:路遥生于陕西榆林市清涧县一个农民家庭,7岁时因家境贫困被过继给延川县农村的伯父,曾就读于延川县立中学,1969年回乡务农,并在农村小学教过一年书,1973年入延安大学中文系学习,毕业后任《陕西文艺》编辑。贾平凹读完乡村小学,考入初中不久"文革"开始,回到村里劳动,1972年被推荐入西北大学中文系,毕业后留西安市任陕西人民出版社编辑,《长安》文学月刊编辑,80年代初成为新时期最早的职业作家之一。再如1955年出生的莫言和1958年出生的刘震云。莫言读到小学五年级辍学,回乡务农十年方得从军。乡村少年刘震云严格意义上只算得半个"回乡知青":他15岁初中尚未毕业去当兵,复员回乡教了半年书,知青生涯非典型,时间也较短。此两人均以投身军营为出路,离开了安身立命的土地。再后,刘震云1978年考入北京大学中文系,莫言1984年考入解放军艺术学院文学系,从此踏上文学创作之路。

"知青族"是中国当代文学"作家群现象"代际传承的流风余韵,也是"代际嬗变"的转捩点。这完全符合历史的逻辑。

一、涌浪：拍打在新时期文学的沙滩上

（一）"知青族"——"伤痕文学"的揭幕人

新时期文学从"文革"走来，经历过地火燃烧、地泉喷涌的开篇。我把那些第一发表园地为手抄本、油印小报、各类墙报、民间刊物的作品，乃至于"文革"中存于抽屉、娱乐自己的作品，包括日记等，统统称之为从"地下"涌出的文学。80年代文学的喷发始于70年代乃至60年代末期。彼时的知青们身处权力斗争的边缘，行政管理的角落，有了相对的人身自由，偏离"文革"主流思想的异端之思，便在田间地头生成，在山坡溪畔碰撞，终于在岩石的缝隙中夺路而出。迄今的文学史家似乎更多地关注新时期诗歌的"地下"状况，比如70年代的"白洋淀诗群"和80年代"朦胧诗群"的部分中坚分子们的"地下"时期。其实，新时期不少小说作家也都曾经历长短不一的"潜伏期"：有相对人身自由的知青们以文会友，由手抄流传到蜡纸油印再到民刊发表。稍后还有各大学的学生刊物、墙报等。阿城回忆下乡时，"走几十里地，翻过几座大山，来跟你谈一个问题，完了还约定下一次。多数人其实也不会写什么，也就是互相看看日记。当时不少人写日记就是为朋友交流而写的。"①阿城的那些收入《遍地风流》的现代笔记体小说，便是一些愉悦自我或小众的交流之作。他在成名之前，亦曾有过民刊《今天》的经历。卢新华的《伤痕》，最初则是登载于复旦大学中文系的班级墙报上，引起校园轰动，后经修改才正式发表在1978年8月11日的《文汇报》。

是"知青族"揭开"伤痕文学"的序幕，继而参与了"反思文学"的反思。

---

① 查建英：《八十年代访谈录》，生活·读书·新知三联书店2006年版，第17页。

"伤痕文学"的命名正来自卢新华的小说《伤痕》。

"知青族"经历过极左横行、社会动荡的"文革",又幸运地赶上了一场历史的巨大变革,见证了国家层面的"拨乱反正"。他们以为民众代言的方式,开始了一代人在历史转折点上最初的思考,也由此促生了"'五四'新文学"以来新一轮的"问题小说"。所涉问题触动时代的热点和痛点:从忧国忧民到个人的苦难迷惘,从切肤的肉体之痛到刻骨的精神之殇,从群体的情感抗议到个体的思索吟哦——法治问题与教育问题,阶级斗争与血统论,个人奋斗与命运搏击,铭心刻骨的饥饿与爱情……"知青族"作家获得读者且首先是有相似经历者的拥趸。《伤痕》《这是一片神奇的土地》《今夜有暴风雪》《在小河那边》《我的遥远的清平湾》《蹉跎岁月》……知青这代人,他们有足够的理由书写和反思他们所亲历的那段历史,虽然这种反思还远称不上深刻和透彻。其文学史的价值仍然不容忽视:亲历者的记忆,亲历者的视角,亲历者的伤痛,亲历者的叩问与呼喊,思考与回避,统统指向一个词——真诚——并且久违了。情是真的,泪是真的,热度是真的,甚至幼稚、不成熟也是真的。我们似乎没有多少理由要求"知青族"在 70 年代末 80 年代初的历史环境中,去占领一个超越时代的,彼时不可能达到的思想制高点,譬如批评界事后的指责:"没有忏悔"而是"青春无悔";没有"美丑互现"的复杂人性,而是"善恶分明"的认知模式;没有对施暴者的理性思考和分析,而是"祈盼清官"一锤定音拯救民众,如此等等。为什么是这样的而不是那样的? 回答是:历史必然! 我们必须从"知青族"整体的成长背景考察,他们是"'红色'作家群"影响下的一代人,他们所接受的正规学校教育,使之对"延安文学"以来所出现的作家、作品更为熟悉并被指认为正统之道。"伤痕"和"反思"阶段,他们的写作基本没有跳出这一传统。他们被强大的历史惯性所推动,所裹挟:文学与政治的紧密关系,文学所承载的"宣传民众"的作用被凸显,文学的审美功能依然处在主题和题材的尖锐性之后,乃至被忽略。面对小说的形式问题,他们的审美积淀使其力不从心,捉襟见肘。主观上渴望担当"启蒙者"的知青作家,客观上自身也是需要

"被启蒙"的角色,他们是需要补课的一代,是经历磨难才慢慢长大长高的一代。更何况"80 年代针对文学的规训同样无所不在","一个是'文学制度',另一个则是'政治无意识'"。①

以小说之笔,记录"文革"历史——这句话真不知是贬低了"知青族"作家还是历史学家。老鬼的长篇小说《血色黄昏》写作于 70 年代末,十年间辗转碰壁于六家出版社,最终在 1987 年由工人出版社出版发行。此时"伤痕""反思"的高潮已过。作者在小说的扉页上写道:"在那动乱的年代,凡是有知青的地方都会有许多悲怆感人的故事。我写的这个只不过是其中的小小一曲。它算不上小说,也不是传记。比起那些纤丽典雅的文学艺术品来说,它只算是荒郊野外的一块石头,粗糙、坚硬。不论风吹雨打,日晒雨淋;也不论世人如何评说,这块沾着泥污的石头将静静地躺在祖国大地上。"②或许,彼时的很多作品,现在看来都是这样真实的,粗糙的"石头"。而"石头"们的思想武器,文化传承,主要来自"十七年文学"的熏陶。就像小说的主人公林鹄,年轻的生命溢满了"青春之歌"的革命造反激情,而造反的对象却正是撰写了《青春之歌》的母亲。

学者许子东曾以《重读"文革"》为题,以 1977 年以后在中国内地写作与发表的五十部(篇)有关"文化大革命"的长中短篇小说为例,整理和探讨"文革"小说的基本叙事模式,其中 21 部(篇)出自有过下乡、回乡经历的作家笔下,所涉"知青族"作家 16 人。许子东认为:"'文革'叙述","因为某些特定历史文化条件的原因,文学(尤其是小说),数十年来已成为国人谈论、叙述'文化大革命'的主要方式。而对年轻一代及后人及'外人'来说,所谓'文革',首先是一个'故事',一个由不同人所讲述的'故事',一个内容情节大致相同格式细节却千变万化而且可以引出种种不同诠释的'故事'"。"'文革'

---

① 李杨:《重返 80 年代:为何重返以及如何重返》,收入程光炜编:《重返 80 年代》,北京大学出版社 2009 年版,第 15 页。
② 老鬼:《血色黄昏》,工人出版社 1987 年版。

以后的'文革故事',其实已是重读'文革'。而这个重读'文革'的小说版本,至少到目前为止,比政治文献版本或历史教科书版本流传更广,影响更为深远。"①我们很难设想,当翻过这一页由"亲历者"出场的文学史,"文革集体记忆"将会以何种模样传世;当翻过这一页由"知青族"出场的小说史,"上山下乡"这一当代历史的重大事件,将会完成怎样的"诗史互证"。

(二)"知青族"——构成"寻根文学"的主力阵容

参加与"寻根文学"紧密相关的 1984 年底"杭州会议"的作家、批评家以及会后不约而同发表"寻根宣言"的作家,绝大多数有过知青经历。他们大致可分为有"寻根宣言"的寻根作家和没有"寻根宣言"的寻根作家。前者有韩少功、阿城、郑义、李杭育等,后者如王安忆、莫言、贾平凹等。寻根小说之代表作品《棋王》(阿城)、《爸爸爸》(韩少功)、《小鲍庄》(王安忆)、《老井》(郑义)等的作者全部当过知青。

寻根的倡导者们潜意识中把中国文化区分为"规范文化"和"非规范文化",前者指以儒家文化为正统的汉民族文化,后者指不入正宗的民间文化和少数民族文化。事实上,身处文化断裂带上的这一群体,绝大多数人对中华五千年的"规范"与"非规范"两种文化都很陌生,对西方文明史更是所知甚少。当他们走进学堂时,文化的餐桌上,所谓"封、资、修"正逐一撤盘,目之所及,干净且又纯粹。他们是时代特征鲜明的"红色文化"教育熏陶下长大的一代。激情澎湃的"红色"实践——"红卫兵"造反并没有给他们带来"红色"荣耀——他们成为一场历史剧中的失败者。乡村恰成疗伤之地,颇有温情地以民间的方式,抚慰了遭受戏弄的年轻而苦闷的心。

知青们下乡,如同走进另一间课堂,乡村就是一本厚厚的大书,那里有无字的历史与现实,如野史、神话、俚语、笑料和口口相传的家族史;那里有教科

---

① 许子东:《重读"文革"》,人民文学出版社 2011 年版,第 2 页。

书文字之外的文字,有在浩劫中余生的旧书和老太太剪鞋样时偷藏在炕席下的残书页。泛黄的纸页间飘散出历史陌生的异味,引起纯粹一代的好奇和诧异。后来还有了从高干、高知子女处传出的"灰皮书""黄皮书""白皮书"等"内部发行图书",那虽然只是极少数人可以获得的专利,可知识饥渴的年代,此类图书的转手速度之神速令人咋舌。这代人以如此怪异的方式或主动或被动地接受了大一统的学校教育之外的教育,这倒正好应了当年的热词:再教育。于是,五谷杂粮填塞了知青们的肚皮,精神杂粮滋养了知青们的头脑。若干年后,文学出人意料地展示了吃"杂粮"的结果:"寻根"作家们不约而同地宣称,要从民间文化中汲取营养,以延续文学的生命的根。阿城说:"我是支持'寻根派'的,为什么呢? 因为毕竟是要去找不同的知识构成,补齐文化结构,你看世界就不同了。""排列组合多了,就不再是单薄的文化构成了。"①

"寻根"思潮在对民族文化的价值取向、价值立场上不断地在"认同"和"批判"间摇摆、犹疑,同时,知青们也正是由此出发,探寻民族文化粗壮又盘根错节的"根",并由此逐步摆脱"红卫兵"思维模式:否定、打倒、砸烂与颂扬、耸立、万岁势不两立。

"寻根"思潮在审美精神上却不约而同追寻东方古典美学的气韵。此前,恰逢新时期错过"伤痕"而迟到的汪曾祺重返文坛,接连发表《受戒》《大淖记事》等,仿佛为饥渴的青年另外摆出一桌滋味绝妙、文化蕴含浑朴醇厚的美餐。这一契机或许正是两代作家之间与过往完全不同的代际濡染,承继与递嬗,汪曾祺与阿城之间的惺惺相惜可见一斑,其文学史价值和文化意义不容忽视。"范本"的变异,也为余温尚存的"反思文学"走向纵深,探寻了一条政治视角之外的道路。新启蒙文化思想家李泽厚的《美的历程》的出版,也直接影响了韩少功、李杭育对"寻根宣言"的深思。在"寻根思潮"中有所建树的知青作家,细究其成长经历,一定会发现其非常个人化的阅读和文化圈交往经历。

---

① 查建英:《八十年代访谈录》,生活·读书·新知三联书店 2006 年版,第 34 页。

（三）"知青族"——汇聚在"新写实小说"的旗帜下

在"新"旗林立的 80 年代末期，"新写实小说"是有创作实绩的浪头，它不是人造噱头，不是泡沫文学，不是评论家的炒作。在文学发展前浪拍后浪和后浪推前浪的过程中，此前的"寻根文学"的文化倾向和主题热潮，既为"新写实小说"提供了温床，也遮掩了它 80 年代中期便悄然而生的创作现实。"新写实小说"的"渐起"是其必然：世纪末价值体系的变异，理想主义的消解，文学集体想象的失落，使 80 年代初期到中期那批理念强大的文学样本所构造的历史故事和文化图景渐行渐远，转眼化作乌托邦式的幻景。一些作家不约而同地尝试：让小说文本回到"原生态"的土地之上。

直到《钟山》杂志 1989 年第 3 期推出的"新写实小说"大联展和联展"卷首语"的诞生，"新写实小说"才有了文学史意义上的时间标记，有了最初的理论概括。随着评论家们的深度关注，我们可对"新写实小说"简单做出如下描述：一、隶属于现实主义的大范畴又异于其母体。二、同时借鉴了现代主义各流派的艺术技巧。有评论称："新写实小说"是"两个主义"——现实主义与现代主义"杂交胎生"的新品种，是出现在两个主义"交叉地带"的"一种新的创作途径"。[①] 另有评论家称，"新写实小说"是对"两个主义"的"超越"："新写实主义"的出现，是现实主义的"复归"和对其"提升"，"传统与新潮，理性与感性，写实与抽象，故事与神话等已经消融为一体。"[②]这一浪头中，半个回乡知青刘震云和知青作家刘恒、李锐、池莉、范小青等，正是"新写实"作家群中最引人关注的几位。他们的《一地鸡毛》《官人》（刘震云），《狗日的粮食》《伏羲伏羲》（刘恒），《厚土》系列（李锐），《烦恼人生》《不谈爱情》（池莉）等，成为"新写实小说"的代表性文本。

---

① 丁帆、徐兆淮：《新现实主义小说的挣扎》，《上海文论》1990 年第 1 期。
② 吴义勤、季进：《超越，在复归中完成——1989 年小说创作鸟瞰》，《当代作家评论》1990年第 3 期。

该作家群体的创作,建构了"新写实小说"的文本特征:一、生活形态:由独具文化蕴含和文化暗示的生活,向粗糙、朴素的原态生活流变;二、人物形象:由典型向原型流变;三、小说结构:由以偶然性为主导的因果关联的情节链,向以真实性为主导的场景、细节粘连流变;四、叙事态度:由作家"倾向性"的流露,向"情感的零度介入"(王干语)流变。

"寻根思潮"最终被回乡知青莫言的"我爷爷"和"我奶奶"的故事推向了高潮。

(四)"知青族"——于"现代主义"的土壤中萌芽、生长

西方"现代派"在80年代中国语境中是一个外延模糊,并且夹杂着本土化的自说自话的"特定概念",而它相对于大多数中国现代作家熟稔于心的现实主义的异质性却毋庸置疑。"现代派"的崛起势不可挡:它以各种蓝本破国门而入,创作领域义无反顾的特立独行为开篇;理论则总是后知后觉,并且在颇为热闹的争鸣中逐步廓清思路:认为它的"指涉内涵包括欧美19世纪后期的唯美主义,20世纪初期的后期象征派、表现主义、意识流、超现实主义等,以及六七十年代以存在主义为主要哲学基础的'黑色幽默'、'垮掉的一代'、荒诞派戏剧、新小说等诸种现代主义文学思潮"。① 回溯80年代"现代主义"初起之时,其合法性尚存质疑,有评论家索性采用了更加模糊的称谓:"先锋派",试图把如上内涵统统打包装进一个口袋,以此回避纷纷攘攘的"现代派"的"真""伪"之争。打包的"先锋派"严格说来未必贴切,因为其中包含了西方几十年前甚至19世纪就把玩过的形式,何"先"之有?当年另有一些学者则依循小说形式实验中的新的形式元素,把传统现实主义之外的形式,划分为不同的流派,并且编辑了一套影响面颇广的"新时期流派小说精选丛书"②,以"象征主义小说""结构主义小说""荒诞派小说""魔幻现实主义小说"等来命

---

① 贺桂梅:《"新启蒙"知识档案》,北京大学出版社2010年版,第115页。
② 参见吴亮、章平、宗仁发编:《新时期流派小说精选丛书》,时代文艺出版社1988年版。

名各个作品辑。姑且不论这样的区分与对口所精选的作品是否名实相符,但他们对新时期小说"新质"的出现以及它所呈现的复杂状态,的确有着非常敏锐和足够清醒的认识:"第一,除了易于识别的现实主义倾向之外,八五年以来新潮小说中的各种倾向往往交相错杂,你中有我,我中有你,难以作出准确的划分和概括;第二,虽然某些创作倾向中已经具有形成流派的因素,有的倾向已形成流派,但是形成流派的因素往往处于萌动状态,形成的流派也往往隐而不彰,多数只能算作'潜流派',并且,对各种倾向的概括也是众说纷纭,难以取得一致;第三,在急剧变化的创作态势中,很多作家经常改变自己的审美追求,以致人们试图从审美追求上划分作家群体并以'流派'称之成为困难;一个作家的诸篇作品在审美追求上常常是不一致的,有的作家主观上的审美追求同笔下作品的实际状态也是不一致的。"①

正是在80年代这样一种新质萌生、潜流涌动、混沌芜杂、兼容并包的文学状态中,小说的形式问题终于被作为重要问题摆上文坛,当代中国文学的"现代主义"思潮和相随而来的文本出现了。1985年是注定要被写入文学史的,小说领域以刘索拉的《你别无选择》和徐星的《无主题变奏》开其端,马原的《冈底斯的诱惑》《虚构》《喜马拉雅古歌》紧随其后,无可阻挡地登上了"先锋"的舞台。此三位作家可谓是"先锋派"中的先锋。"85新潮"一词因为被学界频繁使用,也终于成为文学史的专有名词。"元小说""叙事圈套""时间意识"等批评术语,最初总是离不开以马原为例。

徐星、马原曾分别是陕北志丹县和辽宁锦县的插队知青。刘索拉的经历有点特别:她于1970—1972年间到地质部江西"五七干校"劳动,她的母亲李建彤当时在中国地质科学院江西峡江"五七干校"劳动改造。两地虽相隔不远,母女俩却不得相见。少年刘索拉是一个下放到"五七干校"的特殊知青。近年来有学者提出,要对"文革"中的"五七干校"进行研究,倡导者中不乏当

---

① 吴亮、章平、宗仁发编:《新时期流派小说精选丛书》,时代文艺出版社1988年版,第1页。

年随父母下放"五七干校"的半大孩子,拟研究的一个重要观测点是:"文学视野和史学视野里的五七干校。"①

当"先锋派"与"现代派"的身份不由分说地可以自由切换,"真""伪"也变得不再那么重要,读者们逐渐发现,"现代主义"以非正宗的游击方式,向"现实主义"侵蚀、渗透。两个主义不再壁垒分明。韩少功和莫言的"现代主义"创作手法稍有时间错位地引起关注,却很少有人将他们称为"现代派"。其实这两位知青作家在"85新潮"中都曾经功不可没:韩少功《爸爸爸》②中的丙崽和莫言《透明的红萝卜》③中的黑孩,均诞生于1985年——两个孩子的形象,在新时期文学史上十分引人瞩目。丙崽与黑孩,一痴一慧,一魔一神,且真真实实,非魔非神。丙崽将非此即彼,黑白对峙的愚昧认知方式、思维推理及其群体崇拜的后果,演绎得可笑又可怕;黑孩将苦难中人的坚韧和对于美丽、美好的向往、追寻,展示得如梦如幻,这种苦到极致而心生向往而迷极成幻的状态,读来让人心动不已。两个仿佛具有特异功能的孩子,结构了关于孩子的寓言,实在可以看作民族性格中的两个透视端点。作家既没有摒弃惯常的现实主义手法展现实景,又以隐喻、意象、幻象、寓言等现代主义手法,托举出意义丰饶、意义不甚确切的弹性审美空间,真正让80年代的读者既陌生又惊喜。

莫言一路走过来,从来只是疑似之间的"现代主义",姑且称之为"莫言式的现代与传统的融合"。莫言2012年获诺贝尔文学奖时,颁奖词的褒扬十分准确:莫言"很好地将魔幻现实主义与民间故事、历史与当代社会融合在一起。(Who with hallucinatory realism merges folk tales, history and the contemporary.)"④必须看到,获得世界赞誉的莫言首先是民族化的。代表中国文言短

---

① 李城外、王耀平、庞旸:《"五七干校"研究:从文学到史学——"五七干校"出版物三人谈》,《中华读书报》2015年9月30日。
② 韩少功:《爸爸爸》,《人民文学》1985年第6期。
③ 莫言:《透明的红萝卜》,《中国作家》1985年第2期。
④ 瑞典诺贝尔委员会2012年诺贝尔文学奖颁奖词,转引自杨扬主编:《莫言作品解读》,华东师范大学出版社2012年版,扉页。

篇小说最高成就的《聊斋志异》的作者蒲松龄，就是莫言的乡党山东人。《聊斋志异》中的那些狐仙鬼魅故事，用传奇法，以志怪状，"出于幻域，顿入人间"①的笔法，浸染着它的后辈同侪。莫言的祖辈、近亲们的传奇经历（如莫言的三爷爷），族人、邻里们的口中故事，成就了莫言小说的某种独有的神秘、夸张、寓言与滑稽。莫言出众的感觉能力，造奇设幻的本领，或契合，或消化，或改造，或变异了世界文坛引以为豪的"魔幻现实主义"。莫言的中西渗透，中西合璧是新时期"先锋"浪潮的变异，它指涉了新时期文坛对于中国传统小说元素和西化小说元素毫无门户之见的多元接纳。从新时期"现代派"的群体看，其西化的倾向，经历过从蓝本描红到逐步消化融合的过程。这个过程里，莫言无疑是别出一格的，我们几乎很难找到他明显的"描红"印记。莫言获诺奖使得"魔幻现实主义"这一学术名词，渐从学者圈子扩展到民间，尽管大多数圈外之人仍然未能弄明白它在原产地拉丁美洲时的模样，却大有兴趣补读80年代曾经作为西方蓝本的加西亚·马尔克斯的《百年孤独》。殊不知拉丁美洲原产地的某类魔幻细节与高密东北乡继发地的某类魔幻细节，原本都包含着写实的成分。

"知青族"是新时期"现代主义"的先头部队，刘索拉、徐星、马原可称之为"先锋第一波"。他们未能构成其主力阵容。主力是由60年代出生，没有当过知青，人生经历相对单纯的作家们组成，如苏童、余华、格非等。然而在紧随其后的主力："先锋第二波"作家中，"知青族"的身影并未绝迹，如潘军、陈村等。颇为有趣的是，当文坛典型的"先锋派"主力部队转移阵地，从高处不胜寒的形式的象牙塔下撤，未获"先锋"名分的莫言、刘震云等却一刻都没有停止过他们的形式实验，如世纪末刘震云的《故乡面和花朵》，新世纪莫言的《蛙》《生死疲劳》，等等。从某种意义说，他们扮演了非典型的"先锋派"角色——构成"先锋第三波"——以潜隐的方式，不动声色地扩张了"现代主义"

---

① 鲁迅：《中国小说史略》，东方出版社2012年版，第164页。

的意识与"现代主义"的形式,甚至"后现代"的游戏也一股脑儿地掺杂、跟进,全然不顾评家如何说三道四。或许,当代文坛以模仿、描红为基本手法的西化的"现代派"注定死亡,而个人化的嫁接、杂糅、非正宗、非纯粹、非单一手法的"先锋"终将生气勃勃,绿意盎然。

二、差异：回乡的"知青族"与下乡的"知青族"

"回乡者"与"下乡者"虽一字之差,却是一个很有讨论价值的话题。"根"的差异导致"集体无意识"的区别,最终导致了两类"知青族"作家日后小说创作的相当明显的区别：

(一)乡村对两类"知青族"作家的生命意义不同

乡村是"回乡者"的生命之"根",是他们连接着祖辈历史的精神脐带,这里镌刻着他们的童年记忆,纵然多年以后肉体之身已然逃离,他们对根之地的情感仍然难以割舍：亦真挚,亦绵长,亦明晰,亦恍惚,五味杂陈。回乡的"知青族"作家几乎都曾经遭遇过极度的生存困境：家境贫寒。他们虽然出生在民众受教育程度低下的乡村,可出道之前多少都得到过一些正规学堂教育,却又常因个人体能不佳,农艺不精,喜读闲书,被村民们视作异类。他们是"根"之地上的孤独者和叛逆者。

"回乡"的路遥有着苦难的童年,他难以忘却因饥饿而遭受的非人羞辱：在学校操场上,路遥难以抵御富家子弟书包里白面馍馍的诱惑,被迫趴在地上学狗叫,以换取原本平常而于他却是难得一尝的食物。① 在农耕为本的土地上,在人民公社的大集体里,回乡的莫言和回乡的贾平凹少有安身立命之技。

---

① 高建群：《一个人孤零零地在地球上行走——我认识的路遥》,《南方周末》2015年3月19日。

莫言回忆他第一次割麦:"割麦的男人们已经在遥远的河堤上等待开饭了,而我还在地半腰",受到众人耻笑呵斥,最终被队长派去"拾麦穗"。① 贾平凹则道出在生产队出工时的窘态:"没有几个村人喜欢和我一块干活。我总是在妇女窝里劳动的,但妇女们一天的工分值是八分,我则只有三分。"②

贫瘠之地上的孩子生存不易,获取知识的途径更加艰辛。成名之后的莫言,清晰地记得他偷看的第一本"闲书"是绘有许多精美插图的神魔小说《封神演义》,读书的交换条件是为书的主人家拉半天磨,以换取看半天书的权利。莫言还记得他"怀着甜蜜的忧伤读《三家巷》,为书里那些小儿女的纯真爱情而痴迷陶醉",几十年后第一次到广州,痴愣愣地窜遍大街小巷寻找区桃而不得。莫言更记得他在如豆灯火下阅读《钢铁是怎样炼成的》,"头发被灯火烧焦也不知道",保尔和冬妮娅的迷人初恋,"实在是让我梦绕魂牵,跟得了相思病差不多",读到激情时刻,"幸福的热泪从高密东北乡的傻小子眼里流了下来"。③

贾平凹在乡间的十九年,小学、初中(入学不久即因"文革"辍学)都是成绩优异的学生,他回忆当年:回乡劳动之余,"能安我心的,就是那一条板的闲书了。这是我收集来的,用条板整整齐齐放在楼顶上的,劳动回来就爬上去读,劳动了,就抽掉去楼上的梯子。父亲瞧我这样,就要转过身去悄悄抹泪"。他遍处寻借那些在城里早已被禁的古书来读,"读起来比课本更多滋味,那些天上地下的,狼虫虎豹的,神鬼人物的,一到晚上就全活在脑子里,一闭眼它就全来。这种看时发呆看后更发呆的情况,常要荒辍我的农业"。④ 对于"回乡知青",读书让他们有别于文盲、半文盲的野佬村夫;读闲书再有别于局囿在教科书本里中规中矩的学子;更为重要的是,"原乡"那独具肌肤之亲的自然

① 莫言:《我的高密》,中国青年出版社 2011 年版,第 48 页。
② 贾平凹:《我的台阶和台阶上的我》,《青春》1984 年第 7 期。
③ 莫言:《我的高密》,中国青年出版社 2011 年版,第 28—30 页。
④ 贾平凹:《自传——在乡间的十九年》,《作家》1985 年第 10 期。

环境,不可复制的人文环境,遥远的历史回响与活色生香的现实生活,影影绰绰又虚虚实实地走进了他们的创作——故乡之风的吹拂,故乡之水的浸润,必让他们成为一个浑身沾满故乡泥土的"黑孩"和一个渴望改变人生命运的"高加林"。莫言如此描述故乡与他的小说的关系:那是个"千言万语的题目","简而言之","故乡的风景变成了我小说中的风景","在故乡时的一些亲身经历变成了小说中的材料","故乡的传说与故事也变成了小说中的素材"。莫言也清楚明白,如上条理化的总结反倒是把故乡与作家的关系简单化了。"事情远比我说的要复杂。因为,故乡对我来说是一个久远的梦境,是一种感伤的情绪,是一种精神的寄托,也是一个逃避现实生活的巢穴。那个地方会永远存在下去,但我的精神却注定了会飘来荡去。"① 也正是在路遥伏地学狗叫换取白馍的那个晚上,他"佝偻着腰望着夜空,因为他听政治老师说,今天晚上有个叫加加林的苏联少校,要驾着飞船进入太空,他将从陕北高原的夜空中飞过。这个半大孩子,热泪涟涟地望着夜空。许多年以后,他把他的一部名叫《人生》的小说的主人公叫作'高加林'"。② 文学史将铭记那令人唱叹的时刻:赤贫的少年匍匐在黄土地上,泪眼朦胧,仰望星空,他渴望飞翔!他饥饿的身体里注满了强大的原动力——路遥因此而坚强而执着,执着到日后为了一部百万字的长篇小说《平凡的世界》,燃尽自己年轻的生命,犹如火箭把航天器送上太空而最终毁灭了自己。

乡村对于"下乡者",则是完全不同的生命体验:三天新鲜劲一过,融入环境的艰辛接踵而至。乡村是"下乡者"砥砺人生的磨刀石,检验书本知识真伪的测试剂,"文革"弃儿的精神避难所,青春之歌的一曲变奏,人生之路的一个驿站。他们对乡村的体验或是蜻蜓点水,浅尝辄止;或是仍旧生活在一个知青相对集中的团队里,视野难免受阻,比如梁晓声当知青的黑龙江生产建设兵

---

① 莫言:《我的故乡与我的小说》,《当代作家评论》1993 年第 2 期。
② 高建群:《一个人孤零零地在地球上行走——我认识的路遥》,《南方周末》2015 年 3 月 19 日。

团,张抗抗生活过的黑龙江省鹤立河农场。"下乡"的知青在乡村劳动、生活的时间长短不一:长者如阿城,前后 11 年,辗转山西、内蒙古、云南三地。叶辛在贵州山乡度过了十年零七个月的"蹉跎岁月"。他们眼中的乡村,自然的乡村由陌生到日渐熟悉,人文的乡村却远远近近,深深浅浅,宛如雾里看花,与过往所受的学校教育有大隔膜。

(二)两类"知青族"作家透视乡村生活的视点、热点和痛点不同

"回乡者"与"下乡者"的身上必然会打下时代的印记。他们由单纯到复杂的成长经历凸显了他们的共性:一方面是热血的,理想主义的,英雄情结的,粗犷高亢壮美的;另一方面又是伤痕的,人生迷惘的,怀疑主义的,渴望突破与变革的。然而两类知青作家睹物观世的视角却难免有所差异:这是对于乡村的"本土视角"与"他者视角"的区别,前者为平视,后者为俯视;这是血脉相通地融入故乡热土与信誓旦旦扎根另加雄心勃勃改造的区别,前者多为冷暖与共,后者多为激情变革;这是"痛"和"热"的区别,前者为自卑、自尊相交织的痛入骨髓,后者为与革命、奋进相联系的青春狂热。

视点、热点、痛点不同导致了"回乡者"与"下乡者"创作个性的差异。"回乡者"长于个体的思索吟哦:独特的乡土记忆,独特的自然景物和人文环境,独特的人物和故事,独特的历史积淀和文化阐释,成就了独特的不可复制的文字。"下乡者"则长于对"问题"的追寻和反思,长于群体性的情感抗议。80年代文坛的潮流气息更为浓郁,对于"红色文化"的吸收胜于转化,其间还夹杂着渴望更换思想、文化"武器库"的焦虑。

"回乡者"贾平凹,商洛情结造就了个性的他:"商州的山地很野","泾渭的黄土很古","这两个地方,奇特的山水形成了奇特的风尚,色彩拙朴,神秘莫测。文化的积淀使那里的强悍的男人和柔媚的女人,以及与人同生的狼虫虎豹、飞隼走兔,结构着这两个地方的世界。""作为他们的作家,首先应该是

他们其中的一个,同他们一样;再就是因为是他们的作家,又不能同他们一样。""我的责任是为了他们,也是为了我自己。"①作为"他们其中的一个",贾平凹们更容易在肉体上融入环境,接受环境;"又不能与他们一样",贾平凹们在文明之光的烛照下,精神上又有着中国历代知识分子所共有的身份优越感和文化冲动。可是无论如何,"他们"和"我自己"终究是密不可分的共同体。

"回乡者"莫言对故土的情感复杂而又纠结。莫言在《红高粱家族》开篇伊始,便选择了一组相互矛盾的词语吐露真实的内心:"我曾对高密东北乡极端热爱,曾经对高密东北乡极端仇恨,长大后努力学习马克思主义,我终于悟到:高密东北乡无疑是地球上最美丽最丑陋、最超脱最世俗、最圣洁最龌龊、最英雄好汉最王八蛋、最能喝酒最能爱的地方。"②他逃离故乡时的快感必是夹杂着一步三回首的眷念。成名之后的莫言,在1994—1995年创作长篇小说《丰乳肥臀》初稿时,竟然把自己重新禁闭在出生之地山东高密,由此,他的笔下诞生了一个在苦难中繁衍了八女一儿的母亲上官鲁氏,一个独具象征意义的患恋乳癖的窝囊男儿上官金童,这是中国近现代文学史上独特的文学形象。隐喻了莫言对"莫言世界"的审视和思考,也实实在在演绎了"一方水土养一方人"的熟语。

"下乡者"们"失根"的惶恐和"审父"意识异常强烈,所以1985年"寻根宣言"的作者均是"下乡者"而非"回乡者"。早期的"寻根文学"的代表作品也多半出自"下乡者"之手。他们在"打倒"之后终于意识到,我们民族还是有那么多陌生的好东西是要去"寻"的。不幸的是,他们犹如黄土地、红土地、黑土地上异体移植的器官,最终以异体排斥的方式而告终。他们被召回或退回城市。特定时代为知青们造出一个新词:"上调",正好与"下乡"相呼相应。人们的潜意识中永远是城市在"上",乡村在"下"。很多时候,"下乡者"作品中时常有一个"自傲自恋的我"隐身其中。他们抚摸身上的伤痕,对现实发出

① 贾平凹:《一封荒唐信》,《文学评论》1985年第5期。
② 莫言:《红高粱家族》,上海文艺出版社2008年版,第2页。

叩问,"问题结构"统率全篇,红卫兵逻辑依稀可辨。他们质疑现实,可挑战的思想武器依然如故。小说主题明确而单纯:痛苦与理想同在,奋斗与颓唐并存。作家借作品人物之口,表达对血统论、阶级论、谎言、欺骗、历史真实等问题的怀疑、追问。譬如梁晓声的《今夜有暴风雪》《这是一片神奇的土地》,主人公是新英雄,环境是特为强者而设置的狂风暴雪和吞噬人命的"鬼沼",结局是英雄悲壮献身,芸芸众生逃离边陲。小说犹如青春战歌,青春挽歌,敲打出时代的节拍:热血、献身、忠诚、爱情,最终被冻僵、冻死在战士的哨位上,像那个出身不好,以写血书获得第一次扛枪上岗资格的兵团女战士裴晓云,像几位被"鬼沼"吞噬的年轻生命。再如张承志《北方的河》中的男主人公,跳进命运的"河"中,挥臂斩浪,游向彼岸,重新寻找人生位置、人生价值,以"奔跑着生活"的姿态,成为奋斗改变命运的人,最终被容光焕发地定格在女记者的镜头里。唯有一代人对历史的回眸,开始渐渐有了思想深度,它化作沙滩上破损的彩陶罐和彩陶的碎片,被河水冲刷,从远古流淌而来,积淀了厚重又纷杂的文化信息,含混且又模糊。张承志的这一意象,成为该篇小说的出彩之笔。

"下乡者"的笔下,"血统论"压抑人性和知青大返城的故事,均不乏摄人心魄的文字,例如梁晓声和叶辛的作品。当初谁人能够预见,时代会以"一风吹"的严酷而幽默的方式,为20世纪下半叶牵动亿万家庭命运的"知识青年上山下乡运动"作结。

在共性多于个性的"下乡者"中,阿城和王小波则是边缘的,非常个人化的作家。在"启蒙焦虑"的时代里,他们似乎是忘却了担当,也不曾被狭隘"启蒙"的作家;在"精英主义"的时代里,他们是没有口号亦没有宣言,不曾以"精英"和"拯救者"自居的作家;在理想主义、浪漫主义的时代里,他们是只想讨论"常识"(阿城),崇尚"童心"(王小波)的作家。历史竟然如此巧合:一、阿城、王小波均出生于北京。两人祖籍都是四川:阿城是四川江津人(今属重庆),王小波是四川渠县人。二、父辈都曾有过奔赴红色延安继而又被打入另册的经历:新中国成立后,阿城之父钟惦棐1957年被打成全国知名的"右派分子"，王小波之父王方名 1952 年"三反运动"中被错划为"阶级异己分子"。从此"血统论"的伤害犹如芒刺在背，伴随两位作家从童年、少年直到成年。两位父亲获得平反的 1979 年，阿城 30 岁，王小波 27 岁。三、两人都有过一段云南下乡史：阿城去云南之前曾插队于山西、内蒙古。王小波离开云南之后，还去了母亲的老家山东省牟平县青虎山。四、改革开放后，两人都有走出国门游学的机缘：阿城到美国游历十余年，研究东方文化。王小波在美国读硕士，游学，前后四年。五、两人先后都辞去公职，做了自由撰稿人。六、两人小说创作之余都曾"触电"：阿城为著名导演谢晋当过助理，王小波则与导演张元合作，创作电影剧本《东宫西宫》，该片在他去世的当年获阿根廷国际电影节最佳编剧奖，且入围戛纳电影节。他们的边缘化的作品：现代笔记体小说《遍地风流》（阿城），"时代三部曲"——《黄金时代》《白银时代》《青铜时代》（王小波），一经出版，随即引起当代文坛历久弥新的关注和好评。我们无需神化阿城和王小波，他们的边缘化、个性化其实从一开始就是被动的。由被动和无奈进而顺其自然，安之若命，这才多少有了点主动之意：下乡，人被"退"回北京；写作，稿被"退"回抽屉；"棋王"，几经曲折才获得正式参赛资格，却主动"退"出比赛——我不跟你们玩了。阿城和王小波是两个从主流"知青族"群体中"退"出来的作家，他们到个人化的阅读空间和文化沙龙去补课，去交流，抱着愉悦自我和小众的目的去写作，反倒渐趋愉悦了大众。

（三）两类"知青族"作家小说叙事模式不同

就宏观倾向而言，在乡土题材小说创作中，"回乡"的"知青族"擅长于并且愈来愈偏重"史传传统"的叙事方式，"下乡"的"知青族"则更多青睐于"诗骚传统"的写作手法。这种选择，保持了相当长的时间，具有相对的稳定性。当然，也并非没有例外。

"史传"叙事之于小说，情节是如此重要。乡土故事的讲述者须深谙乡村的枝枝叶叶和根根底底，熟悉这块土地的山川河流、风俗文化、正史野史，与生于斯、长于斯、卒于斯或逃离于斯的乡亲们休戚与共，对这块土地的渐变、突变与坚守极度敏感。回乡"知青族"是乡土历史和生命的真实记录者。

乡土故事的讲述者们深知农民的世界更愿意接受中国古典小说的传统，而不是"五四"以后的文人化的轻故事而重"意旨"或"情调"的情节淡化的现代小说。回乡"知青族"潜在地扮演了现代说书人的角色。

"回乡"的贾平凹和"回乡"的莫言都是有故事的人，也是倚重故事的人。诚然，初登文坛的贾平凹于小说的故事情节多少有些躲闪，于细节却有极强的乡村生活感受能力、坊间轶闻捕捉能力、删繁就简的结构能力和凸显形象尤其是女性形象的描摹能力。进入 20 世纪 80 年代中期，他以接连几部描写商州社会变革的中篇《鸡窝洼的人家》《腊月·正月》《天狗》《黑氏》《远山野情》等，展露了他出色的"史传"叙事技巧。评论家敏锐地发现，贾平凹小说在"非情节化"受到尊崇的时代，"重建了'故事性'的威信"，"在他的小说里永远有一波三折，腾挪跌宕的'故事'的精灵。然而，这又是经过了现代小说技巧的熔炉熔化过的故事。"①在经历了 90 年代对《废都》的争鸣之后，贾平凹建构故事的能力渐入佳境，他接连发表了长篇小说《秦腔》《高兴》《古炉》《带灯》《老生》，直到 2016 年的新作《极花》，让评论界跟得一路气喘。

莫言走进故事的速度似乎更快。他能神奇地将几个中篇分头写作和发表，其后结构成长篇《红高粱家族》，虽然时间上颠来倒去——"现代派"倒也不介意这点，甚或有意为之，可当年的莫言，恐怕更多出于未做好长篇策划就以中篇匆匆上路的无奈——他一路走来，把"我爷爷""我奶奶"的故事讲述得跌宕起伏且天衣无缝。接着莫言继续攒中篇为长篇，如法炮制了《食草家族》。再后，他结构长篇故事的能力更加得心应手。莫言水到渠成地踏入乡土题材长篇小说创作的漫漫长路。

"回乡"的贾平凹和"回乡"的莫言又不仅仅是有故事的人。他们在故事

---

① 雷达:《模式与活力——贾平凹之谜》,《读书》1986 年第 7 期。

的经线上,织锦般地嵌入纬线:那是中国快速变革的时代景象与恒久不变的习俗、传统的交织,是人生百态轮番登场与人性恒常一一演绎的融合。他们使故事以外的空间高远而阔达。莫言以"透明的红萝卜"为意象,写出了缺衣少食的"黑孩"在特殊情境之下的感觉和幻觉——有桥洞里温暖的炉火,有烤地瓜和偷来的萝卜果腹,有菊子姑娘如姐姐般的怜爱,苦孩子的幻觉世界竟变得如此神奇美妙——作家妙手偶得了这根"透明的红萝卜",为毫无诗意可言的环境平添了神秘,涂抹了色彩。贾平凹笔下的山村贫家女子"黑氏",嫁入暴发户家庭被抛弃,再入为衣食谋的婚姻,最终在温饱不愁时却选择为"情爱"而私奔。作者把村妇一路走来的内心深处的颤动、波动、躁动、冲动,欲望与纲常伦理的冲撞,探究得细致入微,那些与故事并存的人物情感世界的诗意描写,拨动了读者心弦。两位小说家不约而同地以"史传"叙事为纲,以"诗骚"抒情张目,丰富了现代小说的叙事技巧,实在令人叹服。

相比之下,"下乡"的"知青族"关于乡村的故事则是逊色很多。他们逊色于对生活表层背后的潜隐世界的透彻了解,逊色于对"黑孩""黑氏"们命途多舛的历史追问:"我从哪里来?"因此便很难真正走进人物的心灵深处。"黑"喻指了乡村底层的脸色黝黑,双手粗糙的庄稼娃、下苦人。当多年之后的"下乡者"也黝黑也粗糙时,他们可能仍然缺少"黑"的族群的"根"和"黑"的族群的灵魂。须知,幻觉、幻境必是要以完整的生命为依托的。人物不经意间的举动和貌似不可思议的行为,又常常是生命之旅的必然选择。

与"下乡者"人生关联更为紧密的是:书本教诲与乡村现实的貌合神离;当年激情满怀,与此时日复一日的平淡生活全然南辕北辙;衣食难保,稼穑艰难,始料未及的底层辛苦,动摇了当初"是七尺男儿生能舍家,做千秋雄鬼死不回城"①的誓言;青春萌动,思想苦闷,混杂着破碎的人生记忆,纷杂凌乱地挤进他们年青的生命,那俨然是"老鬼"们拿起沾满泥污的石头去质问自己的

---

① 老鬼:《血色黄昏》,工人出版社 1987 年版,第 10 页。

母亲。理想主义的被颠覆何其痛苦,理性重构又何其艰难:一代人变调的"青春之歌"!它正是"诗骚"抒情的厚土沃壤。

"下乡"的王安忆的特别之处在于,乡土题材小说结构碎片化,转至都市题材时,则展现了她相当强的结构故事的本领。她最好的乡土题材小说无疑是《小鲍庄》。作家写作的起因很偶然,是遵命于所供职的杂志社,去采访江苏宿迁县的一个少年英雄。采访所得是引子,三年的插队记忆是原浆,时逢文坛求变的"寻根"浪潮,三者合一,酿就了一坛美酒。该作呈现的碎片化和细节散漫粘连的小说形式,原来并非作家本意。王安忆坦言:"《小鲍庄》这本书里面的东西很乱的,完全不晓得我准备做什么,找不到一个很清楚的思路。前面'雯雯系列'很清楚的,很单纯的,这时是阵脚大乱。"①由此可见,缺少乡村故事对于"下乡者",非不为也,实不能也。王安忆十分赞成"好的故事本身就是好的形式"这个观点。她承认:"我们曾经非常醉心于寻找不凡的故事。那些由于阅历艰深而拥有丰富经验的作者使我们非常羡慕,并且断定我们之所以没有写出更好的小说,是因为'没有生活'。""在大多数时候,生活非常吝啬,它给予我们更多的仅仅是一些妙不可言的片断,面对这些片断,我们有两条道路:让片断独立成章,或者将片断连接起来。让片断独立成章,是一条诗化和散文化的道路,常常受到高度的赞扬。"②王安忆至少意识到两点:一、故事与阅历、生活之间具有重要关系;二、新时期文坛对"小说诗化"道路给予褒扬。她由此在乡土题材创作中选择了既可避短,又能心安的路。回城之后,情况大变,王安忆扬其所长,热衷于讲述上海弄堂的故事。直到90年代中期,一部《长恨歌》,把都市的故事讲述得柔肠百结,丝丝入扣,透露出上海的历史厚度。进入新世纪,《富萍》等则把淮北的农民引入都市,以打工者的视角把城市的每一个角落细细打量一番,最终在城市边缘的棚户区扎下根来。王安忆

---

① 王安忆、张新颖:《谈话录——我的文学人生》,人民文学出版社2011年版,第242页。
② 周新民、王安忆:《好的故事本身就是好的形式——王安忆访谈录》,《小说评论》2003年第3期。

总是放不下她第二故乡的乡亲，一路关注着他们的新生活、新变化。

"下乡"的史铁生和"下乡"的阿城几乎从不在意于故事，更多是记录生活碎片，吐纳对生存、生命的感悟，在看似波澜不惊的片段、细节之中，或辑录自然人文风情，或抒发复古幽情，或勾连厚重历史，或顿悟生命哲理。所以史铁生会选择小说与散文的打通。所以阿城更倾心于借鉴明清笔记体小说形式，自由地穿越于两种文体之间。此两人的文体意识在当代作家中自成一格。

"下乡"的铁凝在80年代中期到90年代中期，在《麦秸垛》《棉花垛》《青草垛》中，讲完了她最好的乡村历史故事，其后潜心六年，写出颇有深度的乡土题材的长篇《笨花》。但从总体看，乡土题材比她的都市题材长篇《玫瑰门》似乎略逊一筹。

人生经历注定了两类"知青族"作家"知青后"生涯的几十年：有人以永远难以割舍的情怀，钉在了乡土题材上深耕细作，花果满园；有人回眸一瞥，轻轻擦过，就此告别乡土题材，另辟蹊径。在乡土题材的小说创作中，"下乡"的"知青族"于过往没有能超过"回乡"的"知青族"，于今后或许也未必能高出一筹。犹如当年延安的"本土派"和"外来者"，"本土派"最终胜"外来者"一筹，胜在何处？根底！扎根深土与扎根浮土从来都是不一样的。

历史总是重复又不可重复，"知青族"作家的经历却不可复制，于是不可复制的人生被定格在重复又不可重复的历史之中。这段中国文学史由此饶有意味，由此丰赡而生动！

当中国的知青史成为历史的回声，当"知青族"作家们最终将渐趋退出历史的舞台，此后，文学将会以何种模样表现中国改革开放前夜的那场宏大的运动，表现一代人曾经的人生，表现被"退"回城市的心路历程和一代人重整旗鼓的奋斗，表现中国的乡村和城市历经劫难后的伟大变革？那一定不是梁晓声的《今夜有暴风雪》，不是张承志的《北方的河》，也不是史铁生的《我的遥远的清平湾》了。然而却可能接续着路遥的《平凡的世界》,贾平凹的《浮躁》和《秦腔》,莫言的《红高粱家族》和《丰乳肥臀》——根深才会叶茂!自然界的朴素法则与人类创造文明的规律原本同理。

第三章 文学形象的新塑：
人·人性·人道
主义

一、英雄：战争文学中走来一群"陌生人"

20世纪80年代，在当代文学的教科书中，我们曾将描写20世纪从五四运动起至新中国成立止的革命斗争生活的文学，规范化地称之为"革命历史题材"。就"十七年""文革""新时期"前十年的作品而言，"革命历史题材"的提法不能说不恰切。这一概念不仅仅涉及了作品的题材，更囊括了关于现代历史的许多时代不可逾越的观念的东西，譬如，作者审视历史的观念、视角，塑造人物形象的传统手段，美丑对立的"二值判断"思维方式。其中重要一点，便是政治化地理解、判断、区分、褒贬战争生活中的各类人物，简单印证历史学的某些被固化的结论，将人物推向界限分明的两个极致——革命与反动，英雄与叛徒，好汉与懦夫，历史的功臣与历史的罪人，等等。

笔者在阅读90年代的一批"革命历史题材"的作品时，首先意识到的是，无论如何，得撇开这一概念了。只有将它扩大为涵盖面更为深广的"战争文学"这一描述性的中性词语，才能更准确地表达笔者对新时期"第二个十年"里出现的若干文学形象的新看法。

本章所要论及的"陌生人",特指在以往文学作品中不大可能被称为"英雄"的形象,然而,不能找出比"英雄"更好的冠冕,戴在这群人物的头上。在此不妨称他们为"英雄的陌生化"或者"陌生化的英雄"。

(一)英雄:从崇高的典范转向融入生存大背景的凡人

20世纪90年代的战争题材小说中,有"英雄",但没有"英雄化"。"英雄"是凡胎俗骨,他们从单一话语体系中至尊至圣的崇高典范,转向融入生存大背景的凡人。他们的"英雄"行为,湮没在日常生活的河流中。"十七年"那些轰轰烈烈、光彩夺目的"英雄"逐渐远去。曾经被作家加倍珍视,特别地挑选出来加以弘扬的"英雄性格",加以凸显的"伟大壮举",不再以悲壮的主旋律演奏。人物性格的鲜明性被模糊,"壮举"被相当随意地处理成未经修饰的素妆。战争背景下,人类生存的一切状态,历史演进的复杂因素,社会发展的种种情境,在历史的舞台上纷呈杂现:"英雄"也就有了各不相同,让人难以预料的千姿百态。他们在踏上"英雄"这一神圣阶梯前的无数阶梯,我们已感觉不到那种直奔"英雄"而去的过程,甚至在踏上"英雄"阶梯前的最后刹那,也还夹杂着"邪念"——传统文学观念绝对可以把它们视作与革命性相对立的"邪念",譬如与复私仇相契合的复家国之仇,亲情、爱情与抗敌激情相向而行。没有什么特别需要提纯的东西,"英雄性"和"英雄性"之外的丰满性格,包括"英雄"们的弱点和缺陷,欲望和冲动,都相当生活化地,平静地,然而是更加具有人性深度地在文本中出现。引起读者兴趣的,可以是或者不再是狂澜叠起的戏剧化情节,敌我对峙、激烈搏杀的英勇场面,而是战争这条"河"自身的流动,以及在这条"河"中击浪的"人",他们首先是"凡人",然后才是"英雄"。他们没有被"化":概念化,绝对化,纯洁化,纯粹化。"英雄"倘若被"英雄化",即意味着创作主体的主观性的膨胀,"化"的过程常常是刻意乃至无限度地强调了许多观念性质的状态,而非战争生活中自然性质的状态。我们从眼前这群"陌生"的新面孔的"英雄"身上,看到的恰恰是回归其人的自然本性的性格和性格的伟大。

邓友梅的《好梦难圆》①中的童养媳小鳗,在鬼子搜查八路军伤病员时,情急之中被伤员拉进热被窝扮作两口子,在敌人的刺刀下,村姑的表现简直就像天才的演员。这情节让人联想起样板戏《沙家浜》中的阿庆嫂。然而,《好梦难圆》与《沙家浜》所不同的是,作者没有将村姑的英雄行为提纯为一种绝对理智化的崇高神圣的革命情感与智慧,就情理而言,村姑实在未必是"演"而是真情所致,因此她才会在进入角色时惊吓、害臊参半,她才会在鬼子离去之后,将假戏续演成真:早就对在家中养伤的八路军郭排长有好感的小鳗,发现自己的公公惊魂甫定,已起疑心,索性"打定主意自己做一回主,把这身子给我愿意给的人"——被婆家四十斤粮食买了来,守个十来岁孩子过日子的二十三岁的小鳗的行为,全然人性化了。以至郭排长虽小心告诫自己:"这纪律决不能犯的",却也不能抵御怀中的女人——不久前还是自己救命恩人、鬼子刺刀下的女英雄的温情。随着小说情节的推进,我们还看到,小鳗在几经波折,真的嫁给郭排长之后,又恪守中国传统的妇道,替去了台湾的前夫赡养残疾在身的老父、抚养未成年的儿子,为此付出了大半生的幸福,并且影响了自己的后夫——当年的郭排长。小鳗的选择,除了她天性善良,另有一层不能不提:报答前夫没有追究她圆房前行为不贞的潜意识。小鳗绝没有阿庆嫂的荣耀,最终也只是一个乡村老妪。以凡人始,在人生辉煌的一幕之后,终结于凡人。况且,作者并未刻意让这一幕辉煌;辉煌一幕的男女主角,事后也并未将那一幕当作神圣,反却萌生了终生的歉疚之情;村人们也未将小鳗奉为政治品行的典范,她被邻里忆起的,不是鬼子刀下救八路,而是村民对台湾返乡的小鳗前夫感慨:"你们一家都对不起她!苦了人家一辈子……"

小鳗的形象,以"陌生化"的品格,完成了对以往作品"类"模式的突破。较之于莫言红高粱系列中的"奶奶"戴凤莲(不要忘记"奶奶"也是抗日英雄,

---

① 邓友梅:《好梦难圆》,《天涯》1992 年第 3 期。

她牺牲在为抗日的土匪队伍送卡饼的路上），前者少了许多形象自身的浪漫与激情，少了作者对形象极力颂扬的"倾向性"。80 年代中期，评论界对"爷爷""奶奶"大谈"原生态""生存本相"时，有一点我们肯定是忽略了，那就是"红高粱"时代的莫言式的浪漫主义。不论其他，单"奶奶"临终前大段的内心独白，就恍然若出自郭沫若或者田汉笔下。从这个角度说，小鳗以更加隐蔽的姿态悄悄接近历史的真实。

（二）成为英雄的契机与动因：深掘人物潜隐的心理因素

英雄之成为"英雄"，不可能没有政治性的抉择：阶级情感、民族意识、是非观念、善恶判断、理想信仰，这一切，在"十七年"文学中都有足够的表现，有些还可以说是上佳的表现。彼时作家们习惯在单一政治范畴探讨问题，争论仅仅发生于，是写"高起点"的英雄，还是写"成长中"的英雄。新时期前期，英雄性格固然更加丰满，可丰富性多半表现在他们的日常生活之中。80 年代李存葆的《高山下的花环》，日常生活可以写"欠账单"，写"牢骚"，写想当"逃兵"，而成为英雄的时刻，绝对目标纯正，目不斜视，心无旁骛，完成了"革命战争对人的灵魂的伟大净化"，完成了"位卑未敢忘忧国"的主题。

90 年代，一批敢于深掘人性的作家，更加关注那些影响人物行为选择的潜隐的心理因素，在多姿多态的人类情感领域，复杂难辨的性格领域，去拓展英雄行为的成因，乃至不必顾及他是否具有完备纯正的英雄动机，不必小心翼翼回避偶然因素的促成。

刘恒在新时期文坛已有过好几轮的冲击波，他每每在故事和人物形象上表现着自己的创新精神。他 90 年代初的一个中篇《冬之门》①再一次给读者超群拔俗的感受。作品写抗日战争时期的故事，故事中的两个主要人物寡妇赵顺英、伪军长官小灶的伙夫谷世财，堪称战争文学中的"陌生人"形象。赵

---

① 刘恒：《冬之门》，《小说家》1992 年第 3 期。

记汤饼店掌柜的千金赵顺英新寡回到娘家承袭祖业开小店。作者一边写她出众的姿色,写她面对淫荡的日伪汉奸的调情与非分之想(包括她的干弟谷世财),一边以传奇笔墨写垂涎于她又作恶多端的刽子手"支那之鹰"李广泰被吊死在"一个黑洞洞的萝卜窖里展翅翱翔";维持会长王楷山被砍杀,头颅放在枕头下边;春季大"扫荡"的功臣高营副莫名其妙地疯魔、脱发、死去……悬念揭晓于赵顺英的突然离去,由她的老爹在半恼半怒的斥骂中道出了事情的真相:原来这位美丽的寡妇竟是一位抗日女英雄,一位复仇女神,复其丈夫被鬼子枪杀之仇,"给人搭帮着"在汤饼店里下白砒。而她的丈夫,也正是"整天摆弄这路东西",才被日本人枪毙了。在表现这位妇竟夫志的女英雄时,一方面,作者对一些涉及判定英雄性质的材料模糊处理,有的干脆连暗示也不给。比如:赵顺英的政治身份? 她的丈夫(五年前携赵私奔的"江湖郎中")的政治身份? 与赵顺英"搭帮着干这号事"的是些什么人? 他们有无政治组织? 赵顺英的离去是被人高马大的"小叔子"接走,"又浪到哪块充杀神去了",他们是回归队伍? 加入队伍? 还是单干? 另一方面,作者又不厌其详地写赵顺英周围那群畜生般的男人极其下流地谈论她,琢磨她,企图霸占她,写她三岁的儿子在杀人现场受到的惊吓,"像是梦中也在抖";写她的老父对她的抱怨,"连毛发里都流着大股的惊惶和瑟缩";写干弟谷世财对她的单恋与性伤害。就在这样的绝非一般人所能承受的严酷环境里,这女人不露声色地干完了她所要干的大事,神秘地失踪了。女英雄的身上,蒙上了一层神话色彩。

　　小说更加让人惊异之处是,赵顺英不辞而别之后,谷世财这个矮小、怯懦、窝囊透顶的男人突然换了一种活法,他不再只是于醉酒的幻觉中杀死情敌,而是实实在在把干姐留下的白砒下到了鬼子昭仓大队和伪军联合操办的春季大"扫荡"誓师聚餐会上。"他把豆腐、干菜、白砒和自己的生命一块熬进汤里",送上酒宴,随后义无反顾走向日军仓库外的雷区,"像缤纷的鲜艳的花朵一样盛开在故乡的空中"。谷世财能算是抗日英雄么? 尽管他可怜得像条狗般地活了半生,无论如何,他生命最后时光的杰作,使鬼子运灵柩的大车排了长长一队,那些没死的侵略者和帮凶纷纷脱发成了秃头。谷世财在人生的最后一个台阶让生命辉煌,为民间传说平添了更多英雄传奇。

如果说,赵顺英成为英雄的契机是复仇的话——复阶级仇民族仇,复与阶级仇民族仇具同向性的私仇,那么,谷世财则是在性爱中痛切地感受到自己的渺小、卑劣,也是在性爱中不断蓄积着另一种仇恨。他憎恨那些日伪军亵渎戏弄他心目中的"女神"。他一次又一次对他爱恋的女人说着醉话自慰:"哪个敢欺负你……我……我杀了他!"他日复一日地在心中珍藏这样的情感,就像往弹药仓里添加火药:"我杀他!杀他!杀他!"终于,"连个蚂蚁也弄不死"的窝囊废,向着男人的勇敢迈出了脚步,而这种"勇敢",正好契合了"民族英雄"式的勇敢。刘恒翻炒着不同的"仇恨",不同的"勇敢",翻炒出与别人家不同的许多许多滋味。

(三)英雄故事:重构事物新的"本质"和"意义"

90年代的一批战争题材小说,正以突围的姿态,阐释"历史是什么"这样一个并非纯粹历史学的问题。"意义"的话题对于文学已变得越来越无关紧要,当原有的"意义"与现代观念碰撞,"本质"与"非本质"就有了此消彼长的变化。更何况,作家们似乎早已并不情愿呵护理论的宠儿——"本质",他们也许终于看清,"本质"对"意义"很重要,而符合人的生命逻辑的性格元素对文学更重要。颠覆或解构"本质"和"意义",给小说带来了新的活力。这些作品正在毁坏我们原有的阅读经验,毁灭事物原有的"本质""意义",那么,英雄们的故事是否正在建构着新的"本质"和"意义"呢?

余华的《一个地主的死》①的情节似曾相识,简单得令人不大满足:王家大财主的少爷王香火被鬼子抓去做向导,把一队日本兵带进了万劫不复的绝境,遭鬼子的刺刀活活挑死。然而,小说叙述却一再冲击常规逻辑:作者竟让一个

---

① 余华:《一个地主的死》,《钟山》1993年第1期。

压根看不出有"革命思想"的纨绔子弟，成为王二小式的英雄，并且，英雄之成为英雄，完全因为"偶然"（去城里酒楼喝酒被抓做向导）；英雄在成为英雄之前，也一如周围的同胞，没有抗争精神，一副顺民面孔（向侵略者脱帽鞠躬），英雄献身的情景，被处理成与其他被滥杀的无辜别无二致，一点也不英勇悲壮（王香火死前沙哑地喊了一声，"爹啊，疼死我了"）；老地主谈起儿子的英雄行为丝毫没有引以为荣（"别提了，别提了，那孽子是自食苦果"）；周围人也不见对英雄有赞誉与崇敬。另一些与英雄壮举关系更加密切的人则是效果与动机的背离：传达拆桥令（断绝鬼子后路）的张七，只希望再伺候少爷一次，拆桥的民众完全出于听从少爷吩咐；跑前跑后打探少爷消息的孙喜为的是得到老爷奖赏。小说竭力展示人的行为的潜在可能性，将主人公的生存，推入令人毛骨悚然的"绝境式的存在"（吴方语），由此完成了王香火从"浪子"到"英雄"的转化。

莫言更早一些时候的作品《父亲在民伕连里》①的英雄，是那个诞生在红高粱系列里的"土匪种子"父亲余豆官，一个普通的民伕，在为淮海战役解放军送军粮的艰苦征程中，智勇拔群，魄力过人，带领运粮队克服万难，圆满完成革命任务。父亲的形象与当年"革命历史题材"作品中具经典意义的形象相距遥远，莫言塑造这位英雄的笔墨实在很放肆：这个民伕曾经临阵脱逃，被抓回来安称有夜游症差点被枪毙；这个民伕凭了他的孔武和枪法，公然来了一次"抢班夺权"的权力更换，他指责："连长不称职"，"指导员病得厉害也别管事了"，整个民工团竟然归了他领导。父亲既有很"共产党人"的表现：饿得半死不吃军粮，带头下冰河探测水情，冰河传粮的人链上"是最光辉灿烂的一个环节"。父亲又有匪气十足的行为：满嘴脏话地骂人，心急火燎地打人，恶作剧般地剁了连长的骈指（细节的蕴含耐人寻味，连长本人就像这支队伍里的一个"骈指"）。一个在"三突出""三陪衬"理论中最多只配为英雄作陪衬的群

① 莫言：《父亲在民伕连里》，《花城》1990 年第 1 期。

众,反倒被本应理所当然地做英雄的连长、指导员陪衬得独具光彩:关键时刻,指导员拖着病身高喊:"共产党员,党考验我们的时候到了!"父亲却用缝包针去扎那些疲劳至极躺倒不动的民伕;当指导员断然击毙前来抢食的饥民女领袖时,父亲"低沉地吼叫着:'为什么要打死她? 为什么?'"父亲显出了"英雄"这个语词的"陌生"语义。正如评论家陈晓明所言:"他在莫言的所有写作中第一次具有'历史/意识形态/写作'的三边意义。作为小说中的一个角色,它具有美学意义上的反讽意味,作为整个父辈传统和历史的象征,它寓言式地表达了对历史神话的全部怀疑。"①

池莉的《凝眸》②以穿越路线斗争,审视人类兽性的目光探究了大革命中"共产党杀共产党"的令人震惊的一幕。视角的更换给人的"异样感"是明显的。洪湖苏区的党代表啸秋在主持肃清党内反革命分子的运动中,向着他的老乡严壮父下了毒手,共产党的师长严壮父被共产党的党代表处决了,处决的手段惨绝人寰:请来的刽子手(土匪)用浸过酒的黄表纸一层一层蒙到受难者的脸上,受难者抓烂了自己的衣服,抓烂了皮肤,直到被活活闷死时,一双手已深深插入自己大腿的肉中。你能说对革命忠心耿耿的严壮父的赴难仅仅是党内极左路线加害于他吗? 你能说啸秋与严壮父的分歧仅仅是年青的苏维埃应当怎样革命和执政吗? 不仅仅如此。更因为,他们爱着同一个女人,更因为,杀人者要向被杀者显示他做一个动物性男人的强大,显示他能够占有对手未婚妻的卑鄙的自得。严壮父之死让我们看到,"革命"的大旗原来可以包裹一条狼的尾巴。

历史是什么? 历史具有政治的动力与惰力,历史还具有人类生命自身的动力与惰力。而后者,不该忽略它应当属于历史演进的本源性质。如果此类形象不得不涉及"意义"这一被过度消费的词语的话,那么形象建构的"意义"已决然不是某类泛黄的文学理论所能阐释的"意义"。

---

① 陈晓明:《末路寻踪:在都市与历史之间》,《花城》1991 年第 5 期。
② 池莉:《凝眸》,《小说界》1992 年第 4 期。

（四）走出神话：去捏一捏富有弹性的历史的肌肉

90年代的战争文学开始走向历史的纵深,作家不仅满足触摸历史的筋络,历史的骨骼,还要去探一探那汩汩滴血的历史的血脉,去捏一捏那富有弹性的历史的肌肉。战争的硝烟涂黑了"英雄"的脸孔,使他们成为战神的儿女,战争的硝烟却决不能遮掩"英雄"作为朴野的人（兽）和社会文化的人的双重蕴含,他们的鼻祖是亚当、夏娃,鼻祖的鼻祖是兽。观念的硝烟曾涂抹过英雄的脸谱,硝烟散去,重新调制油彩,脸谱就有了新的画法,或者,不施粉墨,还其本真,倒可能是最佳的选择。如上一群从90年代战争文学中向我们走来的"陌生人"——你愿意称之为"英雄"也好,不愿称之为"英雄"也罢——小鳗、赵顺英、谷世财、王香火、"父亲"余豆官、严壮父……他们都不是那种"太光滑"的人。无须讳言,作者塑造这些形象的文本有高下之分,但作者显然正在寻找不同的接近英雄的路径,审美方式也令人眼前豁然一亮。当今文坛,关于英雄的禁忌越来越少,"超人"式的"英雄"正在走向衰落,这随之带来新的信息:"英雄崇拜"情结的变异。

人类因了自身的弱小而要依附、寄希望于强大者（"英雄"）,"英雄崇拜"帮助人类在弱小的自身与强大的异己力量之间完成心理抵抗,实现心理平衡。"英雄"从来就得肩负起引导整个社会群体向前走的使命,因此,"英雄崇拜则能有效地激发整个社会群体共通的热情。英雄崇拜的热潮,是生长中的社会正在寻求出路的表现。崇拜什么类型的英雄即意味着采取了什么样的生长形式。"①世界各民族都有过崇拜自己神话中"英雄"的历史,"英雄"面目（在当时即神祇形象）随社会发展而发生着变化,其变迁的大致规律是:动物神祇——人兽同体——神人同形。假如由外在的表象世界进而深入到内在的情感、欲望、意志的世界,便是日趋"神人同性"的演进。"神话里人的因素和智

---

① 　谢选骏:《神话与民族精神》,山东文艺出版社1986年版,第412页。

性因素持续增长的结果,就是神话向'历史'的悄悄演变。"①

走出神话,各民族文学中的"历史英雄",同样有一个形象变迁的轨迹,它的规律依然是:人的因素,确切地说是现代人的因素不断增长。每一段历史都有它各自的"现代人",文学在塑造"英雄"形象时,必然有一个调整自己,在现代观念烛照下,追踪"现代人"的过程。敢于把越来越接近人自身,接近历史自身的人视为"英雄",显示了人类心理的日益健全和强大。现实主义小说塑造"英雄",现实存在取代梦中情境,是一个永不间断的过程。关于"英雄",我们或许还会做新的"梦",但它注定会被新的"现实"所取代。

二、知识分子:"救世"与"自救"的恋情与挽歌

历代中国知识分子大多介意自己在社会舞台上的位置,当代亦然。如果说,20 世纪反右运动开始之前的 1956 年,知识分子经历了一个短暂而阳光明媚的早春和被风雨匆匆送走的春天,那么 20 世纪 80 年代,则是他们手捧"重放的鲜花",吟唱着"归来的歌"重返社会舞台。他们充满激情与浪漫地欢度自己的政治狂欢节、文化艺术节。"救世""精英意识""启蒙情结""社会使命感"成为舞台关键词。他们有足够的理由沉浸在时代的与心构的历史中,感受着自我的神圣、强大与崇高。他们或许还不时陷入实境与幻境双重向度的迷失。80 年代的知识精英们以为,革命年代是"救亡压倒启蒙",那么今天"启蒙就是救亡"(李泽厚语)。"启蒙"成为以拯救天下为己任的知识分子"救世"理想的代名词。

然而,经历了 80 年代末的政治风波和 90 年代文化市场、大众文化、消费主义价值观以及新传播媒介的综合冲击之后,知识分子表现出了难以想象的

---

① 谢选骏:《神话与民族精神》,山东文艺出版社 1986 年版,第 335 页。

精神颓靡。新确立的精英知识分子的话语霸权在20世纪90年代受到了极大挑战，"刚刚被'赋魅'的知识分子和精英文化感受到了极大的危机。"①"危机"最坚定最激烈的"抵抗者"，正是一群90年代的"人文精神"呼唤者。1993—1995年间，一场"人文精神"大讨论由南向北，从上海高校的文化沙龙而起，进而引发大量媒体参与，有的报刊还为此开辟专栏，颇有大声势。"人文精神"讨论的发起人和最重要的参与者王晓明十年之后回忆："作为这个危机的一个重要的方面，当代知识分子，或者就更大的范围来说，当代文化人的精神状况普遍不良，这包括人格的萎缩、批判精神的消失，艺术乃至生活趣味的粗劣，思维方式的简单和机械，文学艺术的创造力和想象力的匮乏，等等，从这些方面都可以看到中国的知识分子、文化人的精神状况很差。"②王晓明透彻分析了其中知识分子自身的原因和它背后深刻的社会和历史原因。由此，"救世"理想不泯的知识分子，怀抱以"几代人的持续努力"之雄心，试图开始改变当时中国的文化状况。王晓明说："当时公开发表上述意见的这些人就特别愿意来提倡一种精神，一种关怀人在世界存在的基本意义，不断在自己内心培植和发展价值追求，并且努力在生活中实践这个追求的精神。他们用一个词来概括这种精神，就是'人文精神'。"③由此可见，我们实在不该忽略，80年代"先天下之忧而忧"的音符，依然如此激情地跳动在90年代"救世"论者们的琴弦之上，但其中，更增添了一份理性的沉雄与坚毅。

90年代，另一群与"俗世"保持相对距离的知识分子，譬如哲人周国平等，他们把精神上的独立追求和人格的自我完善当作安身立命之本。他们退守"内心"，"与身外遭遇保持距离"。④ 他们渴望创造"智者"的"人格文本"和

---

① 陶东风主编：《当代中国文艺思潮与文化热点》，北京大学出版社2008年版，第5页。
② 王晓明：《人文精神讨论十年祭》，载葛红兵主编：《20世纪中国文艺思想史论》（第3卷），上海大学出版社2006年版，第107页。
③ 王晓明：《人文精神讨论十年祭》，载葛红兵主编：《20世纪中国文艺思想史论》（第3卷），上海大学出版社2006年版，第107页。
④ 周国平：《周国平论人生》，长江文艺出版社2007年版，第53页。

"精神杰作",以修正过于功利的"民众精神导师"的雄心,并认为"自救"是更为切实的"救世"之道。就像古代大儒"达则兼济天下,穷则独善其身",只是如今,似乎"独善其身"为大罢了。事情还需摒弃表象,向更深的层面探究:正如周国平《从"多余人"到"局外人"》一文所言:"'局外人'是否就全盘接受世界的无意义了呢? 在他的淡漠背后,当真不复有一丝激情了吗? 不,我不相信。也许,置身局外这个行为把无意义本身也宣判为无意义了。这就是一种反抗无意义的方式。也许,淡漠是一种寓反抗于顺从的激情。世上并无真正的'局外人',一切有生终归免不了有情。在一个荒谬的世界上,人仍然可能成为英雄。我们果然听到加缪赞美起'荒谬的英雄'西绪福斯以及他的激情和苦难了。"①

——无论如何,"救世"与"自救",殊途同归。它是 20 世纪最后十年,中国知识界为历史留下的宏大而又沉重的话题。

与理论界大讨论的"杂语喧哗"和哲学家略显孤傲的"单语独白"相呼应,小说创作领域关于知识分子题材的作品,则以生动的形象,以多元的文化探讨,以知识分子的自审,以尖锐的批判性,在文坛发声。我们关注 90 年代小说所塑造的这群知识分子形象,关注他们所传递的历史的、文化的信息。诗史互证,方见得一个真真实实的时代。一个既非末世,亦非乱世,而是日趋世俗化了的时代。

下面试对其中若干文学形象予以阐释与批评。

(一)生存价值的失落:《学者之死》

梁晓声的《学者之死》②关注了"中国当代文化人中的某一部分",这是和当今商业文化保持相当距离,并因他们的研究对象所决定,而几乎决无可能被

---

① 周国平:《从"多余人"到"局外人"》,载周国平:《守望的距离》,东方出版社 1996 年版,第 122 页。

② 梁晓声:《学者之死》,《十月》1996 年第 1 期。

裹挟其中的文人。学者吴谭即是。他拥有一代中年学者大多有过的坎坷经历,也有着他们大多有过的尴尬和困惑。吴谭所遭遇的首先是物质的生存困境,从他选择纯粹的人文学科为职业,便注定了他的清贫。尽管他被评上了高级职称,还幸运地享受国务院"有突出贡献的专家"津贴,然而,"三年学者事,两部破壁书",高质量的学术专著出版后却面临销不出去的窘迫。他为著书立说倾尽积蓄,反倒欠出版社三四万元,成了当代"杨白劳"。随后,买房要钱,儿子读书要钱,钱竟逼倒了这个名字上了三个国家《世界名人录》的学者。他最终死在为小儿子上学"探路"的途中,简直具有寓言一般的象征意味了。

历代中国知识分子总是以安贫乐道为自豪(尤以儒家为甚)。受"子曰""诗云"熏陶的"士"们心无旁骛,所谓"谋道不谋食","忧道不忧贫"(《论语·卫灵公》)。当代文人对两千年的人文传统,是发扬光大抑或不屑一顾? 乐道自不待言,安贫难道是"士"们代代承袭的专利?

孔夫子有言:"邦有道,贫且贱焉,耻也;邦无道,富且贵焉,耻也。"(《论语·泰伯》)这是知识分子自审不同人文环境中个人的不同命运,并对此做出价值判断的基本依据,也是吴谭们所面对的除金钱之外的另一重困境。作者梁晓声借一位美国博士的"拳头"连击中国学者"心理上最脆弱,也最难以构筑起防线的地方"。美国人盛赞吴先生在中国目前红红火火的商业时代执着于做学问的精神,但他仍按捺不住地诘问:吴先生若将他的研究才干和能力,从历史定向转到近当代和现代,有什么不好? 他说世界上许多国家的学者,其实更致力于研究当代,思考未来。中国学者,却往往喜欢一头钻入历史。他说有些研究纯粹只能出于个人兴趣,若非要当成终生职业,而且非当成体面的、上等的职业,对失业现象比比皆是的社会,要求就太高了。尽管有人评价美国博士的"胡言乱语"为"充满了文化嫉妒心理",却还是击中了吴谭的"死穴"。吴谭式的中国知识分子必作如是抵御、反击和叩问:文化的象牙塔里,他们还有没有必要固守最后一块精神高地? 商海之上,是否还容得下一艘纯学术的方舟? 现代人需要牛奶面包彩电冰箱汽车,就必须以抛弃唐诗宋词哲学历史传统文化为代价么？问题似乎不在于吴谭是研究古代文化和文学的学者，也似乎不在于到底应该厚今薄古还是厚古薄今，而在于，社会能不能只嘉许物质财富的创造者而抛弃精神财富的继承者？对精神财富的拥有和创造能不能只媚世于俗文化，而对传承人类文明的纯粹学者不置可否？

作家观照生活的立足点本应高屋建瓴，但愿篇末"我"对吴谭儿子的规劝：考大学"千万不要报文科"，只是作家痛极而怨，哀极而噱。

其实，梁晓声写《学者之死》，实在有他堕入两难的迷惘，有他价值犹疑而产生的动摇。他在《关于〈学者之死〉的补白》中这样写道："吴谭们的悲剧，不仅仅因他们精神上的迷惘，经济的拮据，还更因他们开始怀疑自己的存在价值。这一种怀疑，首先是由于文化的市场，对他们支撑自己为学者的那一专业的商业性否定。尽管，没有商业性的研究绝非没有意义的，但没有商业性的研究定是清贫者的选择。如果它确乎有意义，那么谁来担保从事有意义的研究的人，不沦为清贫者？谁又会为了它的意义甘愿做清贫者？如果它确乎没有什么了不起的意义，那么又何必鼓励和推崇吴谭们？鼓励和推崇，岂非反倒意味着害了他们？"①由此看来，中国的学者多么需要在钻研学问的同时，为自己找到一个审视、评价自我存在价值的立足点，整个社会都需要找到这样一个立足点。当作家梁晓声本人和他的人物共同面临着"价值"困惑时，笔者也疑惑他的如下观点："吴谭们的可悲，何尝不是文化史包袱对当代文化人造成的可悲？"②一个古老的民族，如何能少得了吴谭式的研究古代历史文化的学者呢？我们如何能彻底割断民族文化的"根"而空对现在与未来，成为无"根"的漂泊者？自然科学是人类文明历史进程中帮助人超越于兽的科学，人文科学是驯化人不至堕落为兽的科学。中国不能没有吴谭式的悲壮的"探路者"。中国也不只需要"悲壮"，更需要"路"。

---

① 梁晓声：《关于〈学者之死〉的补白》，《中篇小说选刊》1996年第2期。
② 梁晓声：《关于〈学者之死〉的补白》，《中篇小说选刊》1996年第2期。

（二）生存姿态的选择:《坚硬的柔软》

读过阿宁的《坚硬的柔软》①,感佩这位名不见经传的作者,对难得在当代小说中出现的某类知识分子,做出鞭辟入里的准确刻画:

某高校中文系里一个不起眼的角色:团总支书记许宾,在强手如林,竞争激烈,人际关系微妙复杂,个人家庭生活濒临危境的生存环境中,执着地追求着一个满足自我虚荣的人生目标:猎取系副主任宝座。为了这一目标,他有着咬定青山不放松的"坚硬",可他要达到目标的手段却是"柔软"。

"柔软",当下某类知识分子所选择的生存姿态:"主动地减少或放弃与外界的对抗",如同"一根竹子在风中把身体折成弯形","这样的弯曲意味着风势一减弱,就会弹回原来的形状"。许宾推崇"竹子美学",以为它比大树在风中傲然挺立更美。

选择什么样的生存姿态,的确是主客观综合因素所致。对许宾,首先是个人先天不足,他才疏学浅,能力平庸,而"欲望"却十分"坚硬";其次是历史与现实的暗示,他做不到"无欲则刚"。

此篇犹如一曲知识分子人格萎顿、精神颓靡的挽歌。在文坛凡人登场,英雄遁去的潮流中,我们慨叹那些具雄才大略,奔人生大目标而去的知识分子形象的消失,人类恒久价值观念的追寻者消失,人格塑造的严肃话题消失,通常高于其他社会群体的知识分子的尊严与自尊消失。何谓"柔软"? 在小说中,即是无脊梁,无灵魂,阿世和媚俗。如此不堪的品性,竟附生于"文明"的高堂之上,焉能不叹?

或许有人会说,"柔软"只是知识分子的一种生存策略,但这只能是民族性格弱化的策略。历史的经验证明,国家强盛,民族强盛,首先是人的精神的强盛,先而又先的是最为关爱"人文精神"的知识分子精神的强盛。当代知识

---

① 阿宁:《坚硬的柔软》,《十月》1997 年第 1 期。

分子必须放弃许宾式的欲望的"坚硬"和手段的"柔软",才有可能走出误区。放弃"坚硬的柔软"需要实现诸种条件的整合:一、直面现实,承认现状,而非自欺欺人;二、重建生存信念和价值体系;三、改造许宾们的互为沟壑的生存环境,作不尽如人意的环境的抵抗者而不是归顺者;四、完善自我,强大自我。即便环境成"旷野",我也决不做"旷野上的废墟"。

其实,岂止如许宾者须得医治自己"坚硬的柔软",患此怪疾的,如系主任,如孙瑞群,如许宾妻黄小娟等,各有不同的"坚硬的柔软"。知识分子完成群体的灵魂救赎,任重而道远。

(三)生存法则的思考:《山里的花儿》

梁晓声《山里的花儿》主人公经济学博士 A 君,真可谓天之骄子,时代宠儿。他出有洋车,居有广厦,娇妻爱子,名片上的头衔叠床架屋,手中实权在握(对一笔两三千万的基金拥有相当大的支配权),频频出国考察,去外省市讲学,被捧为"咱们最年轻有为的经济学家"。

这位幸运儿获此幸运显然不易,他有着一个山野少年跻入京都上流社会的曲折经历。两种生活,对比度愈大,反差愈强烈,他愈能知道保住自己名利地位的重要性。于是,他运用了知识分子最大的聪明才智,去扮演一个戴着假面具生活的角色。

他善于包装自己,巧于迎合上面的重视和下面的仰视;他貌似充满责任感、使命感,实则只会削方为圆;他对尖锐的真话左躲右闪,在公众场合和私下交往中不断变换聪明、麻木、清醒、糊涂的面孔,以求为自己找到一个安全又不失身份的位置。然而作家的笔墨并没有就此打住,小说家与主人公开了一个幽默的玩笑:A 君被误诊为"胃癌"。他在死神面前,在上帝面前,对自己的灵魂做"最后的审判":

难道你不认为,一种利己之风气,在当前是如何轻而易举地改变中国当代知识分子的灵魂,迷幻我们的心智么?

我们很善于翘起鼻子闻嗅风向,我们很善于打探内幕调整自己的观点,我们很善于以"家"的面孔和理论去阐述官的思想,不论那思想是多么的脱离实际,总之我们很善于唯上唯书,其实并不打算做一个只唯实的当代中国的年轻的知识分子。

我们都变得空前的聪明,知道自己在什么时候该说什么,知道自己在什么时候该鼓吹什么观点不该鼓吹什么观点。知道自己鼓吹了该鼓吹的会获得什么好处唱了反调则会失去什么利益。①

然而可悲的是,一个声言要在离开这个世界前"往那种黏黏糊糊的伪善虚假的氛围中撒一把盐,撒一把碱,再撒一把石灰"的人,当他得知自己是被误诊时,那高高扬起的手,便聪明地、圆滑地、世故地轻轻放下了,他又戴上了表演的假面。

知识分子群体是社会各类成员中最聪明的群体,他们将聪明施展于何处,与社会物质文明、精神文明的进步关系密切。当一个聪明群体的能量被功名利禄所腐蚀所摧毁,那不仅是这一群体的悲剧,更是整个社会的悲剧了。

倘若 A 君们能从阶段性的忏悔走向终生的灵魂守望,他们便是真正地踏上了光明的"自救"之路。

(四)生存状态的感觉:《大学三篇》

韩东的《大学三篇》②描绘了一组中国青年知识分子的形象。因为是三个短篇,采取的自然是窥一斑以见全豹的写法,没有完整故事,有的是碎片化的对于各年龄层次的知识分子生存形态、生存心态、生存法则的感受。作为新生代诗人兼小说家的韩东,感觉生活远胜于描述生活和阐释生活。

请看韩东笔下的大学校园:《假发》撷取了一个青年知识分子迫切希望改变自我形象的意象:不要老套,不要陈旧,不要"成熟的面容始终躲在那副童

---

① 梁晓声:《山里的花儿》,《人民文学》1997 年第 3 期。
② 韩东:《大学三篇》,《钟山》1995 年第 5 期。

年的镜架之后",以至于用假发"改变形象"的举动传染给他的女友,传染给他的同样年青的朋友。他们的内心涌动着如此执着而强烈的变革现实也变革自我的愿望,他们需要让自己有新鲜感,他们要给世界以新的形象。

《前面的老太婆》则选取反复嘲谑"前面的老太婆"的意象,表明了年轻一代对前辈的某种不屑与不满,他们拒绝说教,拒绝陈腐,拒绝他们的生存法则,不肯亦步亦趋地踏老路而行。

《亡命天涯路》是年轻人为自己重新选择逃离现实、逃离群体的独往独来之路。他们对知识界的那种工于心计,以邻为壑,你挤我压,计较小利的环境大为苦恼,他们为个人才华不得施展而焦虑,为人与人之间难以沟通而苦闷,于是,"亡命""逃遁"成为他们替自己确定的新的生存之路。

纵观三个短篇,环境的挤压感,对同类乃至自我的嘲谑欲,拒斥群体、张扬自我的情感随处可见。作品也暴露了年轻一代知识分子自身的明显弱点和缺憾:他们渴求变革,而对真正地要改变什么并没有明确目标。否定,叛逆,乌托邦式的激情与冲动之后,他们只隐隐获得了个人的精神满足,但失却了终极价值的追求;他们抵御环境的手段是被动的,缺少理性的,有时不惜取偏激之态,不惜玩世不恭,不惜以恶抗恶;他们希望获得他人的理解又不屑与整个世界共处;他们在张扬个性、强调自我意识时,恰是因为拒绝团队精神,于是,富有创造性的思想只能是思想,很难靠群体力量转化为实践。倘若,上述主人公良莠互现的生存法则裹挟了一代青年知识分子,那么还有谁来为历史担纲,为民族的未来担纲? 新生代作家和他们笔下的人物,恐怕并不情愿面对如此沉甸甸的话题,可是,他们在挑战前辈的同时,总不能向自己病弱的躯体和灵魂举起降旗。

20 世纪 90 年代,"人文精神"失落成为知识界普遍关注的话题,单从大讨论的开篇文章《旷野上的废墟——文学和人文精神的危机》①的篇名看,人们

---

① 王晓明、陈思和等:《旷野上的废墟——文学和人文精神的危机》,《上海文学》1993 年第 6 期。

已经能够感受到,蕴含其间的,是难以掩饰的不安与焦灼。与大讨论相向而行的关于知识分子题材的小说,从文学创作角度向我们展示了世纪末知识分子的生存状态。小说家们以为,"人文精神"失落的病根是,中国的知识分子病了!

处在世纪末社会转型时期的中国知识分子,他们中有的人,眼见得理想之光尚且在遥远的地平线闪烁,物质和精神的双重困顿接踵而至,迎接已然到来的商业化大潮的精神支柱迟迟未能竖起,传统的殉道精神和安身立命的传统价值体系加速崩塌。他们处变而乱,苦苦挣扎,手足无措。如吴谭者便是。

他们中有的人,人性扭曲,人格尽失,无所谓信仰,无所谓尊严,人被环境改造成迎风而弯的竹子,以求满足日益"坚硬"的私欲。如许宾者便是。

他们中有的人,忘却了来自民间的"根",忘却了"回报人民"的旦旦信誓,中国"士"的耿介直谏,"苟利国家生死以,岂因祸福避趋之"的品格丧失殆尽,只满足于用自己的才学去经营个人的安乐窝。如 A 君者便是。

他们中有的人,并不缺少变革的热情,却缺乏对变革的根本大目标的确认,他们敢于审问前辈,却很少严肃地自审,他们感性的冲动多于理性的行动,他们因了自身性格的悖论,只能以逃避群体来抵抗环境。如《大学三篇》里的青年知识分子便是。

中国知识分子自古有不灭的"救世"情怀,甚或可称为难以泯灭的恋情,然而面对如上现状,我们终于明白了一个最为浅显的道理:"救世"者必先"自救":疗救自我的各种怪疾顽症,疗救自我的"人文精神"——阐释复阐释,争论复争论,呼唤复呼唤的"人文精神",它的中心问题是"人",人病了,精神焉能健康?

而今我们所讨论的现代知识分子的"自救",恐有如下三层含义:一是恪守被确认为终极性的人文理性和文化价值。恪守民族文化中那些为人为事的基本准则,确保它不被外在的潮流、世俗,内在的欲望、惰性所污染和击毁,从而避免吴谭式的价值失落的悲剧。二是超越于个人的一己私利,关爱社会的乃至全人类的公共利害之大事,避免许宾、A 君式的以"自我"为中心的处世之道。三是注重正确理论的实践性。避免《大学三篇》里青年知识分子以深刻的思想批判,以清醒的头脑"逃遁",而最终付诸实践的只是变革了事物的表象和皮毛:替自己更换一副"假发"而已。

"实践性"是一条连接"自救"与"救世"的纽带,是使知识分子由"内圣"进而成为"社会良心"的必由之途。正如马克思在《关于费尔巴哈的提纲》中所言:"哲学家们只是用不同的方式解释世界,而问题在于改变世界"。①

20 世纪 90 年代的这几篇被文学史和批评家有所忽略的小说,真实又不无深刻地展示了世纪末中国知识分子艰难的精神泅游和自我重铸。它们是透视社会的窗口。

三、爱情异化:情的荒漠　欲的汪洋

爱情是人类生命旅途中最美丽的景致,是灰色日子里最欢乐的节日,是人类七情六欲中最令人心颤神动的情感,是物欲充塞的世界里灵魂驻守的乐园。于是才有了世界文学宝库中那些动人的爱情篇章,才有了爱情是文学的永恒主题之说。

(一)新时期小说关于"爱情"书写的几个阶段

回首新时期小说关于爱情的话题,我们经历了一个曲折而又令人嗟叹的过程。如果用一个词来描述这个过程,那就是,异化!爱情被外物所异化——

第一阶段,20 世纪 70 年代末 80 年代初,作家从爱情禁区战战兢兢地突围:张洁的《爱,是不能忘记的》②书写了一场女作家与革命老干部之间的旷世绝俗的柏拉图式的精神恋爱,他们的爱,连手都没有拉过一次,一辈子接触过

———————
① 《马克思恩格斯选集》(第 1 卷),人民出版社 1995 年版,第 61 页。
② 张洁:《爱,是不能忘记的》,《北京文艺》1979 年第 11 期。

的时间累计起来不会超过二十四小时。一本浸满眼泪的题着"爱,是不能忘记的"笔记本和一套作为爱情信物的《契诃夫小说选》,陪伴女主人公与恋人相会于天国,完成了一位"痛苦的理想主义者"铭心刻骨的爱情之旅。而横亘于两人之间的,是对另一位女性的道义、责任、感念和愧疚。爱情被描绘成纯粹精神性的活动,是"灵"与"灵"的拥抱,"灵"对"肉"的扼杀。另一篇小说,张弦的《被爱情遗忘的角落》①,恰成互文,展示了环境、观念对"肉欲"的围剿。十九岁的乡村姑娘存妮与小豹子,为一次起于田间嬉戏的青春冲动,无疑还包含了缱绻真情,付出了生命与自由的代价:他们被双双捉奸,存妮含羞投河自尽,小豹子被判强奸罪入狱;从此,姐姐"丢人"的"丑事"在妹妹荒妹心中留下抹不去的阴影。为替母亲归还当年姐姐欠下的彩礼钱,荒妹忍痛牺牲个人的爱情,救家庭于危困。这一阶段爱情题材的小说,爱情是充满罪感的,"情"与"欲"分离,"欲望"即耻辱,因爱而抽象出的"灵魂",感伤、孤独地游荡,就像张洁笔下的女作家,孤零零一人站在月台上,享受对方来接站的幻觉,就像那条一生只有一次"并肩散步"的空荡荡的柏油小路。无论人到中年的都市的知识分子,还是偏远山村的青年,爱情被非人道的传统观念所"绞杀",主人公成为美丽爱情的祭品。

第二阶段,几乎与"绞杀"同时发生的,是小说的"爱情保卫战"。是"人"的觉醒和关于"情"与"欲","灵"与"肉"不可分离的"爱"的觉醒。戴厚英的《人啊,人》,张贤亮的《绿化树》《男人的一半是女人》在"人道主义"的旗帜下,率先挑起了这场对抗。女作家戴厚英1980年发表的《人啊,人》,曾被文坛称为"人道主义宣言"。小说以爱情为躯壳,承载了无比沉重的政治文化的大主题。男主人公何荆夫是落难归来的右派,女主人公孙悦则是一位遭遇信仰和婚姻双重危机的"觉醒者"。小说以孙悦重新选择情感归属为显性情节,蕴含其间的正是她对关于"时代""革命",关于"人性""阶级性",关于"人情

---

① 张弦:《被爱情遗忘的角落》,《上海文学》1980年第1期。

味""人道主义"思想和理念的重新选择和接受。张贤亮的作品则为政治落难的许灵均、章永璘们设置了社会道德责任感与个体情感本能的双重拷问,书写了苦难生活所无法遮蔽的人性的闪光。在特定的年代,非常态的际遇中,扮演"拯救"角色的竟是一群粗俗善良的村姑。是秀芝、马缨花、黄香久们给了落魄知识分子以肉体的抚慰,精神的救赎,成为男人生命的另一半。张贤亮的不落俗套在于,他写出了获得新生的男人重生之后的心灵"肉搏",这是真诚的感激与知识分子精神优越感——它包含了从习惯、趣味,到人生观、价值观等等芜杂的现实生活和玄虚的思想观念的冲撞。正是这种情感冲撞,不断销蚀着真实的肉体体验,销蚀着道德的善良和感恩。张贤亮恐怕更在意的是,以写肚皮的饥渴和"性"的饥渴状态,来揭示社会问题。从这个角度看,躯壳与内核既是交融的,也是分离的。如果说,戴厚英的作品有很强的理念化色彩,长于思辨,那么张贤亮的作品则具有更多的生动细节,情感跌宕起伏,具有可读性。

再后,新时期小说用了仅仅十年的时间,以莫言的高粱地里的"我爷爷"和"我奶奶"的"野合"和烧酒作坊里的爱恨情仇为人类的原始生命力扛鼎,转而步入了具有群体倾向的"爱情失落的文学",是为关于"爱情"书写的第三个阶段。

（二）爱情失落的年代与爱情失落的文学

随着社会生活的急剧变革,人们的道德伦理观念包括关于爱情的道德伦理观念急剧嬗变。这种变化的正极显示了批判的力量:人们控诉封建礼教直至过往极左政治对人性人情的活生生扼杀,抨击封建伦理道德以及一切伪道德制造了无数旷夫怨女的爱情悲剧,人们吐一口浊气,终于堂堂正正将"人之大欲"的"性爱"与"浪漫交响曲"的"情爱"写在了文明与进步的旗帜上;变化的负极无可阻遏地指向观念与行为的另一个端点:欲望唯一,欲望至上,听任挣脱理性、道德约束的"肉欲"横冲直撞,把人性中的兽性当作"唯此为大"的神圣加以礼赞。用"礼崩乐坏""世风日下"来描述现实虽然过于绝对与悲观,但一篇报告文学所用的反问式小标题倒十分具有表现力——"难道人们都抽疯了"①。

我们看到,俗世中的人们面对古老的人类困境——生命的沉重、生存的痛苦——似乎一点也没有减轻。人们渴求爱情,一旦索取不得,俗人们便急颠颠"直奔主题"而去,迫不及待地呈现赤裸裸的性,而终是失却了精神领域的心心相印。

德国心理学家埃里希·弗洛姆对现代社会的这种普遍现象进行分析时指出:"性欲越来越多地被用来掩饰一种不够亲密的现象,我们用肉体的接近来掩饰我们感觉到的人的疏远。仅有肉体的亲密并不能创造感情的亲密。感情的亲密,两人之间的真正的和谐,是可以与肉体的亲密联系起来的,甚至可以由肉体的亲密开始,并能通过它一次再一次地得到巩固,但是,这两种亲密并不是等同的。在我们情感上不够亲密的时候,我们最容易用肉体的亲密来代替。"埃·弗洛姆进一步说明,这种非常态的疯狂追逐性的行为,就像西方一些年轻人追求"麻醉剂的高潮""摇摆节奏的高潮"一样,以求把自己带入"狂欢状态"和"高度麻醉状态",使自己成为忘记了他们自己的"被动的人"。②

作家们以敏锐的触角捕捉并反映了现实社会的此种尴尬之状。在物欲横流的环境中,红男绿女,匍匐而行,猥琐地走进动物园。圣洁的爱情被污染,真挚的爱情遭异化,异化为性放纵,欲泛滥,物欲至上,玩世不恭。文学领域展示着令人无可奈何的现实——爱情的百花园日益荒芜凋零。

文学中的爱情何以失落? 我们有必要对此做一番理性的思考与分析。让我们先探讨一下哲学家和俗人们都感兴趣的命题:爱情是什么? 对此问题的回答,归结起来无外乎两大派。一派是爱情的浪漫派。梁实秋先生以诗人徐

①　胡平:《秋天的变奏——八十年代中年男女的情感世界》序,载麦天枢等:《情人的世界》,今日中国出版社 1995 年版,第 171 页。

②　[德]埃·弗洛姆:《说爱》,王建朗、胡晓春译,安徽人民出版社 1987 年版,第 56—57 页。

志摩为例论述过这一派的特点:"这爱永远处于可望而不可即的地步,永远存在于追求的状态中,永远被视为一种极圣洁极高贵极虚无缥缈的东西。一旦接触实际,真个的与这样一个心爱的美貌女子自由结合,幻想立刻破灭。原来的爱变成了恨,原来的自由变成了束缚,于是从头来再开始追求心目中的'爱,自由与美'。"梁先生说这种"浪漫的爱","爱的是他们自己内心中的理想。这样的人在英文叫作 nympholept,勉强译作'狂想者'。"①另一派则是爱情的务实派,用女作家赵玫的小说《我们家族的女人》中"她"的话说,爱就是"要费心操劳,要洗衣做饭,要去医院,要惦记牵挂,要管理一切"。"爱又为什么不付出不给予不洗尿片也不承担抚养义务呢?"

笔者持浪漫与务实两者兼容的爱情观:爱情既是存在于人类精神世界中神圣的、纯洁的、脱俗的、异常美丽的情愫,她是摒弃所有附加物的两性相吸,两心相通,两情交融;爱情又是平凡、俗气、芜杂到锅碗瓢盆,居家过日子的形态,她鼓动人追求做"灵魂伴侣"的同时,又说服人得有耐心做"生活伴侣"。正因为爱在精神领域的纯洁,她才"皎皎者易污";正因为爱在现实存在中的芜杂,她难免让人疲倦。爱情是以付出而获得其美妙的。撕心裂肺的付出是与刻骨铭心的获得成正比的。

当我们摒弃善恶分明的批评和不分青红皂白的指责,去深究文学中爱情失落的缘由,才发觉其间包含了历史文化、社会生活的外部环境和作家创作理念、心态等多重内在的复杂缘由:

其一,"男权中心"的"污渍文化"使爱情变色。

从古代帝王的三宫六院,嫔妃如云,到官宦豪门的妻妾成群,偷香窃玉,再到文人雅士的茶楼酒肆,歌妓唱和……中国封建社会的爱情从来都是以"男尊女卑"为特征的。男人以拥有功名利禄、金屋藏娇为自豪,女人则只是传宗承嗣的工具,至多只是围着"太阳"(男人)转的"月亮"。

——————————

① 梁实秋:《谈徐志摩》,收入《学问与趣味:梁实秋散文》,浙江文艺出版社 2014 年版,第188 页。

经"五四"新文化运动的启蒙,经新中国成立后妇女解放的宣传,男女平等意识本该得到增强,女性自尊、自重、自信、自强的理论本该深入人心。事实是,千百年积淀的封建陈垢仍然左右着人们的思想,污渍染缸所浸染的污浊之色仍然没有褪去,包括受现代文明洗礼的男性精英,也包括各类或文明开放或传统保守的女人自己。

《废都》中的男人们,多具有自恋情结,以为掉进女人堆里就是个被女人爱不够的尤物。四大"名人"对女人的爱,仅仅是宠爱她们的年轻美貌;对女人的需求,也只是狂烈的性需求。男人对女人,没有人格尊重,没有理性的精神层面的沟通,甚至连善良的关心爱护也少有。用作品中人物周敏的话说:"尽管妇女的威风已超过她丈夫,一年也仍只有一天'三八'节。"从《废都》中的若干细节可以窥见,貌似很文明很现代的文人们,其实是多么的"传统",简直与封建遗老遗少难分伯仲。他们或患有嗜女人小脚之癖,或嘉许携妓出游,或策划收养外室……还有那间以创作为名找市长特批的"求缺屋",作品中不见文人在此创作,唯见频频出入与女人幽会。这群被"污渍文化"浸透的男人"求"的什么"缺"? 他们真正的"缺"什么? 如果仅仅是男人缺少尊重女性人格、女性尊严的意识,尚不足以造成"求缺屋"里云雨翻腾。可怕的是女性自己从不曾有过主体意识。《废都》中诸多女人竟没有一人有独立的女性意识,她们只图虚荣心的满足,依傍名人,利用名人,专供名人享乐,也满足自己感性的快乐。连贤淑的庄妻,亦至多只是服务型的妇人,满脑子"女人凭的男子汉,吃人家饭,跟人家转"的顺从。让人惊愕不已的是年轻的尼姑慧明向女人兜售的"泥鳅论"和"瓜子论":女人要做泥鳅,让男人抓在手里你又溜掉;女人要做一颗瓜子,逗起男人的口液又填不饱肚子,男人对你就有了一种好感觉。这种论调乍看是对传统的"顺从论"的挑战和叛逆,骨子里却还是"男权中心"。

男尊女卑的强大传统织就了男人的"自恋情结"和女人的"依附情结",把男性高高地托举到社会的中心位置。男女间的不等式,使得"五四"新文学千呼万唤的"男女平等"的观念,依然只是一面猎猎飘扬的理想之旗。作家或许以为,他们对现实的描述,仅仅只是"客观反映",隐藏了作家本人的真实立场;读者或许只是将猎奇当作最终的"阅读期待",那么,我们一定有足够的理由质疑其文学的深度。隐约可见的,是小说借"纵欲"之酒,浇人物心中"迷惘""焦虑"之块垒,读者却很难寻觅被刻意掩饰的情感小径,很难寻觅作家最终期望抵达的目的地。

其二,现实生活的畸形变态使爱情失落。

必须正视,20世纪末,我们面临着社会的震荡,我们面临着人性的扭曲,我们面临着灵魂的无家可归。

现实的男人比女人更加脆弱。男人的肩膀一旦无法担起沉重的社会责任,即所谓"铁肩担道义",旋即就去"妙手玩女人"。救赎世界不成,决不想救赎自己。征服环境不成,转而征服女人。在纵欲的快感里,他们重新"找回"了"生命力"旺盛的幻觉;在俯视女人时,他们重新获得"自尊"和"信心"。因极度"自尊"之雄心,从而陷入极度"自卑"之深渊。男人最易亵渎爱情、亵渎女人的时刻,一是失意、失败之时,再是功成名就、飞黄腾达之时。男人遮掩脆弱常是以纵欲为特征,女人本无需遮掩脆弱,她们有时反倒要遮掩刚强,以展现柔弱的小鸟依人的模样,来讨得男人欢心。纵欲的女人通常不是弱者,这一点许多男作家往往看不明白。

嘈嘈杂杂的人生,爱情被"不谈爱情"①所颠覆。池莉笔下的这个家庭,不存在被第三者插足的问题,爱情的危机完全来自于家庭内部,来自于双方出身背景不同,人生理想、价值取向、生活情趣上的差异,来自于不能相互宽容,相互趋同存异。爱情在一路磕碰之中失落,爱情在无关乎道德时错位。

纷纷攘攘的世界,家庭被"懒得离婚"②所嘲弄。一时间,"懒得离婚"几乎成了对爱情消极、冷漠、不求奢望的代名词,成了相当一部分男女的默契心

---

① 池莉:《不谈爱情》,《上海文学》1989年第1期。
② 谌容:《懒得离婚》,华艺出版社1991年版。

态。这是价值多元造成的异态婚姻。

80 年代末期之后,小说中铜臭污染爱情的现象更加比比皆是。

男人把女人当作时髦的现代商品加以享受。《废都》中西京城里的四大名人,一个个都是玩女人的高手,他们一是靠了有闲,二是靠了有钱。孟云房劝说庄之蝶消费暗娟时有一番堂皇之论:"现在人有了钱,谁不去玩女人的?这类街头上碰着的娟姐儿不让你投入感情,不影响家庭,交钱取乐,不留后患。"——不投入感情,以金钱消费性,孟氏理论对现实中某类两性关系的概括可谓"一语中的",亦可谓"不甚其哀"。——文学形象价值观和道德标准的迷误,应当是社会现象的折射,社会道德秩序失范的写真。

如果说,新时期初期,我们看到的是,贫穷的物质生活,贫乏的精神生活,非正常的政治生活异化了爱情,那么,90 年代我们又从另一端点走进了爱情悲剧:金钱使爱情异化。诚然,人与环境的对抗是艰难的,人不可能餐英饮露,违逆生存需求去空谈爱情,但有一点不容置疑:是真爱情,能让你"爱"的,只能是"情",而不是其他。

其三,理论误读使性秩序失范。

一是恩格斯在《家庭私有制和国家的起源》中所提出的经典论述:"只有以爱情为基础的婚姻才是道德的",[①]但曾几何时,恩格斯的名言被无端演绎成,在"爱情"旗帜遮掩下的一切行为都是道德的。概念的偷换导致逻辑的混乱,"道德"一词的外延被无限放大,爱情故事出现了非道德化倾向,狎妓、猎艳、颓靡、恶淫之风由是而起。

二是文学创作对弗洛伊德理论理解的盲区。弗氏理论在冲破文学的禁欲主义时功不可没,但盲点亦由此而生:绝对化地夸大原欲、性力(力必多),心安理得地打开纵欲主义的闸门。我们的文学由只瞥见海面之上的"冰山"之片面,走向另一个端点的片面,即只窥视海水下面的"本我""潜意识"和"俄狄

---

① [德]弗·恩格斯:《家庭私有制和国家的起源》,收入《马克思恩格斯选集》(第 4 卷),人民出版社 1995 年版,第 81 页。

浦斯情结"(家庭和所有家庭关系的完全性欲化)。

其实,弗洛伊德曾经用了极其生动的语言向世人论述了人格结构中按照"快乐原则"活动的"本我",按照"现实原则"活动的"自我"和按照"至善原则"活动的"超我"之间的关系。三者平衡,人格正常发展;三者失调,导致神经症。他用了许多形象的比喻,描述"本我"与"自我"之间的"入侵"与"反入侵"的关系。"超我"与"本我"之间"压制"与"反压制"的冲突。它们之间既有"联盟"的关系,也有"敌对"的关系。既可能是"入侵"的胜利,也可能是"抵御"的胜利。小说家原本应该使用比心理学家更加生动的、感性的、丰富的语言去描述人类情感世界的微妙、复杂、骚动、差异。只可惜我们的文学曾吞咽了太多"半生不熟"的西方理论。

文明的历史进程必有它自身的逻辑和规律,而封闭使我们患上了精神饥渴症,我们期待一夜之间强壮。我们的确只用了十年的时间,便浏览了西方百年的文化成果。于是,我们也必须承受疯狂进食所带来的"消化不良"的后果。我们太有必要重读、深读新时期初期引进的那批西方哲学、心理学、文学的经典论著。关于爱情,我们更渴望看到灵与肉的"搏击",而非任何一方的独强独大。

其四,作家自身价值立场的偏差使爱情失重。

一些作家失却了当初观照生活时的诗性和灵性,失却了把视角伸向更为广阔的生活空间的愿望,也放弃了把握各类人物完整的行为轨迹和行为逻辑的努力,单单地对生活的某一个侧面和人群中的某一类人厚爱有加;而它的直接后果,就是造成作家与人物共同沉没,从而进入一种"没有灵魂的写作"状态。这对于一个作家来讲,无疑是需要警惕的。

诚然,写淫棍的未必是淫棍,写妓女的也未必是妓女,然而,连篇累牍地须眉毕现地时而还卖弄噱头地铺写床第之事,着墨偷情之欢,一路不加节制地矫情、滥情,将此当作解除精神苦闷的宣泄之渠,"借他人酒杯,浇胸中块垒",恐怕只能适得其反。笔者以为,作家在观照人的生存困境时,理应保持一份对人丧失人性之后的羞耻心，作家在展示塑造文学形象的功力时，理应修炼一份坚守自我价值立场的内功。

（三）为人生扬一面圣洁的爱情之旗

笔者列举了现实人生与文学人生爱情失落、爱情异化、爱情错位的种种现状及缘由，对此现象我想大声说：让我们的新时期文学——寻觅爱情。

客观地说，举目人世之间，并非处处是爱情的坟墓，爱情的常春藤仍然遍处萌发，勃勃而生。公正地说，爱情总还有它很纯、很美、很符合人性、符合人类理想的一面。文学何以不能用自己的触角，去探寻一块这样的天地？

个体生命需要欢乐，健全人性需要性与爱，俗世中活着的人，其实是很渴望有一些高雅纯净的东西来净化自己的灵魂，就让文学的爱情来关注人们的精神需求吧。不是都说商品社会人情淡漠吗？就让爱情为淡漠了的人情增添一份真挚，一份温柔，一份炽热，一份和谐。

爱情在客观上承担着人类生命传承族类繁衍的作用，文学为"纵欲"推波助澜与文学鼓吹"禁欲"一样，都会阻碍人类社会的正常发展。文学倘若对自己的淫乱没有罪恶感，文学失去的将不仅仅是爱情，从某种意义说，它将毁灭人类自己。我们的文坛，确实需要对"爱情失落，欲海无边"来一番自审与自责了。

退一步而论，即便叫真爱情的东西珍稀得很，需要"寻觅"，文学也得给人以希望。古希腊人以"日神冲动"美化了痛苦人生，奥林匹斯山上众神的爱情故事，缓释了人类多少苦痛与绝望。我们的文学家，你展示给人的，不能只是爱情异化的"忍受者"，还要展示爱情异化的"战胜者"，唯其如此，人类的情感领域，生命旅程才能真正的称得上姿色斑斓，绚丽丰满。

也许我的这种呼唤过于空洞乏力，那么就让我借助哲人的话来加重它的分量。周国平在他的美文中道出了现代哲学家对现代人爱情透视的深度。周先生说："也许现代人真是活得太累了，所以不愿再给自己加上爱情的重负，而宁愿把两性关系保留为一个轻松娱乐的园地。也许现代人真是看得太透了,所以不愿再徒劳地经受爱情的折磨,而宁愿不动感情地面对异性世界。然而,逃避爱情不会是现代人精神生活空虚的一个征兆吗?""尽管真正的爱情确实可能让人付出撕心裂肺的代价,却也会使人得到刻骨铭心的收获。逃避爱情的代价更大。就像一万部艳情小说也不能填补《红楼梦》的残缺一样,一万件风流韵事也不能填补爱情的空白。如果男人和女人之间不再信任和关心彼此的灵魂,肉体徒然亲近,灵魂终是陌生,他们就真正成了大地上无家可归的孤魂了。如果亚当和夏娃互相不再有真情甚至不再指望真情,他们才是真正被逐出了伊甸园。"①

为了现代人不做灵魂无家可归的"孤魂",我想说,中外古今无数文学家曾高扬过的爱情之旗,你不要倒下!

四、关于四个"孩子"的"现代亚神话"

新时期小说名篇中有四个"孩子",奇幻独特,饶有意味,值得我们反复品读,不断回味。这四个"孩子"分别是:莫言的《透明的红萝卜》中的黑孩,王安忆《小鲍庄》中的捞渣,韩少功《爸爸爸》中的丙崽②和莫言《丰乳肥臀》中的上官金童。③

三部中篇《透明的红萝卜》《小鲍庄》《爸爸爸》,都是以现实主义为基本手法的小说。长篇小说《丰乳肥臀》则非西非中,是"莫言式的魔幻"。但小说中如上所述的四个"孩子"的形象,却无不浸染了"神性"或"魔性":或恍如有特异功能,感觉、幻觉世界异常灵敏而亢奋;或秉性善良,济困救危,不惜牺牲

---

① 周国平:《爱情不风流》,林非选编:《当代永恒主题散文精品》,济南出版社 2005 年版,第 272 页。
② 莫言:《透明的红萝卜》,《中国作家》1985 年第 2 期;王安忆:《小鲍庄》,《中国作家》1985 年第 2 期;韩少功:《爸爸爸》,《人民文学》1985 年第 6 期。
③ 莫言:《丰乳肥臀》,作家出版社 1995 年版。

性命;或痴愚呆傻,"魔性"附体而不死;或"野种"之野性尽失,恋乳成癖,成为吊在母亲和各类女人"丰乳"上的窝囊废。他们的身上附着了民族的、群体的、人性端点上的某种"类"的品性,成为民族历史和民族性格的寓言品,这些"孩子"的形象,构成了犹如神话人物的形象符号的隐喻体系。

神话(Mythos)是一个民族的文明化石,是人类文明进程的文化记载。神话缘起于新石器时代的人类,缘起于彼时人类语言的发展和叙事能力的快速进步。"人们开始讲述'故事',讲他们自己的希望和恐惧,讲部落的来历,讲它的禁忌和为什么必须遵循禁忌,讲这个充满奇异的世界以及这个世界是怎样诞生的……叙事能力随着词汇的扩大而日益增长,故事越来越复杂,越来越从旧石器时代个人幻想的狭小圈子里走出来,成为讲述集体意识和部落传统的工具,成为维系氏族、增强部落意识、沟通人与人之间的灵魂、思想、情感的语言手段。"①一颗多么遥远的文化种子,撒落在人类文明进化的土地上:从"前文字时代"的口口相传,到原始民族片断的"独立神话",再到将要跨入文明门槛的文化民族,创造出自己的"体系神话"。几千年的进化,这颗不死的种子长成的大树,竟不断生发出现代艺术形式的新枝。各类艺术家:绘画、雕塑、音乐、文学,在神话的诱惑之下,不时生出"返祖"的念头。我们与其说"返"神话之祖,毋宁说"仿"神话之祖,且常常是"戏仿",这真是颇为有趣的文化现象。

现代小说作家捡拾起古代文明的遗存,以类似神话人物碎片化的形式,安置在现代小说之中,这样的镶嵌出人意料,却魅力无穷。它的形态已经不是原始意义上的神话,既不是"独立神话"更不是"体系神话";既不是"神形原始",也不是"神性原始"。得其形为其末,传其神为其本。小说与古代神话之间,只是一丝鼻息相通的关联,一种精神性的遗传。小说讲述更加贴近现代人生存的故事,从面目各异、形骸夸张的形象中抽象出追寻现代文明步履的思

---

① 谢选骏:《神话与民族精神》,山东文艺出版社 1986 年版,第 1 页。

辨。由此,我们称之为"现代亚神话"。

"现代亚神话"怎样与古老的神话之间建立起千丝万缕的联系?古往今来,形式变化无穷,有两点基本不变:一是形象塑造,以"类"的形象完成对生活的记录。它所塑形的生活,既可能是"客体景观",也可能是超现实、超自然的"荒诞景观"。二是借助形象表达情感、思想,进而提升为一种符号的暗示力、寓言性,以隐喻功能完成对世界的哲学沉思。

研究新时期小说中的"现代亚神话"现象,我们不妨从解读四个"孩子"的形象开始:

(一)黑孩:寻找苦难中人不复重得的精神幻象

早期的莫言是感伤的,浪漫的,都说"读不懂黑孩就读不懂莫言"。1985年,是莫言的"黑孩时代"。莫言回忆:"我十三岁时曾在一个桥梁工地上当过小工,给一个打铁的师傅拉风箱生火。中篇小说《透明的红萝卜》的产生与我这段经历有密切的关系。小说中的黑孩儿虽然不是我,但与我的心是相通的。"[①]如果说人民公社时期遭遇饥饿、贫困的不仅仅是莫言,书写饥饿和贫困的文字在 70 年代末 80 年代初的"伤痕文学"中早已频频出现,那么,此刻的莫言却用一种孩童感觉中的微微忧郁的暖色去面对苦难。"透明""红色",美好得而复失,寻找,不惜遭受惩罚,对着太阳生出无尽的新的希望——这让大冷的天里光着脊梁穿着破裤头的黑孩,人生有了一丝和暖。这种和暖来自初谙世事又极度敏感的黑孩对人世间一切美好的感觉:菊子姑娘如同母亲般的关爱,菊子与小石匠之间的美好爱情,老铁匠只言片语貌似冷漠的指点,乃至那位"张嘴就开骂"的"队长"和"看菜园的老头子",都对自己或多或少心生恻隐。这才有了黑孩在"第七个桥墩"石缝里珍藏的秘密:菊子姑娘替他包扎伤口的"月季花还是鲜红的"手绢,最终才有了那根金色的、透明的红萝卜。

---

① 莫言:《我的故乡与我的小说》,《当代作家评论》1993 年第 2 期。

红萝卜果腹,铁匠铺里的炉火:温饱偶得。周围是关爱自己的胜似亲人的人。于是俗世之物在孩子眼中才可能变异,犹如仙境之物,晶莹、玲珑、绚丽、奇幻。孩子陡然生出"捉住"它的生命冲动——隐喻的符号指向苦难之中的温情,困境之中的希望,绝望之时的不屈。生命在成长和挣扎中所呈现的刹那间的欢愉! 哪怕它稍纵即逝,不复重得。"透明的红萝卜"的片断是诗,很少有作家如莫言,在没有诗的时代,没有诗的环境中,写出了妙不可言的幻觉的诗! 它与苦难构成碰撞和张力。

我读莫言,的确是从读懂黑孩开始的。没有这"透明的红萝卜",没有丢失之后"他到处找呀,到处找",没有他拔了一大片萝卜,一次又一次"举到阳光下端详",倔劲十足,不屈不挠,便不会有"黑孩时代"之后飞速成长的莫言。"透明的红萝卜"对莫言很重要,"透明的红萝卜"对所有的人都很重要:你是否看到过属于你的那根"透明的红萝卜",你是否一直在"找"它? 我相信,人类一直在"找"它。

（二）捞渣：颂扬民间社会和灾难救赎中的仁义道德

《小鲍庄》无疑是新时期高产的王安忆最好的中篇小说。《小鲍庄》是当代的,又是历史的;是现实主义的,又是理想主义的;是悲情的,又隐约透出些许喜剧色彩。它的特别之处就在于,能把一个遵命采访抗洪小英雄为写作契机的故事,讲述得如此具有历史的厚度、文化的厚度和人性的厚度。

陈晓明有言:"对于王安忆来说,个人记忆并不是沉迷于内心幻想或某些形而上观念领域的个人经验,而是活生生的历史故事。叙述人'我'的记忆特征打上了鲜明的历史烙印,那就是知青记忆。恰恰是对知青记忆的重新审视,让她把知青记忆与50年代的理想主义串通在一起。王安忆重新写作了知青故事,并且重构(解构?)了50年代和80年代的理想主义。"[①]《小鲍庄》开篇

---

①　陈晓明:《中国当代文学主潮》,北京大学出版社 2009 年版,第 405 页。

的"引子"与"还是引子"似乎是漫不经心的,但更是别有用心地嫁接着现实与历史:现实——暴雨,洪水,灾难降临,房倒屋塌;历史——鲍家祖上为官,治水不力,黜官赎罪,在鲍山脚下,湖洼地带,娶妻生子,世代繁衍生息。一边是自然界的天地玄黄,一边是影影绰绰的正史、野史、神话、传说,历史的厚重感油然而生。

英雄诞生——小说最抢眼的形象是一个孩子,他生在普通农户鲍彦山家,第七胎,最末了的,小名"捞渣"(粗俗又形象),"大号叫个鲍仁平"(颇有文化寓意)。"捞渣"出生的时刻,鲍五爷家的"社会子"死了!而鲍五爷正是日后"捞渣"舍身相救的孤老:有一丝神秘,半分诡谲,既像"禹生鲧尸"的"涅槃",又似宗教的"转世灵童"一般。

英雄成长——从抓土和泥斗蛐蛐,到"会给五爷送煎饼了",到上学得"三好学生"奖状,再到大水中为救五保户鲍五爷而死。九岁的人生,这个乡下孩子到死也是乡下的,没有刻意拔高。

成长环境——"捞渣"生长的人文环境,这是小说最为出彩之笔。小说织网一般地写出鲍山脚下的小鲍庄和鲍山那边的小冯庄的几个家庭,"秉""彦""仁"几代人的娶妻嫁汉,妇人生子,吃喝拉撒,生老病死的日常生活。几组人物,若干似断非连的破碎故事,展示了黎民百姓的生存形态——一面充盈着原始的、野性的、生息繁衍的生命之力;另一面构建着由伦理、道德为规范的乡村秩序,张扬了文化之力:老货郎/大姑/私生子拾来;鲍秉德/疯妻/麻脸媳妇;小货郎拾来/寡妇二婶(鲍彦川家里的);童养媳小翠子/建设子/文化子等,写出了中国淮北农村的乡风民俗。黑土地上的人们在贫困灾难中,依循古风,秉持仁义,崇拜上下五千年的英雄豪杰。宗族的伦理观,俗世的道德观,这种弥漫在山水空气中的"仁义",滋养了一代又一代"人"的成长,这里面有鲍山下的老少男女,自然也有"捞渣"。

关于英雄的文化阐释——"捞渣"死了,关于英雄的话题才刚刚开始。记者的采访与亲人们的怀念,九曲十弯唱不成一个调。关于英雄,自古就有民间流传和朝廷书写的区别。小说遣出老少两个文化人:孤老鲍秉义唱古,文疯子鲍仁文写今,形成了关于"英雄书写"的双重话语系统。双重话语相纠缠相磕碰,徒生出谐谑和滑稽的喜剧效果。只有"捞渣的墓,高高地坐落在小鲍庄的中央",端立成一座精神之碑。

"捞渣"是现实中的孩子,也是文化符号的孩子。英雄崇拜是华夏五千年的文化遗存,而不仅仅只是提纯了的没了根须的现代八股。

笔者认同《小鲍庄》"是一个开了无数个窗户的世界,各人可以寻找观察这一世界的不同窗户"①。我们从一扇扇窗户看历史,看村庄人文风景,也看英雄。

(三) 丙崽: 反思导致灾难的非此即彼的思维模式

一个怪胎诞生在蒙昧、封闭的世界里,他叫丙崽。他一生只学会说两句话,一是"爸爸",二是"×妈妈"。前者表达对所有感性快乐的认可和肯定,后者则表达对所有感性不快的愤怒和诅咒。丙崽永远长不大,母亲总说他只有"十三岁"。丙崽无父,父亲出山后再没有回来,或传说贩鸦片,或传说被土匪"裁"掉,或传说嫖光了在街上讨饭⋯⋯丙崽后来又无母,对儿子又爱又恨,当接生婆的"外乡人"丙崽娘,上山去也没有回来,尸身被狗吃了⋯⋯作者嘲弄丙崽是个失去"谱系"的怪胎。

丙崽式的思维方式和话语方式,被有"话份"的族人指认为占卜的依据,成为鸡头寨重大决策的行动指南。丙崽痴语构成了阴阳二卦,"打冤"还是"言和"?痴人妄语衍生为一场两个寨子间的残酷战争,村寨里尸横遍野。

"打冤"失败,有"话份"的决定了丙崽们的命运:依循古老的"过山"民俗,长者仲裁缝以剧毒草药汤毒杀了老弱病残。青壮男女率几头牛,迁徙他乡。

---

① 程德培、吴亮评述:《探索小说集》,上海文艺出版社 1986 年版,第 197 页。

　　韩少功的《爸爸爸》是在为古老民族的生存形态塑像。重要的生存图景不是贫瘠简陋的物质生活,而是丙崽式的简单粗陋的思维方式和它的可怕后果。丙崽式的思维方式也是"鸡头寨"村民的群体思维方式,是群体文化心理的缩影。丙崽式的思维方式带来令人恐怖的社会动荡,它惰性十足,变革艰难。无论任何方式的对抗,都将被视作非我族类的异端:譬如逃离出山的丙崽父亲,再如老裁缝的"不孝"的新派儿子仁宝。

　　小说展示深刻又奇异的结局:丙崽不死,他被老裁缝喂了毒汤后竟然活了过来,还引得几个小娃崽崇拜地跟着学样。

　　鲁迅让阿Q死掉,却难以阻遏阿Q精神生生不已;韩少功留丙崽活着,一个可怜又可怕的病孩,请他做历史教员。不知我们是否能从丙崽身上,吸取足够的历史教训?

　　韩少功面对采访者的提问:"你是怎么想到写这样一个作品?"回答是"中国读者曾经习惯读政治,其实政治只是观察事物的角度之一,'文化的人'是比'政治的人'更基础的概念"。"《爸爸爸》有一个特点:时空特征没有"。"模糊空间的目的,是引导读者面对一些超时代和超地域的普遍性难题"。①

　　唯其模糊了时空,才更能感受到,历史进化的步履,何其缓慢和沉重。丙崽的非此即彼的"二值判断"的思维方式,当它由孩子的、个人的,演变固化为群体的思维模式时,当它由封闭蒙昧的时空,走向日渐开放文明的时空,我们是否仍然会秉持丙崽的思维方式,把丰富复杂的世界,丰富复杂的人,区分为截然对立的两个端点,黑/白、好/坏、正/邪、是/非、革命/反动、东方/西方、传统/现代……没有亦此亦彼或非此非彼的中间地带,也没有可供条分缕析的理性空间。倘若人类告别端点上的舞蹈,告别习以为常的钟摆效应,人类是否会获得更为阔达的思维和行为空间,在这个空间里建设更为美好的"村寨",那才是真正结束了"鸡头寨"和"鸡尾寨"的悲剧。

---

　　①　马国川:《我与八十年代》,生活·读书·新知三联书店2011年版,第209—210页。

(四)上官金童:嗟叹七尺男儿"种的退化"的历史悲剧

笔者一直认为,莫言创作《丰乳肥臀》是有野心的,他渴望写一部史诗化的长篇,"献给母亲在天之灵"(《丰乳肥臀》扉页)。他最终完成了一部历史容量极其宏大又极其另类的"史诗",全然不顾谁人捧它上天堂,谁人踩它下地狱。

该部长篇创作的契机源于 1990 年秋,作家在北京某地铁口的偶然所遇:一位村妇正给她的两个孩子喂奶,作家久久注视着"像受难的圣母一样庄严神圣"的母亲和"又黑又瘦"的孩子,突然心有所动,泪流满面。"我想起了母亲与童年","不仅仅是我的母亲和我的童年。我想起了我们的母亲和我们的童年"。莫言认为,母亲与儿女(包括女婿)们的命运"与中国的百年历史紧密相连。我表达了我的历史观念。我认为小说家笔下的历史是来自民间的传奇化了的历史,这是象征的历史而不是真实的历史,这是打上了我的个性烙印的历史而不是教科书中的历史。但我认为这样的历史才更加逼近历史的真实"。① 据此言,我把上官金童视作莫言"传奇化""象征化"历史中一个以象征为基本特征的人物。

回溯世界各个古老民族的神话体系,均不乏自己的超人、英雄。各民族的神话既会为英雄"镀金",也会为英雄"塑人"。从中国当代以"史诗化"为追求目标的作品来看,其主要人物往往都是具有民族性格和力量的民族英雄。"十七年"和"文革"文学的端点处,更不惜把英雄高高托举,赠与"高大全",赋予纯粹和崇高。莫言从来不缺乏"英雄崇拜"情结,《红高粱家族》中的"匪气、侠气、与正气"兼有,"人性、兽性与野性"并存的余占鳌,就是英雄塑造之一例:土匪英雄——至此,"史诗化"的颠覆或许刚刚开始。及至《丰乳肥臀》,作品最重要的两个人物:母亲上官鲁氏和她唯一的儿子上官金童,都算不得灰

---

① 莫言:《我的〈丰乳肥臀〉——在哥伦比亚大学的演讲》,参见杨扬编:《莫言研究资料》,天津人民出版社 2005 年版,第 54 页。

色理论预设的民族英雄。仅此一条,评家谁个敢再钻"史诗化"的牛角尖?

《丰乳肥臀》中的上官金童具有双重身份。他既是中国 20 世纪百年历史的讲述者——这一身份的金童是理性、正义、目光灵透、感受独到的稗官。他又是半个多世纪国与家与人的苦难的亲历者——作为小说主要人物形象的金童,是被母亲宠坏的儿子,被八个姐姐(包括身份各异的姐夫)格外呵护的弟弟,是一辈子吊在女人乳头上长不大的"小男孩""老婴儿",是疯狂的正剧、闹剧、荒诞剧的看客和演员,是痛苦的伪精神病患者,是只有在梦境和幻觉中才敢去惩恶复仇、匡扶正义的狂人。年近花甲,他最终仍然是"精神侏儒",教堂前同父异母兄弟(另一个马牧师)的"心智"感应者,母亲坟前的永久的"忏悔者"。

一方面,莫言塑造上官金童,并没有因为人物的象征性而牺牲了人物的复杂性。让我们仔细端详、揣摩他的复杂性。第一,金童是地地道道的"杂种",他是母亲与瑞典籍牧师马洛亚的私生子,无奈"生父"只顶了个"教父"的名分。而徒有"祖父"和"父亲"名分的上官家的两代男人都是懦弱者,一个打铁不如妻,另一个遇事决断不如妻,他们都在乱世中被日本人杀害。第二,金童一辈子吊在女人乳头上只是比喻意义上的描述。于是,"上官金童吃什么"就显得意味深长。他吃母乳到 7 岁,母亲每次的断奶试验都以金童以死相拼而告终;抗战胜利,他在众人鼓励下开始改吸羊奶,六姐兴奋不已:"傻弟,你有救了……"[1];饥饿的春天,他咀嚼过柳叶子和柳枝,还吃过母亲在公社磨坊里偷食生豌豆又动物反刍般抠出来的呕吐物;80 年代,他为良知所驱,逃离了欺诈和恶作剧的"东方鸟类中心",从西装革履落魄到袋中仅剩一元纸币,在家乡满街山珍海味的夜市上,只能喝刚好一元钱一碗的茶汤……金童一生有过无数次"断乳"的可能与契机,却都功亏一篑,断而复"吸",断而复"摸","恋乳"不止,失去了杂食百物以使自己强壮、强大的可能。第三,金童被各类应

---

① 莫言:《丰乳肥臀》,作家出版社 1995 年版,第 200 页。

运而生的历史人物反衬得更为孱弱不堪,譬如姐夫司马库、鸟儿韩、巴比特、外甥司马粮等;他还被身边的几代女人:祖母、母亲、八个姐姐、外甥女们反衬得毫无勇气和韧性。第四,这个"精神婴儿"在内心深处虽坚守着正直、道义、爱情、自由的价值。然而,"百无一用",只能在梦境中去实现惩恶扬善、忧国救世的人生目标。

另一方面,莫言也没有因为人物的复杂性而放弃了对上官金童复杂性格的"性格核心"的抽象:正如女老板耿莲莲的讥讽:"马洛亚下的是龙种,收获的竟是一只跳蚤!"①正如独乳老金的责骂:"抹不上墙的狗屎,扶不上树的死猫。"②母亲对他怀有无尽的期待又无比失望:"我已经不需要一个永远长不大的儿子,我要的是像司马库一样,像鸟儿韩一样能给我闯出祸来的敢说敢做的儿子,我要一个真正站着撒尿的男人!"③连金童自己也不断自责自辱:"我讨厌我自己。""我简直跟蛟龙河农场那几头阉割过的鲁西大黄牛一模一样,没性,没情,锥子扎在屁股上也顶多扭扭尾巴。"④莫言在小说中借各类人物之口痛斥上官金童,如同痛斥我们的民族劣根性。

莫言真是异想天开,他在"史诗化"的过程中进行着一场"反史诗"的历史叙事实验。小说以高密东北乡的若干家族,几代百姓,其间夹杂着以各种方式、各种目的入侵的外来者,构成一部庞杂的中国二十世纪史。小说书写国家百年的大曲折,大艰辛,大悲苦,大灾难,由此探究我们的民族精神。他如骨鲠在喉格外想要凸显的,正是上官金童所抽象出的精神之核:"种的退化",换言之,在严酷生存环境面前"人的退化",由此追问苦难之因。

莫言在他的两个创作高峰期,"红高粱时期"和"丰乳肥臀时期"分别创造的两个男人的形象——余占鳌和上官金童——在文学史上构成了阴阳两面。

---

① 莫言:《丰乳肥臀》,作家出版社 1995 年版,第 537 页。
② 莫言:《丰乳肥臀》,作家出版社 1995 年版,第 520 页。
③ 莫言:《丰乳肥臀》,作家出版社 1995 年版,第 508 页。
④ 莫言:《丰乳肥臀》,作家出版社 1995 年版,第 510 页。

余占鳌形象从阳面书写关于人的理想：敢想敢干，敢爱敢恨，敢做敢当，野性雄性，兽性人性，是一株迎风招展的野生的"红高粱"；上官金童形象则从阴面反讽人的，尤其是男人的"矮化"：偏执心理，畸形行为，胆小窝囊，懦弱愚钝，不人不鬼，是吊在女人乳头上的病孩。他的肉体一天天长大，他的精神始终是长不大的"孩子"。

形象的隐喻指涉让人震惊，我们有时真的羞于面对自己的"影子"，自己的"灵魂"。"我有儿子"的虚假慰藉让母亲永揣梦想，"像绵羊一样懦弱"的儿子让母亲不断失望。母亲喊："救救金童吧！"①君记否？这喊声在我们耳边，真真切切回荡了一个世纪。

1986年，莫言曾在《红高粱家族》篇末，一声声叮咛和呼唤："可怜的、孱弱的、猜忌的、偏执的、被毒酒迷幻了灵魂的孩子，你到墨水河里去浸泡三天三夜——记住，一天也不能多，一天也不能少，洗净了你的肉体和灵魂，你就回到你的世界里去。在白马山之阳，墨水河之阴，还有一株纯种的红高粱，你要不惜一切努力找到它。你高举着它去闯荡你的荆棘丛生、虎狼横行的世界，它是你的护身符，也是我们家族的光荣的图腾和我们高密东北乡传统精神的象征！"②十年之后，莫言的那个"被毒酒迷幻了灵魂的孩子"上官金童出现在他的《丰乳肥臀》中。是"寻根"的成功还是倒退？由"寻根"透视莫言的历史观："根"有苗壮之姿，有病弱之态，"寻"或许是永恒的悲壮。

结语

其一，四部作品发表的时间，换言之，也是新时期文学著名的四个"孩子"的生辰：黑孩、捞渣、丙崽均诞生于1985年。20世纪80年代的确是新时期文学的黄金时期。人文知识分子的思想异常活跃，他们的思想触角，既向民族的"根文化"纵向开掘，又推开门窗向"西方文明"横向伸展。于是有了"85新

---

① 莫言：《丰乳肥臀》，作家出版社1995年版，第406页。
② 莫言：《红高粱家族》，上海文艺出版社2008年版，第362页。

潮"现代派的崛起,又有了"寻根派"的登场。黑孩、捞渣、丙崽身上,既浸透着"根"的基因,又有着多元文化碰撞之后,对基因的诊断、反思、赞颂和批判。80年代文学既拥有启蒙的激情,又日渐增加着哲学的维度。

1995年《丰乳肥臀》出版,那个叫作上官金童的孩子,在他遭遇家国和人生无尽苦难时,他的"恋乳癖"久治不愈;90年代,经济大潮涌动,物质生活日渐富足,金童回归故里,穿名牌西装,吃"百鸟宴",当上一名被利益的游戏、金钱的狂欢捧上宝座的"总经理""董事长",可他仍然是需要被保护的弱者,被拯救的"精神婴儿",说一声"滚"便立马出局,成为流落街头的可怜虫。莫言让读者感受到了物质世界的疯狂和精神世界的失重,更感受到了作家在纷繁杂乱的历史表象面前的焦灼。上官金童终生都是个让母亲极度不安的孩子。

当我们用历史的目光,一遍遍扫过这些"孩子"诞生的时代,就好比讨论东方的生辰八字和讨论西方的十二星座。这四个"孩子",一个个都打上了出生时代的印记。

为什么历史转型的时代,历史剧烈变革的时代,作家热衷于关注对"孩子"的书写。"孩子"是民族的未来和希望,关注"孩子"就是关注与自己,与自己的"孩子"息息相关的未来,转型变革之后的未来。关注"孩子"就是关注文明之旅的"目的地"。

其二,如果说远古神话透露出先民对现实世界的解释,对朦胧未知的追问,对不可抗衡的自然之力和社会之力的惶恐,那么,现代人仍然会解释,追问,迷惘,惶恐;如果说,远古神话与民族精神互为表里,神话是民族精神最初的记录,那么现代人重新审视历史,审视人性,审视善恶,审视自我的行为方式、思维方式,他们一定会在民族的集体无意识中有所发现,有所感悟。他们渴望以神话、亚神话的形态承载作家的理性思考,以唤醒民族之蒙昧,以重铸民族之灵魂。有人把古代神话称之为"人类早期的'启蒙运动'",那么当今我们的文学怎样以古老的形式参与"新启蒙"的阵营？ 如上四个"孩子"的形象,当是作家们的创新与探索。

其三，人类早期创造的神话符码、意象，更多来自于直觉，现代小说的人物符码、意象，则半是直觉，半是自觉。古代神话的最重要的功能是象征，现代变体的"亚神话"同样不可忽略其象征意蕴。"亚神话"的象征释义，释其"核心含义"比较容易趋同，而愈向边缘延伸，愈可能是多义，愈可能见仁见智。随时代变迁，形象自身以它的鲜活生动，使符码释义的延展性增强，象征意义愈发模糊、多元、难以穷尽。这正是作家的创作功力所在，也是"现代亚神话"的魅力所在。

其四，讨论新时期文学的历史观，乐观者有之，悲观者亦有之。两者兼有者，可谓中庸。黑孩、捞渣尽显乐观之相，丙崽不死，多少有些令人惶恐，而上官金童则透露出世纪末作家的焦虑情怀。焦虑未必是彻底的悲观主义，焦虑是一种理性十足的忧郁的亢奋。作家之笔，为时代、为社会的各个层面来做磁共振扫描，以"现代亚神话"的形式，哪怕只是一些碎片。单从这点看，想想都让人感怀。

无论如何，新时期小说史会留下关于这四个"孩子"的不尽相同的阐释，留下关于这些形象的纷杂话题。

第四章 形式变革的印记：
变形·寓言·调侃

一、新时期小说的变形艺术

广义地说，任何文学形象与生活原型相比，都具有变形的特征。因为任何文学形象都是现实客观生活和作家自我情感的结合，二者相生相克，相纠结，相斗争，达到主客观的统一。中西理论家们曾从各种角度论证过绝对等同客观的"反映"是不可能的。三百年前，笛卡尔梦想以绝对中性的语言描述观察对象，但是三百年的科学史、文学史均证明了他梦想的破灭。20世纪，以海明威为代表的小说家试图让生活的原生态进入作品，然而"电报式"的文风，"白痴一样的叙述"，并没有帮助他的作品走向纯然客观，在貌似"无变异"的表层感知的缝隙中，仍旧隐藏了主体情感的变异以及必然紧随而至的客体变异。

诸多的理论家们不得不承认："艺术再现是一件难以把握的工作，因为它并不是也不可能是利用艺术媒介对某个完全确定不变的原型进行复制。不论是文化的还是个人的精神定向，都是从一开始就起作用的。这就是为什么再现有一部历史的原因，也是为什么归根到底再现同表现没有明显区别的原因。"①

①　［美］V.C.奥尔德里奇：《艺术哲学》，程孟辉译，中国社会科学出版社1986年版，第21页。

本章不从上述广义变形角度展开，而要缩小艺术变形的外延，探讨狭义变形在新时期小说中的表现形式以及向各类小说的蔓延。

在此，我们试图探讨的狭义变形是：充分弘扬作家自由自在的心灵意识，让作品中客体形象的表层拉开与直观的现象世界和经验世界的距离，从而展示世态与心态的潜态意向。在形象全力构建的超经验与超直觉的显性结构之后，另以一种可以参悟的隐性蕴含达到指向现象世界本质真实的目的。

新时期小说领域，"反映论"的一统天下已被彻底打破，代之而起的是反映论、表现论、感应论三论鼎足而立的局面，艺术变形（下文均指狭义变形）以它无穷变化的面目，表演于三论之中，成为新时期小说艺术的一种泛现象。

笔者以为，新时期小说变形的方式主要有幻想式变形、幻觉式变形、荒诞式变形和魔幻式变形等。其中以前两类为基本变形方式，后两类除了具有自身的特征外，也不时地渗透融合了前两类的变形方式。下面将对新时期小说的四类艺术变形方式，予以一一探讨。

（一）幻想式变形

"幻想"与"幻觉"两词在日常用语中没有截然界限，在文学艺术中，我们有必要将它们区别开来。

幻想式变形是指把事物的某种状态替换成远离经验世界的另一种状态的变形。它以艺术的充满包孕力、假设力、虚拟性的形象充当现实的替代物，欣赏时则由读者进行开放性的、多维的逆向替换。

1. 事件背景的变形

谌容的《减去十岁》①为人物活动的舞台布置了一个让人哑然失笑的背景：因为"文革"十年，全国人人耽误了美好年华，某局上下风传，中央要发一

---

① 谌容：《减去十岁》，《人民文学》1986 年 1 月号。

个文件,为每个人减去十岁。于是变形的事件背景下发生了一连串写实的事情:老局长心病顿除,跃跃欲返;新局长滋味难辨、权力这东西得之不觉,失之怅然;郑镇海夫妇各有所图,或欲另择新欢,或忙穿戴打扮……"文革"给民族大业和每一个民族成员都造成了巨大损失,而人们耿耿于怀,急于弥补的,竟只是后者! 民族振兴岂能只"减去十岁"了事?

文本叙事巧妙地造成真假错位:大胆假设,弄假成真的背景;真实如历目前的人物心态、神态。"假"之愈可笑(变形的形象),"真"即愈可悲(变形的精神指涉)。

吴若增的《脸皮招领启事》与此篇有异曲同工之妙。

2. 情节主干的变形

构成王蒙小说《冬天的话题》①情节主干的,是子虚乌有的"晨浴、晚浴"之争:留洋归来的赵小强在一篇报屁股的小文中,顺笔提及西方人的洗澡习惯(早浴),引发了与沐浴学老权威朱慎独关于到底是早上洗澡好,还是晚上洗澡好的论争。这不免让人想起斯威夫特《格列佛游记》中利立浦特(小人国)的"高跟党与低跟党之争"——差异只在于皮靴后跟的高低,还有利立浦特与不来夫斯古两个小人国间关于吃鸡蛋"破大头与破小头之争"。斯威夫特和王蒙都有醉翁之意,前者意在揭示英国议会党派分歧以及天主教、新教之争的荒谬性,后者似乎更关注论争波及的社会群体的行为与心态。

如果说王蒙构置的情节彻底跳出了客观事实的躯壳,那么,相当多的细节则又回归了客观事实自身。围绕在两位事件中心人物周围的各色人等,争相亮相,百态千姿:捕风捉影的,添油加醋的,挑拨离间的,两头讨好的,表态站队的,难以两全的,受池鱼之殃的……一时里,猜测与流言共起,评论与批判同来,纷纷攘攘,愈演愈奇。以至于论争的"旋转加速器"上,平添两个国产化元

---

① 王蒙:《冬天的话题》,《小说家》1985 年第 2 期。

件:上纲上线癖(危言论争是"举什么旗、走什么路、迈什么步的问题"),揭人隐私癖(赵小强的私生活被传得不堪入耳)。

王蒙杜撰的事件很有些恶作剧的味道。前面我们阐述过幻想式变形的"替换"和"逆向替换"的观点,我们不妨试将"莫须有事件"换成经验世界中大大小小的其他事件,那么,其他事件表演的方式,都将可能在小说中找到踪迹。

小说是在随心所欲地虚构大树主干,小心翼翼地勾勒每一片真实的树叶,在虚拟的回避中切入现实,让社会心理中的各种恶性积弊和异常曝光。

3.细节、情节全方位变形

王蒙借鉴布莱希特的"陌生化效果"可谓是出神入化。在一篇打着"通俗小说"旗号的《球星奇遇记》①中,"奇遇"让作品表层与现实生活拉开更大的距离。作者落笔于异国他邦,写一个老外叫恩特。如此一来,注脚写成了:千万别与你生活着的这片热土相联系。恩特的脑门上等于被贴上"国人切勿对号入座"之喻示。

恩特奇遇最出神入化的一笔,不是由假球星被捧成了真球星,而是当真做了球星时,偏不要当风光不尽的球星,却要做一个不尽风光的管球星的官员。官场小道上,又挤进一位趋之若鹜者——恩特行为的选择是国产化的还是中西合璧的组装产品? 这种选择被归结为内人酒糖蜜的苦心设计和四处活动——这倒是地地道道的国产货。在中国,多少男人是在女人的设计之下走向目的地,多少女人是在代人受过的斥骂声中让男人完成了其实是他极为乐意的选择。

为官的恩特坑害队友,暗算恩师,压制贤能,饱食终日,拼命窝里斗。为官的恩特既有伤天害理的可恶,又有遭受舆论信口毁誉,挨上下两头夹击的苦

---

① 王蒙:《球星奇遇记》,《人民文学》1988 年第 10 期。

恼。他陷入了重重矛盾和负罪感的折磨之中。王蒙让这个恩特在金顶教堂里跪了一夜,圣母像前的祷文写得相当精彩:

——有谁敢说恩特对官场的迷恋不是他物欲难填的真实坦露:

> 是的,恩特庸俗;恩特卑微,恩特没出息! 好吃,好色,好名,好利,喜欢吃好的,住好房间,与漂亮女人睡,口袋里有用不完的钱……恩特还愿意听好的,听夸奖,出风头,当大人物,当贵族,出席皇家招待会,最后自己也当勋爵,陛下接见……

——有谁敢说恩特对官场的厌倦不是他良知自我发现的真实交代:

> 我什么时候有了害人之想? 为什么躲也躲不过去、就像命定了我是魔王我是害人精一样?……

恩特身上真正体现了淡化为官意识和为官意识难以淡化的困惑,追逐名利之"鱼"和保持良心平安之"熊掌"不可兼得的悲哀。当恩特为了灵魂解脱试图辞官而去,带儿子一起到瑞士开酒店时,作者不无担心地设问:"他真的能够自主选择吗?"(黑点为小说中原有——笔者注)在情与理相悖,欲与德抵牾的困惑中,主人公将要做出艰难的选择。

小说的变形首先来自一些纯粹玩形式,玩噱头的五花八门的细节,对手的球队叫"邦郎更当市球队":歌星叫作"酒精蜜",老婆叫作"酒糖蜜",情人叫作"蜜糖酒""糖心酒""酒心糖";一球踢在恩特屁股上反弹回来,越过整个足球场,落入对方门区,恩特的照片贴满大街小巷,税务部门规定,每看一眼,收高心理调节税男5分女55分……于是,在没正经的嘲谑之中,一种远离现实的"幻域"情境造成了,作品由此取得了切入现实的更大自由。

其次,另一些变形细节则是讽喻历史和现实的顺手一扫。应该说,王蒙极擅长做这样的"顺手一扫",此前在另一类属意识流形式的作品中,他已屡试不爽。只不过意识流的"顺手一扫"多是贴近现实生活,此篇则为高强度的夸张变形。在此不妨随手拈出两例:球赛开始前,"全体起立,唱《吾王万年,吾王后万年》";恩特不敢相信自己的奇遇不是梦,屡咬自己两臂,消息不胫而走,青年争相效仿:"你咬你,我咬我,你咬我,我咬你,皆以臂上齿痕自豪。"读者若有意于咂摸个中滋味,定会拊掌称赞好味道!

最后,通篇情节构成传奇故事,又不以故事本身取胜,情节中"王顾左右而言他"式的变形指向故事之外的蕴含:人生机遇的阴错阳差;幕后遥控,制造"奇遇"的触目惊心;"男人统治世界,女人统治男人"的悲喜剧;官场角逐的狗苟蝇营……变形情节与现象世界忽即忽离,纠缠在一起。读者通过再创造,能走出无数条与现实相通之路,每找出一条变形细节或情节通向现实之路,你便会得到一份知性的快乐。

幻想式全方位变形以通俗小说、传奇故事为载体,《球星奇遇记》大约算是首创。多数作家选择了童话(如孔捷生的《麒麟和乌龟》《龙》)、准寓言(如宗璞的《泥沼中的头颅》),因为写得古怪,不合常规寓言,故而称"准"。

(二)幻觉式变形

荣格在分析某一类艺术作品时对幻觉作过这样的描述:"幻觉是一种天生的原始经验,而无论那些理性主义者们会说些什么。它不是某种它生或次生之物,更不是某类病症,它是实实在在的象征物——即对某种真实而未知之物的表现……我们无须说出它的内容之本质是物理的,心理的,或者是形而上学的。它本身就包含着心理现实,并与物理现实同样真实。人类情感落入有意识的经验范围,而幻觉之对象却超出其外。我们通过理智去体验可知之物,但我们的视觉却指向未知与隐蔽之物和那些性本神秘之物。"[①]

读心理学家对幻觉的这段描述,我们首先可以确认,幻觉是一种真实存在。尽管荣格承认,确认它的真实性非常困难,弄不好就会重新沦入愚昧迷信时代。从这一角度说,描述幻觉恰恰是对人类某种神秘感觉的写实,而非变形。

---

① [瑞士]C.G.荣格:《人,艺术和文学中的精神》,孔长安、丁刚译,华夏出版社1989年版,第93页。

然而,幻觉又具有超出经验范围之外的特征,是"未知与隐蔽之物""性本神秘之物",这一特征符合我们开篇伊始给狭义变形的界定,即"作品的形象表层拉开与直观的现象世界和经验世界的距离"。据此,我们才将描述幻觉看作是一种艺术变形。

我们从荣格的阐述中还可以确认,幻觉是人类"意识","理智"之外的"心理现实"。那么,幻觉变形与幻想变形的差异就出现了,两者之间横亘着"无意识"与"意识"的距离。幻觉式变形不存在"替换"和"逆向替换"的问题,它直接走向了人类心灵的深层。

作家采用幻想式变形,总是力图回避、隐藏起一些东西,期待读者自己去寻找,哪怕找到的并不是作家预先所设计的;作家采用幻觉式变形,则竭力探掘原本隐藏得很深的一些东西,期待读者关注人类精神领域常常被忽略的领地,那是"超越我们日常人类世界的生命力",是"沟通人世与上界的门径"①。

新时期小说中精彩的幻觉变形不乏其例,莫言的《透明的红萝卜》②当推于榜首。

莫言笔下那只神奇的红萝卜,它是真实的红萝卜在主人公黑孩主观情绪作用下的幻觉变形,要解读它必须先讨论它出现时的特定环境:小说中的五个主要人物聚齐在简陋的铁匠铺里(桥洞),刚刚填饱了肚子(吃过偷来的地瓜和萝卜),满足了"食"的本能之后,五个劳累了一天的民工要有些形而上的需求了。作者用一种很含蓄很有色彩的笔调,写出了在场的两个年轻汉子(小石匠、小铁匠)、一个老头(老铁匠)、一个半大男孩(黑孩)对身边一个美丽年青姑娘(菊子)的感觉以及与她的感觉交流。

一对恋人——小石匠和菊子很自然地依偎着,相互把玩、抚摸(写触觉);老铁匠像叫驴似地唱歌(写听觉),隐约表露了一种烦恼时向温柔善良的青年

---

①　[瑞士]C.G.荣格:《人,艺术和文学中的精神》,孔长安、丁刚译,华夏出版社1989年版,第94页。

②　莫言:《透明的红萝卜》,《中国作家》1985年第2期。

女子诉说衷肠的潜意识;小铁匠因争风吃醋失败而生恨,"目光像爪子在姑娘脸上撕着,抓着"(写视觉),炉火中烧;黑孩把视线投向炉火,在跳跃的火苗映衬下,眼里出现了这只金色透明的红萝卜(写神秘的第六感觉)。莫言信手而为地经营了一个"莫言的感觉世界",用内在感觉来描摹外部世界。

我们不必明晰地去弄清楚"透明的红萝卜"到底喻指什么,是失去母爱的小可怜儿找到的精神慰藉?是苦难中人对温情对美丽的独特体验(一种和暖的色彩:金色;一个美丽如太阳的造型:光芒四射;一捧滋润干渴心田的琼浆:包孕银色液体)?是一个初谙世事的山野小童对人间男女之情的最初感觉?事实上,桥洞里的老少四个男性都是喜欢菊子姑娘的,只不过黑孩对菊子的复杂情感被压抑为变态的发泄——他曾咬过菊子姑娘;他也曾抓破过菊子情人小石匠的脸,眼下神秘未知的力量导致美妙的幻觉。

让"透明的红萝卜"模糊着,朦胧着,多义着吧,它就是文字营造的"鸭—兔变形"。冈布里奇以为,这种因幻觉引发的变形,它的"多义性是先验的,不可解释的"。①

现代主义小说常常网织多义性的谜,幻觉变形不必网织就具有先天的多义性,它走进现代主义作品的机会就相当多了。

幻觉变形在莫言的《球状闪电》《金发婴儿》等,在残雪的《旷野里》《苍老的浮云》等作品里均有上乘表现。

(三)荒诞式变形

荒诞具有意识与形式的双重含义。这里,我们不打算对荒诞意识过多置喙,只试图从中剥离出形式问题加以讨论。

荒诞形式的正宗是荒诞派戏剧。荒诞形式走入小说早已不拘一格,它具有更多不必认祖归宗的随意性。

---

① 朱狄:《当代西方美学》,人民出版社1984年版,第347页。

小说家戴上存在主义哲学的滤色镜,过滤出生活中那些无序、丑恶、神秘、非理性、无意义的反常(以荒诞派所崇尚的哲学观点看,恰恰很正常)图景,对人类生存的荒诞状态具象化。经过哲学滤色的形象与现实之间的关系忽远忽近,近者如影随形,远者便只有梦幻没有梦醒,只有幻影、倒影、怪影,少有正形。说不清是感觉在先表现在后,还是形而上的能力过于强大,先有了意念再去寻找意念的寄托物。正如很难说清楚,卡夫卡是先有了"人虫"感觉,人才变形为虫,还是先有了对生存的某种解释,才找到了"人虫"为载体。

新时期"横空出世"的刘索拉在《你别无选择》①中,涉笔于最具有现代文明意味的高等院校。在本应该相比社会任何角落更规整、严谨、森然、有序的地方,作品过滤出了校园生活闹闹腾腾、乱乱糟糟、浑浑噩噩、癫癫狂狂、古古怪怪的一面。刘索拉的这种过滤生活的眼光让我想起冈布里奇做过的那个著名的心理学试验。冈布里奇让一个十一岁的孩子去临摹英国著名画家康斯坦勃尔的一幅风景画,结果临摹画对原作重要事物做了修改,那些对儿童来说有趣的事物,都得到了过分的强调,冈布里奇的试验力图要证明:"即使就儿童而言,他所再现的事物决不等于他所看到的事物。因此一切知觉都伴随着兴趣和期望。"②

刘索拉像那个画风景画的孩子,她修改了校园风景画。也许她自己并没有觉察这种修改,只想展现一个本色的校园和本色的刘索拉自我。刘索拉说,她写小说只凭感觉。而事实上她感觉的某一部分被强化了,无拘无束地自由膨胀。20 世纪 80 年代恰好给了她足够的自由膨胀的空间和解脱束缚的理由。这是《你别无选择》变形的根本原因。

她似乎漫不经心地强调了李鸣整日钻被窝,小个子反复擦拭功能圈——"TSD"是什么? 秩序? 命运? 因果链? 准则? 抑或是让"二战"中的美军飞行员回不了家的"第二十二条军规"? 是中国校园里的"第二十二条军规"?

① 刘索拉:《你别无选择》,《人民文学》1985 年第 3 期。
② 朱狄:《当代西方美学》,人民出版社 1984 年版,第 355 页。

刘索拉写作《你别无选择》时,案头读的正是美国作家约瑟夫·海勒的《第二十二条军规》。她饶有兴味地为改革派教授画了一幅漫画肖像:上课把粉笔头当花生米丢进嘴里——是不是隐喻改革者不是神明,在最初的探索中把能吃的不能吃的一块吞咽进肚?她用近乎胡闹的变形涂抹了被改革大潮冲刷的校园:课堂起哄,琴房陶醉,舞会发泄,男女风情,考试风波,作曲之争……无一不是从荒诞与夸张,嘲弄与自嘲的黑色幽默的笔调下流淌出来。她以"美在冲突"——无论内容和形式都昭示了"冲突"——向"美在和谐"挑战,她以叛逆的表达方式表达了叛逆的青春情绪。

从本质上看,刘索拉并不属于那种将艺术提纯以后的抽象或变形。刘索拉式的自由自在、随心所欲、信手拈来的变形方式,在新时期小说中是率先起义的现代派的排头兵。这和刘索拉无拘无束的性格有关,也和刘索拉少有传统小说的文本范式有关。

比刘索拉晚两年闯入文坛的先锋作家余华,他的成名作《十八岁出门远行》①有更多的卡夫卡味道:一个十八岁的青年"我"第一次出门闯荡世界,前途迷茫:前方是旷野是旅店,是墓园是福地,是地狱是天堂,全然不知,一切仰仗着"你自己走过去看吧"——把人生托付于偶然,托付于命运。命运却这样向"我"开起玩笑:偶然搭上的是一辆向回开的装苹果的破汽车,莫名其妙地货车被劫,莫名其妙地"我"成为唯一被劫者,而破汽车的司机竟也是打劫者之一,他参与打劫了自己也打劫了"我"——世态纷扰,功败垂成,多少事就坏在了自己打劫自己。"我"带着遍体伤痕在伤痕遍体的汽车驾驶座里(苦苦寻找的旅店:精神家园竟在这里!)初尝人生无奈、人生尴尬、人生孤独的滋味。变形的形象和故事通向现实的道路有无数的可能性:十八岁的单纯青年在疯狂世界、艰难人生中所可能有的种种慨叹、体验和感受。小说取第一次睁眼看世界的视角,第一次的眼光没有污染,没有先验,没有功利性的俗气和习以为

———————————

① 余华:《十八岁出门远行》,《北京文学》1987 年第 1 期。

常的麻木,由此托出一个真纯的主体去面对令人恐惧的客体,作家的笔法并不像十八岁那样青涩。

小说家莫言有过与余华"同居一室"的经历,他断言他的室友是"残酷的天才",他说当了五年牙医的余华在写小说时"像拔牙一样把客观事物中包含的确定性意义全部拔除了。据说他当牙医时就是这样:全部拔光,不管好牙还是坏牙。这是一个彻底的牙医,改行后变成一个彻底的小说家。于是,在他营造的文学口腔里,剩下的只有血肉模糊的牙床,向人们昭示着牙齿们曾经存在过的幻影。由此推演,可以下这样的断语:如果让他画一棵树,他只画树的倒影"①。

余华比刘索拉多了一份哲学抽象的能力,少了一些任意操弄、挥洒生活素材的天分。

残雪式的荒诞变形似乎更偏重于审丑。美丑并存的世界里,她对于"丑"格外地敏感,格外地体验深重,她笔下的世界就是这样被敏感分裂了。她常常平视着人的冷漠阴暗心理,变态扭曲行为来证实人自身存在的痛苦和缺乏意义。

在大千世界中,残雪独心惊于鼠虫遍地;在落花的香气里,她嗅到的是阴沟水的味道;在人头晃动之中,她感觉到的是无处不在的窥视者的目光;见到雪白的牙齿,她随即想到牙缝里可能残留的排骨的渣子。人整天地"吃呀吃",吃得"不耐烦了,就结婚"。婚后丈夫对妻子的感受是"原来老婆是一只老鼠","总在嘎吱嘎吱地咬啮着什么东西",还想"咬死我",岳父在女婿面前得意地骂对方是只乌龟,"我女儿跟所有男人都搞";女儿对父亲声称,自己的丈夫"看中的是你现在的老婆"②——世态被筛选得这般令人恐惧!

残雪笔下的作品不再具有鲜明的社会政治主题,残雪笔下的人物也不再被道义、道德居高临下审视着,他们仅仅是生物人,甚至连具有血缘关系的人

---

① 莫言:《清醒的说梦者》,《当代作家评论》1991 年第 2 期。
② 参见残雪:《苍老的浮云》,《中国》1986 年第 5 期。

群之间也不免荼毒对方:"父亲用一只眼迅速地盯了我一下,我感觉到的那是一只熟悉的狼眼",母亲"恶狠狠地盯着我的后脑勺","我头皮上被她盯的那块地方就发麻,而且肿起来","小妹偷偷跑来告诉我,母亲一直在打主意要弄断我的胳膊"①——"人"变形为一群"兽"! 荒诞变形的世界里,我们看到了一个面对"人"自身的惶惶然,焦灼而痛苦的灵魂。残雪慨叹:"可惜一般人难解其中妙处。大家的脚跟都站在所谓'现实'的小圈子里,视线自然难以达到某个隐蔽的地方。在那个地方,作者在进行着自认为最真实的人生表演。这个表演,作者分明看见在某种可能性下,它与每个人是生死攸关的,但又分明看见国民眼中那无神的反映。"②

残雪对现代主义的借鉴吸收已经进入到哲学的层面。这位"文革"开始时小学刚毕业即辍学的湖南妹子,在街道工厂当了十年工人,婚后又与丈夫干起裁缝营生。她不像新时期初期有幸上大学的刘索拉那般,充满时代的浪漫激情。这位业余的作家或职业的裁缝,当她把光明放到心底时,外貌总是不动声色和心理变态的。

大多数读者会快乐地走近刘索拉,茫然地离开残雪,最终却发现,两位女作家殊途同归:她们以捕捉变形夸张的人生外观图景为手段,执着地开始了对生命意义的追寻。

在此,我们有必要做这样的强调:在所有变形方式中,最富有哲学意味的就是荒诞式变形。

(四)魔幻式变形

魔幻式变形与魔幻现实主义于 20 世纪 70 年代末 80 年代初被介绍给中国文坛。很快新时期文坛就有了对魔幻式变形的巧妙借鉴和移植。

---

① 参见残雪:《山上的小屋》,《人民文学》1985 年第 8 期。
② 残雪:《我的创作》,收入萧元编:《圣殿的倾圮——残雪之谜》,贵州人民出版社 1993 年版,第 399 页。

其一,作家选择了特殊的地域文化为背景,它们不为一般读者所熟悉和关注,造成被再现事物的天然的"陌生化效果"。这是貌似变形的真实。

正如拉丁美洲印第安部落的地域风光和文化遗存曾经让全世界读者感到新鲜和震惊,中国作家们也从来不缺少类似的生活素材:韩少功选择了远离现代文明的闭塞村寨,去勾勒充满原始情调的蒙昧至极的村民生活(《爸爸爸》);扎西达娃的"西藏系列小说"钟情于一块蒙着面纱的神秘高原;让文明社会的读者产生恍若看古代神话的隔世之感。小说中的描述再异常,再古怪,再神奇,再有悖于经验世界,它都不属于臆造的回避现实生活的另一世界——幻想世界,只能说,认为天然的"陌生化效果"就是艺术变形,完全是错觉。

其二,作家对某类客体对象的把握,形成"再现"与"变形"临界点不清的模糊状,亦真亦幻,虚实难辨。

加西亚·马尔克斯在论及他构思《家长的没落》时,谈到了拉丁美洲独裁者的一些令人惊奇的行为。例如,因为一个逃避独裁者迫害的人甘愿变为黑狗而不愿再做人,海地的老杜瓦利埃下令杀尽全国黑狗。尼加拉瓜的索摩查将兽笼分成两格,中间只用铁栅间隔,一边圈猛兽,另一边关政敌。萨尔瓦多笃信鬼神的独裁者马丁尼斯让人把全国的路灯用红纸包起来,说是可以预防麻疹流行①。这些与马尔克斯作品中的虚构情节极其相似,是神奇现实为神奇变形提供了变形的支撑点。

非神非人,亦神亦人的丙崽(韩少功《爸爸爸》②)就是写实、抽象集于一身,"信号""符号"交叉重合的人物。作为山寨里的一个傻孩,他的只会说一正一反("爸爸"或"×妈妈")两句话的言语特征和只会对世界作非此即彼的"二值判断"的思维方式,全都符合病孩形象自身的内在逻辑,不为观念逻辑所替代。作为"审美符号化的人",他有时必须失去现实逻辑才意味深长,他需要从"类型人的替身"走向"概念的媒介"。比如:丙崽永远长不大,喝了毒

---

① 参见张国培编:《加西亚·马尔克斯研究资料》,南开大学出版社 1984 年版,第 82 页。
② 韩少功:《爸爸爸》,《人民文学》1985 年第 6 期。

草药汤后竟能神奇地活下来——在隐喻的层面上,我们认识了人类童年期的失误,我们警觉于将会对历史造成可怕后果的错误思维方式至今生生不已,难以终结。丙崽的形象就这样被置于写实和变形的模糊分界点上。丙崽形象的艺术处理方式,让人联想起《百年孤独》中马孔多小镇的人失去记忆,忘却历史和生出了长猪尾巴的孩子。

其三,小说本文结构上的拼盘状态构成的"陌生化效果"。

一是心理时间扩展了叙事空间——扎西达娃的《西藏,系在皮绳扣上的魂》①由塔贝、琼追求神佛的时空(历史)自由地进入塔贝、琼、老头和他开拖拉机的儿子的时空(现实),再自由地进入我与琼的时空(另一种现实)。在"我与琼的时空"中先是"时间开始出现倒流现象"(跌入历史),结束是我带着琼往回走,"时间又从头算起"(走向现实)。魔幻现实主义作品的叙事可以轮回往复,时空并不一以贯之。这样的时空形态与毕加索的绘画之间一脉相通——多重立体面展现于同一平面,毕加索的绘画被称作立体主义绘画,小说的叙述则可被称作心理时间和心理空间的立体主义叙述。

二是传说、神话、宗教等走进现实的神奇效果——鸡头寨里(《爸爸爸》)打冤、祭谷、卜卦、殉古、过山等村民生活已经叫人惊叹不已,作品中又走来了先人躲避战乱逃进夷蛮之地的历史,冒犯神明,现世报应(丙崽娘弄死蜘蛛精才生了傻儿子)的传说,猪和人(冤家尸)一锅煮,男女老幼分而食之的仪式……

三是有参照意义的叙事相拼接——西藏高原上,同一时刻,临死的塔贝听到"神开始说话了","我"却听到洛杉矶奥运会的鼓号声和万人合唱;同一位老人讲述一个古老的神话(莲花生大师右手掌纹变成数不清的沟壑,其中只有一条是生路)和一个现代神话(人民公社时,几位村民变卖家产去喀隆雪山找共产主义没有返回)意味深长;琼结绳记事的皮绳上的一百零八个结与塔

———

① 扎西达娃:《西藏,系在皮绳扣上的魂》,《西藏文学》1985 年第 1 期。

贝手腕上的一百零八颗佛珠暗中巧合……

魔幻现实主义就是"要发现存在于人与人、人与环境之间的神秘关系"①。神秘的烟雾弥漫起来,陌生化效果随之而生。

其四,魔幻变形向那些写实性很强的现实主义作品浸润。

张贤亮的《男人的一半是女人》中突兀出现的人马对话刚问世时,曾招来过不少批评。中国的读者很快就适应了这类神奇的描写,矫健的《古树》从老槐树成精的传说写到主人公两次砍树,两次看到古树出血,一个写改革时代农民企业家的故事结束在神话似的变形世界里。张炜《古船》中的四爷爷既具有现实主义的丰满性格和典型特征,又是一个巨大的象征符号:"人蛇同体",怪疾缠身。莫言《球状闪电》中浑身贴满羽毛,飘然从天而降的"鸟老头",全然就是神魔小说中的怪物。凡此种种,不一而足。

追寻新时期小说令人眼花缭乱的变形艺术,笔者只能无奈地承认,穷尽它们的全部变形方式太困难了,或者根本就不需要几近于标准化的概括?因为小说家们从来就喜欢花样翻新,不断折腾出正宗理论的亚种和变种。笔者愿借用苏珊·朗格在《情感与形式》一书中不惜笔墨阐述的"有意味的形式"一词,献给新时期小说的变形艺术。

二、小说写实化建构中的寓言介入

新写实小说风行文坛之后,小说家似乎普遍地追求那种平平淡淡才是真的写法:平淡人生,平淡故事,平淡讲述。"原汤原汁""反抗虚构""叙述情感隐匿"等,即便未被列于新写实圈内的作家,也如同被这只无形的魔手抚摸过,很少有人能漠然置之。为意义而营造,为意义而虚幻荒诞好像已是昨天的潮流,昨天的故事。让人不禁疑惑,20世纪90年代的小说,在"写实"的墨香

---

① [墨西哥]路·莱阿尔:《论西班牙语美洲文学中的魔幻现实主义》,魏聪国译,收入袁可嘉编:《现代主义文学研究》(下),中国社会科学出版社1989年版,第789页。

之中,真的就"实"到一是一,二是二,一步不能动弹?"实"到徒具别无歧义的"认同现实","还原生活"? 我们的读者是否因了某些评论的关系正在产生错觉:以为小说虚构的本质业已丧失?

应该坚信,能够称之为"本质"的东西是决不会此一时彼一时的。新写实盛行的小说界,虚构依然从无数或隐或显的缝隙中顽强伸展头角。其中,寓言介入以写实为基本建构方式的小说,便是建构"非真"故事的一种,或曰:另一种真实的话语类型,亦或曰:建立现象与话语间的新型关系。

寓言介入写实化作品,使这类小说出现了如下的矛盾:一方面,以反抗虚构去求"真"——讲述历史或现实故事;另一方面,借虚构的力量去演示很容易让人看破或许还是有意让人看破的"非真"——寓言。在此必须强调:有无虚构是寓言和历史故事的分水岭。然而,对立的双方均不以毁灭对方以立足,而是互融,互补,异质同构,支撑起一篇小说完整坚实的框架。

其实,寓言这种别具特色的文学样式除了独立成篇外,介入其他的文体本不是什么新鲜玩意,在我国,寓言起步之时更如此。先秦寓言,只有一部分是完全独立的,是"独立寓言",大部分只具有"相对独立性",被专家们称作"依附寓言",也叫"穿插性寓言"。① 寓言穿插于其他文章之中,"穿插的方式不一,但无论哪一种,寓言都是全文的有机组成部分,与该文的其他部分水乳交融,浑然一体。这对于整个文章来说,提高了它的表现力,为之增辉生色不少。不过,对于寓言本身来说,穿插在一定程度上有损于其完整性,即某些作品难以从它所隶属的文章中截然划分开来,自主地存在"。② 古代文人的文化智慧,烛照和启迪了当代小说家,他们取形态各异的寓言介入小说,使作品从人物、环境、结构到意蕴,产生出别一样的文化风采。不同的是,先秦历史故事、民间传说改编成寓言,程式由繁到简,寓言的载体简易单纯,满足由本体到喻指之间的"相对明了"就行——得其灵魂;寓言介入现代小说,程式则由简到

---

① 刘城淮:《探骊得珠——先秦寓言通论》,陕西人民教育出版社1992年版,第265页。
② 刘城淮:《探骊得珠——先秦寓言通论》,陕西人民教育出版社1992年版,第267页。

繁,寓言载体必得丰腴生动,既要满足小说形式对本体的种种要求,又渴望获得效果的"开放性"——灵魂与肉体同在。

新时期寓言介入写实化建构的小说,一类是寓言成为整部小说的结构碎片,乃至成为"还原""再现"基调中的"假语村言",寓言破坏了小说建构方式的和谐,成为小说中触目的"凸显",衍生出文心用苦的寓意。另一类是寓言精神整体贯注写实化小说,不破坏原有的小说"再现"法则和整体结构。欣赏图景和追求图景内外的意义听君自便。就像登楼,既可看楼内装饰摆设,又可观楼外楼,楼外的天地风光。

(一)寓言成为整部小说的结构碎片

王安忆的《小鲍庄》①以写实的笔墨,讲述着地远天荒的湖洼小村,男女老幼们艰难的生存现状:女人生娃,病孩夭折,亲子恋母,养女逃婚,寡妇再嫁,鳏汉续娶,青年写文,孤老唱古……鲍氏家族里的一个个人,一件件事全写得实实在在,贴近生活,这时的王安忆已失却"雯雯时期"诗的纯真、抒情、感伤与追怀,由建构在情绪世界里的小说转向建构在坚实的土地上的小说(因此有人推举《小鲍庄》为开"新写实"先河之作),而这"写实"之中偏有一虚幻的精灵,这就是那个叫"捞渣"的孩子,他俨然是人类仁义道德的化身,连模样都"看上去仁义",小小年纪,就懂得把本不富余的食物让给老人,把上学的机会让给哥哥,把游戏时的赢家让给别的孩子,以至在大水袭来时,他把生的希望让给五保户,自己被淹死在大树下。捞渣的生存是为了一种精神,小说用穷乡僻壤一个朴实少年的形象,寓指一种民族文化从古至今所推崇的完美无缺的精神。小说开篇的"引子"提到小鲍庄的祖先是大禹的后代,治水时却缺乏大禹式的公而忘私的虔诚,对照之下,捞渣以他的舍生取义实现了古今相通的理想。同祖共宗的芸芸众生活着,仁义的孩子却死了——人类趋善的品性和返

---

① 王安忆:《小鲍庄》,《中国作家》1985 年第 2 期。

璞归真的纯良为何会如此悲凉？就表现手法而言,捞渣这个艺术符号也一如周围其他人物一样现实化地存在着,这倒正暗合了拉封丹的主张:富有诗意的故事总是力求加强寓言的肉体或躯壳,加强所描述的内容的具体性和现实性。"但是,决不能把寓言故事的这种现实性或具体性同通常意义上的现实性混为一谈。这可以说是一种特殊的、纯假定的、读者自愿陷入其中的幻觉的现实性。"①《小鲍庄》正因有了与通常意义的现实性不同的"现实性",才在坚实之中透出一股虚幻的空灵之气。

与捞渣所寓指的精神相悖谬的另一个寓言人物是张炜第一部长篇小说《古船》②中的四爷爷赵炳。写实层面上的赵炳比起捞渣来显得更加血肉丰满。"这是一个已经超出了一般写实意义而上升到文化、符号学意义的象征形象,是一个集政治、经济、文化、精神于一身的人物。他既是统治洼狸镇几百年的宗法家长制的族权的代表,又是现时代农村基层党的领导的化身。历史的糟粕,现实的弊端,大量积淀在他的身上。过人的聪颖,国学的根基,最高的辈分,贵人的相貌,庄重的风度,审时度势的精明,应对事变的从容,收买人心的狡狯,逼人自戕的阴险,造孽而能自救的平静,和谐地集于一身,是一个洼狸镇人敬之如神的人物。"③小说写实之际有意露"假",虚构世医对他的诊断是生有"怪疾",情妇张王氏则更具体地指认:"腹内藏蛇"。四爷爷的寓言蕴含了千百年农耕文明宗法家长制的种种特征和本质,以及它向现代社会延伸、侵蚀的真实情景。乡村诞生能人,乡村尊崇能人,乡村忌惮能人,能人统治乡村也遗祸乡村。一位寓言化的神魔同体的人,一位有人性深度的人。

新写实作家池莉的小说《白云苍狗谣》④,寓言象征碎片似地抖落在有意无意之间,讽喻的意味却是明显的。作家让一些政治故事发生于"流行病研

---

① [苏]列·谢·维戈茨基:《艺术心理学》,周新译,上海文艺出版社1985年版,第151—152页。

② 张炜:《古船》,《当代》1986年第5期。

③ 金汉:《中国当代小说史》,杭州大学出版社1990年版,第299—300页。

④ 池莉:《白云苍狗谣》,《上海文学》1992年第3期。

究所",于是,流病所里便发生了当代中国曾经发生过,有的单位还在继续发生着的流行病。小说从流病所里的政治学习日写起:大伙一边轮流念报纸一边在取暖炉上烤出黄澄澄香味四溢的馒头。人们显然对吃烤馒头比对例行公事念报纸更感兴趣。遭到上级批评还振振有词地自嘲:"我们胃疼","胃疼就用馒头中和一下"。当今社会究竟哪里"疼"? 用什么方式医治这个"疼"? 采取流病所里小黑板上写着的:"全天政治学习停止办公"就能治"病"么? 小说还有寓言残片意味深长:以研究如何为群众防病治病为本职的流病所的李书记,自己年年冬季生病,每年像候鸟一样飞到内科单间病房过冬。作为窝里斗的落马者,他被调出流病所,赴新任的岗位是:"五讲四美三热爱办公室"。一去就捞着了公费去美国考察的美差。"五讲四美三热爱"是本土新生事物,却要出国考察,这种"病",流病所怕是既治不了,也治不起。小说的表层琐碎地讲述着关于单位的故事,小说深层频频展示关于"病"的图景,"有病"和"治病","治病方式"和"能否治好病"聚合成一些非确定的意义。作家本人好像不在乎有什么"非确定的意义",甚至连"确定的意义"也不指望有。池莉在篇后语中强调:"这就是现实,我们不可否认的现实。我以为我应该用文学作品反映出真实的现实。"①而事实上,从作者决意让故事发生在流行病研究所开始,便开始了一种寓言式的模仿。毋庸置疑,寓言形象所表达的意义,肯定会远远超过作者主观灌注于它的寓意。

(二)寓言精神整体贯注写实化小说

此类作品又可称:由写实性的故事整体构成现代新寓言。

王朔的长篇小说《我是你爸爸》②属于那种可供多元审美的作品。尽管文坛对王朔小说和"王朔现象"见仁见智,依然无法阻挡王朔小说销售的火爆。其重要原因是,力挺王朔的严肃学者与对他抱有惺惺相惜亲近感的青年,从他

---

① 池莉:《中国不需要矫情》,《中篇小说选刊》1992 年第 5 期。
② 王朔:《我是你爸爸》,《收获》1991 年第 2 期。

的小说获得了"远近高低各不同"的欣赏需求:"通俗文学"性质的故事;紧贴生活的京味语言和时代特征鲜明的语言新质:调侃;一些情节的真实与另一些情节的寓言般的指涉能力;等等。他的作品不仅充盈着"通俗文学"的娱乐性,更在语言与现实之间,故事建构与现实之间创造着张力。他不惧孤军奋战,以学院派不屑一顾的"粗野先锋"的姿态,冲击着小说创作的既定规则。

《我是你爸爸》(以下简称《爸》)是一部贯注了寓言精神的小说,是新寓言。是寓言便得有海绵吸水般的蕴含能力,《爸》的表面却只是一块普通的海绵,看不出"水"蕴藏在哪里。就作品的叙述方式和语言而言,《爸》与王朔以往的作品没有多少差别:忽而没正经,忽而又正正经经地讲述着父与子——马林生与马锐的故事。像世上无数的父子一样,他们有着难以割舍的血缘之情,有同一屋檐下的休戚与共,互为依傍,有近距离观察对方的便利,因而能将对方的里里外外看个明白,拐拐角角弄个透彻。但他们更多的则是隔膜,是相互间的不理解、不信任、摩擦、矛盾和冲突。直至子对父的出言不恭,软抵硬抗;父对子的呵斥训诫,拳脚相加。读罢全篇,掩卷长思,我们很难对马林生、马锐的关系作言在此意亦在此的封闭性审美。只需稍稍捏挤一下这块"海绵",我们就会发现,二马父子关系可推及众多其他家庭里的父子关系——审美倘若只能终结于这一层次,二马至多只能被称作典型。事实是,二马父子关系已然可推及社会上种种其他的关系:有辈分之别,等级之差的关系,领导与被领导,指挥与被指挥,尊严者与无尊严者,权势者与无权势者等等的关系——这一开放性蕴含最终使二马父子成为寓言的载体。尽管寓意的指向忽明忽暗,时断时续,多向并且多义,但无论如何,我们多少已经感受到那些寓言般的隐喻和暗示,那些依存于故事又游离于故事的东西。爸爸,儿子,这两个角色作为本体项的作用,就像《伊索寓言》中的两只动物。

《爸》向我们揭示,世上各种"关系"间的传统秩序是如何建立的:在家里"一直是同时扮演上帝和护法金刚这两个角色"的爸爸,最怀念的是儿子童年时代,小鸟依人,温顺听话,当长大了的儿子有了自己的思想,自己的活法,不再把他放在眼里，心中骤然萌生恨恨的失落感："我怕我儿子干吗！这是我的儿子，我有权利也有能力摆平他！"在自古君臣父子尊卑长幼阵线分明的中国，爸爸想要"摆平"儿子简直太正常也太有传统了。换而言之，没有这种"摆平"的想法和做法，也就丧失了千年古国固有的秩序。

《爸》向我们展示，"关系"间的沟通总是暂时的，差异却是永恒的：譬如，对待老师课堂出错的问题，天真的儿子当场纠错，弄得老师下不了台。爸爸关心的不是事情本身的对与错，而是儿子对待老师的态度。他强令儿子写检讨并谆谆告诫："大人和小孩最重要的区别在哪儿？就是小孩可以没脸，大人是一定要有面子。""当权威仍然是权威时，不管他的错误多么确凿，你尽可以腹谤但一定不要千万不可当面指出来。权威出错犹如重载列车脱轨，除了眼睁睁看着它一头栽下悬崖，没有任何办法可以挽回，所有努力都将是螳臂当车结果只能是自取灭亡。"——这是"尊重真理"与尊重大人、老师、权威之间的差异。正是爸爸式的陈腐、世故，扼杀了真理，助长了"权威出错"。再譬如，关系的双方都要求对方理解自己，而理解的过程却很艰难：爸爸大事小事都要做赢家（包括玩），爸爸做完大事小事都想听到儿子的夸奖和感谢，爸爸满腹委屈指责儿子忘恩负义。对此，儿子愤愤不平，难以理解："你见哪个工人、农民做了他们的本职工作，尽了他们的本分譬如炼了钢种了庄稼嚷嚷着要格外得到感谢？解放军战士在保卫祖国的战斗中英勇牺牲他们要求了什么？什么时候开始人们每做一件该做的事都要听到一声谢谢？""你生我养我不是放长线钓大鱼吧？不是像资本家到咱们国家来投资老百姓到银行去存钱去保险公司投保想着总有一天能捞本再大大赚上一票吧？"——儿子式的冷漠阻碍了沟通，他却朴素地接近了事物的本真。

《爸》还向我们揭示：关系间的关系是在和谐—冲突—新的和谐—新的冲突……中演进，织成历史。二马有过父子间的"蜜月"，他们一度建立起朋友式的平等关系，因为爸爸经不住邻里老友"家有家规"的劝诫指责，经不住儿子学校的老师告刁状，更经不住自身地位下降，心理失衡的挑战，再一次向儿子挥起老拳。事后爸爸惊讶于如何会忘记当年自己挨老父毒打时立下的誓言:"将来我有了孩子,我永远不打他!"——历史总在不断地前进,历史又总会不断重演。纲常伦理,准则规范,群体意识,传统秩序,代代沿袭是顺理成章的,摧毁与变革却是极其艰难的。小说无奈地结束在父子言归于好,爸爸还是爸爸,儿子还是儿子的故态复萌之中,就像篇末的动物园风景:狮虎都"趴卧"着,或者"回笼子里吃饭去了"。

王朔以写实化的小说,建构起包孕了丰富的人生经验、社会经验、历史经验的新寓言。或许,笔者按寓言式的表意程式阐释作品并不符合作家的本意,但这的确无关紧要,恰恰体现了寓言自身常常被文论忽略的某些特征:寓言是网状思维的具象化而非链状思维的具象化,不可能如形式逻辑般地推理和得出明明白白的结论。成熟的现代寓言摒弃意义的单一、单纯,寓言的各种元素会在不经意间触动"意义"这只球,以形成"图景的意义"或"意义的图景"。杰姆逊作过这样的概括:"寓言精神具有极度的断续性,充满了分裂和异质,带有与梦幻一样的多种解释,而不对符号作单一的表述。"①由此联想到王蒙《坚硬的稀粥》引出的争议。这篇可划入现代新寓言的小说,在能指与所指之间的链条断裂之后,修复的方式具有多重可能性。倘若必得搬上法庭裁决,便意味着允许在多重可能性中选定一种,进而也意味着,把作品逐出新寓言之列。文学家和评论家们千万不要忘记:文学尽可以释梦,法学却无法依梦做出判决。

(三)小说写实化建构中寓言介入的原因

当代小说家们何以纷纷看中寓言这种十分古老的文学样式? 以"写实"为基本建构方式的作品,为何借助寓言,替"虚拟"扩张一片宽广空间? 究其原因,恐怕是多方面的:

---

① [美]弗雷德里克·杰姆逊:《处于跨国资本主义时代中的第三世界文学》,张京媛译,《当代电影》1989 年第 6 期。

　　其一,当代小说家们希冀把小说建构成更为开放的文体。新时期小说,文体革命的步伐明显加速,继而出现了任何"主义"都没有绝对标准的文学叙事——"先锋派"从为既定的意义寻找虚构的故事向写实化退却,"新写实"又不时地叩响通向"先锋派"间的那一道隐形之门。写实与虚构,具象与抽象,"原生态"的生活与"原生态"的叙述,为生活与为意义,异构同质,交叉重合,寓言就是在小说悄悄拆除了种种对立要素的樊篱时,向写实化作品入侵。在此还须一提,我国古代寓言偏好用人类的故事而非动物和神话故事为载体,这一传统,大大便利了寓言介入现代小说。

　　其二,小说家们青睐寓言所具备的与现代主义相通的某类品质:象征功能,隐喻功能以及它指涉能力的滑动变幻、闪烁不定。寓言叙述把作家试图给予的和试图回避的统统包裹起来,使故事自身意味无穷。回望历史,寓言式的包裹往往折射了一个时代的人文背景,例如,在"一言可以至卿相,一言可以毁身家"的先秦,诸子百家纷纷假借寓言委婉含蓄表达观点,进退自如保全自己。这才有了那个时代"以卮言为曼衍,以重言为真,以寓言为广"①的文学特征。

　　其三,诱惑审美主体参与虚构和想象。在小说的重心由故事、主题、意义向叙述、结构、技巧转化时,寓言介入写实化的故事,是从"叙述"入手,迂回地指向"意义",创作主体与审美主体在"寓言介入"的间隙和空白处相聚或错位,使小说从创作到接受的全过程更具审美的个性化色彩。

　　其四,作家劝喻、讥刺、教化的心态难以割舍。作品处于写实状态时,叙述者貌似冷静恬淡,所谓"情感的零度","不介入状态",实际上遗传基因早已使"载道"的传统渗入骨髓,溶于血液。作家们既不愿放弃主观的价值立场,又顾忌吃螃蟹被夹住指头。于是,平静之中的激情,言说者生存感受之中的难以言说,言语传达之外的传达,转而交付给了现代寓言,交付给文本结构的张力。

---

　　①　(清)王先谦:《庄子集解》,中华书局1954年版。

从这个角度说,寓言介入写实化的故事是一种痛苦的选择。但换一个角度,在完成了这种创造之后,作家们或许会有一种类似孩童找到新的游戏方法的快慰。在模糊了(决不是消解了)价值向度、情感向度之后,新的游戏方式则将他们的向往与焦灼,绝望与希望,惶惑与无奈,低泣与喧哗,狡黠与隐匿,以寓言形式透露出来,作家的"主观"终于在"客观"故事中伸展胳膊和腰腿,作家的"主观"能不快慰么?

小说的文本建构方式是属于时代的,它映照了时代的生活,它的"形式的王国"①便同时具有意识形态的意义———一种不单单靠语言自身而获得的,间接的,多元文化智性碰撞的意义。

三、20 世纪 90 年代的调侃及其审美

(一)调侃与现代人的生存环境

众所周知,一种文学风格的形成,大多与其相适应的特定社会环境密切关联,文学中调侃形式的大量出现,也不例外。封闭的社会造就了规范严格的生活,造就了规范严格的文学,这也决定了调侃无论以何种形式出现,都少有立足之地。在颂歌四起的时代,在经营重大题材、英雄性格的时代,调侃多半没有用武之地,它成了范式之外的异类,意味着观念与形式的双重出格。因为调侃是一个活泼因子,它难受拘囿,甚而活跃到心之所想,笔之所至;它与正襟危坐格格不入,总被感觉为不大正经,不大严肃;它是一种机敏,一种宣泄,常与讽刺艺术结伴而行,参与喜剧的表演或为悲剧注入喜剧因素。

朱老忠、杨子荣、黄新们,心中燃烧的是阶级仇、民族恨,肩负着革命重任,任何调侃的笔墨都必然亵渎他们的事业,改变形象自身悲壮的主色调;林道

---

① 参见[美]马尔库塞:《审美之维》,生活·读书·新知三联书店 1992 年版,第 193 页。

静、刘思扬们投身时代洪流，面对着改造客观世界与改造主观世界的压力，作家摒弃调侃性文字，主人公的命运抉择才更显其虔诚、执着。如果说"十七年"的作家在塑造中间人物时，譬如赵树理写"小腿疼""吃不饱"（《锻炼锻炼》），柳青写梁三老汉（《创业史》），尚能以调侃式文字小试身手，可那不过是取取绰号，嘲弄一番人物的无关大局的弱点、缺点。诸如老婆自己偷偷吃面条，让丈夫端着糊糊里只剩一两根面的饭碗在众人面前现丑；继父不满于儿子整日为公事奔忙，竟呼儿子为梁代表、梁伟人、梁老爷。作家即便偶一为之，"文革"中亦在劫难逃。

20世纪80年代初，调侃风格仍然少有作家问津：张俊石们直面尖锐社会问题，苦苦寻找严肃的答案；陈奂生、李顺大们小小心心做人，畏畏缩缩做事；钟雨们在感伤的情调里战战兢兢抖出"爱情"的旗帜；改革大潮中的新英雄，需要的是"血，总是热的"，是乔厂长、李向南式的征服、搏击、开拓、奋进……这样的生存状态，很难有"调"的心态和"侃"的闲暇。肩负沉重的使命感，直奔功利目的而去，忧心于衣食，以及步履匆匆的生活节奏，恐怕都不是产生调侃的最佳情境。调侃时的最佳心态是欲有所言，又不能痛快淋漓，于是另掘曲曲弯弯的充满快乐的宣泄小渠。

80年代后期，在喧嚣与变革中沉浮的现代人，来自灵魂深处的焦灼、骚动、浮躁、渴望，在一阵拥挤和纷至沓来的登台后，终也有大潮之后的舒缓、平稳。这时，物质生活相对充盈，自我情感领域更加自由，调侃情绪应时而生。疲惫时，调侃是抚慰倦怠的轻松；困顿时，调侃是脱口而出的倾吐；怨忿时，调侃是有别于尖刻辛辣的责问……还有都市青年中以调侃社会、调侃命运、调侃自我为生存态的雅皮士，调侃便是他们的一种逃避圭臬的世界观和人生观。

90年代初，调侃终于弥漫出一种文化氛围，阳春白雪式的作品曲高和寡，而小品、相声广受欢迎，调侃之功能在这些节目里自然是很撑台面的手法。流行歌曲在声乐领域独领风骚，能与青春派、偶像派相抗衡的，更有调侃意味十足的摇滚,如崔健的《新长征路上的摇滚》《不是我不明白》等。1991 年夏,南方与京城文化衫勃兴,都市青年穿着它招摇过市,以为时尚,引起评论家、摄影师、漫画家们的兴趣,一时里议论蜂起,批评多于肯定。那文化衫上的"文化",多半是调侃式的文字:"没钱!""真累!""一无所有!""是练摊还是去上班?"有人前胸上一句:"我很丑",后背又来一句:"我也不温柔";更有"拉家带口"四个大字,书写在一堆票证的背景之上,如此等等。对人生的认知,在神调鬼侃中认而不同;对世界的抱怨,在鬼调神侃中怨而不怒。

文学的调侃与市民文学热、通俗文学热有关。调侃是幽默家族中的平民,任何儒雅高傲、贵族气旺盛的心态,都难以屈尊于它,所以它只在那些平民化、世俗化的作品中游刃有余。也许,它最初源起于市井细民的"侃大山""耍贫嘴"。于是,王朔笔下都市青年中的"顽主群",刘震云笔下"小公务员"眼中的官场文化,方方、池莉等人新写实小说对城市底层民众生存本相的扫描,似乎都不忌讳与调侃笔墨交好。其间,尤以为甚者非王朔莫属。

(二)调侃在文学中的表现形式

调侃既是一种语言形式,又是一种叙述方式,但它更是一种睹物观世的眼光,一种人生旅途上的心态,一种谋求主客体双重接受的处世哲学。只有当我们的认知路径进入文学的语言形式,继而又跳出纯粹的语言形式讨论问题时,这样的审美思考才有了别样的精神深度。

1. 调侃:作为"语言形式"

语言的调侃,多半是以作品人物语言的方式出现,或也兼有叙述语言的调侃。新时期文学作品中,人物语言的调侃可谓丰富多彩。普通人的喜怒哀乐,普通人的无可奈何与百无聊赖,以口语、俚语、俗语、民间歌谣等形式冒出来,甩出来,流淌出来,不乏油腔滑调,不乏小小的机敏,也不乏嘲弄讥刺和毁誉褒贬。

《遭遇激情》①中,患不治之症的姑娘梁小青,在生命的最后三个月,花钱雇了一位叫刘禾的雅痞作陪护,姑娘花钱就买三个字:"长见识"。这个刘禾可真让有教养的大学毕业生,一个活得好认真又好平淡的姑娘长了见识。刘禾的生活方式、处世哲学,全和着人物的调侃式语言抖落出来。刘禾自称进他的"人生速成班"三个月,"我保证你能领教了'人'是个什么东西,让你觉得活着不如死喽!"刘禾指点着捧着教科书看世界的姑娘把眼睛从书本上移开:"现在全国的饭馆都成武馆了,全练的是刀术。""现在的大倒儿们都神了,你要说想买导弹驱逐舰,他们都能不眨眼儿地说,货就在手里,还事儿妈似的跟你说核弹头得单算。"雅痞调侃社会,调侃人生,也调侃自我,他自称"有尊严的混蛋",简称"尊混"。"尊混"骂自己"表里如一的不是东西"。他毫不隐晦自己和姑娘处只是为了"扎款","你要是死啦,别忘了把放钱的地方告诉我"。"尊混"居然一肚子学问的派头:"时代发展了,过去只要拉得下脸来撒野就能当痞子。现在不行了,撒野犯浑得引经据典给自己找个出处,往后当痞子没大专以上的学历都不成。""尊混"进一步开导:"是人你就得往坏了想,没亏吃,谁坑你你都觉着应该。谁要老笑眯眯地跟你表忠心,那你可千万留神,准没憋着好屁。"顺嘴流淌的调侃之语,把个"雅痞"涂抹得五颜六色。可也是这个刘禾,当初为了三百块钱可以玩命跳楼,在姑娘弥留的最后一刻,宁愿干赔四百块,也要赎回姑娘心爱的一箱书;姑娘去世后,他卖血凑齐欠医院的住院费——作家明白,光用调侃一副笔墨,很难写出"雅痞"到底姓什么。

人物语言的调侃有故作机智状,有故作笨拙状,有用反语、夸张,有"文革"中人尽皆知的标语口号或现实生活中的熟语,等等,也有不无深刻又难免以偏概全的民间打油诗、顺口溜。后者如谌容《花开花落》②中的纪实:一群青工在医院的病房里与身份各异的病人嚼舌头,你一言我一语,嚼出一篇侃劲十

① 郑晓龙、冯小刚:电影文学剧本《遭遇激情》,《十月》1991 年第 2 期。
② 谌容:《花开花落》,《钟山》1991 年第 5 期。

足的歪诗:"一等公民称公仆,全家老小都享福";"二等公民搞承包,吃喝嫖赌都报销"……"九等公民叫作家,胡编乱造有钱花";"十等公民小干部,上班下班白辛苦";"等外公民老百姓,跟着雷锋干革命"。

如果说,作品"人物语言"的调侃是借助形象表达了调侃意蕴,那么,作品"叙述语言"的调侃,则类同于柏格森所说的"语言创造的滑稽","它是由句子的构造和用词的选择得来的……在这里,滑稽的乃是语言本身。"①

"叙述语言"的调侃在作品中往往不是单色调,当与其他手法结合使用时,方显得韵味无穷。如王蒙那篇被一些人称作"真来劲"和被另一些人指斥为"胡言乱语"的《来劲》,是从"人物语言"加"叙述语言"共同癫狂混乱中透出了调侃。作者像玩魔术般地"玩"语言,彻底毁灭现代汉语的规范式,从而让读者不仅从语言自身,同时也从语言之外,从失范的表达方式上,感受现代人生存环境的纷繁万状,价值观念的多元化、犹疑乃至虚无。

2. 调侃:作为"叙述方式"

一些文学作品将人生的、社会的具有讽刺意味的现象挖掘出来,以调侃为其涂抹几许喜剧色彩,娓娓道来,不露半点声色,只在读者琢磨其人其事时,才领悟到那调侃性的内涵。莫言《红蝗》中,银发飘动的伦理学教授讲台上津津乐道地传授"一夫一妻制家庭是最合理最道德的家庭结构",人后却与可以做自己女儿的学生花前月下,调情偷欢。作家对五十年前的四老爷、九老爷的调侃,正是对伦理学教授的调侃,也是对人类自身兽性的调侃——当年的四老爷借行医之便与穿红衣小媳妇勾搭成奸,然而当四老妈子有了情人时,四老爷则巧设捉奸之计,并狠毒地戳瞎了情敌的眼睛。九老爷调戏嫂子,与哥哥为争夺同一个情妇争风吃醋,舞枪弄棒,兄弟阋于墙——伦理学教授较之于"食草家族",只是多了一层包装,多了十二分的虚伪。莫言刻意构建的叙事过程,暗

_____

① [法]亨利·柏格森:《笑——论滑稽的意义》,徐继曾译,中国戏剧出版社1980年版,第63页。

含了巧妙的调侃与反讽。

刘震云笔下作为"叙述方式"的调侃更有绝活,《官人》中的局长们谈及自己的爱好:

> (正局长)老袁伸出六个指头。大家问六个什么,六个姑娘吗?
> 老袁一笑:"一个月六瓶'五粮液'!"
>
> 大家一笑。马上有人计算,说六瓶"五粮液"四百多,老袁这人不廉洁,是个贪官。但大家又是一笑。大家常在一起,谁还不知道谁?局长都当上了,喝几瓶"五粮液"算什么?总比搞六个姑娘好吧?什么叫廉洁?这就是最廉洁的了。酒喝了,工作搞了,这就是好干部。美国总统不也动不动就坐直升机到戴维营度假?坐飞机是他自己掏汽油费吗?①

《官人》中如此精彩的调侃俯拾即是:副局长老张巴结副部长的小秘书,用单位里唯一的豪华"公爵"车拉小秘书一家去"钓鱼",第二天小秘书就用保密电话向老张透露了人事安排的内部消息;副局长老方指使老婆笼络某副部长的儿媳妇,老方老婆就邀请人家儿媳妇"吃炸黄鱼",有吃了鱼的儿媳妇做通讯员,老方写的材料就顺顺当当转给了副部长——头头脑脑身边的至爱亲朋被有心人用"鱼"钓了去,反过来再用这些至爱亲朋做"鱼饵",什么东西钓不着?小说的叙述实在是很有意味的。

3.调侃:作为"处世哲学"

在经历了既有的价值体系的失落与英雄主义精神的退潮之后,那种体格强健、意志顽强的硬汉,那种具有强烈使命感、拯救意识的新星,那种逾越规则却苦苦寻觅现代理想,拥有心灵能量又别无选择的宠儿,相继离去。文学的人从"大写的人"走向"小写的人",这"小写的人"中,又有极具叛逆精神与虚无

---

① 刘震云:《官人》,收入《刘震云自选集》下卷,文化艺术出版社 2001 年版,第 281 页。

主义先锋意识的一群,他们全然不同于以往任何的"英雄"。他们敢于嘲弄一切,对一切都不在乎;他们挣脱外在的规矩与自我心灵的枷锁;他们不渴求被人怜爱被人理解;他们摆出一副"多余人""局外人"的架势,既不屑于当年乔厂长、李向南们的救世,又没有章永璘、"棋王"们的傲世,有的只是玩世不恭,混世为乐。概而言之,他们蔑视一切,对整个世界抱调侃态度——调侃心态导致调侃一切的活法。

王朔笔下的"顽主"们改变了高尚、道义、圣洁、美丽、尊严、爱的价值和意义,他们对于人类安身立命的观念采取了"一点正经没有"的"玩":顽主们开"三T"公司——替人解难,替人解闷,替人受过,把助人为乐的美德亵渎为一场打打闹闹的儿戏,全面承包与失恋的女人吊膀子;让与丈夫不和的少妇当出气筒;满足冒牌作家的虚荣心等。他们公开地承认自己"不就庸俗点吗?"并明确宣称这样的活法才"不痛苦"。他们在环境的困扰下心态嬗变,泯灭了人改造环境的理想,张扬了人被环境改造后的媚世、油滑、冷漠与麻木,正如电影《本命年》①中人物"刷子"的一段台词所言:"工作没劲,不工作也没劲;没钱没劲,钱多了也没劲;不谈恋爱没劲,谈了恋爱也没劲"。他们贬斥起世俗的传统观念巧舌如簧,妙语如珠,重构的先锋意识时尚前卫之中又泛着酸腐;他们时而调侃人性的"恶之花",时而自己就是"恶之花";他们时而犹如大梦初醒,时而却沉湎于酒梦之中难以自拔;他们"一半是海水,一半是火焰";一半是无所不能的"新英雄"(全无正统"英雄"的本义),一半是人格扭曲的"流氓""无赖"。他们倒彩电汽车于谈笑之间,玩漂亮女人于股掌之间,耍弄外商港客警察倒爷于真真假假之间。他们要的只是感性刺激,感性发泄,感性快乐。他们不全是美国20世纪50年代的"Beats"——被社会打败的人——悲观绝望之后把出世和佛教的虚空观念作为解除精神苦闷的途径,他们做过"Beats",又跳起来试图去打败社会,这

---

① 电影《本命年》根据刘恒长篇小说《黑的雪》改编,获1990年柏林电影节银熊奖。刘恒:《黑的雪》,工人出版社1988年版。

就不免有以恶抗恶的味道了。

《风景》中的七哥,不想再作河南棚子里的土著,不想永远地睡在十三平米的板壁屋下。他找到了进入上流社会的终南捷径:一脚蹬了热恋中的女友,娶了比自己大八岁的"大人物"的女儿,从此自己也成了人物。七哥说:"当你把这个世界的一切连同这个世界本身都看得一钱不值时,你才会觉得自己活到这会儿才活出点滋味来,你才能天马行空般在人生路上洒脱地走个来回。"①撇开七哥的不择手段,七哥难道不是一个悲剧人生的新"英雄",败军营垒中的反败为胜者?

这份睹物观世的眼光,这份横扫一切准则的行为,玩世玩到"无我"境地,玩到价值消解的份上,正是儒道互补的文化本能。儒家所强调的人生价值、生活目的和意义,一旦无法解释现实世界,他们立即退守到道家的心理格局之中,从价值毁灭走向价值虚无,"此亦一是非,彼亦一是非","是亦一无穷,非亦一无穷",人便可"鼓腹而游,从欲为欢"了,人便可如七哥般地把善恶都"看得一钱不值",人便可如顽主们把崇高推入谷底,将人欲横流请上圣殿。没有比"调侃的人生""人生的调侃"这样的字眼更能概括他们的处世哲学了。如果说,其中良莠共生地包含了现代意识的话,那么,无论如何,理想主义的萎缩则是令人担忧的。

将调侃笔墨区分为如上三类,只是实验室里的剥离,事实上文学作品经常地合二为一,合三为一,很难严格区分,这便可笼统称之为"风格",一炮走红的室内电视系列剧《编辑部的故事》即是。《人间指南》编辑部里,一对人精李冬宝、戈玲的台词,张口就是调侃戏谑,作为"语言形式"的调侃几乎每集都有精彩之笔,诸如送子留洋留学,是"把儿子送上阶级斗争最前线"之类,如此语言使李、戈独具个性而区别于其他编辑,特别在与牛大姐的一脸正经形成对照、形成冲突时,尤其能出戏。而在"叙述方式"上,电视剧编导也不忘启用以

---

① 　方方:《风景》,《当代文学》1987 年第 5 期。

调侃为内核的叙事。以《吃不消》一集为例，公款吃喝风屡禁不止，引起全社会不满，而社会的许多单位和成员又都能找到名目繁多必吃不可的理由，电视剧揭示了"公害"如何变为理直气壮的"公爱"：撰写《中国大宴席》的作家面无愧色地加入"大宴席"，还带上老婆孩子入席；争相刊登《中国大宴席》的两个编辑部你请我，我请你，为争稿和拉拢作者大摆宴席；编辑部里深信"不吃不能办事"的小字辈踊跃赴宴；一贯省吃俭用的老编辑开怀猛吃；满嘴革命理论的牛大姐一边高谈阔论一边坦然入伙；编辑部主任原则坚持不住，不得不忍痛解囊（公囊），以至一醉方休。一场吃喝之后，编辑们议论在高档宾馆里"开了眼""人和人不能比"的台词意味深长，以虚补实。该剧作为"叙述方式"的调侃决不逊色于它的语言魅力。

（三）关于调侃的审美

调侃属美学中"滑稽"的范畴。柏格森认为："将某一思想的自然表达移置为另一笔调，即得滑稽效果。"[①]调侃无疑符合了这个基本规律。它避开或遏制了由于处境引发的某种自然感觉，突然之间发生了"顾左右而言它"的"移置"，笔调与自然表达大相径庭。譬如对某些自称"公仆"的人不行公仆之事现状的忧虑、愤懑、谴责，一落笔却成了正话反说的"夏天的公事"，成了"一笑一笑又一笑"的表演，成了不温不火的民间顺口溜，等等。美学家忠告我们："要创造滑稽，就得努力去找那另一种表达，也只需要找那另一种表达。只要把移置了的表达说出来，我们立即就会自动把那个自然表达补充上。"[②]那么调侃也必然抛弃直接表达，犹如藏起谜底而去经营谜面，这"谜面"即是"谜底"的"另一种表达"。

---

① ［法］亨利·柏格森：《笑——论滑稽的意义》，徐继曾译，中国戏剧出版社1980年版，第75页。

② ［法］亨利·柏格森：《笑——论滑稽的意义》，徐继曾译，中国戏剧出版社1980年版，第75页。

调侃如同"滑稽","诉之于纯粹的智能,笑和感情水火不容……决不可以激起我的感情——这是唯一真正必要的条件,虽然未必一定就是充分的条件。"①因此,调侃时调侃者本人保持超然的平和的心态,没有怜悯、同情、恐惧,没有义愤填膺,没有狂喜狂怒……它成为"缓和紧张"的活动,成为应由"智能"参与的审美,否则难以产生共鸣,难以品其真味。

属于"滑稽"范畴的调侃,与"悲壮"背向而行。当"悲壮"表现人的伟大、尊严、不可侮,表现人的知其不可为而为的精神时,调侃则显露人的卑微,把人作为戏弄、谐谑的对象,表现对人生或社会的嘲弄或讽刺。

作家创造调侃笔墨,"移置"的方式和技巧固然重要,更重要的是审视对象时的境界,发掘事物本质所显露的睿智。调侃如果仅仅停留在一般性的逗乐,便不免庸俗和小家子气。调侃与诸多文学手法一样,同样需要深刻,需要品位,需要语言张力和叙述张力。那么,调侃则不妨与"幽默"携起手来。

调侃与"幽默"具同向性,就心理机能而言,它们都具有"释放性"。它们的宣泄同属"一种自由意识的突然放纵","心理的一种解脱,一种心灵的松弛,一种压迫被移除的快感"。② 两者"释放性"的东西在这样一层台阶上相遇:"无论是与自己有关,还是与别人有关,它意味着:'瞧啊! 这儿看来是一个多么危险的世界! 可这只是孩子们的一场游戏——仅仅值得开个玩笑!'"③

调侃可以得到"幽默"的帮助,又毕竟不同于"幽默"。"幽默"在讥刺社会时,常承担了强烈的社会责任感,调侃则有一种责任感的隐匿或消解,无意于"铁肩担道义",寓"道义"于看似轻松的调笑中。因此,形成风格的调侃足以冲淡作品的道德主题,足以改变"悲剧"的色调,它最善于顺手制造"喜剧"

---

① [法]亨利·柏格森:《笑——论滑稽的意义》,徐继曾译,中国戏剧出版社 1980 年版,第 85 页。

② 姚一苇:《美的范畴论》,台北开明书店 1982 年版,第 245 页。

③ [奥地利]西格蒙德·弗洛伊德:《论幽默》,收入《弗洛伊德论美文选》,张唤民、陈伟奇译,知识出版社 1987 年版,第 146 页。

场面。"幽默"有一种对正义的自信,调侃却多有对非正义的无可奈何;"幽默"崇尚人生价值,调侃多有玩世不恭、游戏人生的表演;"幽默"的情感以庄严为支点,所谓"寓庄于谐",调侃的情感以荒诞为支点;"幽默"的"移置"意会性强,调侃常常直接点穴,却也有"曲径通幽"。

调侃独具世俗化、口语化的特征。它含有三分油滑,三分俏皮,有些不阴不阳,有些真假难辨。调侃以调侃者自身"不正经""二花脸"遮掩论题的正经、严肃、重大、深刻。调侃者自己从不板起面孔,审美者也就很难板起面孔——无论认同或反对,即便推出错误命题,审美者面对文本的一副"二花脸"相,会这样劝慰自己:"可当真亦可不必当真";调侃于是拥有了其他文学手段无法占据的领地。调侃之于接受美学,我看是很有意思的课题。

调侃的世俗化形态被一些具有先锋意识的小说家所看重,他们试图借助世俗化形态去追求并不世俗的目的和达到并不世俗的品位。20世纪80年代后期,中国"先锋派"文学走入象牙之塔,从而失去了本土的相当大的读者群。先锋文学如果不想与"最后的仪式"告别的话,它迫切需要在"写什么"和"怎么写"之间再来第二次协调,从而使自己摆脱"不可企及的先锋"的位置。笔者以为,王朔们的调侃笔墨在破除传统小说文体规范时,同时打破了先锋文学"玩高雅"的僵局,新的希望在眼前闪过,先锋性终于有了与世俗化拥抱的机缘。"最后的仪式"(苏童小说篇名)的完成,不可能只仰仗调侃笔墨这一种尝试,新路全靠一步步地"蹚"——90年代,调侃以"先锋性的命题,娱乐性的手法"实现对先锋文学的某种反正,也算是踩出了脚印的有风景的小路吧。

下 编

中国新时期小说作家专论

第五章　王蒙:"醒客"归来

　　王蒙是中国当代文学最重要的作家之一。可以说,王蒙的身上,浓缩了一部中国当代文学盛衰起落、迂回曲折的历史。文学的早春中他绽放,文学的严冬中他被冷冻于边塞之地。改革开放新时期,他和文学一起复苏,真正成就了自己的"文学人生"之梦:他"重放"得如此灿烂和精彩,他"二度喷发"了三十余年并仍在继续喷发。他于2006年5月,2007年4月,2008年4月,先后出版了自传三卷本《半生多事》《大块文章》《九命七羊》。三十多年来,笔者曾追踪阅读过王蒙绝大多数小说作品,新近细读三卷本自传,助我从更多视角研究王蒙创作。如果说,王蒙小说是历史的化石,是人文的活化石,那么,王蒙自传便记录了化石生成的历史环境,披露了各色人等对化石的鉴赏批评,自道了化石在阳光雨露、风雪雷电、湍流冲刷、火山地震中磨砺的过程。作品与自传互补互证,事外事,言外言,情中情,更能知晓化石何以或晶莹或圆润,或坑洼或凹陷或埋藏或出土,或演变为大大小小的化石风波,上演一出出悲剧、喜剧和正剧。西方学者称他具有"Different Style"(不同的风格)。洋洋洒洒的三卷本自传,王蒙自己也在不断述说着他的"与众不同"。笔者以为,王蒙的"不同",一是与政治的关系如胶似漆,政治人生与文学人生纠结缠绕,互为影响,难解难分;二是于小说形式上,不断以并不纯粹的现代主义,诸多不被现实主义主流认可的小说元素和非小说元素,挑战现实主义,变革现实主义,丰富现

实主义。他在不合时宜的季节,以火中取栗的勇气,取现代主义之躯壳,强现
实主义之魂灵,却从来不是原版正宗的现代派。王蒙最大的"不同",更是他
在历史的潮起潮落,人生的月盈月亏,命运的大喜大悲和大悲大喜,造化的泰
极否来与否极泰来,创作之路的顺逆无常之中,历练成了一名"醒客"(think-
er)——思考者。他追求做"醒客",他以不断的反思渐成"醒客",他以一千万
字的作品诠释了"醒"的过程,他晚年仍不停息地磨砺着这个"醒"字。自传撰
写是回忆,是记录,是评价,是调整,更是"醒"的升华。

一、王蒙与政治

在王蒙自传第一部《半生多事》的装帧封签上,作者和编者印出了如此厚
重的文字:"文学大师的 70 年家事国事心事自述/一个人的'国家日记'/一个
国家的'个人机密'。"国与家与个人联系得如此紧密,这从某种意义上,是否
昭示了:读懂王蒙,便是读懂了一个时代和一个时代的文学? 评述王蒙,也就
不仅仅评述了一个作家?

(一)他入世极深

十四岁的王蒙刚考入河北高中即加入中国共产党,这是在新中国成立之
前,"绞架不只是意象"的时代。此后,少共王蒙的人生,与祖国的政治风云变
幻难解难分——

八年的共青团干部(1949.3—1957.11);

二十一年的"右派"和"摘帽右派"(1958.5—1979.2),其中十六
年的新疆岁月(1963.12—1979.6),一半时光在乌鲁木齐,另一半则
在更加边远的伊犁度过,前后被冻结十七年,半冻结四年。

新时期,他重返文坛,当了十年的中央候补委员和委员(1982.
10—1992.10,其中 1985 年 9 月始为中央委员);

当了三年零五个月的文化部部长(1986.4—1989.9);

至今已参与了十九年全国政协工作(其中 1993 年 3 月当选为全国政协委员,1994 年 3 月当选为全国政协常委,2005 年以来任全国政协文史和学习委员会主任)。

王蒙履历中,值得关注的一是少共出身,二是两度入仕又出仕,却从来没有出世。他有豪言:"如果我给自己命名,我愿意说的是:你—不—可—摧—毁—我!"①入仕的风光自不必言,出仕却均属非正常,即在仕途终生制体制下,并非因身体或年龄原因。第一次的出仕,身边还有一大群"五七族"相伴,第二次的部长辞职,真正是凤毛麟角。

王蒙注定做不了职业政治家,不是因为资历而是因为秉性。王蒙自传第三部最后一章"为这一生感动",他用了整整一章篇幅为自己的人生作结,议论了革命与文学的关系,为官与为文的冲突,他寻求沟通,渴求理解,他用了那么多描述自己性格某一侧面的词语:"伤感""哀愁""泪眼婆娑""坦诚""明朗""善良",还有"傻气"。他说自己"有时候是忘乎所以地去追求感动",由此拨动了文人最能够称之为文人的那根神经:"当我绷起政治的弓弦的时候,有时也差不多可以做到滴水不漏。当我追求感动的时候,我突然变得傻气益然,满不论(咎)啦,我根本不计后果……"②纵观王蒙,他实实在在首先是一个无人可以替代的文人、作家。本章侧重于从小说的角度切近他,其实,王蒙是多才多艺的,他于小说之外:文学评论、诗歌、散文、《红楼梦》研究、李商隐研究、庄子研究等,也取得了不俗的成就。他是作家学者化的倡导者和践行者。

然而又毫无疑义,做不了职业政治家的王蒙,他的人生与政治如影随形,他的写作与政治密不可分。他与政治的关系如同摩擦不断的恋人,忽而情意绵绵忽而侧目而视,由此吉凶,由此安危,也由此不停息地思考,总结与重整,

---

① 王蒙:《王蒙自传(第二部):大块文章》,花城出版社 2007 年版,第 168 页。
② 王蒙:《王蒙自传(第三部):九命七羊》,花城出版社 2008 年版,第 336 页。

却从来不会离异。对政治的恋情在王蒙小小年纪时就开始了。他选择了一条与其父辈完全不同的人生之路:"由于匮乏和苦难,由于兵荒马乱,由于太早地对于政治的关切和参与,我说过,我没有童年。"①一个没有童年的人,小学三年级便有了左翼思想的萌芽。他在作文《假使》中,以孩子的笔写出这样的新诗:"假使我是一只老虎/我要把富人吃掉……"②

1953 年,19 岁的王蒙开始创作长篇小说《青春万岁》,三年后,长篇处女作定稿,被打入冷宫近四分之一个世纪,1979 年才得以面世。王蒙回顾写作的动因,他的自我感觉天真、多情且自负:"更要紧的是我有独一无二的少年革命生活,我有对于少年/青年人的精神世界的少有的敏感与向往,我充满经验、记忆,尤其是爱与赞美的激情。在我这个年龄的人当中,没有人会像我看得这样高这样相对成熟。在站得高有经验相对成熟的人当中,没有我这样的年轻人、同龄人。""我还要写年轻人辨不清写不出,年纪大的人已经过景的少年意气,少年多感,少年梦幻,少年豪情,少年的追求与发现,人生的第一次政治抉择,第一次艺术感受,第一次爱情觉醒,第一次义愤填膺,第一次忧愁与烦恼,第一次精神的风暴……"③他以"高调的青春"纯情而真诚地坦言:"共和国的第一代青年是相信的一代。""我们的错误是轻信而不是不信。"④然而,正是这般地相信、满意、赞佩、自信、骄傲、服膺、掌握着历史的舵轮、战斗在最前线的自我感觉,这般地青春、激情、革命、"恋爱的季节",终未能逃脱反右运动狂暴的冲击,共和国"相信的一代",仅为一篇"反对官僚主义"的短篇小说,被打成全国知名"右派"。王蒙反省当年的这个短篇,事先似并未确立如此鲜明并纯然政治化的主题,"至少,这不是一个直奔主题的小说",他快乐于"我可以大大地诗化浪漫化我的日常经验了"。这就是文学史上著名的《组织部

---

① 王蒙:《王蒙自传(第一部):半生多事》,花城出版社 2006 年版,第 43 页。
② 王蒙:《王蒙自传(第一部):半生多事》,花城出版社 2006 年版,第 30 页。
③ 王蒙:《王蒙自传(第一部):半生多事》,花城出版社 2006 年版,第 122 页。
④ 王蒙:《王蒙自传(第一部):半生多事》,花城出版社 2006 年版,第 246 页。

新来的青年人》(《人民文学》1956年9月号发表时所用标题)。历史怎会忘
记1956年的早春？21岁的王蒙在早春里写下了改变他一生的小说。王蒙细
致回忆早春里个人、一批青年作家和春天的故事，还有春天如何被风雨匆匆送
走的噩梦。半个世纪后王蒙曾开玩笑：用小说克服官僚主义吗？不，还是用官
僚主义克服小说更方便更可操作。王蒙曾设想，假如没有那场政治灾难，他的
人生将会怎样。文坛也不妨推论，假如十七年文坛没有一场接一场的文艺批
判运动和"反右"，优秀的作家、作品会更多，还是更少？王蒙是今天的王蒙，
还是忙忙碌碌、庸庸常常的职业革命家？

　　看来"文章憎命达"绝非阿Q之论，置之死地而后生的王蒙，回归文坛后
的"生"，生得何其精彩。他有独一份的经历，独一份的感受，独一份的思考，
因此为文坛奉献了独一份的与众不同的佳作。他最出彩的小说题材是政治大
潮中人的命运浮沉，他最出彩的人物是知识分子型的干部、革命者，或曰干部、
革命者中的知识分子。他始终贴近现实的土地，即使是以所谓的"形式游戏"
拉开与现实的距离，譬如寓言、通俗小说、成语新编等。多少次"王顾左右"，
要害时不能"言它"；几多篇弯弯绕，绕弯弯，最终却贴近现代人在现实土地上
的呼吸与灵魂震颤。半个多世纪过去了，王蒙骨子里永远是《组织部新来的
青年人》的王蒙，以至于他自己也不得不承认"没有比童话更吸引我的了，我
却始终写不成童话"。[1] 在经历了人生刻骨铭心的灾难后，他站在新时期的大
门口慨叹："我都奇怪，我怎么还是这样关心政治？做一个文人雅士，做一个
遗老遗少，做一个世人皆浊我独清，世人皆醉我独醒的独善其身的高人，岂不
更好？然而我已经不可救药，我已经入世极深，我仍然感情炽烈，我仍然爱憎
分明。不论我怎么样地收缩再收缩，认命再认命，矮小再矮小，难得糊涂，装傻
充愣，养猫养鸡，做饭烧鱼……我仍然心系中国，心系世界，心系社会，关切着
祝祷着期待着中国历史的新的一页。"[2]对政治的恋情就是以这样的心态又一

---

①　王蒙：《飞沫》，转引自《收获》1987年第3期。

②　王蒙：《王蒙自传(第一部)：半生多事》，花城出版社2006年版，第378页。

次开始了。

（二）他钟爱杂色

照理说，王蒙写《青春万岁》《组织部新来的青年人》的时代，文学主潮与政治的关系犹如孪生兄弟，文坛呼唤重大题材，主流创作与革命有不解之缘；重要的作家们多出自战争年代有过小知识分子投笔从戎参加革命经历的群体，王蒙难道不是都沾上边了吗？他何以被主流文学逐出文坛？

新时期前期，伤痕文学抚摸的是人在"文革"灾难中遭受的创伤，反思文学叩问的是在革命名义下的真伪、是非、善恶，给历史带来了怎样的曲折与动荡，改革文学讨论的是要摸着哪块石头才能过河，并从此走上民族振兴之路。而王蒙的抚摸、叩问、讨论，何以常常遭致抚摸的抚摸，叩问的叩问，讨论的讨论？

答案是：王蒙钟爱杂色。钟爱杂色的王蒙复杂：他赞成"改良"，拒绝"零和模式"；他不赞成"用极端刺激极端，用偏执压制偏执"；他两度扮演过文人们不太喜欢看到的"文人加官员"的角色，无论从哪个角度看，他都显得有些另类——他不是一个中规中矩的文人，又不是一个中规中矩的官员。难怪他好用"尴尬"一词，他的一部长篇——不算是标准的长篇，却是在长篇小说文体建构上具有颠覆意义的小说，篇名即为《尴尬风流》。王蒙自道："我好像一个界碑，这个界碑还有点发胖，多占了一点地方，站在左边的觉得我太右，站在右边的觉得我太左，站在后边的觉得我太超前，站在前沿的觉得我太滞后。前后左右全都占了，前后左右都觉得王蒙通吃通赢或通'通'，或统统不完全入榫，统统不完全合铆合扣合辙，统统都可能遇险、可能找麻烦。"王蒙戏称自己的特点是"直径多了一厘米"。①

王蒙多次在各种场合说过他喜欢杂色，他的一篇小说就叫《杂色》。1980

---

① 王蒙：《王蒙自传（第二部）：大块文章》，花城出版社 2007 年版，第 175 页。

年9—10月间,他应邀参加"国际写作计划",小说写于美国的依阿华城,这是他最好的中篇之一。在象征意蕴很强的作品中,一匹毛呈灰杂色的老马,一个遭遇政治灾难被发配边疆的人(曹千里),马人合一,在历经人间辛酸苦痛之后,有对厄运的慨叹,有对环境的诅咒,有对命运的屈从,有对自我的挖苦,有对凶险的惶恐,更有以老马的倾诉和恳求所表达的忠诚。有人说,这是屈原式的"忠诚",中国知识分子的人格构建。如此的痛苦,如此的怅惘,如此的失落,却绝没有如此的绝望——这就是杂色。80年代,王蒙塑造了一批"杂色形象",赢得喝彩也遭到诟病。王蒙自我解读过:"尖酸刻薄后面我有温情,冷嘲热讽后面我有谅解,痛心疾首后面我仍然满怀热忱地期待着。"① 何谓杂色?杂色是黑白之间最宽广的中间色。王蒙认为,世界上绝对不是只有黑白两种颜色,善恶两种品德,敌我两种力量,正谬两种主张,资无两个阶级,而是还要面对和把握大量的中间状态、过渡状态、无序状态与自相矛盾状态、可调控状态、可塑状态等。杂色即是"二元"之外的"多元",是若干的"多了一厘米"的中间状态和又若干的模糊状态。杂色其实也正是刘再复先生80年代《性格组合论》的核心观点与解读后的核心词语。中国当代文学摒弃二元对立,非黑即白,"好人完全是好,坏人完全是坏"的模式,经历了何其艰难的过程,有人恐怕至今仍然不接受王蒙式的杂色,尤其是当杂色呈现在与政治关系密切的形象身上。

一个塑造了那么多"杂色形象"的作家,他自身何尝不是杂色? 沧桑与热情同在的王蒙,质疑一些人只能够接受"一个真诚的知识分子选择了反叛、不合作","一个真诚的共产党员只能选择强硬与拒绝变革",质疑单一、纯粹与绝对的模式。他自我定位为:"我不是索尔仁尼琴,我不是米兰·昆德拉,我不是法捷耶夫也不是西蒙诺夫,我不是(告密的)巴普连科,不是(怀念斯大林的)柯切托夫,不是(参与匈牙利事件的)卢卡契,也不是胡乔木、周扬、张光

---

① 王蒙:《漫话小说创作》,上海文艺出版社1983年版,第20页。

年、冯牧、贺敬之，我同样不是巴金或者冰心、沈从文或者施蛰存的真传弟子，我不是也不可能是莫言或者宗璞、汪曾祺或者贾平凹，老李锐或者小李锐……我只是，只能是，只配是，只够得上是王蒙。"①——杂色的形象很真实，杂色的王蒙很可爱——杂色也是有底色的，在王蒙，杂色的底色是良心："我怕坏了良心，我有太多的不忍之心，'该'出手时难出手，哼哼唧唧叹九州……我往往失之怯懦而不是失之冒险，失之温热而不是失之峻急，失之凡俗而不是失之清冷，失之软弱而不是失之凶险。"②

（三）他透彻反思

作为新时期初期反思文学的代表作家，王蒙反思的切入点很具体，他痛苦而又执着地反思家庭，反思父辈，反思五四时代的知识分子。在王蒙自传中，我们了解到，毕业于北京大学哲学系并留学过日本东京帝国大学的父亲，喜欢读书，喜欢讲哲学，崇拜科学，抨击故乡的愚昧落后，还喜欢散步、骑马、游泳、喝咖啡。他给过孩子们"关于健康、关于礼貌、关于社交、关于公共场合的行事规则等"新学、西学的指点，却几乎未见儿子对父亲有关于思想启蒙和社会担当教诲的记载，有的只是"我曾经抱着沉痛、同情却也是轻视与怜悯的态度回顾父亲的一生。我认定他一事无成"③的嗟叹。有自传色彩的长篇小说《活动变人形》中倪吾诚的形象，代表了王蒙对五四以后启蒙知识分子性格、命运的深度反思。倪吾诚崇尚欧化，却至多只在日常生活中践新抗旧；他奢谈理想口若悬河，遭遇实务身无长技；他在家庭，渴望被尊重被捧被爱的幸福，却决不愿肩负义务；他对社会，长于阔论启蒙主义的文化主张，却缺少推进现代文明的能力；他诅咒环境，抱怨生不逢时，却无力逃离环境，改造环境。王蒙痛苦地审判倪吾诚，他最终也无法给倪吾诚式的"父亲"下类别的定义："知识分子？

---

① 王蒙：《王蒙自传（第二部）：大块文章》，花城出版社 2007 年版，第 228、230 页。
② 王蒙：《王蒙自传（第一部）：半生多事》，花城出版社 2006 年版，第 350 页。
③ 王蒙：《王蒙自传（第一部）：半生多事》，花城出版社 2006 年版，第 19 页。

骗子? 疯子? 傻子? 好人? 汉奸? 老革命? 唐吉诃德? 极左派? 极右派? 民主派? 寄生虫? 被埋没者? 窝囊废? 老天真? 孔乙己? 阿Q? 假洋鬼子? 罗亭? 奥勃洛摩夫? 低智商? 超高智商? 可怜虫? 毒蛇? 落伍者? 超先锋派? 享乐主义者? 流氓? 市侩? 书呆子? 理想主义者?"①审父的王蒙以五味杂陈的心情面对如父亲如倪吾诚一样的知识分子,包含了爱与痛,审判与宽恕,理解与厌弃,最后是正视。他给了一代人一个儿童洋玩具的怪名,一个独具象征意义的半是杜撰的怪名——"活动变人形"。德国汉学家顾彬说:"小说标题来源于50年代德语地区的巧克力包装。这种包装后来也流传到日本,上面画有身体各部分可以替换的人形。王蒙在日本看到,人形的下部(脚)和上部(头)一旦活动,整个人或者中间部分的身子就会变成另一个人形。"顾彬的纵深探究在于,他特别指出了:"'活动'这个词也可以进行政治解读:你在政治运动中每进行一次政治活动就会变一个人,最后连自己都不知道自己是甲还是乙,哪里是'头',哪里又'扭了腿'。"②汉学家的解读与王蒙个人的初衷大体相一致。

王蒙反思政治运动中的落难者人生与不堪回首的历史。例如《蝴蝶》中的张思远,命运浮沉,骤起骤落,恍惚间竟不知我是谁? 小说借"庄周梦蝶"的典故,道出了在荒唐的"历史玩笑"中,张的自我迷失,自我寻找,结果不是自我发现,而是在梦幻般的深度迷失中的自我否定,当然还包括了中国文人渗入骨髓的儒道互补的精神:达则兼济天下。又例如"季节"系列《失态的季节》中的那群"右派"。王蒙的"醒"表现为:不同于捶胸顿足,肝肠寸断,义愤填膺,举臂控诉;不同于扮演正义化身,为落难者代言;不同于将落难者美化为圣人,如同"三突出"的时代将正面人物描绘成"高大全"——回眸伤痕、反思文学的

① 王蒙:《活动变人形》,雷达主编:《中国新文学大系(1976—2000)》(第五集),长篇小说卷二,上海文艺出版社2009年版,第289页。

② [德]顾彬:《二十世纪中国文学史》,范劲等译,华东师范大学出版社2008年版,第317页。

相当一部分作品，它们看似从"文革"认知的一个端点转向了对立的另一个端点，而实质仍停留在认知方式、逻辑方式的原点。王蒙的反思更深刻："我不仅看到了一种可能一种命运，一个立体的某一面，而且看到了另外的可能另外的一面。"他敢于正视落难者"一半是变态，一半是失态，一半是坚强，一半是孱弱，一半是成熟的过程与脚印，一半是哭哭笑笑，哭笑不得！""这样写比只写冤屈，只写坚持真理，只写茹苦含辛，不是更真实一些吗？"① 王蒙以自传为《失态的季节》中的"右派"形象塑造抗辩，说出为什么在王蒙笔下，他们不是悲情英雄，不是背负着十字架的圣徒，他们如何从"体面人"变成"野兽"，极左和历次政治运动如何制造人性悲剧，什么是大言欺世，回避事实，什么才是真正的惨烈和恐怖，他用了"失态""尴尬""反省""忏悔""实事求是""忠于人生真实之作"，来回答"自我感觉良好的后生弟妹们"的空叹："原来他们这一代人如此的不中用不英雄不伟大不高耸啊。"在作品与自传互补互证中，我读出了王蒙对伤痕、反思文学的超越，对于历史真实性的更为深透的思考。

王蒙反思官场政治。他本人的为官经历让他有了更大的反思空间，他没有写现代版的官场现形记，却编织了许多官场大网的网扣。《球星奇遇记》（1988年）里的假球星恩特，被捧成真球星后，在内人的操控下，恩人的提携下，弃球择官。为官的恩特物欲难填，坑害队友，暗算恩师，拼命窝里斗；既有伤天害理的可恶，又有遭受信口毁誉的烦恼。他痛感仕途莫测："倾轧太多了，阴谋太多了，仇恨太多了，嫉妒太多了。"王蒙让这个恩特在教堂里长跪不起，在圣母像前祈祷，王蒙让恩特试图辞官携儿去开酒店，并不无担心地设问，"他真的能够自主选择吗？"小说在《人民文学》1988年10月号发表的时间，正是自传中所记王蒙本人提出辞官的时间。由此推想，异域他邦的恩特，官场一游三叹，有多少不是王蒙之慨叹，之困厄，之惶惑，之忏悔。这一时期的《要

---

① 王蒙：《王蒙自传（第三部）：九命七羊》，花城出版社2008年版，第132—133页。

字 8679 号》(1987 年)以及《十字架上》(1988 年),大约一半是"织网扣"之作,他痛切地感受到:"基督大概是最痛苦的神",他为笔下的人物也为自己画出巨大的问号:"你愿意上十字架吗?"王蒙自传第三部第一章,专门阐释《十字架上》这篇被斯洛伐克汉学家高利克教授夸奖的小说。他回忆小说最初创作动机与结果的不尽一致:"我希望探究的是人与神的关系,千万倍于文人与官儿们的事。"而观其小说,文字缝隙间透出的则多是官场彻骨之感受。于是,非基督徒的王蒙只能一次又一次让人物跪在十字架前,倾吐使命承担者的艰难、沉重、无奈、无力,作为"人之子"与"神之子"的矛盾统一,被钉在十字架上的疼痛。他说:"我挖苦信徒,却同情和理解先知、使命、牺牲。"①阅读至此,更加确信,《十字架上》满篇皆是王蒙"与众不同"的官场之痛啊,且痛在 20 世纪 80 年代末期的历史关节点上,痛在王蒙的人生"拐点"上。

王蒙反思如同自己这样有着丰富而又炫目经历的作家,在任何时代都会打上深深浅浅的历史烙印。70 年代末的"归来者",不全然是风光无限。"归来者"的歌也有种种不堪:小说《向春晖》②"连主人公的姓名都充满小儿科的'文革色彩'"。另一长篇《这边风景》甚至"写得糊里糊涂,放不开手脚,还要尽量往'三突出'、高大完美的英雄人物上靠","搞出来的是一大堆废品"。1978 年写小说《光明》,"当时还不敢写《海的梦》那样太知识分子味道的小说"。③ 都说孩子是自己的好,文章也是自己的好,王蒙却有勇气给自己抹黑。这足以说明,其一,"十七年"文学、"文革"文学、新时期文学,的确是"桥"和"引桥"的关系,存在着上引桥、过桥、下引桥的过程,文学观念变革并非与政治生活变革完全同步。其二,一批有自审意识的作家、评论家的思考深度以及不断地自我纠偏,决定了新时期文学的走向和进步。

---

①　王蒙:《王蒙自传(第三部):九命七羊》,花城出版社 2008 年版,第 1—15 页。
②　王蒙:《向春晖》,《新疆文学》1978 年 1 月号。
③　王蒙:《王蒙自传(第二部):大块文章》,花城出版社 2007 年版,第 18—19 页。

二、王蒙与文学

（一）有担当的文学

王蒙的文学是有担当的文学。无论是"十七年"著名的一长一短——《青春万岁》《组织部新来的青年人》，还是新时期初期喷涌的作品，王蒙对社会问题极其敏锐，对"干预生活"有着与生俱来的激情。他以历史亲历者、见证者的身份去记录，去浓缩，去判断（他不赞成用"审判"），去诗化，去面对"故国八千里，风云三十年"，大有"我不写谁写？我不书谁书?"的狂傲与豪情。他吐纳心声："早在八十年代的言论中，我强调我的文学的题材是革命，是革命的悲情，革命的雄壮，革命的神圣……也是革命的代价，革命的曲折，革命的粗糙，如果我没有用粗暴这个词的话。"①90年代是王蒙人生和创作的又一个转折，从1991年至1998年，以连续八年的时间所撰写的"季节"系列，是王蒙个人非常看重的长篇四部曲。"恋爱"（50年代初期）—"失态"（50年代后期）—"踌躇"（60年代初期）—"狂欢"（60年代中后期到70年代中后期），一路走来，这正是王蒙与同代人1949年以后的人生历程和人的精神历程。王蒙原计划要写六部的，在年近六十时立此宏愿，那真正是如骨鲠在喉，不吐不快了。在那么多的政治大事件中展示人的遭际，人的感受，人的情怀，人的命运，王蒙这样命名着他的"季节"系列："它是我的怀念，它是我的辩护，它是我的豪情，它是我的反思乃至忏悔。它是我的眼泪，它是我的调笑，它是我的游戏也是我心头流淌的血，它更是我的和我们的经验。它是我的过程，它是我的混乱和清明，它是我的寄语和诘难，它是我的纪念和旧梦、新梦、美梦、噩梦，它是我的独语、呓语、禅语与献词，它是我的软弱和顽强，理智和痴迷。"②他说，"我

---

① 王蒙:《王蒙自传（第三部）：九命七羊》，花城出版社2008年版，第303页。
② 王蒙:《长图裁制血抽丝》,《王蒙文存》（第21卷），人民文学出版社2003年版。

相信再没有一个人真实地而又是理解地,切近地而又是超拔地,热烈地同时仍然是冷峻地,尖锐地却又是多情地书写这一切。我置身事中,我超然物外。我有情有义,我无牵无挂。我上了天入了地革了命当了官打入了另册成为了宝贝蛋或者眼中钉。写这一切我有血有泪有笑有欢有骄傲也有耻辱,有熟熟的套子更有新见。"①真正是不会有第二个人了,以这样的经历,这样的身份,这样的认知,这样的气度,这样的情怀,以小说家言,书写共和国的历史,书写共和国人的心灵史,也书写着共和国的诗。

对于"文学是什么",王蒙恐怕有一个渐醒的过程。1993年,王蒙出行台湾时以《清风·净土·喜悦》为题作演讲,其中提到"文学只能做文学的事"的观点时,他引用了廖沫沙先生生前的两句诗:"若是文章能误国,兴亡何必动吴钩",他反推道:"若是文章能救国,世界上的事也就太好办了。文学承担了过重的使命感和任务感,反而使文学不能成为文学,使命不能成为使命。"②王蒙还有一句很叫得响的话:"文学把自己提升到弥赛亚的位置是一种悲哀。"③新时期后期的王蒙终于明白:"小说不过是小说,小说不止是小说。""小说的仅有的力量在于打动人心,供读者一恸、一哂、一惊、一皱眉或者一笑。小说的可能性是通过打动人,多多少少地,常常是少少地,快快慢慢地,常常是慢慢地,影响一下现实。"④在文学的"担当"和不可过于"担当"之间,在功利目的很强的"干预生活"和少少地、慢慢地"影响现实"之间,王蒙寻找、思考着文学的位置。

(二)"半个"的形式"游戏"

王蒙是一个高产作家,是一个不断追求风格又不断改变风格的作家。他

①　王蒙:《王蒙自传(第三部):九命七羊》,花城出版社2008年版,第309页。
②　王蒙:《王蒙自传(第三部):九命七羊》,花城出版社2008年版,第108—109页。
③　王蒙2008年6月4日答《南方周末》记者问,转引自《王蒙谈话录》,生活·读书·新知三联书店2011年版,第151页。
④　王蒙:《王蒙自传(第一部):半生多事》,花城出版社2006年版,第143页。

始终具有形式实验的疯狂,如同他始终具有写作的疯狂。20 世纪 50 年代他追求的是小说的诗性。70 年代末他开始了挑战和变革现实主义的思考和实验。他不赞成把新时期最初两年的文学潮流一边倒地命名为"现实主义回归"。他历数古今中外文学大家的浪漫主义,唯美主义,古典主义,象征主义,心理分析,神秘主义,印象主义……直到现代主义。他质问这些"都是异端?都是充当反题的反现实主义?""为什么现实主义与不那么现实的主义不能双赢、共赢、互补、齐放、交融,而一定要是一个与另一个谁战胜谁呢?""再说中国的文艺观念是另一种体系,另一套语码:写意,写实,工笔,泼墨,神思,气韵,意境,风骨,似与不似之间……一个现实主义,够用吗?"①这些研究和思考正是王蒙形式变革的理论基础。王蒙直言:"我无非是喜欢在文学中多搞一点想象、变形、随机、灵动、散文化与诗化的文体扩展,我不想数十年如一日地把自己的小说与其他写作绑在一条绳子上,我喜欢在艺术上别出心裁,出其不意,'攻'其不备;我的一贯说法叫作拓展精神空间。"②文学史上王蒙颇为独到的形式实验有如下几点可以特别摘记:

其一,诗与小说——50 年代的王蒙是"诗人王蒙"。年轻的王蒙把小说当作诗来写。他比喻道:"写《青春万岁》,我的感觉是弹响了一架钢琴,带动了一个小乐队","而写《组织部……》是一架小提琴","我是在写小说,但是我的感觉更像是写一部诗。"甚至《青春万岁》的序诗当年还请诗人邵燕祥修改过。2004 年 5 月 4 日,首都青年纪念"五四运动八十五周年"大型文艺晚会,便以"青春万岁"命名,会上朗诵了这部长篇小说的序诗。半个多世纪之后,作家诗情复萌,他用了那么多新奇的比喻回顾"像作曲一样地写小说"的迷人感觉和最最享受的状态,他沉醉于"长篇小说的结构如同交响乐",他自得于写《组织部新来的青年人》时,"我可以把日子与事情写成诗篇,把诗心灌注到

---

① 王蒙:《王蒙自传(第二部):大块文章》,花城出版社 2007 年版,第 62 页。
② 王蒙:《王蒙自传(第二部):大块文章》,花城出版社 2007 年版,第 161 页。

日子和事情上去。"①都说 20 岁的年轻人个个都是诗人,集"少共"风度和作家才气于一身的王蒙不是例外。问题在于,文学主潮很快将时代的诗推向端点,它不再欢迎王蒙式的诗,它进入了一个唯鼓点与号角,炸弹与旗帜才是美的年代。它进入了一个不允许有个人独特感受,独到见解的狭窄化、单纯化、功利化、图解化、直抒胸臆的年代。

其二,"形式魔术"与小说——70 年代末回归文坛的王蒙是变革传统现实主义的王蒙。他交出了《最宝贵的》《光明》《悠悠寸草心》等沿用传统现实主义创作方法的作品后,开始把"形式魔术"玩得风生水起。他就像个不安分的玩疯了的孩子,什么新鲜玩意儿都要去试试,并半是戏谑:评论家只能跟在后面"吃土"。这使他刚刚告别"内容出格"的指责,又陷入了"形式出格"的纷争。颇值一提的是,他似乎从来没有刻意追求纯粹的现代派或纯粹的其他什么派。他以为"属于什么派最多是为教授们的归纳方便而采取的权宜说法,最多是教学概念或认知概念,而与价值判断无关"。② 于是,在多数同陷"现代派风波"的作家尚处于描红、模仿阶段时,王蒙早把所谓"正宗"抛到脑后,进行了王蒙式的我行我素的东方化的改造:

半个意识流——1979—1980 年间,《布礼》《夜的眼》《蝴蝶》《春之声》《风筝飘带》《海的梦》,六部借鉴西方意识流的作品,在文坛取得"集束手榴弹"爆炸的"轰动效应"。以《蝴蝶》为例:小说破碎情节却并未完全抛弃情节——在政局变幻的起起落落中,老革命张思远的风雨人生和与三个女性的情感纠葛,以"情结"与"情节"相结合的双线复式结构展现,颠覆了西方正宗意识流的纯心理结构;主人公两重人格一问一答的内心独白,让中国读者感受到,走进人物灵魂深处的全新表达方式;以小标题提示,兼容西方以词或句重复出现方式,弹奏类似音乐的主导主题;庄子寓言中的那只蝴蝶,用象征回答

---

① 王蒙:《王蒙自传(第一部):半生多事》,花城出版社 2006 年版,第 145—147、136—137 页。
② 王蒙:《王蒙自传(第二部):大块文章》,花城出版社 2007 年版,第 161—162 页。

着"我是谁"的哲学问题,颇有点像海明威《乞力马扎罗的雪》雪线之上风干的豹子尸体。由此,道家睹物观世的情绪,失意之人老庄式的解脱途径,渗透积淀在两千年后老革命张思远的个体无意识中。西方人读懂了它,汉学家顾彬称赞这是王蒙著名作品中"最成功的中篇小说",德国曾播出过这部小说的广播剧。东方人则温故而知新地咀嚼着"蝴蝶"意象之哲学美妙。

半个黑色幽默和半个荒诞派——1986年王蒙《冬天的话题》,写后生小子挑战"沐浴学"权威,引发了"早浴""晚浴"之争,很快蔓延成一个地区知识界内外初冬的话题,并推上有关国家安危、民族存亡的思想搏斗。一时间猜测四起,流言同来,当事人欲罢不能,观战者加火添薪。"捕风捉影"癖、"站队"癖、"拉关系"癖、"上纲上线"癖,甚至老之迂,青之猛;甚至学问之滑稽,专家之偏激……小说把从"文革"延续而来的种种社会弊病,偏执极端的思维方式、行为方式,演绎得让人喷饭。彼时,这样的荒诞变形确属另类,可为什么揭露"文革"弊端非得哭腔,非得正襟危坐或铁板面孔? 不久,王蒙打出"通俗小说"旗号,实际是半部通俗小说嫁接了洋气十足的荒诞与变形——《球星奇遇记》(1988年),写异域异邦,老外球星……故事的躯壳拉开与现实的距离,故事的内核件件皆有现实的踪影。

王蒙的艺术变形终于绷断了一些没有幽默感的读者的神经。如果《冬天的话题》中的"早浴晚浴之争",是荒诞派的虚拟,那么,《坚硬的稀粥》(1989年)便差点引发文坛一场真实的官司。又是对撞,由中西生活习惯的不同引发小说人物中西文化的对撞,又引发读者、评论者欣赏视角、惯性推理的对撞。一方终于敏感,终于不经撞,形式变革延伸为文坛著名的"稀粥的话题"。黑色幽默,荒诞派,哪怕半个,也常常风波不断。后一篇无外乎早餐吃什么,稀粥咸菜还是面包黄油,无外乎听谁的,谁来操作。评论者注意到小说篇末的情节了吗? 英国博士不吃从上海专请的西餐厨师做的西点,却请求"把你们的具有古老传统和独特魅力的饭给我弄一点吃吧",并赞叹中餐是"只有古老的东方才有这样的神秘的膳食"。倘若西人也极端,官司岂不要打到国外去? 寓

中国新时期小说发展史论

188

言的指涉是一个博大的开放性的空间,某类神经紧张的读者只眯眼看到了
"一线天"。欣赏水平一点不比自传提及的"文革笑话"高明多少。(《拔萝
卜》:"萝卜明明是贫下中农种的,作家硬说是兔子种的,这不是睁着眼说瞎
话吗?")

　　王蒙此类小说的形式变革是有过程的,早可推及《买买提处长轶事》
(1979 年),副题是"维吾尔人的黑色幽默"。再可推及《木箱深处的紫绸花
服》(1983 年),"花服"倒是没有多少黑色了,依依之情,"衣衣"之情——借衣
谈美,借衣怀旧,借衣说人,借衣叹运。王蒙自传中提到了这件真实存在过的
紫绸花服,此篇也属"现实主义与不那么现实主义共赢互补"的作品,而艺术
魅力却略逊于上述几篇。

　　王蒙说:"幽默感即智力的优越感","幽默是一种成人的智慧,我年轻时
最不喜欢的就是幽默,我要的是煽情,是伤感,是献身的悲剧性,是一种价值激
越,是爱欲其生恶欲其死的鲜明与决绝。劫后余生的王蒙,变得维吾尔人般地
大大幽默起来,在某些事情上无可无不可起来。"[1]幽默之于王蒙,有从生涩到
自如的过程。小说形式的"醒",与小说内容的"醒",都与人生经历紧密相关,
存在决定意识,殊不知存在也决定形式。王蒙曾多次提到维吾尔族人喜欢的
"塔玛霞儿"精神,他解释了这个词:"可以译作'漫游',但嫌文了些。可以径
直译作'散步',但嫌单纯了些。可以译作'玩耍',但嫌幼稚了些。可以译作
'休息',但嫌消极了些。可以译作'娱乐',但嫌专业与造作了些,娱乐是有意
为之,塔玛霞儿却是天趣无迹。塔玛霞儿是一种自然而然的怡乐心情和生活
态度,一种游戏精神。像 play 也像 enjoyment,像 relax 也像 take rest。维吾尔
人有一句相当极端的说法:'人生在世,除了死以外,其他全部是塔玛霞
儿!'"[2]能否说,王蒙的幽默来自于天趣的"塔玛霞儿"精神,是"塔玛霞儿"支
撑他渡尽劫波,先有"塔玛霞儿"再有王氏幽默。新疆是王蒙的富矿。富矿之

---

① 　王蒙:《王蒙自传(第二部):大块文章》,花城出版社 2007 年版,第 42 页。
② 　王蒙:《王蒙自传(第一部):半生多事》,花城出版社 2006 年版,第 280 页。

最深处的"塔玛霞儿"是哲学,是幽默的母亲。幽默是具伟大能量的。一个人或民族,有度量接受并以审美方式对待幽默,包括黑色幽默,方才成熟了。

王蒙的形式实验其实还有先锋小说的面目,例如"元小说"的尝试,将创作后台的东西搬出一部分,放到了小说的前台。《十字架上》便大胆地试验了"关于小说的小说","关于叙述的叙述"。又例如,"纯粹的虚构"与"完全真实的生活"相组接,有点类似于魔幻现实主义:真实之处有如新闻报道,虚构之处任想象力自由驰骋。小说《一嚏千娇》正是此类最前卫的实验。

"形式魔术"的结果正是王蒙所希望的:传统现实主义受到挑战,也得到丰富,所有教授们的"派"和"主义"都不那么正宗和纯粹了,80年代原本势不两立的"现代派风波"被化解了。化解的方式多少有些耐人寻味:"多"战胜了"一","相对"战胜了"绝对","中国化"的改造消解了纯"西化"的正宗,王蒙不屑于论者称其"伪",可或许恰是借了"伪现代派"的帽子,才助力王蒙和相关的"风筝"们"与暴风龙卷风擦肩而过"啦。①

其三,"王式大排比句"的功能——王蒙是语言天才,学界对他语言实验的优劣成败各有评说。语言实验走得最远的作品当属《来劲》(1986年),遭来文坛"《来劲》真来劲"与"《来劲》不来劲"截然相反的批评。很长时间以来,笔者被《来劲》疯狂的语言革命的躯壳迷惑了,读自传才知一个连姓名都不能确定的主人公(向明、项铭、响鸣、香茗……)的遭遇,原来是要表现改革初期"红灯绿灯一起亮"的现象。"写一个什么都不确定、什么都是、什么都不是的小说,反映或者说描写一下这样一种亦此亦彼、非此非彼的红灯绿灯一起亮的人生体验。"②需要靠作家自释来达到创作初衷的作品,显然太小众化了。反倒是篇末一连串提出的四十四个问题,有些至今仍耐人寻味。东方不亮西方亮,这恐怕是王蒙本人没有料到的。除此,汉学家顾彬在他的《二十世纪中国文学史》中曾提及李欧梵对他的"修辞过度"有过批评。

---

① 王蒙:《王蒙自传(第二部):大块文章》,花城出版社2007年版,第166页。
② 王蒙:《王蒙自传(第二部):大块文章》,花城出版社2007年版,第328页。

　　从来是语言大于情节的王蒙,笔者颇为赞赏他的所谓"王式大排比句"。它实验良久,日臻成熟,多数如行云流水,绝少有语言本身的卖弄。此类大排比句是为了语言表达的或丰赡且准确,或反讽且辩证,或诗性和抒情,或小说叙事时可随机插入机敏、睿智的议论,尤其是政论。甚至为制造语言陷阱与跳出语言陷阱,更甚至为了游戏,将语言的游戏提升为智力游戏。王蒙曾以"智慧也是一种美"[①]为题做过演讲,而语言革命,正是最具作家本性的智慧,"语言的艺术",最应被放在小说本体的位置上研究。

(三)文学的辩证法

　　王蒙的辩证法值得作专题研究。

　　辩证思维是王蒙小说的立足之本,他追求感受"立体的生活",表现"立体的真实",因为"生活对于王蒙从来不是单一的"。他痛心于"我们这个几千年的文学大国,怎么会那么习惯于单打一,一个主题,一个题材,一个标准,一个风格。单打一害了社会,害了政治,更害了文学"。[②] 他别具只眼,那是一只什么样的看世界的眼呀? 自传中王蒙阐释他新时期初期意识流的代表作之一《夜的眼》(1979 年),称此作是他个人 20 世纪 70 年代离开伤痕潮流或反伤痕潮流的"变数","它来自一种说不清道不明的感觉":"夜的眼的形象有一点冷,是冷中的期待与温暖。有一点距离,是曾经沧海后的有距离的关切和心愿。有一点黑,是被点亮了,却仍然不十分明亮的夜晚。有一点旁观,是但愿一切顺遂的心连着心的旁观。""它传达的是一种作者本人也不甚了了的心灵的涟漪。是一个温柔的叹息,是一种无奈的平和,是止水下面的澎湃,是泪珠装点着的一粲,是装傻充愣的落伍感与一切复苏了吗的且信且疑与暗自期待并祝福着的混合体。"[③]王蒙复出后,正是用这样的"眼"睹物观世,看人睇己,

---

①　王蒙:《新世纪讲稿》,上海文艺出版社 2005 年版,第 293 页。
②　王蒙:《王蒙自传(第二部):大块文章》,花城出版社 2007 年版,第 51 页。
③　王蒙:《王蒙自传(第二部):大块文章》,花城出版社 2007 年版,第 52、48 页。

并由此抛弃单色、平面、绝对、非此即彼。"夜的眼"是辩证之眼,是王蒙追求辩证法的一个绝妙意象。

王蒙自传,大至宏观论史、论世、论文化现象,小至微观论具体作家作品、论事件风波、吐个人心语,乃至不经意间对小事有感而发,皆充满辩证视角、辩证思维。他多处论及有关文化的辩证法,有关文学的辩证法,都会正题、反题一起做,以此获得让人信服的判断。

王蒙的辩证法不仅贯穿于"审他",更清醒于"自审"。在多少政治落难者理所当然地,大可被理解地鸣冤喊屈,嗟叹命途多舛时,王蒙辩证地而非矫情地看到了事情的另一面:"我感谢命运的安排,早早打掉了我的浮躁气焰与机会主义心理,否则,以我的好胜、好新而又教条、本本主义(重视字儿)、敏感,不知在'文革'中会有何表演。我实不敢吹牛。"①在多少评家热衷谈"互补"话题时,王蒙从自己身上看到了"冲淡":为官与为文的互为冲淡,"躲避崇高"与理想主义的互为冲淡,不放弃进言与飘逸潇洒的互为冲淡,飘逸潇洒与执着愚勇的互为冲淡,政论、学论、杂文、诗歌、小说的互为冲淡⋯⋯②人们容易接受"互补"的慰藉,却很少看到也难于接受"冲淡"的严酷。相生相克,相克相生——回眸人生的王蒙终于看到并接受了"冲淡",他的辩证法武器就不只是手电筒。

在面对"王某乐观影响深度"的说法时,他不无辩证地申辩:"这是青春期的酸的馒头(sentimental,即伤感)式的见解,我二十二岁以前也是这样想的。而我后来的经验和修养是'泪尽则喜'。喜是深刻,是过来人,是盔甲也是盾牌,是精确后发制导导弹,是长效制胜的利器。请问,是为赋新诗强说愁深刻,还是却道天凉好个秋深刻呢? 是泪眼婆娑深刻还是淡淡一笑深刻呢?"③

---

① 王蒙:《王蒙自传(第一部):半生多事》,花城出版社 2006 年版,第 350 页。
② 参见王蒙:《王蒙自传(第三部):九命七羊》,花城出版社 2008 年版,第 343 页。
③ 王蒙:《王蒙自传(第二部):大块文章》,花城出版社 2007 年版,第 168 页。

在王蒙,辩证的极致是"至道中庸",是包容、宽广、和谐,是怨而不怒,哀而不伤。他接纳了道家最具价值的辩证思想,将其贯穿于个人的思维方式。而他的行为方式、灵魂深处则是儒家。他以道家的心理构建接受儒家的伦理内容,辩证法是心理超越,入世和入仕是价值满足。王蒙的儒道精神从来就相亲相爱。

结语

读王蒙自传,最大收获是确认王蒙是"醒客"。

"醒客"王蒙是一座桥,他的文学创作连接起了中国当代文学的"十七年"和新时期,主流文化与民间文化,东方形式与西方形式,小说形式与其他文学形式。

"醒客"王蒙在力图为当代思想库、文学库增添中国式的容量。通过"醒",王蒙从一个激情的理想主义者,变成一个乐观的现实主义者;从一个单纯的革命青年,变成一个复杂的呼唤"至道中庸"与现代民主共生的人文知识分子;从浪漫不失偏激到辩证以求"和而不同"。从现实主义作家,蝉蜕为现实、现代两个主义均不纯粹的个人风格独特的作家——这就是"醒"的过程,"醒"的理性,"醒"的价值,"醒"的深度。

他的父辈似乎只算得一位口头革命的维新的知识分子,而王蒙以他的笔,在历史的大潮中完成着又一代知识分子变革、维新、创造的使命。历史总是在进步着。

王蒙当然还有"醒"的空间。譬如三卷本自传,"满纸高天阔地言,一把如喜如悲泪",他宽恕了多少历史的恩恩怨怨,唯独对"吾兄",不乏揶揄,不无调侃。不知"吾兄"真的可恶至极抑或伤人入骨？可换个角度说,沧海曾经巨浪惊天,事过境迁的文人,如今不论怎样的淡定自若,回首"游泳"搏浪,内心难免波涛翻滚,谈笑间,溅出几口不中看的吐沫,也是太正常不过的事。王蒙好词："与浪共舞","枕浪而眠",文学和文人的优雅,其实并不是轻松话题。王蒙是人不是圣人，我们不该容不下可爱的人的瑕疵——"醒"从来在"醒""寐"之间，"醒"从来是一个并永远是一个过程。文坛倘若"醒"着，就千万不可要求作家是圣人，哪怕是负有盛名的作家。

第六章　贾平凹：故土的执着
守望者

　　作为新时期文坛"奇才、鬼才、怪才"的贾平凹，从 1974 年发表第一篇作品以来至今已逾四十年。纵观他四十多年来的小说创作，一个关键词就是对乡土的深情书写，无论是早期的《山地笔记》，还是确立其文坛声名的"商州系列"，抑或是 20 世纪 90 年代以来的《高老庄》《怀念狼》《秦腔》《古炉》等莫不如此。因此，我们此处重点论述的就是贾平凹的这些乡土小说，而对于其都市小说如《废都》等只是作为一种论述时的参考背景。此处的"乡土小说"，是指贾平凹以乡土为主要书写对象或为故事背景而展开的小说，其重要特征是对"工业文明参照下的'风俗画描写'和'地方色彩'"①描写，以及由此寄寓的作家对当代中国乡土问题的思考。

一、神奇之故土

　　贾平凹的文名和闻名，是与其故乡"商州"联系在一起的，"贾平凹的肉身生养是商洛的山水和大地滋养的，他的创作灵魂和艺术生命也来自于商洛的

---

① 丁帆等：《中国乡土小说史》，人民文学出版社 2007 年版，第 2 页。

历史和现实。因此,贾平凹——商洛,商洛——贾平凹,已成了一个地域和它的文化的通用符号,一个生命的共同体。"①作家也说:"商州的乡下……一直是我写作的根据地"②,"我是商州生长的一棵树"③。因此,对故土之奇的书写就是贾平凹乡土小说创作的一个重要特点。

贾平凹的小说开头喜欢对商州自然之景特别是奇景进行细细描摹,"几乎成为一个定式"④。尤其是早年"流寇时期"⑤和20世纪80年代"商州系列"小说创作中更是如此。如,作家写山与石之雄奇:"路旁的川里,石头磊磊,大者如屋,小者似斗,被冰封住……山已看不见顶,两边对峙着,使足了力气的样子,随时都要将车挤成扁的了。"(《商州初录·黑龙口》)写丹江水之变化:"丹江从秦岭东坡发源,冒出时是在一丛毛柳树下滴着点儿,流过商县三百里路,也不见成什么气候,只是到了龙驹寨,北边接纳了留仙坪过来的老君河,南边接纳了寺坪过来的大峪河,三水相汇,河面冲开,南山到北山距离七里八里,甚至十里,丹江便有了吼声。经过四方岭,南北二山又相对一收,水位骤然升高,形成有名的阳谷峡,乱石穿空,惊涛裂岸,冲起千堆雪,其风急水吼,便两边石壁四季不生草木。"(《商州初录·龙驹寨》)写白浪街一石踏三省的奇妙:"以这怪石东西直线上下,南边的是湖北地面,以这怪石南北直线上下,北边的街上是陕西,下是河南。"(《商州初录·白浪街》),等等。

除了奇景,奇人奇事也是贾平凹笔下常见的描写对象。如,拎着大包裹四处流浪的美丽提兜女阿娇(《提兜女》)、一生坎坷生前就写悼词的厦屋婆(《"厦屋婆"悼文》)、身怀绝技的"河南旦"(《沙地》)和村主任成义(《土门》)、每日用漂流瓶征婚的"摸鱼捉鳖的人"(《商州初录》)、有特异功能的石

---

① 李星:《一部独特的区域作家群研究专著——序〈当代商洛作家群论〉》,见邰科祥等:《当代商洛作家群论》,三秦出版社2005年版,第9页。

② 贾平凹:《高老庄》,《贾平凹文集》(第15卷),陕西人民出版社1998年版,第408页。

③ 贾平凹、黄平:《贾平凹与新时期文学三十年》,《南方文坛》2007年第6期。

④ 汪政:《贾平凹论》,《钟山》2004年第4期。

⑤ [日]盐旗伸一郎:《贾平凹创作路上的第二个转机》,《小说评论》1998年第1期。

头(《秦腔》)和狗尿苔(《古炉》)等。奇人必有奇事。于是,赵阴阳预测并应验的黑豆丰产和死后有人盗尸(《龙卷风》)、侯七奶奶预言死时天空出现五个太阳(《瘪家沟》)、天空会出现飞碟(《土门》)、狼变成人(《怀念狼》)、祖先长尾骨(《妊娠》)等奇诡之事在贾氏小说中也数见不鲜。这些带有"几分奇异、怪异、诡异乃至妖异"①的奇人奇事描写,使小说故事引人入胜,同时充满了某种神秘。

风俗之奇亦是故土之奇的一个方面。所谓风俗,"指人民群众在社会生活中世代传承、相沿成习的生活模式,它是一个社会群体在语言、行为和心理上的集体习惯"②。贾平凹小说中的商州民间风俗也充满了神奇。这些风俗之奇的描写,大致包括诞生礼仪、婚嫁礼仪、丧葬礼仪、节庆礼仪等方面。如,认干亲、招夫养夫、换亲、冥婚、踏坟、"做七"、闹社火、乡会、占卜、测字等。这些风俗,是商州地域文化上开出的一朵朵奇异之花。

贾平凹对故土之奇的描写,不是就事论事,而是将这些描写与小说的整体氛围结合起来,成为小说中不可或缺的一部分,同时寄托了作家的某种思考。如《浮躁》中对州河浮躁的描写,与改革之初人心和社会的"浮躁"这一主题相吻合;《古堡》中的张老大和光大的换亲,折射出乡村的贫困和婚姻的无奈;《怀念狼》中人狼大战,意在表达现代化进程对乡村文明侵蚀;《秦腔》中"清风街,天天都有致气打架的,常常是父子们翻了脸,兄弟间成了仇人"③的描写,表现了作家对现代乡村伦理的失落思索;等等。故土之奇的书写,贯穿了贾平凹乡土小说的创作始终。这一方面表明作家自觉继承现代乡土小说以来注重小说风景画、风俗画和风情画这一"现代乡土小说赖以存在的底色"④,另一方面也显示出作家创作有着自己的宏大抱负,"以商州这块地方,来体验、研究、

---

① 郜元宝:《贾平凹研究资料·序》,郜元宝、张冉冉编:《贾平凹研究资料》,天津人民出版社 2006 年版。
② 钟敬文主编:《民俗学概论》,上海文艺出版社 2009 年版,第 3 页。
③ 贾平凹:《秦腔》,作家出版社 2005 年版,第 138 页。
④ 丁帆等:《中国乡土小说史》,人民文学出版社 2007 年版,第 24 页。

分析、解剖中国农村的历史发展，社会的变迁，生活的变化，从一个角度反映这个大千世界和人对这个大千世界的心声。"①写故土之奇就是写中国之奇，从而使小说具有了某种深远的文化意义和历史意义。

二、神秘之故土

神奇和神秘仅隔一道门槛。神秘性亦是贾平凹乡土小说的另一个重要特点。这种神秘性主要体现在四个方面：自然之神秘、人物之神秘、神秘之事件以及生命体验之神秘。

自然之神秘。在贾平凹乡土小说中，一些山川河流、花草木石、鸟兽虫鱼等都充满着神秘。如每月三次如期而至的达坪镇雾罩（《商州》），仙游川沟口两个石崖的神奇（《浮躁》），湖心岛石眼每年四月五日出鱼奇观（《龙卷风》），有飞碟出现的白云湫（《高老庄》），地形酷似女阴的七里沟（《秦腔》）和瘪家沟（《瘪家沟》），八石洞中似人非人的八具钟乳石（《妊娠》）……这些自然景物，除了神秘外，还充满着某种灵性与神性。如，在《怀念狼》中，红岩寺老道去世后，群狼口衔金香玉为之送葬，以报答老道的昔日救助之恩；《古炉》中，"文革"因"太岁"被挖而始因"太岁"被食而终；等等。

人物之神秘。这在贾平凹乡土小说中随处可见。这里，这些"异秉"人物大致可归为以下几种情况：一类是儿童或老人，儿童如《高老庄》中的石头、《古炉》中狗尿苔，老年如《土门》中云林爷，《秦腔》中中星爹等；一类是美男子，如《浮躁》中金狗、《白朗》中白朗，《五魁》中景唐等；一类是传说中的先祖，如《土门》中梅梅的祖先、《妊娠》中苟旦的始祖等。这些神秘人物，或有病，或身世奇特，或经历传奇。如石头出生时，高老庄出现飞碟；金狗的生时大难不死，被誉为是"钻山狗"转世；土匪白朗的升伏与宝塔的合裂；小儿麻

---

① 贾平凹：《在商州山地——〈小月前本〉跋》，《贾平凹文集》（第6卷），陕西人民出版社1998年版，第400页。

痹的独眼云林爷,一病之后精通肝病医术;梅梅和苟旦的祖先都长有尾骨;等等。

　　神秘之事件。这些神秘事件在贾平凹乡土小说中俯拾皆是。典型作品如《太白山记》。这是一组由十六个小故事构成的中篇小说。如,寡妇和死去的丈夫晚上过夫妻生活而寡妇浑然不知(《寡妇》);村祖由一个鸡皮鹤首的老者变为一名新生儿(《村祖》);挖参人悬挂照贼镜护家,其妻却在镜中看见他每日行踪直至他的横死(《挖参人》);村寨人在情欲中活得逍遥自在,等到那个被认为是"万恶之源"的泉水被隔绝后,一切情欲全部消失(《人草稿》);公公与媳妇"意淫",媳妇生下了酷似公公的孩子(《公公》)……这些作品,"一方面,他有意继承了古代小说谈玄说怪的传统,写出了民间奇特的信仰和感觉……另一方面,他也在作品中融入了对于当今农村弊端的讽刺,使作品具有了当代性。"①因而被称为当代"新志怪"小说。

　　生命体验之神秘。与上述几种神秘不同,生命体验之神秘,主要强调生命体一种内在于心的东西,是一种类似"第六感觉"的冥冥之思。这种生命,既包括人,也包括动物。在《高老庄》中,小说多次写到了西夏的"梦",而这种"梦"不久在现实中就得到验证。如一次西夏梦见石头舅舅欠她十二元三角四分钱,后来背梁淹死后,果然从他身上找出十二元三角四分钱。这里数字一、二、三、四就是一个谜,象征着小人物背梁一生的匆匆与无奈。《秦腔》中夏天智死前,陪伴他的那条叫来运的狗也不吃不喝,呜咽不止,狗似乎预先感觉到了主人死亡的气息。"人为灵,兽为半灵"②,这是动物的生命体验。

　　上述贾平凹乡土小说中的神秘书写,使这些小说充满了"浓郁的史诗性、寓言性"③。除此之外,在我们看来,这些神秘性内容的书写背后,更透露着作

---

①　樊星:《当代文学新视野演讲录》,广西师范大学出版社 2008 年版,第 218 页。

②　贾平凹:《动物安详》,《贾平凹文集》(第 13 卷),陕西人民出版社 1998 年版,第 439 页。

③　丁帆等:《中国乡土小说史》,人民文学出版社 2007 年版,第 26 页。

家对自然与生命的一种体悟和思考,尤其是对庄禅思想的偏爱。贾平凹曾说:"我作品中写的这些神秘现象都是我在现实生活中接触过,都是社会中存在的东西,我老家商洛山区是秦楚文化的交界处,巫术、魔法民间多的是,小时候就听、看那些东西,来到西安后,到处碰到这样的奇人奇闻异事特多,而且我自己也爱这些,佛、道、禅、气功、周易、算卦、相面,我也有一套呢!"①由此可以看出,在中外文化尤其是地域文化的熏陶下,贾平凹的个体生命已开始与传统文化中佛、道相契合,并投身于自己的创作。同时多年的疾病让他对自然和生命多了份内在参悟:"我开始相信命运,总觉得我的人生剧本早被谁之手写好,我只是一幕幕往下演的时候,有笑声在什么地方轻轻地响起。《道德经》再不被认作是消极的世界观,《易经》也不再是故弄玄虚的东西,世事的变幻,一步步看透,静正就附体而生,无所慕羡,已不再宠辱动心。"②贾平凹的老师费秉勋先生曾指出,贾平凹的创作具有"生命的审美化"的倾向③,尤其是在 20 世纪 80 年代以后,他对宇宙人生的苦思冥想空前沉静和深入,"结果,他从对中国古代文化的混沌感受中,感性地、融合性地接受了中国的古典哲学,其中既有儒家的宽和仁爱,也有道家的自然无为,甚至有着程朱理学对世界的客观唯心主义的认识。在这种融合中,老庄哲学似乎占了较重要的地位,而禅宗的妙悟也使他获益良多。"④因此贾平凹的这些乡土小说中的神秘性就有了一种宗教色彩⑤和生命色彩。

---

① 贾平凹、张英:《地域文化与创新:继承和创新》,《作家》1996 年第 7 期。

② 贾平凹:《高老庄》,人民文学出版社 2008 年版,第 357 页。

③ 费秉勋:《生命审美化——对贾平凹人格气质的一种分析》,《当代作家评论》1992 年第 2 期。

④ 费秉勋:《贾平凹论》,西北大学出版社 1990 年版,第 223 页。

⑤ 谭桂林先生等认为:"贾平凹的小说神秘叙事的形成则是中国民间宗教与佛道文化结合的产物。"(谭桂林、龚敏律:《当代中国文学与宗教文化》,岳麓书社 2006 年版,第 235 页)。石杰也认为,《太白山记》和《烟》等作品,是典型的中国"当代的佛教文学"(石杰:《贾平凹及其创作的佛教色彩》,《徐州师范学院学报》(哲学社会科学版)1994 年第 1 期),同时她还认为,贾平凹小说与道教有深厚的关系(石杰:《道家文化与贾平凹作品中的意象建构》,《中国人民大学学报》1998 年第 6 期)。

三、撕裂之故土

如果说贾平凹乡土小说中有关神奇与神秘的书写,还带有作家对故土的某种欣赏的话,那么,对于故土正在发生的一切,尤其是在中国现代化进程中乡村发生的巨变,作家笔下的乡土书写则充满了矛盾:"故乡呀,我感激着故乡给了我生命",但同时"我清楚,故乡将出现另一种形状,我将越来越陌生,它以后或许像有了疤的苹果,苹果腐烂,如一泡脓水,或许它会淤地里生出了荷花,愈开愈艳,但那都再不属于我。"①这种复杂的情感,在作家乡土小说中表现为一种煎熬与守望交织的撕裂之痛。

这种撕裂之痛表现是多方面的,如对现代化进程中乡村土地流失与环境破坏的无奈,金钱与权力对人性腐蚀的愤怒,都市对人性异化的哀伤,等等。在此笔者不想就这些问题做些简单的文本罗列,而是想探讨作家对上述问题的思考是如何深化与深入的,从而揭示出贾平凹作为一位"深具现代眼光的批判者与思想者"②的心灵之痛的过程。实际上,作家从创作之初就开始关注这些问题。一方面,作家渴望农村尽早摆脱贫困与愚昧,农民过上好日子,"一九七九到一九八九的十年里,故乡的消息总是让我振奋"③;另一方面,作家对现代化对乡村的负面作用以及农民的劣根性保持着某种必要的警醒,"为这个时代的一至两代人的茫然和无措的生命而悲哀"④。就贾平凹四十多年来的乡土小说创作而言,作家对上述问题的态度大致经历了两个过程。

在 20 世纪 80 年代,作家对乡村现代化进程持一种乐观的态度。一个典型的例证就是,此期乡土小说中出现了一批农村改革者的正面形象,如《鸡窝

---

① 贾平凹:《秦腔》,作家出版社 2009 年版,第 499 页。
② 程光炜、杨庆祥与黄平主持的"贾平凹与新时期文学"专栏之"主持人的话"评价语,《南方文坛》2007 年第 6 期。
③ 贾平凹:《秦腔》,作家出版社 2009 年版,第 497 页。
④ 贾平凹、黄平:《贾平凹与新时期文学三十年》,《南方文坛》2007 年第 6 期。

洼人家》中的禾禾、《腊月·正月》中的王才、《小月前本》中的门门、《浮躁》中的金狗等。作家对农民的发家致富持肯定与鼓励态度。同时作家对现代化与都市文明的负面作用也开始有所警惕,如在《阿秀》《任小小和他的舅舅》《浮躁》等作品中,作家也开始对都市文明对人性的异化做了初步的探讨:为何淳朴的阿秀、忠厚的舅舅一到城市就变得虚荣与虚伪?为何"淳朴的世风每况愈下,人情淡薄,形势烦嚣"①?但总体而言,在此一时期,作家对现代化与都市负面作用以及农民的劣根性的认识,处在一种中间情感状态,批判的锋芒不强。

进入 20 世纪 90 年代以后,随着国家市场经济的实行和大规模的现代化建设,农村开始显现一系列问题,如土地大面积被征用、农民工进城、金钱至上与道德滑坡等。自此,贾平凹的乡土小说开始对这种现代化与都市的负面影响、人的劣根性进行了深入持久的反思,批判的锋芒逐渐占据主导地位。《土门》《高老庄》《秦腔》《高兴》等就是作家对上述问题思考后的系列作品。

《土门》是贾平凹第一篇书写乡村城市化的乡土小说。作品讲述了仁厚村反抗都市化而失败的故事。仁厚村最后的失败,与作家创作《废都》与《白夜》时"流露了对现代性城市明显地反感和厌恶"②的情感相似,《土门》表达了作家对土地撕裂后的反思,以及"对今后中国命运的深切关怀和忧患"③。随后,《秦腔》《高老庄》《高兴》几部小说则是沿着这种思路不断深化。在《秦腔》中,我们看到的是一幅乡村荒芜图:田园荒废、人口流失,就连平日抬棺、启墓道的人手都不够。另外,人性的异化现象处处皆是。小说中有一个细节,在夏天智死去的当天,侄孙女翠翠和曾经的恋人陈星躲在屋内做爱,最后已进城打工的翠翠竟找陈星要钱而大吵大闹。这里,情义彻底输给了名利,乡村伦

---

① 贾平凹:《浮躁》,作家出版社 1992 年版,第 474 页。
② 旷新年:《从〈废都〉到〈白夜〉》,《小说评论》1996 年第 1 期。
③ 孟繁华:《面对今日中国的关怀与忧患——评贾平凹的长篇小说〈土门〉》,《当代作家评论》1997 年第 1 期。

理已丧失殆尽。正如作家在《秦腔》后记里所言:"旧的东西稀里哗啦地没了,像泼去的水,新的东西迟迟没再来,来了也抓不住……"①无奈之情溢于言表。

《高老庄》与《高兴》可看作是一对相反的故事。前者写子路"返乡",后者写刘高兴"进城"。二人的原始身份均是农民。两部小说试图通过子路和刘高兴之眼观察现代化进程中的乡村之变化。但结果是,高老庄依旧是落后破败的乡村,这里有暗娼、皮条客和争权夺利的乡政府政客;而城市,也不是刘高兴、五富、孟夷纯们的城市,商州清风镇依然是他们最终的归宿。五富之死便是最好说明。而对农民身上劣根性的批评,已摆脱了早期乡土小说中的犹疑。如子路,这个从农村走出来的大学教授,返乡后身上的劣习如沉渣泛起,不讲卫生、自私、冷漠等,就连自己的妻子西夏认为子路已是另外一个人。子路和《秦腔》中的夏风是一对孪生兄弟。因此,贾平凹的20世纪90年代的这些乡土小说,将笔触深入到当下中国农村的现实与人性深处。

实际上,中国现代乡土小说自诞生以来,在文化层面一直存在着两个传统:一是以沈从文、赵树理为代表的封闭型传统,一是以鲁迅、茅盾为代表的开放型传统。前者表现为乡村文明对现代文明采取某种排斥与抗拒姿态,后者表现为乡村文明对现代文明的某种吸纳与借鉴眼光。以此参照,贾平凹在两者之间徘徊,更倾向于前者。因此,这种对故土撕裂书写的背后,寄寓着作家对故园的深切隐忧、焦虑、警惕甚至是"仇恨"②。这样,贾平凹这些乡土小说就生动地展示了中国自改革开放以来的乡村变迁的图景,揭示的依然是"中国都市的发达似乎并没有促进乡村的繁荣。相反的,都市兴起和乡村衰落在近百年来像是一件事的两面"③这百年来中国现代化的未竟事业。这种现代

---

① 贾平凹:《秦腔》,作家出版社2009年版,第498页。

② 在《高兴·后记(一)》中,贾平凹写道:"我虽然在城市里生活了几十年,平日还自诩有现代的意识,却仍有严重的农民意识,即内心深处厌恶城市,仇恨城市,我在作品里替我写的这些破烂人在厌恶城市,仇恨城市。我越写越写不下去,到底是将十万字毁之一炬。"(贾平凹:《高兴》,作家出版社2008年版,第446页)。

③ 费孝通:《乡土重建》,上海观察出版社1948年版,第17页。

化,当然也包括农民在内的国人的整体国民素质的现代化。因之,贾平凹乡土小说中有关故土撕裂的书写就显现出一种纵深的历史厚度。

四、故土之后何为

陈忠实先生曾经这样评价当代陕西作家的文学创作:"无论老一代作家和这一茬中青年作家,他们的全部创造性的劳动成果,都是中国当代文学的一个组成部分;陕西作家的作品带着普遍的地域特色,艺术上有着迥然不同的个性,成为当代文学百花园里的西部之花。"①确乎如此。贾平凹的乡土小说,似编年史的方式忠实记录了三秦大地乃至整个乡土中国在新时期以来发生的巨变过程,描绘了四十余年来传统农业文明在向现代文明转型的壮丽图景,表达了作家在农村现代化途中的欣喜、忧患与思考。这些乡土小说,是作家自觉继承和丰富了自鲁迅、茅盾等前辈作家开创的中国现代乡土小说传统的生动体现。商州,如鲁迅的鲁镇、沈从文的湘西、莫言的高密东北乡,是贾平凹奉献给当代文学的重要贡献。因此,贾平凹以"对中国农民的历史命运、道德品格、意识情绪的不倦探索这个总目标"②的乡土小说创作,具有重要的文学史意义。同时,这些作品还具有一定的文化史、民俗史与移民史等方面的意义③。

在肯定贾平凹这些乡土小说的意义同时,我们也应看到贾平凹乡土小说的某些不足。

第一,小说情节结构、人物与意象等的重复。在早期一些乡土小说的开

---

① 转引自李继凯:《秦地小说与三秦文化》,湖南教育出版社1997年版,第98页。
② 雷达:《模式与活力:贾平凹之谜》,《读书》1986年第7期。
③ 商州,按期地理区位来看,处在陕南,是黄河流域与长江流域的分水地带。在文化上有秦楚两地的特色,但"商州文化中楚文化的韵味更浓郁"(崔志远:《乡土文学与地缘文化:新时期乡土小说论》,中国书籍出版社1998年版,第216页)。在阅读贾氏的这些乡土小说时,笔者时时惊异于其作品中的某些"安庆元素"。这些"安庆元素"至少包括以下内容:有关"下河人"的描写、安庆戏曲、习俗与方言等。这是个饶有兴趣和值得研究的课题。参见陈宗俊:《贾平凹小说中的"安庆元素"》,《西安建筑科技大学学报》(社会科学版)2019年第4期。

篇,如《春暖老人》《阿秀》《二月杏》《古堡》等,作家就喜欢来一段景物描写,然后再进入小说主题。到了 20 世纪 90 年代,作家喜欢以简洁、设置悬念、大信息量等方式开头,尤其是在长篇创作上。如《土门》开头:"当阿冰被拖下来,汪地一叫,时间是一下子过去了多少岁月,我与狗,从此再也寻不着一种归属的感觉了。"①《高老庄》开头:"子路决定了回高老庄,高老庄北五里地的稷甲岭发生了崖崩。"②《秦腔》开头:"要我说,我最喜欢的女人还是白雪。"③《古炉》开头:"狗尿苔怎么也不明白,他只是爬上柜盖要去墙上闻气味,木橛子上的油瓶竟然就掉了。"④另外,在一些长篇小说的后半部分,总有一个事件掀起故事的高潮,然后小说走向结束。如《高老庄》中蔡老黑抬尸大闹地板厂,《土门》中村主任成义与警察间的"警匪大战",《秦腔》中清风街村民年终抗税风潮,《怀念狼》中人狼大战,《古炉》中劫人事件,等等。在人物雷同方面,如《浮躁》中金狗与《高老庄》中成义,《秦腔》中引生与《古炉》中狗尿苔,《商州》中珍子与《秦腔》中白雪,《高老庄》中子路与《秦腔》中夏风等等,均存在着人物塑造上的相似性。在意象方面,为了表达乡土的神奇与神秘,一些意象在不同小说中反复出现,如再生人、通说、太岁、被雷击、测字卜卦、半神半仙的老者等。因此,在这些情节结构、人物以及与意象的雷同,让读者觉得作家是在重复自己,抄袭自己,做无谓的思维惯性滑行。所以有学者指出,"大约是从长篇小说《商州》开始,贾平凹的作品就存在着一种人物类型和结构模式"⑤,这在 90 年代小说创作中表现得尤为突出,故当时有"好的 80 年代,坏的 90 年代"⑥的惊呼。另外,对故土神奇与神秘的书写,似乎也有些故弄玄虚之感,在"追求相对独立的'道家'风范,不仅实际上难以行得通,而且易被当

① 贾平凹:《土门》,《贾平凹文集》(第 10 卷),陕西人民出版社 1998 年版,第 189 页。
② 贾平凹:《高老庄》,《贾平凹文集》(第 15 卷),陕西人民出版社 1998 年版,第 1 页。
③ 贾平凹:《秦腔》,作家出版社 2009 年版,第 1 页。
④ 贾平凹:《古炉》,人民文学出版社 2011 年版,第 3 页。
⑤ 汪政:《贾平凹论》,《钟山》2004 年第 4 期。
⑥ 程光炜:《批评对"贾平凹形象"的塑造》,《当代文坛》2010 年第 6 期。

作'异人'和'怪物'"①。

第二,思想力度的提升问题。出生于陕西的批评家李建军先生曾直言陕西当代作家身上存在两个致命性的欠缺:一是接受完全、系统教育的比例较低,这影响了他们在思想上的成熟和深刻,使不少作家"不能以更高远的视界来审视世界、观照生活";二是部分陕西当代作家"缺乏现代文明指衡下的主体精神姿态和价值理念","缺乏彻底的批判精神,独立的人格意识,现代的公民意识和自由意识"②。这两种缺陷在贾平凹身上或多或少都存在,尤其是思维与眼光的局限性。贾平凹总是说他是农民,并著有《我是农民》一书,这一方面说明他不忘初心,不忘乡情,另一方面也说明作家的这种"农裔城籍"③的身份导致思维的狭隘性,"一旦失去了这片土壤,作家便会失去优势,变得六神无主"④。因此,如何书写有深度的乡土,突破自己创作上的瓶颈并提升自己的思想境界,是贾平凹成为真正意义上"大师级的作家"⑤的必由选择。

---

① 陈断会等:《中国乡土小说史》,安徽教育出版社 1999 年版,第 437 页。
② 李建军:《关于文学批评和陕西作家创作的答问》,《文艺争鸣》2000 年第 6 期。
③ 李星:《论"农裔城籍"作家的心理世界》,《当代作家评论》1989 年第 2 期。
④ 吴炫:《贾平凹:个体的误区》,《作家》1998 年第 11 期。
⑤ 三毛:《三毛致贾平凹的信》,《贾平凹文集》(第 12 卷),陕西人民出版社 1998 年版,第 276 页。

第七章 汪曾祺：潮流外的独行叟

　　汪曾祺 1920 年出生于江苏高邮士大夫家庭，抗战期间就读于著名的西南联大，是沈从文先生的嫡传弟子。从此，这位选择了中国文学专业的文人，人生便具有了波澜起伏的戏剧性。汪曾祺赶上并亲历了中国当代生活的许多大事件：譬如 1949 年初北平解放不久，他参加中国人民解放军四野南下工作团，至武汉却被截留，参与接收文教单位；再如 1958 年夏反右运动临近尾声，他终未能逃脱被推下悬崖的厄运，补划成为"右派"；又如 1964 年担任根据沪剧《芦荡火种》改编的同名京剧的执笔人，而该剧正是"文革"第一批八个"革命样板戏"之一《沙家浜》的前身。

　　"文革"结束，因为所谓样板团成员的"问题"接受审查，汪曾祺屡屡背时，终于跌跌撞撞踏进新时期文坛，比之同类的"归来者"们，整整晚了一个节拍。1980 年小说《受戒》在《北京文学》10 月号发表，正逢他的花甲之年。继而《异秉》《大淖记事》等一发而不可收。

　　新时期文坛以异样的眼光打量着这个迟到的"老头儿"，对于经历了三十年文化断层的大多数读者，汪曾祺小说的模样让人又喜又惊：喜他浸透了消失的沈从文般的醇厚滋味，好像从旧箱子里翻出了老物件；惊他如何不"伤痕"，不"反思"，不入"潮流"，如同一个各色的老叟，与彼时文坛风光无限的作家玩不到一起。大潮汹涌，他自岿然不动。大潮退去，他掩面而笑，回望着沙滩上留下的蟹与蚌,透出一股傻傻的灵气。其实生活中的汪曾祺很随和,很有亲和力,与父,与子,都能"多年父子成兄弟"。

80年代,"主义"林立,"方法"爆炸,汪曾祺却定力十足地宣称:"关于方法,我觉得有一个现实主义,一个浪漫主义,顶多再有一个现代主义,就够了。有人提出'新写实'、'新状态'、'后现代',花样翻新,使人眼花缭乱。我觉得写小说首先得把文章写通,文字不通,疙里疙瘩,总是使人不舒服。搞这个主义,那个主义,让人觉得是在那里蒙事,或者如北京人所说'耍花活',不足取。"①如此看来,汪曾祺实在有点"惊涛汹涌向何处,孤舟一去迷归年"的特立独行了。

读汪曾祺的作品,如同手执一盅好茶,需要慢慢地"品",方能"品"出醉人的馨香。汪曾祺的小说,使人"茶醉"。

一、关于"淡淡的"滋味

有过温馨的童年记忆的汪曾祺,他七十多年的人生经历并不全是温馨,在此笔者不打算一一赘述他所遭受过的粗暴和斯文扫地。他曾入生命的困境、绝境,却有着经历人生波峰浪谷,处变不惊的宁静、恬然、淡泊,一派"曾经沧海难为水"的风范。

汪曾祺笔下的诸多人物,颇具仙风道骨,有的还侠肝义胆,他们会将你带进适性自然、物我两忘的至境、化境。但汪曾祺本质上仍然恪守儒家精神:一群书生,穷困并不潦倒,食不果腹,电灯费都交不起,仍然一烛为度,嚼野菜而读诗书,高谈阔论,臧否世事(《老鲁》)。抗战时期西南联大的教授们,应付艰难生活韧性十足,治印卖花兼课办书展,贴补家用;教授夫人制作童装,代织毛衣,集资做西点,设摊出售;学子们则加盟各行各业,四处兼差。逆境之中儒雅

---

① 汪曾祺:《矮纸集》,长江文艺出版社1996年版,第2页。

不再,还有蔡德惠式的学子,勤奋读书,传承着中国知识分子以陋巷箪食瓢饮为乐的品性(《日规》)。即使在60年代"劳动改造"掏大粪的日子里,"我"也没有沉沦和玩世不恭(《七里茶坊》)。他写出了这群儒生安身立命之本:做人的"格",做人的"骨",做人的"气"。

汪曾祺毫不讳言:"我是一个中国人。中国人必然会接受中国传统思想和文化影响。我接受了什么影响? 道家? 中国化了的佛家——禅宗? 都很少。比较起来,我还是接受儒家的思想多一些。"他还强调说:"我不是从道理上,而是从感情上接受儒家思想的。"①这一点很重要——汪曾祺是以儒家充满人情味的一面去淡化"道理",把"理"化作了随处可以感受和触摸的"充满人的气息的'人境'",化作了"一种很美的生活态度"。他坚称:"我大概是一个中国式的抒情的人道主义者。"②

汪曾祺的作品中,从文人雅士到贩夫走卒,从殷实富户到升斗小民,你很难见到他们介意外在环境的恶劣而诅天咒地,而愤世嫉俗。人物的孤独是淡淡的,凄凉是淡淡的,苦涩是淡淡的,欢乐也是淡淡的。欢乐的日子犹如熟藕飘香(《熟藕》),哀伤的日子一场号啕大哭之后,卖唱的还去卖唱(《露水》),打豆腐的还去打豆腐(《辜家豆腐店的女儿》)。

淡淡的日子就用淡淡的,与生活与人物相和谐的叙事节奏娓娓道来。他说:"要把一件事说得有滋有味,得要慢慢地说,不能着急,这样才能体察人情物理,审词定气,从而提神醒脑,引人入胜","唯悠闲才能精细"。③ 气势恢宏的风格,铁马金戈的场面,恐不宜用这样的叙事节奏。

汪曾祺随意挥洒生活的幽默,以冲淡生活的苦涩。写西南联大师生抗战

① 汪曾祺:《我是一个中国人》,载《汪曾祺文集·文论卷》,江苏文艺出版社1993年版,第237—238页。

② 汪曾祺:《我是一个中国人》,载《汪曾祺文集·文论卷》,江苏文艺出版社1993年版,第238页。

③ 汪曾祺:《小说笔谈·悠闲和精细》,载《汪曾祺文集·文论卷》,江苏文艺出版社1993年版,第35—36页。

中的困窘艰难,皮鞋穿到底破见洞,"一位老先生为此制了一则谜语:'天不知地知,你不知我知'"(《鸡毛》)。布鞋露出脚趾与后跟,戏称"空前绝后"(《日规》)。这份对生活的幽默态度,为灰色人生罩上一层柔和的金光。幽默把本来可能推向端点的喜与悲,统统化作了"淡淡的"情怀,一派"蔼然仁者"之风范。

汪曾祺喜欢那些在平淡日子里自得其乐的人们,并表现出对他们的由衷欣赏:卖果子的叶三,风里雨里,水路旱路,贩瓜卖果,为生计奔波,还有闲情逸致,交画家朋友。耳濡目染间成为一个不俗的"鉴赏家"(《鉴赏家》)。大淖里的挑夫,家无隔宿之粮,却能粗茶淡饭吃得喷香,女人们插花戴朵美美地装扮自己,调笑戏闹间生出好些粗俗的快乐(《大淖记事》)。北京小酒馆里的老头儿,啃兔头,喝廉价的酒,一个个陶醉其间,用酒馆常客上海老头儿的话说:"我们吃酒格人,好比天上飞格一只鸟(读如'屌'),格小酒馆,好比地上一棵树。鸟飞在天上,看到树,总要落一落格"(《安乐居》)。流淌在汪曾祺笔下的,大半就是这种淡淡的,却是滋味醇厚的日子。

淡淡的日子中也有罪恶,有残暴,有逆境,有苦痛:譬如医生陈小手救了两条人命却被团长打死。譬如十一子被保安队打得只剩一口悠悠的气。譬如跳芭蕾舞《天鹅之死》的白蕤的遭遇和玉渊潭上的"天鹅之死"……但汪曾祺更愿意沉湎于人与人之间的亲情、友情和爱情,沉湎于善良、温馨以及弱小者的相濡以沫。

我们进而深究汪曾祺小说选择"淡"为基本色调的原因:

"淡淡的"之于汪曾祺,是充满乐观主义的整体性观照世界的宇宙观。这样的"淡",幻化作典型意象,那就是——南京城外赶驴子的小姑娘,"光着脚巴丫子,戴得一头花"。(《老鲁》)

"淡淡的"之于汪曾祺,是人道主义的对人的关怀与欣赏。这样的"淡",幻化作典型意象,那就是——顶着十二个戒疤的小和尚明子与村姑小英子,欢快地把船划进了芦花荡。(《受戒》)

"淡淡的"之于汪曾祺，是客观主义与主观主义相结合的审美情致。这样的"淡"，幻化作典型意象，那就是——大淖里，以粗话骂人，开粗俗玩笑，干粗笨活计的姑娘媳妇，以她们独有的装扮：扎大红头绳，发髻边插花，旧衣服，新托肩，光脚穿草鞋，用凤仙花染红脚指甲。"挑着一担担紫红的荸荠，碧绿的菱角，雪白的连枝藕，走成一长串，风摆柳似的，嚓嚓地走过，好看得很！"（《大淖记事》）

汪曾祺的"淡"，是东方式的宽容和通达，是适其人性和适其自然，是对外物优美的敏锐和对内在诗意的张扬。"淡淡的"滋味，实在不是整体的 20 世纪 80 年代文学留给人们的回味。正如汪曾祺自己的评价："我的作品缺乏崇高的、悲壮的美。我所追求的不是深刻，而是和谐。这是一个作家的气质所决定的，不能勉强。"[1]

二、令人击节的小说结尾艺术

汪曾祺的短篇小说，结尾耐品耐读，韵味无穷。读到精彩之处，止不住令人击节叹赏。品读其中若干篇章：

（一）该煞则煞，不添蛇足

汪曾祺小说结尾干净，一如他语言的干净。原本娓娓叙述的，结尾处仍娓娓叙述，叙完则完，戛然而止，不妄加评论，不虚拟情节推向所谓高潮，或曰"激情顶点的顷刻"。

小说《八千岁》讲述一个靠八吊钱（两块七角）起家，绰号叫"八千岁"的穷汉，一生勤劳俭省，聚沙成塔，终于做了米店老板。作品对他节衣缩食乃至超乎情理的抠门，一一翔实交代。乱世，小老板遭逢流氓无赖八舅太爷的敲

---

① 汪曾祺：《〈汪曾祺自选集〉自序》，载《汪曾祺文集·文论卷》，江苏文艺出版社 1993 年版，第 208 页。

诈,破了大财,八百块钱捡回一条人命。小说中不见人物遣责控诉,只让"八千岁"面对枉花银子置办的一百二十道菜的满汉全席"掉了几滴泪"。结束时,汪曾祺保持着原来的叙述节奏和叙述语调:

> 是晚茶的时候,儿子又给他拿了两个草炉烧饼来,八千岁把烧饼往账桌上一拍,大声说:"给我去叫一碗三鲜面!"

刹车利落干脆! 把良民百姓被盘剥敲诈的无奈,遭遇横祸(人祸)的气愤,克勤克俭一生,强刺激下幡然醒悟,做出极为准确生动的刻画——气极怨极,只敢稍作发泄:"烧饼往账桌上一拍",咬咬牙从此要好好享受人生,终只是可怜至极的"享受":"叫一碗三鲜面"而已。这与前文交代"八千岁"如何自虐,八舅太爷如何"吃"他,形成绝好呼应对照。从某种角度说,含泪"叫一碗三鲜面"就是"八千岁"的一生,与严监生临终前伸出的两根指头,似有异曲同工之妙。

(二)余音袅袅,回味绵长

《职业》是汪曾祺最为自珍的短篇。小说写糕点铺里一个十一二岁的小伙计,每天挎着扁木盆卖糕饼,尽职尽责,他有腔有调地吆喝:"椒盐饼子西洋糕"(作品还将他的吆喝声用简谱记录下来)。一群学童跟在他身后摹仿,按原调把吆喝改成了:"捏着鼻子吹洋号"(孩子童真稚拙的把戏)。一天卖糕饼孩子向老板请了几小时假,新剃了头,换了身干净衣服,到外婆家去吃饭,这一天是他外婆的生日。小说结尾处这样写道:

> 我第一次看到这孩子没有挎着浅盆,散着手走着,觉得很新鲜。他高高兴兴,大摇大摆地走着。忽然回过头来看看。他看到巷子里没有人(他没有看见我,我去看一个朋友,正在倚门站着),忽然大声地、清清楚楚吆喝了一声:
>
> "捏着鼻子吹洋号!……"

这个童心未泯稚气未脱的小伙计,他原本该走在那群背书包的顽童们的行列里，因为父亲亡故，他早早地做起了小大人，靠卖糕饼养活自己。一年中难得地能到外婆家吃顿稍好点的饭食让他快乐无比，而比吃饭更快乐的恐怕还是，在僻静之处偷偷摸摸地做一回孩子，撒一回孩子气。把普通的孩子轻而易举就能获得的，小得不能再小，少得不能再少的物质和精神所得，当作人生的大欢乐享受，愈见小伙计面临的生活境遇的沉重，犹如小说篇名安排的那么个沉甸甸的大题目——职业。

（三）笔随文势，尾无定格

汪曾祺小说的结尾，一篇是一篇的模样，一篇有一篇的风味，像满桌的菜肴，不见一道菜重样；像出席晚宴的女人，没有一人的服饰与别人同款。这样比喻不算过分。

以环境描写作结——

《岁寒三友》结尾：画师靳彝甫为接济两位陷入困境的朋友，将"不到山穷水尽，不能舍此性命"的心爱之物：几块好田黄，忍痛出售。三友人腊月廿三相聚小酒馆，欲一醉方休。末两句如是记叙：

> ……如意楼空荡荡的，就只有这三个人。

> 外面，正下着大雪。

记人记事毕，荡开一笔，写环境。自然环境之冷气袭人，正是曲笔写当时社会环境的严酷，同时反衬了小人物相濡以沫的友情。冷之愈冷，则暖之愈暖。

以出人意料的人物行为作结——

《异秉》结尾：财源茂盛，日渐发达的商人王二，向人吹嘘炫耀他的特异禀赋：大小解分清。说者无意，听者有心，保全堂药店的两个时运不济的可怜人陶先生和学徒陈相公，竟不约而同蹲到厕所里。作家有意不把事情说破，让读者自己去揣摩。陶、陈二人迫不及待去验证？去学一手？待缓过神明白了，让人有几分忍俊不禁，几分酸楚，还生出几分对一心期盼过好日子的人的感动。

以反讽作结——

《陈小手》结尾:联军团长掏枪打死了替他女人接生的男性妇科医生陈小手。

> 团长说:"我的女人,怎么能让他摸来摸去! 她身上,除了我,任何男人都不许碰! 这小子,太欺负人了! 日他奶奶!"
>
> 团长觉得怪委屈。

面对鲜血淋漓的场面,作品乍看平实得不溅一朵感情的浪花,实则鞭挞之意尽含其中。杀完人的团长余怒未消,振振有词的"杀人宣言"中的四个惊叹号中有反讽。救人一命,胜造七级浮屠,救了两条命的陈小手却遭黑枪打死。陈小手的冤魂叫屈不能,反倒是"团长觉得怪委屈"。正话反说,更加耐人寻味。

以唐诗作结——

《侯银匠》结尾:中年丧妻,与女儿相依为命的侯银匠,嫁女之后,只身一人,就着两块茶干,慢慢喝酒,消磨时光。

> ……侯银匠忽然想起两句唐诗,那是他錾在"一封书"样式的银簪子上的(他记得的唐诗并不多)。想起这两句诗,有点文不对题:
>
> 姑苏城外寒山寺,
>
> 夜半钟声到客船。

此篇结尾,不正面写人物的失落之情,凄凉之境,侧写粗人突然生出似乎不大合情理的文雅——其实合情合理——唯此情此境侯银匠才可能琢磨唐诗,又不能让他像诗人或评论家真的琢磨出点什么,便故意说,"想起这两句诗,有点文不对题"。难道真的文不对题么? 非也。清寂寒寺远离闹市,阒无人声只闻钟声,正是微微忧郁的寂寞之人所感所悟。侯银匠腹中没有多少文墨,倒有点审美的"直觉主义"呢,颇像大观园中的香菱。

这里侧写一笔的做法,让人想起辛弃疾的词:"而今识尽愁滋味,欲说还休,欲说还休,却道天凉好个秋"。

三、生香活色的民俗与诗心照临的温情

宗白华先生指出:"诗人艺术家在这人世间,可具两种态度:醉和醒。醒者张目人间,寄情世外,拿极客观的胸襟'漱涤万物,牢笼百态'(柳宗元语),他的心像一面清莹的镜子,照射到街市沟渠里面的污秽,却同时也映着天光云影,丽日和风!世间的光明与黑暗,人心里的罪恶与圣洁,一体显露,并无差等。所谓'赋家之心,包括宇宙',人情物理,体会无遗。英国的莎士比亚,中国的司马迁,都会留下'一个世界'给我们,使我们体味不尽。他们的'世界'虽匠心的创造,却都是具有真情实理,生香活色,与自然造化一般无二。"宗先生紧接着又指出了艺术家的另一面:"然而他们究竟是大诗人,诗人具有别材别趣,尤贵具有别眼。包括宇宙的赋象之心反射出的仍是一个'诗心'所照临的世界。这个世界尽管十分客观,十分真实,十分清醒,终究蒙上了一层诗心的温情和智慧的光辉,使我们读者走进一个较现实更清朗、更生动、更深厚的富于启发性的世界。"①汪曾祺是一位对人生保持着善醒亦能醉的作家。他的小说实之很实,民风民俗,世情世态,真境实相,尽收眼底,像是走进民俗博物馆,像是观赏现代版的《清明上河图》,像是踏入五行八作的市民会聚地;他的小说虚之亦虚,一种体察世态又超然飘逸的生活态度,一种情韵真醇的画意梦态,一种迷离混茫引人遐思的圣化之境,从而引导读者从大俗走向绝俗。于是,汪曾祺的现实主义正如他自己所称"是能容纳各种流派的现实主义",也是接收了新鲜血液而获得勃勃生机的现实主义。

游走于汪曾祺笔端的纪实笔墨,精彩之一是写中国的食文化。汪曾祺夸赞过文坛上阿城善写"吃",也许正是他自己关注这一领域,才会格外注意到和自己在同一块土地上开垦的人。汪曾祺的食文化纯然是民间底层百姓的食

---

① 宗白华:《略论文艺与象征》,载《宗白华全集》(第2卷),安徽教育出版社1994年版,第407页。

文化,属于《异秉》中的王二在熏烧摊上卖的回卤豆腐干、蒲包肉之类,属于《安乐居》中酒友们享受的兔头、猪蹄之类,稍高档一些的也不过是如意楼里的扬州名点。笔者还欣赏他在作品中不经意间以食物点染时代特征,例如抗战中的"救荒本草"和借以果腹的"豆壳虫"(《老鲁》),20 世纪 60 年代初"精神会餐"时罗列的特色菜单以及特中之最"坝上肥羊肉炖口蘑"(《七里茶坊》)。当年士大夫家庭的公子,外表看起来更像一位平民美食家。

纪实笔墨精彩之二,是五行八作的市民:银匠、锡匠、车匠、皮匠、剃头匠、挑夫、吹鼓手、兽医、洗衣妇、烧窑的、孵鸭的、贩马的、卖糖的、收草的、开药店的、开米店的、开绒线店的、开南货店的,还有和尚、尼姑……每行有每行的规矩,每行有每行的绝活,且莫说尼姑开菜馆开出独此一家(《仁慧》),连教授种花都不与常人同(《日规》)。至于"陆鸭"揽鸭(《鸡鸭名家》),"宋侉子"贩骡(《八千岁》),那简直就富有传奇色彩了。

汪曾祺是绘制风俗画的行家里手。他的风俗画中,人是主要景致。他说:"小说里写风俗,目的还是写人。不是为写风俗而写风俗。"写风俗,"不能和人物脱节,不能和故事情节游离。"①风俗画式的作品,一般是很现实,很朴素,很乡土气的,然而汪曾祺却从一个颇为独特的角度去透视生活,把风俗当作——"一个民族集体创作的生活的抒情诗"。他说:"风俗,不论是自然形成的,还是包含一定的人为的成分(如自上而下的推行),都反映了一个民族对生活的挚爱,对'活着'所感到的欢悦。他们把生活中的诗情用一定的外部形式固定下来,并且相互交流,融为一体。风俗中保留着一个民族的常绿的童心,并对这种童心加以圣化。风俗使一个民族永不衰老。"②汪曾祺在纪实风俗、纪实人生时,保持了对生活溢满诗情的"欢悦",显露出具有空灵之气的"圣化"。

---

①　汪曾祺:《谈谈风俗画》,载《汪曾祺文集·文论卷》,江苏文艺出版社 1993 年版,第 63、66 页。

②　汪曾祺:《谈谈风俗画》,载《汪曾祺文集·文论卷》,江苏文艺出版社 1993 年版,第 61 页。

汪曾祺备受好评的佳作,都是"充实"与"空灵"——艺术精神两元兼得的作品。《受戒》中,寺庙外的俗世人生与寺庙内的佛世人生相互交融,形成审美过程中与客观物象的"贴近"与"间隔"——审美的"亲切感"与"距离感",于两者之间,氤氲出艺术的"空灵"之气。

小说非常成功地把一对少男少女的恋情搁置于现实的庸常生活的层面上,又升华为对美丽人性、自由生命的艺术审美。汪曾祺《矮纸集》(长江文艺出版社 1996 年版)的装帧,独独挑出了《受戒》中如下一行文字:

> 她挎着一篮子荸荠回去了,在柔软的田埂上留下一串脚印。明海看着她的脚印,傻了。五个小小的趾头,脚掌平平的,脚跟细细的,脚弓部分缺了一块。明海身上有一种从来没有过的感觉,他觉得心里痒痒的。这一串美丽的脚印把小和尚的心搞乱了。

读者的心也被这一串充满着诗情画意的小脚印所撩动,对踩出小脚印的人,生满爱怜之意。此处让人恍然有"隔帘看月,隔水看花"的美感。

《受戒》篇末再一次为明子、小英子的恋情拉起诗意的轻绡:小船划进芦花荡,芦花、浮萍、小虫、野菱、水鸟,笔墨中只见充满盎然生气的自然美景,独独不见男女主人公。此刻,人已浑然化入这片俗世的欢乐之景,由此联想起歌德的主张:"应该拿现实提举到和诗一般地高",我喜欢汪曾祺式的"提举"。

很难设想,没有这样一些萦绕着朦胧诗意的透气孔,那充塞得结结实实的民俗展览,会深深打动众多读者的心。诗,调整了现实主义作品的节奏,调整了人们的阅读期待,让人喘息,让人透气,让人舒展起每一根神经触摸意象之表,默会潜隐在生活最幽深处的诗心。

汪曾祺匠心独运地控制着纪实叙事与诗意抒情之间的关系。他做到了"境地愈稳,生气愈流,多不致逼塞,寡不致浊秽,淡不致荒幻"。[1] 他的一只脚踩在现实的土地上,另一只脚已腾空而起——做飞翔的艺术精灵。

---

① 李日华:《六研斋二笔》,参见宗白华:《艺事杂录》,收入《宗白华全集》(第 2 卷),安徽教育出版社 1994 年版,第 75 页。

　　汪曾祺声称:"作家是感情的生产者。""我的一部分作品的感情是忧伤","一部分作品则有一种内在的欢乐","一部分作品则由于对命运的无可奈何转化出一种常有苦味的嘲谑","有些作品里这三者是混合在一起的"①。汪曾祺擅长于将"忧伤""欢乐""常有苦味的嘲谑"由实化虚,幻化成若隐若现的蝴蝶,翩翩起舞。这一点犹如他的老师沈从文。

　　汪曾祺的小说,保留了相当多的民族传统的东西,但他在立论行文时,却相当宽容。他赞成钱锺书先生的一个说法:"打通"。他认为"中国当代文学和西方文学需要打通"。一种打通是"当代文学与古典文学(民族传统)之间的打通";还有一种打通,是"当代文学、古典文学和民间文学之间的打通"②。有"打通"意识的作家是智者。

　　汪曾祺去世,文坛为之叹息:"中国最后一位纯粹的文人,中国最后一个士大夫"离我们而去。离去之时,这位不入新时期文学主潮的作家,开始进入文学史的核心。文学史之于作家,实至名归只是迟早的事。

---

　　① 汪曾祺:《〈汪曾祺自选集〉自序》,收入《汪曾祺文集·文论卷》,江苏文艺出版社 1993 年版,第 208 页。
　　② 汪曾祺:《捡石子儿(代序)·关于民族传统和外来影响》,收入《汪曾祺文集·文论卷》,江苏文艺出版社 1993 年版,第 215—216 页。

第八章　阿城：文化断裂带上的足印

　　经历过"五四"激进的以启蒙"现代性"为目的的"反传统"和"文革"更为激进的以"破旧立新"为号召的"反传统"，20世纪80年代，阿城这代人无可选择地站立在中国传统文化的断裂带上。新生代的文化学者认为："如果说在'五四新文化运动'中，'中国传统文化'被鲁迅看作'铁屋子'，并且对这种文化的认识本身也采取了一种寓言式的处理方式，那么，在80年代特定历史语境当中发生的'寻根文学'，却是一个关于中国文化的再辨析工程，人们开始在这'铁屋子'里挑挑拣拣，试图发掘那些还值得传承下来的东西。在这里，不再简单是'中国/西方'、'传统/现代'的两分结构，而是在此二元结构的基础上'中国'、'传统'本身的差异性也被提了出来。而这种对'中国性'自身的文化差异的追问，及其关于'文化中国'的重构，使得一种不同于50至70年代的'民族性'叙事得以浮现，并成为80至90年代文化界的重要问题。"①阿城是参与这场"关于中国文化再辨析工程"的作家。他的"边缘化"的小说，深植在民族传统文化的土壤里，以包蕴、想象"中国文化"为手段，从而达到重构当代"文化中国"之目的。他有着连接"传统"与"现代"的极具个人化的方

---

　　① 　贺桂梅：《"新启蒙"知识档案》，北京大学出版社2010年版，第168页。

式。他不算一个高产的作家,却用精品,在中国文化断裂带上,留下了与传统文化筋骨相连的深深足印。他再三说自己只是 80 年代创作的"个案","我的东西没有普遍意义"①,然而我们太需要对阿城式的"个案"给予剖析,由此看清"中国文化"传承/扬弃,延续/重构的合理性,可能性,方式,面貌,切不可因其不入多种版本文学史的主流而将其一笔轻轻带过。

一、边缘化的人生经历与阿城
小说的"边缘之相"

阿城的父亲,著名的电影评论家钟惦棐先生,因为《电影的锣鼓》等评论,在 1957 年反右运动中被打成全国知名"右派"。家庭的政治变故,将共和国的同龄人阿城抛到了社会主流群体之外,因而成就了另一个被边缘的,特立独行也独思的阿城。

2004 年阿城在接受查建英女士访谈时,对四十多年前的往事仍然记忆犹新:因为"出身不好",学生时代很多重要的活动,"好比说到长安街去欢迎一个什么亚非拉总统"之类,中学生阿城就被边缘在了"资格"之外:

> 要去之前,老师会念三十几个学生的名字,之后说:没有念到名字的同学回家吧! 我有一回跟老师说:您就念我们几个人,就说这几个念到名字的回家就完了,为什么要念那么多名字? 老师回答得非常好:念到的,是有尊严的。他说的是有道理的。任何朝代,权力的表达,都是这么表达的。(查建英:肯定式。)权力肯定你。一次一次念到你,你对权力是什么感情! 那么回家是什么意思呢? 当然是没尊严,边缘。我习惯没有尊严。②

被边缘化和没有尊严的忧愤,在阿城童年、少年的记忆里一定刻骨铭心,

---

① 查建英:《八十年代访谈录》,生活·读书·新知三联书店 2006 年版,第 48 页。
② 查建英:《八十年代访谈录》,生活·读书·新知三联书店 2006 年版,第 21 页。

尽管他后来的小说,包括其他文类的文字,从来都对被视作异类的伤痛显得漫不经心,如同他在成名作《棋王》中,通过棋呆子王一生之口做出的声明:"'忧'这玩意儿,是他妈文人的佐料儿。我们这种人,没有什么忧,顶多有些不痛快。何以解不痛快? 唯有象棋。"①而正是被边缘化的遭遇,导致阿城所受教育的边缘化、非主流,进而是"知识结构"和"文化构成"的边缘化、非主流。阿城在多处文字中提起过北京宣武门外他家附近的琉璃厂,当年那里集中的画店、旧书铺、古玩店曾是他的课堂,是他的"免费博物馆"。他声称"我的启蒙是那里。你的知识是从这儿来的,而不是从课堂上,从那个每学期发的课本。这样就开始有了不一样的知识结构了,和你同班同学不一样,和你的同代人不一样,最后是和正统的知识结构不一样了。知识结构会决定你"。因此,阿城觉得人与人之间,"没有代沟,只有知识结构沟"。②

　　1968 年,阿城开始了他 12 年的知青生涯,其间先后去过山西、内蒙古、云南,1979 年才回到北京。他是老三届最后的回城知青。一作成名之后,1985年,他去了美国。1998 年之后在国内外间"开始来来往往,主要在上海",2000年后又一次回到出生地北京。两度"十年有余",无论是插队或是在异国他乡,阿城仍然是个边缘化的人,一如他的学生时代。当被问及"在另一个国度另一种文化里长期生活,这种经历对你有多大影响"时,阿城的回答是:"对我的影响不太大",因为"我从十几岁去插队,去的地区的话我都听不太懂或听不懂。内蒙古、云南,我都不是太懂。所以我到美国的时候,即使听不懂英语,对我也没有压力。我十多年都是处在别人说什么我听不太懂的环境里"。他与出国前原本生活在舞台"中心"的人情形大不相同:"我以前那些出身不好的朋友到西方,我觉得我们差不多,无所谓建功立业,也无意打入主流什么的。"从小"习惯了不在主流"的他,"到了美国才知道,边缘是正常的啊! 没人

　　①　阿城:《棋王》,参见吴亮、章平、宗仁发编:《民族文化派小说》,时代文艺出版社 1989 年版,第 7 页。
　　②　查建英:《八十年代访谈录》,生活·读书·新知三联书店 2006 年版,第 22—23 页。

理你是正常的啊！大家都尊重对方的隐私,这是个常识啊！所以在外国我反
而心里踏实了"。① 倘若说"前半段的边缘"是政治歧视,是无奈,那么"后半
段的边缘"则是"习惯",是"选择",而不是"被"。环境变异与人生历练让阿
城的心态更加平和、宽广。

差异由此而成——阿城小说风格的"不一样",首先因为他远离群体的
"边缘经历",远离群体的"启蒙教育"。阿城看重人生启蒙,他用小说形象表
达了独特思考:在"文革"主流教育失范的年代,《孩子王》中那个执拗和叛逆
的乡村代课教师,不教课文教识字,鼓励孩子们抄字典,要求"作文不能再抄
社论"。以"字典神圣",写实主义,对抗"红旗飘扬,战鼓震天"的社论体,结果
被主流教育逐出校门,成为无冕的"孩子王"。《孩子王》的主题,即是对"知识
重构""文化重构"的所虑所思所行。"边缘"挑战主流是艰难的,然而有"我"
这样的老师在,有"王七桶""王福"这样的爹和孩子在,改变正在悄然发生。

需要强调的是,成年之后阿城的"边缘化"似乎比少年时代更多了一份理
性的成熟和深刻:他从社会底层的,从乡村的,从少数民族地区的,从西方异质
文化的诸多视角,看时代变迁的云卷云舒,看民族文化的变与不变。阿城用他
在"免费博物馆"里的获得,去确认民族文化深层那些积淀深厚、恒久不变的
"常识",去探究文化多元构成的历史根系,去思考文化的显性表达和隐性暗
示,文化的规范性和非规范性的相互渗透参照,文化的普罗大众和中产阶级趣
味,文化的"焦虑感"、另一种"焦虑感"和"不焦虑"等。阿城始终认为,对于
自己,"最重要的是六十年代"。②

二、初始文本的"私密性"与不入文学主潮

因为被"边缘化"的自知之明,阿城成为一个没有强烈发表欲的作家。请

---

① 查建英:《八十年代访谈录》,生活·读书·新知三联书店 2006 年版,第 64—65、50 页。
② 查建英:《八十年代访谈录》,生活·读书·新知三联书店 2006 年版,第 63 页。

看他的几段自白:

> 我在公开发表文字之前,也写点儿东西给自己,极少,却没有谁来干涉,自由自在,连爱人都不大理会。我想,任何人私下写点儿东西,恐怕不受干涉的程度都不会低于我……自由写的东西若能满足自己这个世界,足够了。①

中篇小说《棋王》在《上海文学》1984 年第 7 期发表后,获 1983—1984 年全国优秀中篇小说奖。阿城 1987 年在美国爱荷华国际写作中心访问时这样回答《华侨日报》文艺副刊记者的提问:

> 我写好《棋王》后,一位朋友拿去看,他有一个在《上海文学》当编辑的朋友在他家里看到了手稿,就拿去发表了。我都没来得及表态,手稿的标点符号还没写清楚就给人发了。发了以后就热闹起来,我也被人吊起来了。②

2004 年阿城接受查建英女士访谈时说:

> 我写的那些东西本来是私人交流的。但是你知道"文革"是一个没有发表的时代,是手抄的时代,这样的时代里形成的写作习惯是只给知己看,不给不认识的人看,不像现在的写家,出手就是要给不认识的人看的,心理很公共。这之前我寄过一些插队时写的东西给在纽约的丹青看过,也给美院的一些朋友看过。八五年讲给李陀他们听的时候,李陀他们的鼓励让我明确知道,手抄的可以转成铅印的,可以给不认识的人看,这对我的心理有建设性,我永远感谢李陀他们在这方面给我的帮助。③

画家陈丹青印证了阿城的如上所说:

> 从八三年夏天,我记得此后一年多,阿城陆续寄了好多篇小说给

---

① 阿城:《文化制约着人类》,《文艺报》(京)1985 年 7 月 6 日。
② 《文学报》1987 年 3 月 19 日。
③ 查建英:《八十年代访谈录》,生活·读书·新知三联书店 2006 年版,第 52—53 页。

我看,天哪,全是原稿啊!愣用圆珠笔写的那种,写在分行的、有字格的纸上,一篇一篇寄过来。①

阿城1991年8月18日致法国评论家诺埃尔·迪特莱的信:

《遍地风流》是我七十年代随手写下的一些文字,有关一些情绪,一些场景,一些人物和事物的印象。这些文字,通常很短,失散的也很多。从乡下回到北京后,曾投给文学杂志,被退回来,大概是无法归类,小说?散文?笔记?《棋王》发表后,各种杂志要稿很多,又很急,并且要求字数也多,于是两三篇合为一组拿去发表,即你看到的"之一"、"之三"等等。当时给出去很多,后来都想不清楚谁拿走了。②

由此可以得出如下若干判断:第一,阿城小说的诸多文本,包括他轰动一时的成名作《棋王》,本是私密之作,原来并未打算发表。创作心态"自由自在"。这些文本或可大大丰富陈思和先生关于"抽屉文学"和"潜在写作"③的论述。第二,"手抄"转成"铅印"有较长的时间差。作品写作的时间多在插队之时,即"文革"时期或改革开放初期;成名作《棋王》发表的时间为1984年,《遍地风流》系列短篇单独发表和结集出版更在其后,创作与发表的时间差近十年左右乃至更长。文稿一朝得见天日,彼时新时期文坛的主潮伤痕文学,反思文学已过月盈,且1979年方得回京的阿城对文坛潮流之说亦浑然不知所以。第三,没有《上海文学》的那位编辑慧眼识珠,阿城不入主流的作品破土而出,更不知会推迟至何时。第四,阿城"抽屉文学"的部分佚失——阿城称"本来这类东西有上百篇的",④而作家出版社结集阿城小说,1998年《遍地风

---

① 查建英:《八十年代访谈录》,生活·读书·新知三联书店2006年版,第89页。
② 阿城:《阿城致诺埃尔·迪特莱的信》,参见《阿城精选集》,燕山出版社2011年版,第14页。
③ 陈思和:《我们的抽屉——试论当代文学史(1949—1976)的潜在写作》,参见陈思和:《中国当代文学关键词十讲》,复旦大学出版社2008年版。
④ 查建英:《八十年代访谈录》,生活·读书·新知三联书店2006年版,第49页。

流》结集,计 59 篇;2000 年《棋王》结集,计 10 篇;两集无重复。粗算即知:佚失数可观。不知是否有人能对佚作进行搜集、梳理和鉴别,再筛出上品不是没有可能。

　　文学史家喜好归类。不入文坛主潮的阿城,在多种版本的文学史中,被归类至"寻根派"作家,理由自然是因为他们的"同":他是以韩少功"寻根宣言"《文学的"根"》为代表的若干著名"寻根论"的作者之一,阿城的《文化制约着人类》屡屡被研究者所引证。他对新时期初期的中国文学"常常只包含社会学的内容"颇感"悲观":"社会学当然是小说应该观照的层面,但社会学不能涵盖文化,相反文化却能涵盖社会学以及其他。"①他从政治、经济的"问题小说"的新套中退却,也不再满足于对民俗民风的一般描摹,而是从文化视角对现象世界作审美的整体把握。他不仅反对"把民族文化判给阶级文化,横扫一遍"的"文革",也对管窥蠡测的某类中国"主流小说史"疑窦重重,进而顽强地试图重建"中国世俗"与"中国小说"的关系,《闲话闲说——中国世俗与中国小说》表达了他对中国小说史的种种新论。这些都是阿城与寻根群体同气相求的佐证。他声明:"我是支持'寻根派'的,为什么呢? 因为毕竟是要去找不同的知识构成,补齐文化结构,你看世界一定就不同了。""排列组合多了,就不再是单薄的文化构成了。"②

　　然而我们必须承认,阿城与寻根群体是有差异的,他本人提到过这种"差异":"'寻根'是韩少功的贡献。我只是对知识构成和文化结构有兴趣","我的文化构成让我知道根是什么,我不要寻。韩少功有点像突然发现一个新东西。原来整个在共和国的单一构成里,突然发现其实是熟视无睹的东西"。③差异还表现在,另立新旗的群体急于形成有理论、有实绩的潮流,从而获得文坛认可。1984 年底的"杭州会议",便是寻根作家和评论家们的一次"文化合

---

① 阿城:《文化制约着人类》,《文艺报》(京)1985 年 7 月 6 日。
② 查建英:《八十年代访谈录》,生活·读书·新知三联书店 2006 年版,第 34 页。
③ 查建英:《八十年代访谈录》,生活·读书·新知三联书店 2006 年版,第 33 页。

谋"。而阿城始终宠辱不惊地玩着一个人的游戏——"抽屉"里的东西早已形成——他习惯听从自己,听从"免费博物馆"的浸染,别无选择。他对"寻根文学"有个人的基本判断:"寻根没有造成新的知识构成。"他本人也"造不成新的文体"。①

阿城90年代以后的写作,不再涉足小说。如1994年中国台湾出版《威尼斯日记》;1997年至1998年《收获》杂志以"常识与通识"栏目,每期一篇,共计12篇随笔;1998年作家出版社结集出版讲谈录《闲话闲说——中国世俗与中国小说》,这些文字当是互文看阿城小说的新视角。

三、阿城小说的"风度"

2006年底,王德威先生以"想象中国的方法——以小说史研究为中心"为题在北大中文系演讲,他提出了其个人在小说/史研究的论点:"我觉得在19、20世纪漫长的小说现代化的过程里,早期作家学者的目标是'祛魅',无论是鲁迅个人或是他所代表的批判写实主义,都希望把小说作为针砭现实人生的利器,将传统中阴魂不散的鬼魅祛除。但是过了一个世纪之后,我们所从事的工作,尤其是在小说界,可能是'招魂'。有心的作家希望借小说再次把我们曾经失去或者错过的各种斑驳的记忆,纷乱的生活体验,各样的理念情绪重新思考反省。中国现代性在启蒙和革命之外,也许还有些别的?"②无论如何,阿城都应算作"招魂"的作家,而值得深入讨论的是,他的"别的",究竟是何种模样?

评家大多偏爱阿城的"三王",而对他个人化风格更为突出的《遍地风流》所收录的几十个短篇重视不够。阿城这样解释他的《遍地风流》中"风流"一词:"'风流'中的'风',是'风度',我此处结合了风俗、风度两层意思,每个短

① 查建英:《八十年代访谈录》,生活·读书·新知三联书店2006年版,第46、48页。
② 王德威:《抒情传统与中国现代性》,生活·读书·新知三联书店2010年版,第280页。

篇中亦是在捕捉风俗和风度,包括自然景物的风度","风度是指不自觉的时候,自觉了,就是摹仿出来的,也就不是风度了。总之,《遍地风流》用直白的话说,就是'这块土地上的各种风度'。"①评论阿城小说,我想"风度"实在是最贴切的词语。

下面我们探讨阿城别一样的"招魂"的"风度":

(一)"不焦虑"的风度

阿城以为:由于西方文化的进入,"五四那些人是有'焦虑感'的","焦虑"的结果是五四以后的小说"文以载道":"以前说'文以载道',这个'道'是由文章来载的,小说不载。小说若载道,何至于在古代叫人目为闲书?古典小说至多有个'劝',劝过了,该讲什么讲什么。梁启超将'小说'当'文'来用,此例一开,'道'就一路载下来,小说一直被压得半蹲着,蹲久了居然也就习惯了。"②面对访谈主持人的插言:"我们接触到的很多东西都是焦虑的人写出来的创作,争论也好,问题的提出也好,都是焦虑心态的产物。结果反而淹没了你说的这种人的声音",阿城坚称:"我不焦虑"。他还进一步说明,"当你的知识结构扩展改变的时候,问题改变了。这时你发现,还有东西"。于是,他别开生面地从历史的、东西方文化的、哲学的、宗教的等方面讨论这个"焦虑"。他批评"由于焦虑,我们现在对时间的承受力越来越脆弱,急得就像火烧猴屁股:一万年太久! 中国这才一百年,到五百年的时候,你再去看"。他批评"彼岸才有价值"论。他更为关注事情的"历史过程"——宗教的概念:"渡"③。

"不焦虑"的阿城,写"不焦虑"的小说:他不是从显性的、单一的政治层面

① 阿城:《阿城致诺埃尔·迪特莱的信》,参见《阿城精选集》,燕山出版社 2011 年版,第 15 页。

② 阿城:《闲话闲说·六十七》,参见《阿城精选集》,燕山出版社 2011 年版,第 378—379 页。

③ 查建英:《八十年代访谈录》,生活·读书·新知三联书店 2006 年版,第 27—28、59—60 页。

干预生活,而是从历史的、文化的、人性的层面展示生活;他以民间的价值立场,个体的价值恪守,外道内儒的文化倾向,不入主潮的小说样貌,对抗人文环境反人道、反科学的时风;他以"历史过程"拉长了睹物观世的焦距,以"边缘化"拓宽了"民族文化"的空间;他别有一种经历过大风暴之后的从容、淡定、敏锐、深邃。

《棋王》一出,不少评家狂评阿城与道家文化,对共和国的同龄人竟然衣钵老庄,颇感好奇和疑惑,也有读出儒家精神者,那似乎只是附加或至多是互补。后来,我们读到阿城如下文字,才有些许醒悟:

> 我喜欢孔子的入世,入得很清晰,有智慧,含幽默,实实在在不标榜。道家则总有点标榜的味道,从古到今,不断地有人用道家来标榜自己,因为实在是太方便了。我曾在《棋王》里写过一个光头老者,满口道禅,捧起人来玄虚得不得了,其实是为遮自己的面子。我在生活中碰到不少这种人,还常常要来拍你的肩膀。汪曾祺先生曾写过篇文章警惕我不要陷在道家里,拳拳之心,大概是被光头老者蒙蔽了。①

细读起来,阿城的小说实在都是入世的小说。他推崇儒家文化所建立的社会基本规则、道德理想和伦理秩序,譬如"信用""助人""尊重隐私"、做人"最起码的教养"等,把它看作文化传承中的"常识",需要格外地看护和恪守。这些也是他读杂书所形成的"知识结构"的价值核心,进而成为小说文本的价值核心。看来"不载道"并非无"道",只是不可以"腔"载罢了。阿城讨厌小说的"学生腔""文艺腔",甚至还有"寻根腔"。

阿城的恬然淡泊令人吃惊。1979年春节前,父亲"右派"平反,儿子以朋友的立场说出自己的看法:

> 如果我今天欣喜若狂,那么这三十年就白过了,作为一个人,你

---

① 阿城:《魂与魄与鬼及孔子》,参见《阿城精选集》,燕山出版社2011年版,第258页。

已经肯定了自己,无须别人再来判断,要是判断的权力在别人的手里,今天肯定你,明天还可以否定你,所以我认为平反只是在技术上产生便利,另外,我很感激你在政治上的变故,它使我依靠自己得到了许多对人生的定力,虽然这二十多年对你来说是残酷的。①

一段不堪回首的历史,历尽沧桑的何止是父亲! 同样历尽沧桑的还有儿子! 可儿子的小说,偏将"风暴中心"的疯狂,不动声色地推至背景框里,渗透于字里行间缝隙之间,刻印在人物形象的心底。西方学者评价阿城的"冷峻客观的小说",惊奇于阿城特别的创作状态:"他不可能在一种激动状态下写作,他追求某种思想状态的展示"。《棋王》中的主人公王一生和九名对手的著名棋局,"他在绝对安静中一句接一句写了这一段,未感到丝毫激动。'激动的是读者,而不是我'"。②

（二）"人性之真"的风度

阿城说:"丹青(画家陈丹青——作者注)要历史之真,我比较要人性之真。"③诚哉斯言。阿城小说人物的最有魅力处,即是"人性之真"。他立足"边缘人"的价值立场,以"边缘人"的视角,看"边缘人"的生活形态。

阿城小说以"人性之真"为根本,书写人的纯粹或不那么纯粹的动物性以及人的复杂的社会性,展示"文明社会"所遭受的种种污染,拥抱乡土的、蛮荒的、原生形态的生命活力,眷恋历史纵深处多姿多彩的文化遗存。阿城在《思乡与蛋白酶》《爱情与化学》《艺术与催眠》《攻击与人性》等散文中解读人的动物性,当然那是科学而非文学,却能证明他对人的动物性有相当专深的研究。而文学是需要赋予科学以梦幻,以想象,以浪漫,以丰富,以意义,以多义

---

① 阿城:《父亲》,《中国青年报》1988 年 6 月 2 日。

② [法]诺埃尔·迪特莱:《冷峻客观的小说》,转引自《阿城精选集》,燕山出版社 2011 年版,第 3 页。

③ 查建英:《八十年代访谈录》,生活·读书·新知三联书店 2006 年版,第 62 页。

的，从这个角度说，"阿城的小说"比"阿城的科学"（人类学研究）更有滋味。只是在"冷峻客观"上，两者常常相通。

阿城以人类亘古不变的生存形态彰显"人性之真"。"食""色"二字，人之大伦。阿城既善写"衣食为本"，也善作"性的文学"。于前者，一贯好评如潮；对后者，至今关注甚少。评论夸赞阿城"民以食为天"的文本：棋王王一生的吃相，知青们的蛇肉大餐，堪与任何中外文学经典相媲美。更有好事者鼓动写《吃王》，不知作者是否曾经心动。评家又普遍认为阿城不善写女人，不善写爱情，这是误读。《遍地风流》短篇里，随处可见"性"的话题，只是写了性压抑的时代，性压抑的男女，性的非常之态，让人觉得荒谬和尴尬，却为当代"史传"平添了并非文人虚构的"传奇"：插队太行山的女知青，是在听粗俗的村妇不堪入耳的"天骂"中获得了人生的"性启蒙"，想象着自己人生的第一次"天骂"（《天骂》）。油灯摇曳的夜晚，知青们借着讲"同性恋"的故事壮胆，发展着"异性恋"的续篇，万般无奈间还得钻回"同性"的被窝（《兔子》）。一对同班的少男少女，在懵懂交往中情窦初开，多少无法解释的美丽"春梦"，最终破灭在"文革"中——女孩被打致死，罪名是：勾引腐蚀红卫兵（《春梦》）。在部队养鸭养猪的大兵，复员回乡找不到老婆，因与人打赌：女知青的裙子里是否穿了裤子，忍不住还想验证，被判流氓罪，死刑立即执行（《打赌》）。爱情多么需要氛围，多么需要情调，多么需要诗歌，多么需要文学的助兴，知青们因为青春年少和教化，并不缺少这一切：《秋天》写秋的美景，秋的悠然，"采菊东篱下，悠然见南山，何时采菊？而且悠然？秋天嘛"。知青由此快乐，由此冲动，由此野合，由此还想刻一枚"山气日夕佳"的闲章。然而，"悠然"毁灭于现实残酷——村妇与人"耍流氓"，丈夫弄块狗皮睡在炕下，一个男人每次付给两分钱；于是知青揭发，吊打了那个女人；年底分红，村里每个劳动力的全部所得是六分钱——"山气日夕佳"的闲章，从此没有刻完（《秋天》）。或许——从此，阿城笔下无正常意义的女人，无抒情想象的浪漫爱情。

阿城善写弱小黎民躲避灾难和韧性抗争的本能：如湖南人"邹"和他的五

六岁的"伢妹子"，"文革"中逃进深山避祸，战战兢兢过着简耕陋种的日子，却请知青教化自己的孩子。咿咿呀呀的绕口令最终没能唱完，知青对"伢妹子"的识字开蒙也半途而废，父女再逃。"数年后，横断山脉的这个小山沟里，偶尔有猎人路过，见到一种很小的果子，黑亮黑亮的，也想不到那竟会是茄子"——历史以不经意的自然风景，记录下20世纪"革命"暴力下的人文景观（《山沟》）。

阿城善写母性。他说："女子在世俗中特别韧，为什么？因为女子有母性。因为要养育，母性极其韧，韧到有侠气，这种侠气亦是妩媚，世俗间的第一等妩媚。我亦是偶有颓丧，就到热闹处去张望女子。"①"韧"的母性是灾难的避风港。读《棋王》中的母亲：命途多舛的从良妓女，她以女性纤弱的肩膀，坚硬成支撑全家的梁柱。母亲用捡来的牙刷把，磨出一副"无字棋"，让故事里的"我"心酸，让故事外的读者动容。读《会餐》中的母亲，"捏一块肉在嘴里，并不嚼，慢慢走开，孩子跟了去，到远处，才吐给孩子"，宛如动物世界的老兽哺育幼崽，一副舐犊之情跃然纸上。阿城也有一位伟大的母亲，他在怀念父亲的文字里不由自主地念及母亲："母亲在1957年以后，独自拉扯我们五个孩子，供养姥姥和还在上大学的舅舅，我成年之后还是不能计算出母亲全部的艰辛。"②

历史常常是由"大说"构成的。阿城对所经历的历史重大事件敏感而又记忆深刻，而搬进小说里，他不惜堂皇地捡拾历史学家遗落的饼屑，这倒回归了"小说"发生之时的本相。读那些镌刻下时代印痕的情节、细节，体悟历史是如何从贴近平民而走向真实，如何从一斑而窥见全豹，如何完成宏大与卑微的连接，意义是如何产生或者被解构。这一刻，"人性"在"大说"的"小说"里扮演着书写者赋予的重要角色。如《会餐》："文革"期间，生产队八月十五会餐，难得杀猪，"撒开肚子吃"，吃的是知青的"安家费"。开吃之前的"仪式"

---

① 阿城：《闲话闲说·二十一》，参见《阿城精选集》，燕山出版社2011年版，第323页。
② 阿城：《父亲》，《中国青年报》1988年6月2日。

成为时代"新风俗",勾起过来人并不遥远的记忆:

> 照例是旗里的干部先讲话。庄稼人不识字,所以都仔细听,倒也知道了遥远的大事。干部讲完了,大家鼓掌,老人们笑着邀干部坐回去。于是队长讲。队长先用伤了的手捏一本语录,祝福了。大家于是跟着祝福。队长说,秋耕已胜利完成,今天就请旗里来的同志给旗里带去喜报。大家要注意增产节约,要想着世上还有三分之二受苦人过不上我们的日子。这会餐,大家要感谢着,不然怎么会有? 虽然——可是——吃吧。①

移风易俗,风俗受外力可"移"可"易",《会餐》中唯有敬老爱幼,舐犊之情,男人撒欢赌酒,杀猪师傅以一技之长拿乔,大圆月亮"嗬,赛屁股"的俗语,沉淀到历史的纵深,恒久不变。

1966年接见红卫兵的历史大事件,阿城小说的透视点却缩小至:"天安门广场遗留下近五万双被踩落的鞋子,包括初中一年级学生王树林明年的新布鞋"。小说开篇为"布鞋"作了足够的铺叙,那是物质匮乏年代,贫民之家,姥姥千辛万苦,千针万线,为外孙备下的第二年必须要穿满大半年的单鞋。于是,宏大的,伟人的,有"革命意义"的历史一刻,与微小的,庶民的,初中生切身感受的历史事件,产生了对话和张力(《布鞋》)。《小雀》《纵火》等篇,也篇篇皆有"大说"与"小说"碰撞的力度,错位的惊悚,缠绕的魅力。于是,历史因历史逻辑而宏大,小说因人性真实而鲜活。

(三)现代"笔记"体的风度

"笔记"体在当代中国小说作家眼中是陌生的、久违了的文体,但在文类革故鼎新的历史演进中却源远流长,枝叶繁茂。陈平原先生的专著《中国散文小说史》,既定义了散文和小说作为文学的两大门类,各自的"独立性"——

---

① 阿城:《会餐》,参见《阿城精选集》,燕山出版社2011年版,第142页。

两者之间的"差异",更别开一路地讨论了两者之"合",两者某种程度的互补互动。他对"中国小说"和"中国散文"发展过程中,两者互为"刺激",互为"启迪","穿越文类边界的尝试"大加赞赏,他说:"在这方面,作为中介的'笔记'发挥了很好的作用。在我看来,正是借助这座桥梁,超越小说与散文的'边界',才比较容易获得成功。'笔记'之庞杂,使得其几乎无所不包。若作为独立的文类考察,这是一个致命的弱点;但任何文类都可自由出入,这一开放的空间促成文学类型的杂交以及变异。对于散文与小说来说,借助笔记进行对话,更是再合适不过的了——这是一个双方都可介入,都与之渊源甚深的'中间地带'。"①这无疑道出了"笔记"在中国文类演进中所扮演的重要角色和所发挥的重要作用。

少年阿城泡旧书店,好"读闲书"和"闲读书",不经意间把"站着看"的"习惯""嗜好"捎带到大洋彼岸的华人书店,竟至引来同胞侧目。但这的确让他比读教科书长大的同龄人有了更加广泛的涉猎,更加开阔的视野。阿城的肚里林林总总装了为数可观的"笔记",他向想要了解世俗变化的读者,推荐"不妨多看野史、笔记"。仅《魂与魄与鬼及孔子》《还是鬼与魂与魄,这回加上神》两篇,他便兴趣盎然、饶有趣味地转述过如下若干清人笔记:纪晓岚《阅微草堂笔记》、刘炽昌《客窗闲话》、俞樾《右台仙馆笔记》、梁恭辰《池上草堂笔记》、袁枚《子不语》、李庆辰《醉茶志怪》等。他还由"笔记"勾连出当代作家汪曾祺:"《阅微草堂笔记》的细节是非文学性的,老老实实也结结实实。汪曾祺先生的小说、散文、杂文都有这个特征,所以汪先生的文字几乎是当代中国文字中仅有的没有文艺腔的文字。""明清笔记中多是这样。这就是一笔财富了。"②其实,阿城与汪曾祺原本路径一致,他们才惺惺相惜。

阿城结集于《遍地风流》的短篇,彰显了文化断层中难得的当代"笔记"体风貌:随笔随记的叙述风格,截取或人或事或物或景,不求叙述的完整,却多有

①　陈平原:《中国散文小说史》,上海人民出版社 2004 年版,第 14—15 页。
②　阿城:《魂与魄与鬼及孔子》,参见《阿城精选集》,燕山出版社 2011 年版,第 251 页。

志奇志怪的跌宕;皮俗而骨雅,贴近世俗,于朴野中透露出文人的情致、雅趣、妙理、哲思;清俊摇曳、极简极净的文笔,在当代文坛,能比肩者寥寥。倘若筛选出若干精品,作为中学乃至大学语文的教材,当可丰富“白话文运动”之后的小说样貌。单从语言角度,也是抵御现代汉语被现代网络粗语快速污染的绝好范本。

阿城的笔记体小说以俗为美。他明白:“中国小说古来就是跟着世俗走的,包括现在认为地位最高的《红楼梦》,也是世俗小说。中国小说在‘五四’以后被拔得很高,用来改造国民性,性质转成反世俗,变得太有为。80 年代末,中国内地小说开始返回世俗。这大概是命运?‘性格即命运’,中国小说的性格是世俗”。① 王德威先生在北大的演讲特别强调了阿城《遍地风流》世界里的“风流人物”,是只有屁股眼是白的矿夫,站在纪念堂顶顺风撒尿的建筑工人,穿着肥料袋做裤子的农民,干校捣粪的学员……特别强调那些不文雅的、残暴的、惨烈的场面,他说:“这个是中国传统抒情诗学不会碰到的。可是我认为阿城是有意为之。而且他必须要写到这么粗俗,这么狂野,才能用来作为某一种抒情艺术形式的反省,以及对文类本身的批判,以及接之而来的超越。”② 王先生无疑点明了阿城小说最为重要的一面。然而另一方面他或许还来不及细讲——阿城在不齿于言俗的同时,骨子里推崇历代中产阶级的趣味、修养。他有中产阶级崇拜症。《八十年代访谈录》中,阿城提及他当年中产阶级背景的同学家庭和怀旧的老照片;曾经的北京四合院:“天棚鱼缸石榴树,肥狗白猫胖丫头”;中国近现代史上颇有影响的中产家庭的子女教育;旧书店里令他流连忘返的中西融合,包罗万象的名著:中产阶级既消费鸳鸯蝴蝶派,也消费左翼文学和西方文学。阿城毫不掩饰地表明:“其实后来想起来,我喜欢那个时期,就因为中国有那么多不焦虑的人,他们在看莫奈、看凡高、看康定斯基,看左翼引进来的麦绥莱勒、柯勒惠支,表现主义的格罗兹,还有鲁迅

---

① 阿城:《威尼斯日记》,作家出版社 1998 年版,第 124 页。
② 王德威:《抒情传统与中国现代性》,生活·读书·新知三联书店 2010 年版,第 228 页。

喜欢的比亚兹莱。"阿城认为,艺术、文化是奢侈的事情,"中国文化的事情是中国农业中产阶级的事情",而"文化产生的那个土壤被清除了。剩下的,其实叫文化知识"。① 阿城叹息文化的"根"被斩断,他凭吊中产阶级的文化审美旨趣。

阿城本人也以追求雅趣为乐。70 年代插队,物质生活条件极其艰苦,他咬牙买下价格不菲的"全波段晶体收音机",费尽周折在草房里建一套"播音系统",用最好的木料做"音箱",收听外台"并非只是关心政治消息,而主要是娱乐",为了爱得痴迷的"音乐会实况转播"。他快乐地惊呼:"八十年代提前进入我的七十年代啦。"②

阿城的《棋王》,从最底层的贫民到曾经衣食无忧的中产家庭,笔涉物质层面的生存到精神层面的追求——一面是知青的"群体记忆":关于"吃"和"饿"的故事,另一面则由家世不凡的知青脚卵回顾别一样的传统:名人云集,高朋满座,吃蟹,下棋,品酒,做诗。小说中的"我"会不合时宜地谈论杰克·伦敦、巴尔扎克,幼时曾见过的荷兰画家伦勃朗的名作《夜巡》,曹操的《短歌行》,会笔涉在河边画裸体写生的无名画家的人体审美论。小说在更高的哲学层面,借神秘的"捡烂纸的老头儿"谈"道家阴阳","棋道"与"生道";借未出场的"脚卵父亲",传乱世生存之道。王一生母亲捡牙刷把磨制的让人潸然泪下的"无字棋"和另一副脚卵家祖传的"明朝乌木象棋"共同构成文化符号,前者意指生存和母性,后者意指生存智慧和文化审美。它们的出场,完成了文化的物质性和精神性的汇合,平民化与贵族气的融合。即是小说篇末所言:"衣食是本,自有人类,就是每日在忙这个,可囿在其中,终于还不太像人。"③

读《遍地风流》,看文明的碎片,边关景色中蕴含文人审美理想:小河、草

---

① 查建英:《八十年代访谈录》,生活·读书·新知三联书店 2006 年版,第 34—35 页。
② 阿城:《听敌台》,转引自北岛、李陀主编:《七十年代》,生活·读书·新知三联书店 2009 年版,第 151—152 页。
③ 阿城:《棋王》,参见吴亮、章平、宗仁发编:《民族文化派小说》,时代文艺出版社 1989 年版,第 42 页。

冈,草原青年男女间的打趣挑逗,情歌悠扬,爱情似火(《洗澡》);峡谷、巨石、蓝天、大树、雄鹰、骏马、骑手,三五人家,一幢石屋,大碗喝酒,大块吃肉,仿佛广袤苍穹,时间凝固,一派天高皇帝远的景象(《峡谷》)。想想是作者随记于阶级斗争斗得鸡飞狗跳的年月,寄予的情感,既在文里,更在文外。

异族风情书写了人与自然的关系,人在宇宙中的位置:首领、马帮、藏汉,气贯滇西的怒江,悬于万丈绝壁间的溜索,"命在天上"的过溜索的体验,人与自然的和谐,人搏自然的雄壮(《溜索》)。

阿城小说落笔时选择刻意近俗而貌似避雅,除对传统小说与世俗的关系了然于胸之外,还源自他艺术品位很高的父亲。阿城怀念父亲的指点:"八十年代我发表小说,我父亲从杂志上看到了,批评我在小说里提到巴尔扎克、杰克·伦敦。知道而不显出,是一种修养。就好像写诗,用典,不是好诗。唐诗不太用典,并不表明他们不知道唐以前的典故。你看李白、李贺,直出,有自我的元气"。[①] 阿城后来发表的《遍地风流》几十个短篇,"直出"居多,"元气"十足,避雅而不失雅,俗中藏雅——批评家是高人,小说家才受益良多。

结语

阿城多少有些"偶然"地登上20世纪80年代文坛,他的小说"风度"却昭示了历史的必然:文化断裂带上,文人们总会留下历史深深浅浅的印痕,即便焚书坑儒,即使经历激进变革,中华文化都将直面于难以割断的血脉。传承和变革,缺一足便得跛行。种子播撒于民间,根须伸展于街巷阡陌间,人为斩断,只能让显态文化即刻变脸。隐文或"手抄"于地下,或搁置于"抽屉",正如棋王王一生所说,"棋谱"毁了,"好在书已在我脑子里"。春风又度,自会再现星星点点的"绿"。中国当代小说史上,阿城的那些边缘的、人性的、高品位的、久违了的笔记体的作品,正是古老的"根"绽出的新鲜的"绿"。

---

① 查建英:《八十年代访谈录》,生活·读书·新知三联书店2006年版,第64页。

第九章　刘震云:"喜剧"的"面孔"

　　看生活中刘震云本人的面相,似不苟言笑,一副苦大仇深的模样;观刘震云的小说面孔,冷嘲热讽,嬉笑怒骂,喜剧效果十足——笑,同情之笑,戏弄之笑,讥刺之笑,急智之笑,会心之笑,疼痛之笑,言此意彼之笑——寓庄于谐,此可名之为"刘式幽默","喜剧面孔"。刘震云的"喜剧面孔",走路时身段很低,对目的地的希冀甚高,他似在追求以达刘勰《文心雕龙》中提出的"谐词隐言",①他似在追求以达李渔《闲情偶寄》中提出的"于嬉笑诙谐之处包含绝大文章"。②

　　当今的作家评论和多种版本的文学史均将刘震云归于"新写实"作家,这自然有一定道理。他与"新写实"们的"同":主要体现在"叙事对象"的选择上——以小人物生存困窘和烦恼为图景,他的"草根情结"从来不曾消弭,乃至那"一地鸡毛",竟成了 20 世纪 80 年代末 90 年代初文学的关键词之一,成为文学疏离主流意识形态的文化符号。然而,我们切不可因为表象,便将他草草包裹在"新写实"的"豆荚"之中,看不见他与其他"豆"们的差异。我们更加有必要关注刘震云与"新写实"们的"异":他以"一地鸡毛"拉近了与现实社会的距离,又以"喜剧面孔"特立独行地完成着有历史责任感的知识分子的

---

①　(南朝梁)刘勰著,范文澜注:《文心雕龙注》,人民文学出版社 1962 年版,第 270 页。
②　(清)李渔著,杜书瀛评注:《闲情偶寄》(插图本),中华书局 2007 年版,第 88 页。

社会批判使命,他不屑于"情感零度",他难以"终止判断",他以"喜剧面孔"揭示、讥刺种种社会历史现象的无价值,譬如:对堕入庸常的麻木,对名实相悖的惯常秩序、法则的依从,对历史可怕的周而复始的熟视无睹,等等。与此同时,他的"喜剧面孔"又有着对于情感、倾向性表达的极强控制力,于是,"面孔"与思维指向,表情与价值立场之间,就常常耐人寻味。直面悲剧,或许,正是他的喜剧式的绝望和毁灭,更能给麻木的社会躯体以举重若轻般的掌击,从而摇醒昏睡的人群。倘若一定要将刘震云挽留于"新写实"的队伍之中,那么,他便是"喜剧面孔"的"新写实"和"新写实"中的"喜剧面孔"。

一、"谐词隐言"的《新闻》

《新闻》写刘震云所熟悉的生活、熟悉的同行:一群媒体人的一次新闻采访。此等采访是京城众媒体组团"走穴"到基层,也是地方政府制造宣传效应的大动作,是大事非小情,是工作非儿戏,是正经非闹腾,可刘震云却一步一步消解了正经大事的"神圣"。他首先消解了媒体和媒体人的神圣:报纸各以"甲乙丙丁戊壬癸"名之,记者各以"大头、大嘴、糖果、瘦瓜、小粉面、尤素夫、鱼翅、寸板、大电、二电"等不甚恭敬的绰号名之。《新闻》从令人忍俊不禁又无话可说的"男女之间"——集合地点设在火车站"男女厕所之间"——开始了。小说一一历数这临时组团的团长和团员们那些搬不上台面的公干私情,吃喝拉撒,表里不一,名实不符,由此引出另一类更加搬不上台面的地方政府接待风波,报道对象易主风波。小说情节于嬉笑之间接近了事件的关节点:由报道、宣传市长主抓的"芝麻变西瓜"工程到报道、宣传书记主抓的"毛驴变马"工程。"工程"一词具有戏言成分,更具阔大的联想功能;"芝麻变西瓜""毛驴变马"之"变"亦具阔大的联想功能——焉知还有哪些"西瓜"和"马"不是种出来和养出来的,而是"新闻""变"出来的呢?然而,作品指涉的深刻性并没有到此终结,文本的前台是"新闻"的报道者、报道方式与报道对象的一波三折,文本的后台则是左右该事件的官场风云、官场规则和潜规则里的明道暗渠、明争暗斗、利益纠葛、复杂关系等。小说中,新闻与新闻人的物欲横流和红包;新闻与官员的政绩和升迁;新闻与官场的跟人站队,投奔倒戈,政策多变,虚实莫辨;新闻与真话、假话、官话和民间私话……刘震云以"言非若是""说是若非"于倒错之中的笔法,"谐词隐言"地曲笔勾勒浮生百态,表达了小说家的价值判断、价值取向。小说结尾颇有意味:众记者大功告成,返京聚会,实习小记者不胜酒力,酒后吐露心曲,"失望"竟是核心词语。众人开导:

> 噢,你是怪我们把你带坏了? 污染你了? 原来把我们想得很神圣,现在不神圣了是吧? 告诉你,神圣就是不神圣,不神圣就是神圣,这是生活的辩证法![①]

那位开篇伊始便一副嘻哈之相的团长大头,不禁也会"泪流满面"——当代知识分子尚有良知未泯,却终未能独善其身,又在"考虑组织下一个采访团"了。小说在抨击时弊的同时,对本应承担"社会良心"的知识分子自身的媚俗、堕落予以自省。"喜剧面孔"乍看没心没肺,没羞没臊,坐不正站不直,油彩涂抹其肤,谑词裹挟其言,夸饰装扮其行,然而,作家的反省意识、批判意识已然成为"喜剧面孔"之下的那颗"心"。陈思和先生在与他的学生们进行课堂讨论时曾强调:"刘震云的作品是新文学传统一脉相传的'嫡系'。""有些地方让我想到了鲁迅的文学传统。"[②]陈先生如此评价,可谓一语中的。

二、"于嬉笑诙谐之处包含绝大文章"的 "官场"系列

刘震云的"官场"系列小说包括《单位》《官场》《官人》,前文所述《新闻》

---

① 刘震云:《新闻》,《刘震云自选集》(下卷),文化艺术出版社2001年版,第204页。
② 陈思和主持:《刘震云:当代小说中的讽刺精神到底能坚持多久?》,参见陈思和主持:《谈话的岁月》,复旦大学出版社2004年版,第174、175页。

以及《一地鸡毛》也可各算得半部官场小说。我们关注"官场"系列,有如下几点不可忽略:

其一,小说发表的时间与叙事方式的关联。

《单位》,发表于《北京文学》1989年第2期;《官场》,发表于《人民文学》1989年第4期;《官人》,发表于《青年文学》1991年第4期。20世纪80年代末90年代初,那是中国改革开放的重要时段,民众享受着变革的果实又经历着变革带来的阵痛,既充满着加速推进改革的理想和激情,又不满于附生其中的官场腐败和社会弊端。面对现实,百姓有话要说,甚至说话的方式也不再像"文革"刚结束时那般吞吞吐吐,心有余悸。作家急于、勇于、敢于代言,其后很快又明白了善于代言的重要。"叙事策略"成为小说家必须要思考的问题。不动声色的"刘式幽默"便是其中有意味的话语方式。

其二,小说的透视点。

"官场"系列均以"小林"或隐性"小林"为透视点。"小林"何许人也?《单位》《一地鸡毛》的主人公,乡下孩子进城读书,学而优则初涉官场——这种身份设计很微妙。以农村出身背景观城市生存环境,以有着丰富底层生活阅历的小民看"上流社会"浮世绘,并且终于步入了"上流社会",自卑、惶恐、错愕、兴奋兼具;在生活、秩序、规则、权势的重压之下,理想大厦层层崩塌,所憧憬和仰视的对象慢慢揭开了面纱。青年知识分子"小林"身上多少有着契诃夫《小公务员之死》的小公务员伊凡、卡夫卡《变形记》里被职场压垮的格里高尔的影子,他更有着中国农民式的生存法则和生存智慧:吃苦、节俭、坚韧、执着,既随波逐流,又坚守着底层社会凡俗的正义感,但最终却是个人难以对抗法则,被环境绑架和异化。于是"自嘲、自解、自乐"成为小公务员底层挣扎、舒缓压力的宣泄方式,否则,"小林"们也许真的被"一个喷嚏"给吓死,或者变成"人虫",变成那块馊了的"豆腐"。刘震云坦言:"在虚伪卑琐中也有乐趣,这些乐趣构成了支撑他们活下去的精神支柱,他们在自己的生活中插科打诨,这种伪生活也有很多乐趣。"他进一步表明了自己的民间立场:"我对他们有认同感,充满了理解。在创作作品时同他们站在同一个台阶上,用同样的心理进行创作。这同站在知识分子立场上是不同的,创作视角不一样。"①正是躬身下蹲的草民视角,可看不该看之事,可说不可说之话,那么,草民式的嘲讽、谐谑即成为顺理成章的表达方式。

其三,文本的游戏性与"幽默"所含的"同情"以及"部分之肯定"。

"官场"系列文本的游戏性是显而易见的:小说有对小公务员生存窘相的戏说:豆腐馊了惹风波,半夜使猫腻偷水,扛着减价可乐去送礼,下班替人看摊卖板鸭赚钱,大男人夜半无人处暗淌自责的"眼泪"(《一地鸡毛》)。信手拈来的细节透露着主人公生活的"心酸""窝心"和"提心吊胆"。

小说有对办公室文化的戏说:单位分梨,弄了筐烂的,使人去外处看,回来说:"别的办公室也是烂的。一处是烂的,二处是烂的,七处也是烂的!"之所以烂梨,是拉梨的车坏了冻烂了梨,之所以车坏,是分房没有满足司机班长的心愿。也有几筐不烂的梨却分给了领导,引起众怒(《单位》)。深陷在这等文化氛围里的人,磨损掉了人性最后的一份真诚、正义、良知和锐气,要有怎样强大的能量才能抵御环境,而不被其慢慢霉腐?

小说有对"官人"们的戏说:众县官对即将升官的官说:"你以后成了咱们的领导,咱们先说好,你可别在咱们这些弟兄面前摆牛;你啥时摆牛,咱啥时给你顶回去!"其他几个人都说:"对,对,给他顶回去! 到咱们县上,让他吃'四菜一汤'!"——这样的对话,怎么看都更像相声段子。段子还有续篇:地方对省委书记的接待是"准备两套饭","他要是接近群众呢,咱们就复杂一点;他要是坚持'四菜一汤',咱就弄'四菜一汤'!"(《官场》)笔墨至此,以"四菜一汤"为"廉洁"代名词的符号,被嬉戏、滑稽而解构。

小说有对官场生态的戏说:为追逐官场利益,走上层路线,"核心局"路线,小秘书路线,老乡路线,大炮加机谋,奉承加告状,联盟与反联盟,老谋深算

---

① 周罡:《在虚拟与真实间沉思——刘震云访谈录》,《小说评论》2002年第3期。

与被老谋深算,城府很深和城府更深——《官人》开篇便以厕所坏了,屎尿反涌,蛆虫遍地为图景,对叙事对象讽刺、暗示、寓言化,荒诞意味十足。

美学家宗白华言:"悲剧家常否定一切。Humor 为部分之肯定,故其范围所包,实较悲剧为大也。又凡可憎可爱,可喜可哀,虚虚实实,人生之各方面,无不观察周到,较之悲剧,仅见虚伪,不见诚实,仅见悲哀,不见愉快者,其广狭又不同也。"宗白华进一步阐明,幽默要有观察了解后的"超脱态度",使之成为人生观、宇宙观。在情感方面,"一方面明了之,一方面赋以同情,Humor 乃成。"①刘震云对待幽默对象,襟怀颇宽广,心态亦复杂,因而绝不只是一味戏弄、调侃、讥刺、挖苦了事,而是保持了一份"同情"之心,这一点十分重要。他对"小林"们靠底层奋斗改变命运有赞赏,对堕入庸俗有理解,对仕途艰难有同情,对丢失民间立场的价值取向有忏悔。他的确具备了美学家所言:"一方面明了之,一方面赋以同情"。"同情"的出发点是如此的真实、具体和人性:"钱、房子、吃饭、睡觉、拉屎撒尿,一切的一切,都指望小林在单位混得如何。这是不能不在意的。你不在意可以,但你总得对得起老婆孩子,总得养活老婆孩子吧!"(《单位》)

刘震云对"官人"们的游戏和命运也并非只有批判没有"同情":小说写县官金全礼,仕途一路时而顺风时而逆境,身心俱疲,"感慨万千",篇末返璞归真,说只想回家"看看老婆和孩子";小说写位高权重的许年华,以下级对他忽而仰视忽而平视的视角,去理解高官们的甘苦:"看起来是省委第一书记,谁知也有一本难念的经啊!"(《官场》)。小说对单位人事变动中本以为稳坐钓鱼台的正局长老袁,虽然调侃他"一个月六瓶'五粮液'",调侃他"巴掌大一个局,你看得比磨盘还大!"然而一朝失势,却也"同情"他顿生悲凉的常人之心:"一想到自己的耗子身份","别人像个猫,故意跟临死的耗子玩玩罢了"。(《官人》)

---

① 宗白华:《美感范畴:滑稽之美》,《宗白华全集》(第 1 卷),安徽教育出版社 1994 年版,第 536—537、538 页。

北大科班出身的刘震云很少卖弄理论和理论新名词，即便说理，用的也是个人化的语言与方式。他以"我向往的是'雪山下的幽默'"为题写过一篇短文，他说："幽默是无穷无尽的。一种'幽默'是这个人一说你就笑。还有一种，他说的时候你没笑，出门笑了，回家洗洗的时候又笑了。第三种幽默是说着说着给你说哭了，就像伊拉克绞萨达姆，一个人死了他的弟弟也死了，我们扑哧笑了。我们的人性有问题啊，但是你又不能不笑。悲剧经不起推敲，所以出来一个喜剧。第四种幽默是我比较向往的，说的时候也没笑，或者笑了也不要紧，出门没笑或者笑了也不要紧，回家洗洗睡的时候没笑或者笑了也不要紧，但是多少年后想起来，心里笑了。前三种幽默，笑的是词语，后一种幽默，笑的是细节、事件、话语背后不同的见识。前三种幽默说的是山间的事、登山的事、山头的事；后一种幽默说的是被深山埋藏的事，漫山的大雪把这个山覆盖了，这是雪山下的幽默。"①

读过刘震云的"向往"，我们逐渐接近了他作品幽默的真谛，多数人或者只读出了"词语"之谐，进而感受到"细节、事件、话语"的亦庄亦谐，我们实在需要探究其背后的"见识"：理想追求与理想大厦坍塌的心灵痛楚，游戏神圣与神圣背后的难以示人，人性复杂与濒于绝境时释放的丝丝温暖，那是小说家用"同情"所传递的人性本真。他将不愿饶恕的东西和为什么不可饶恕的道理"埋藏"了起来，交予读者自己找寻。

三、历史述说的另一种方式：
《温故一九四二》

中篇小说《温故一九四二》不是标准的"喜剧面孔"，它是悲剧的史实，喜剧的史鉴，正剧的史胆。

---

① 刘震云：《我向往的是"雪山下的幽默"》，《晚报文萃》2008 年第 1 期。

《温故一九四二》是小说家实录正史,其史实无疑为悲剧:一九四二年至一九四三年间,刘的故乡河南大旱加蝗灾,饿死三百万人之多。作者述说历史的方式是双线交叉:一条线为叙述人查阅各类档案、文献、彼时彼地的中外新闻报道等,以史料治史,并将其引入小说;另一条线为叙述人采访以"我姥娘"为代表的亲历者们,以民间口述历史治史,使文本更具小说自身的形态。叙述人"我"的思考联想,判断评价,质疑追问,穿梭于双线之间,无处不在。历史本不是一个可以任人打扮的小姑娘,刘震云虽非历史学家,此刻也绝无"打扮"历史之嫌,因而这部中篇既没有历史小说一度风行的"戏说"的随意,也没有"大话"的杜撰和夸张的嬉闹。

《温故一九四二》,其史鉴或曰鉴史的方式却不乏喜剧笔墨。史鉴是需要依循历史逻辑的,当小说家面对"历史逻辑"制定者的逻辑和历史惯常的"经典原则"采取嘲弄姿态,而对史实本身持敬畏精神时,喜剧的空间生成了。

一是"小"和"大"错位的喜剧。执政者、大人物和食不果腹的灾民眼中的大事小情相距遥远,南辕北辙。拍了《一地鸡毛》的导演冯小刚曾这样评述刘震云:"是刘震云帮助我认识了'小'和'大'的关系,文坛都说刘写的是'凡人小事',而刘则认为自己写了'凡人大事'。凡人无小事,你说是涨工资分房子事大呢还是苏联解体事大?"①诚然,冯导此言是泛论,回溯到正在讨论的作品,直面"水旱蝗汤""饿殍遍野",小说以反讽笔调写大人物眼中、心中的"小"和"大":

> 三百万人是不错,但放在当时的历史环境中去考察,无非是小事一桩。在死三百万人的同时,历史上还发生着这样一些事:宋美龄访美、甘地绝食、斯大林格勒大血战、丘吉尔感冒。这些事中的任何一桩,放到一九四二年的世界环境中,都比三百万要重要。五十年之后,我们知道当年有丘吉尔、甘地、仪态万方的宋美龄、斯大林格勒大

---

① 参见湖南电视台《新青年》栏目,2002年2月27日,刘震云访谈录。

血战,有谁知道我的故乡还因为旱灾死过三百万人呢?当时中国国内形势,国民党、共产党、日军、美国人、英国人、东南亚战场、国内正面战场、陕甘宁边区,政治环境错综复杂,如一盆杂拌粥相互搅合,摆在国家最高元首蒋介石委员长的桌前。别说是委员长,换任何一个人,处在那样的位置,三百万人肯定不是他首先考虑的问题。三百万是三百万人自己的事。①

而普通百姓口中却是活生生的,一块石头一个坑的苦难:谁个去逃荒;谁个留下给东家种地;谁个被抓丁;谁个亲人失散;谁个"老婆、老娘、三个孩子,全丢在了路上",五年后独自孤身而返;谁个被"倒卖给窑子,从此做了五年皮肉生涯"……东西方记者的笔墨则更具典型性和概括性:"妇女售价累跌至过去的十分之一,壮丁售价也跌了三分之一","卖一口人,买不回四斗粮食";"当世界上再无什么可吃的时候,人就像狗一样会去吃人","易子而食,易妻而食";"灾荒如此,粮课依然";"狗吃人"的照片和委员长因照片披露而生恼怒,而停刊,而人头落地……倘若刘震云"凡人无小事"的视点不失为睹物观世的一个重要视点,那么反观大人物,如何就"大人皆小事"?三百万条性命,小如蝼蚁湮灭,天下还有什么不是小事?小说频频穿梭于"小""大"之间,"包含"的"绝大文章"是:世上真有比黎民百姓活命更大的事么?错位的喜剧揭示了历史真相的残酷。

二是"细节对比"的喜剧。小说中尽管花爪舅舅对采访者愤怒与不解:"人家人都饿死了,你还要细节!"但是,小说的细节仍令人掩面无语。对比之一:灾民吃一种叫"霉花"的野草中毒,牙脸肿起,手脚麻痛,甚至"霉花"吃尽,只能吃"干柴";重庆黄山官邸,大人物们正喝着"可口的咖啡"。对比之二:"在母亲煮食自己婴儿的地方,我故乡的省政府官员,宴请两位外国友人的菜单(略)",被西方记者称之为:"这是我所吃过的最好的筵席之一","这是我

---

① 刘震云:《温故一九四二》,《刘震云自选集》(上卷),文化艺术出版社 2001 年版,第308—309 页。

看到的最好的筵席之一"。对比之三:"委员长思索:中国向何处去?世界向何处去?他们(注:灾民)思索:我们向哪里去逃荒?"——不厌其烦的细节,件件意味深长。

三是"记忆"和"忘却"的喜剧。死了三百万人口的巨大灾难,它的亲历者,与世纪同命运的普通中国乡村妇女"我姥娘",却"已经忘得一干二净"。姥娘"记忆力健全","我相信她对一九四二年的忘却,并不是一九四二年不触目惊心,而是在老人家的历史上,死人的事情是发生得太频繁了"。无独有偶,小说中另一位当年曾做过县长"笔录",主持过赈灾义演的文化人,竟对饿死多少人,"似也没有深刻的记忆",只对与个人经历有关的"义演"津津乐道。作者显然有足够的理由理解以"我姥娘"为代表的民间记忆的"忘却",却用"摇头"表达了对知识分子个体或群体"失忆"的不满,更剑指以无数大言、伪言、谎言、不言遮蔽历史真相的历史书写。"我"的叹息沉重而又叩击人心:"历史从来是大而化之的。历史总是被筛选和被遗忘的。谁是执掌筛选粗眼大筐的人呢?"刘震云频繁地、貌似不经意地去写人对历史大事件的"忘却",小说标题却明明白白落下一个词——"温故","温故"如同历史回响的钟声,余音袅袅,不绝于耳。远的不说,仅"我姥娘"所经历的历史,还有哪些事件值得"温故"?谁来"温故"?如何"温故"?若不"温故",历史何以走出重复的怪圈?

如此悲剧的一九四二年,如此喜剧的后人和史鉴,难怪小说的"我"站在历史面前会一次次"不禁哑然失笑","露出自嘲的微笑","又是轻轻一笑","心里却感到好笑"。

《温故一九四二》的史胆是:将世纪大灾难放置于世纪大背景中考察,以生存逻辑对抗历史书写者的伪逻辑。于是,他推崇当年"揭竿而起",到地主范克俭舅舅家吃白饭,抢明火,被烧死的"土匪"领头人毋得安,称"这是民族的脊梁和希望"。小说甚至探讨了灾难拯救时,中外媒体功能,中外宗教功能,"肚皮是检验真理的标准",如此等等。刘震云站在平民百姓的立场去感、去录、去思、去论,小说的"我"申明:"我从一九四二年起,就注定是这些慌乱下贱的灾民的后裔",于是他不再保持惯常的不动声色,却常常按捺不住疑问、追问、叩问、质问的冲动,我相信那正是小说最出彩和最有价值的文字。

马克思曾说:"历史不断前进,经过许多阶段才把陈旧的生活形式送进坟墓。世界历史形式的最后一个阶段就是喜剧。"①马克思继承了黑格尔又修正了黑格尔:"黑格尔在某个地方说过,一切伟大的世界历史事变和人物,可以说都出现两次。他忘记补充一点:第一次是作为悲剧出现,第二次是作为笑剧出现。"②以史为镜,可以知兴替。悲剧是镜,笑剧也是镜。"温故"审视悲剧,"温故"试图阻止笑剧上演。

结语

有智慧发掘生活中喜剧因子并将其打造成喜剧艺术的作家,当今是不多的。肤浅的"逗乐""搞笑"可以单纯地享受"笑"所制造的生理快感,而不必关注文学对于历史,对于人和人类应当担责。有识见的批评家对当下某些走向"无厘头"之端点,以"大话"为新型话语运动的喜剧美学,表达了深深忧虑:"如果仅仅是后现代文化的表象模仿和复制——如果仅仅将后现代文化视为声嘶力竭的嬉闹,那么,这种新型的话语不可能与本土的政治经济学产生密切的联系。这时,语言游戏的意义不会溢出语言之外。"批评家抨击某类作品"无比机智地扩大了语言的喜剧性张力,同时又如此深刻地显示了语言的无能为力。哄堂大笑既是开始,又是结束。某种意义上,这很可能象征了中国版后现代文化的真实命运"。③ 我们正是在后现代的文化氛围中研究刘震云的

---

① [德]马克思:《〈黑格尔法哲学批判〉导言》,《马克思恩格斯选集》(第 1 卷),人民出版社 1972 年版,第 5 页。

② [德]马克思:《路易·波拿巴的雾月十八日》,《马克思恩格斯选集》(第 1 卷),人民出版社 1972 年版,第 603 页。

③ 南帆:《无厘头、喜剧美学和后现代》,参见南帆:《五种形象》,复旦大学出版社 2007 年版,第 116—117 页。

"喜剧面孔"才更具有现实意义。"刘式幽默"既打开了与经典喜剧相通的道路,又独辟蹊径,不动声色地满足了我们揭露丑、撕毁丑的深刻的快乐。"刘式幽默"在揭露社会丑恶现象时保持了一份先进社会力量的自信和优越感。这份自信和优越感无时不在,无处不在。他在电视访谈节目中回顾北大岁月,称"我们那时才叫'新青年',现在我和师兄弟们见面,发现他们都是'老青年',没有什么他们玩不转的"。① 新世纪初,他在作品重新结集的《序言》中写道:"历史是一面镜子。通过这次结集,我又重新阅读了自己十多年前的作品。短短的时间虽然有些模糊,但我已经从模糊的镜面中看到了另一个自己。当时你是那么憨厚、忧愤、软弱和无言,当然你也是那么激情和青春。为此,我对你有些羡慕。"②我们看到,这正是一副站在"新青年"的队伍里,立在"憨厚、忧愤、软弱和无言"同时又"激情和青春"的场域中才会有的"喜剧面孔"。

当代评论似乎习惯于提"黑色幽默",已忘却了另一个词:"黄金幽默"("Golden humor"),宗白华美学论著中多处提及这个"德人常名"之词,他说:"悲剧和幽默都是'重新估定人生价值'的,一个是肯定超越平凡人生的价值,一个是在平凡人生里肯定深一层的价值,两者都是给人生以'深度'的。莎士比亚以最客观的慧眼笼罩人类,同情一切,他是最伟大的悲剧家,然而他的作品里充满着何等深沉的'黄金的幽默'。"③刘震云骨子里也是悲剧家,但他正努力写着"以悲剧情绪透入人生,以幽默情绪超脱人生"的小说,这便是刘震云的"黄金的幽默"。这便是他的"喜剧面孔"的真谛。

---

① 参见湖南电视台《新青年》栏目,2002年2月27日,刘震云访谈录。

② 刘震云:《刘震云自选集》,文化艺术出版社2001年版。

③ 宗白华:《悲剧的与幽默的人生态度》,《宗白华全集》(第2卷),安徽教育出版社1994年版,第67—68页。

第十章　铁凝：对立与和谐

　　铁凝不仅写小说,也写散文、随笔,还写过诗;铁凝不仅写短篇小说,她的中篇、长篇亦成就颇丰。但本章只以她的短篇为研究对象。

　　铁凝是一位懂得艺术辩证法的作家,在她的诸多作品中,各种艺术元素在对抗、对比之中达到了互补互衬,统一和谐。她懂得"没有规矩不成方圆,小说也自有小说的规矩"①;她也深入思考并尝试着"犯规",并以为:"懂得并且有力量'犯规',和懂得并且善于遵守规矩同样重要。"②

　　铁凝把短篇小说比作体操项目中的吊环和平衡木。她的短篇精彩,恰是因为走在一根"犯规"和"遵守规矩"的艺术平衡木上,恰是紧握着艺术元素对立和谐的吊环翻跃、腾飞。

一、全与粹

　　铁凝赞赏一位美国作家的话:"人生并不是一部长篇,而是一连串的短篇",我以为这句话道出的其实是小说家看人生的视角。事实上,宇宙不可谓

---

　　① 铁凝:《优待的虐待及其他》,《铁凝文集》(第5卷),江苏文艺出版社1996年版,第166、170页。
　　② 铁凝:《写在卷首》,《铁凝文集》(第3卷),江苏文艺出版社1996年版,第2—3页。

不大,人生不可谓不长,社会生活不可谓不林林总总,包罗万象,这些皆可称之为"全"。而任何小说家都不可能将"全"尽揽怀中,短篇小说作家尤为如此。他们面对万象之"全",眼睛紧盯着的总是世态之"粹",是精彩又精致的瞬间,是跳跃而简洁的片断。从某种意义上说,短篇小说是"舍全取粹艺术"之冠,其中的"舍",是清人赵执信所谓的"见一鳞一爪,而龙之首尾完好固宛然在也"的"藏",是苏东坡诗中所云:"空故纳万境"的"空"。

铁凝深知"你想包罗万象,结果你常常弄巧成拙"①的道理,她从不打算笨拙地包罗万象。她取"粹"独立于万象(全)之表,又以"粹"映照、折射、探究、包容了万象(全)之本。她的作品里,每每是容纳了社会和人生的全貌全景的,只当落笔时,却把这"全"溶作了底色,或作无色之色,拼全力去捕捉、勾勒、描述那"粹",然而这"粹"终是因了"全"的背景,"全"的底气,"全"的暗含,"粹"才有了历史感,有了生命气息,有了反映世界的意义,"粹"才能使读者触动、感动之后,有了对"全"的更多联想,有了对"全"的更深思考。

短篇小说《两个秋天》写一个叫凡玉的农村女孩,领母亲之命去接大姨看戏(村里请来了县剧团)。去年秋天,大姨村里的支书为大儿子盖房,惊动得全村老小去帮忙,大姨被支派给支书家蒸糕、磨豆腐,凡玉等了三天也没能接上大姨去看戏;今年秋天,凡玉再次受命接大姨看戏,一切几乎是去年的重演,大姨村里的支书又在为才三四岁的老儿子盖房,大姨仍然忙蒸糕。可这一次,大姨竟然在蒸完一锅糕后,跟着凡玉上路了。小说写于1981年,反映的正是中国农村改革的转折性时期。凡玉两次接大姨看戏的不同结局,就是一部袖珍版的中国农村当代史。小说家通过支书盖房时,普通村妇敢不敢去看戏,能不能去看戏这样的小事,将农村大包干前后农民真实的境遇、真实的心态表现得淋漓尽致:"地分不下来,还是干部们说了算"的年头,农民无法主宰自己的命运,言不由衷,行不由己。土地承包责任制不仅使农村的生产力获得解放,

---

① 铁凝:《优待的虐待及其他》,《铁凝文集》(第5卷),江苏文艺出版社1996年版,第166、170页。

更使人的精神获得了空前解放,农民开始能够按照自己的意愿,自由地支配自己的行动,他们真正有了做人的尊严。

《两个秋天》的确极好地把握了艺术元素中"全"与"粹"的关系,关于"全"与"粹",先秦哲学家荀子在《乐论》中说得好:"不全不粹不足以谓之美"。美学家宗白华先生进一步阐释说:"由于'粹',由于去粗存精,艺术表现里有了'虚','洗尽尘滓,独存孤迥'(恽南田语)。由于'全'才能做到孟子所说的'充实之谓美,充实而有光辉之谓大'。'虚'和'实'辩证的统一,才能完成艺术的表现,形成艺术的美。"①铁凝的这个短篇,可谓是虚实相生,"全"隐而"粹"现。正因为藏了"全"反倒使"全"的天空更加广阔,真乃"无景处皆成妙境";也正因为"粹",才满篇有神韵,有灵气,精彩处令人叫绝。《两个秋天》之"粹",不仅仅是事件选择精粹,其中疏疏几笔勾勒的人物亦"粹"得笔力不凡。一是去年秋天,姨父使出浑身解数去讨好一个三岁的孩子——支书家的老儿子,而那个孩子却一脸的冷漠——可推想多少人在把那个孩子当人物哄,才娇得他对精挑细选的苹果核桃根本不放在眼里。二是支书的女人"大嘴",一副颐指气使的派头,差遣大姨连句客气话也没有——一村的"女皇"支派自己的"臣民"干点活——心安理得。而今年秋天,老儿子不再有被姨父抱、被姨父哄的地位,大嘴也只得怒气冲冲抱自家的柴火蒸糕,自己推碾磨豆腐了。因为这样的"粹",小说中的重要人物支书虽未出场,却早已音容毕现地笼罩全篇。

读铁凝的《两个秋天》,觉得与贵州作家何士光 1980 年的获奖短篇《乡场上》有异曲同工之妙,也让人联想到英国作家威廉·戈尔丁《蝇王》浓缩历史的本领。而在铁凝这里,另一个短篇《请你相信》(1985 年)亦是小人物小事情中颇显历史厚重感的,既含知识分子遭遇的历史之"全",又显小说细节巧合误会、阴差阳错之"粹",两者相得益彰,精妙耐读。

---

① 宗白华:《中国艺术表现里的虚和实》,参见《宗白华全集》(第 3 卷),安徽教育出版社 1994 年版,第 386 页。

二、美 与 丑

铁凝做知青时,曾经写过厚厚一本诗,大约有五六十首。直到 20 世纪 90 年代,她在一篇名为《我要执拗地做诗人》的文章中,依然不忘对诗的恋情:"对于诗我不承认我是冷淡的。"其实,从铁凝的某类具有散文化倾向的短篇小说中,我们每每能够感受到诗的激情,诗的抒情性。我一直在想,一个执拗地要做诗人、写小说时也不拒绝诗性的人为什么做不成诗人而成了小说家?原因诸多,恐怕有一条是极为重要的:她接纳了"丑的艺术"。

并非说诗人必定与"丑的艺术"绝缘,如波德莱尔的《恶之花》,如北岛笔下冷峻而又丑陋的意象,但那毕竟是诗海中的极端。窃以为,以诗与小说比,诗人通常对景象或意象的筛选(包括对语言的筛选)远胜于小说家,筛选的作用之一便是将"丑"关在了诗的大门外。当然,现代主义诗歌另当别论。而铁凝的经历,哪怕只凭她 1975 年在"可下可不下"的前提下,"面对一街车队一街红花表决心"主动要求去农村插队这一点,①就几乎注定了她不可能摆弄现代主义。于是,不刻意筛选,不忍将"丑"挡在艺术门外的铁凝只能做小说家。

铁凝是刻意地或不经意地制造美与丑对立的小说家。在此,我们有必要对"丑"与"丑的艺术"作一区分。关于"丑"的概念,人类早已约定俗成(个例除外),无须多言。关于"丑的艺术",还是听听美学家的论述。宗白华先生说:"Beauty 与 Aesthetic 不同,纯粹美,虽表示和谐,而其他则尽有 disharmony 者,故丑与美为对峙,丑与艺术不立于反对点也。艺术表现生命,生命中尽有属于丑者,盖丑乃黑暗方面之事,又如何能摈诸艺术之外乎?再者,全部上有

---

① 参见铁凝:《真挚的做作岁月》,《铁凝文集》(第 5 卷),江苏文艺出版社 1996 年版,第 447 页。

些暗昧或恶劣部分，才能更显得美的鲜艳，即比较作用之定律也（contrast）。"①

在论及创造"丑的艺术"时，对铁凝的两个短篇不能不提：在《孕妇和牛》中，铁凝将与 Beauty 相对立的"丑"转变为与 Aesthetic"不立于反对点"的"丑的艺术"。作品里，腆着骄傲肚子的孕妇和那头叫"黑"的同样有着沉笨肚子的黄牛，从外在形象上，可说是与窈窕少妇的 Beauty，与充满力之美、线条之美的牛们的 Beauty 相对立的"丑"了；孕妇不识字，囿于乡村，不知山外的世界，平原的尽头是什么，与识文断字、满腹才学的知识女性的 Beauty 相对比，亦可谓"丑"了。一个短篇，敢取材于这样的一妇一牛，倘若没有驾驭它的功力，无异于铤而走险。然而，在铁凝笔下，当孕妇受一群放学孩子的触动，胆怯而艰难地描下路边石碑上她根本不认识，只觉得"个个都俊"的字时，当孕妇朦胧而坚定地希冀，她未来的孩子"必将在与俊秀的字们打交道中成长"时，冒险变作了险中取胜；从孕妇和牛到孩子和字，从现在时的描字到将来时的"心中的好风水"——作品摒弃外观之美的取材，终于转化为人类精神腾飞的美，尽管孕妇"永远也形容不出""心中这突然的发热"。"丑"转化为"丑的艺术"。

铁凝的另一篇力作《秀色》，写太行山麓一个叫秀色的山村，因水的奇缺而出名，秀色的两代女人以青春为唯一可以供奉的祭品，笼络打井队留在村中打井找水。秀色女人的行动，包括男人"闭一闭眼"的默许，对抗着千年古国的伦理道德，礼义廉耻，可谓"丑"矣。在活命的水的面前，女人的贞操，男人的自尊，少女的青春，一切都退居其次，黯然失色，然而就是在这样极端的让人蒙受奇耻大辱的"丑陋"中诞生了"张二家的"和"张品"两代女人的"壮烈"，也诞生了以"李技术"为代表的终于为秀色打出水来的打井队的"壮烈"。当张品赤裸着站到李技术面前，作品极写了她的美丽，接着铁凝放开了笔墨：

---

① 宗白华：《美感范畴：丑的艺术》，参见《宗白华全集》（第 1 卷），安徽教育出版社 1994 年版，第 534 页。disharmony：英文：指不和谐，不协调，不融合——编者。contrast：英文：指差别，对比、比较、对照——编者。

"她在勾引一个男人,光明磊落,直白放肆而又纯净无邪,她毫无经验,心中只有信念。她要完成她娘那辈没有完成的,她要活命。而水才是秀色祖辈的命脉。她希望自己能够摆布李技术,或者去受李技术的摆布。她又对他说:'今儿黑夜我没有衣裳。'"——人类顽强的生命本能,生存挣扎与人伦道德的对抗,使作品产生了文化意义、审美意义上的"美"——连水都没有,还能有什么?——文中一句噎得人透不过气来的反问,让读者很难不怦然心动。

当李技术们蓬首垢面,山鬼似地将冲击钻一下又一下刺向大山深处,并在心中呼喊:"这一下是为张品的!这一下还是为张品的!……"作品自然又产生了社会政治层面的美——共产党的打井队奋战八十一天,为穷困山乡钻出了生命之水。

在铁凝如上作品中,丑之愈丑,美之愈美;丑与美对抗愈甚,转化为与Aesthetic 相和谐的"丑的艺术"便愈令人感动抑或震撼。而她的两个描述外貌畸形之人的短篇《甜蜜的拍打》《法人马婵娟》,因为一路无节制地对于"丑"的铺叙,似乎少了将"丑"转化为"丑的艺术"的内在契机,因而感染力大不及前述两篇。

三、平实与触著

铁凝的平实是评论界的共识。她的平实表现在:平凡无华的小人物,平常之景的生活细节,平易简洁的叙事风格以及平和清新的文笔。平实推向极致时,便是老作家孙犁对铁凝的称道——"纯净"。其实,我们往往忽略了铁凝与平实相对立的那一面,这就是,她对生活中超常的、怪异的、令人震动的甚至耸人听闻的瞬间、场景、事件、人物等有极度的敏感和癖好。笔者打算借用诗歌评论中的术语,把它称之为"触著"。在铁凝的短篇中,平实是淙淙溪流,触著是遭遇险滩;平实是一马平川,触著是突兀高山;平实是满天星斗,触著是流星耀眼。

铁凝说："艺术需要一点出其不意，""出其不意不是哗众取宠。"①她还说："我看重的是好的短篇给予人的那种猝不及防之感：在滞缓、恒久的巨大背景前后，正是不同的人在上演着同一剧目的不同片断，走马灯似的。好的短篇正在于它能够把这些片断弄得叫人无言以对，精彩得叫你猝不及防⋯⋯"②在这里，"出其不意""猝不及防"便是平实之中的触著。

在铁凝诸多的作品中，总是能发现平实与触著的对立与和谐。《色变》以一个年轻女孩絮絮叨叨、嬉笑怒骂的语调讲述她到西藏做导游的酸甜苦辣，奇闻趣事。听众无不捧腹，只有"于伯伯"满脸严肃，从来不笑。然而于伯伯终于笑了，他唯一一次现在时的"笑"发生在女孩突然亮出一弯打算赠送父亲作礼物的藏刀。此刻，于伯伯那情不自禁的"潜藏着求生的哀鸣，流露着轻贱的讨好"的笑，令人满腹生疑。小说的揭谜是于伯伯过去时的"笑"，一段"文革"中不堪回首的往事——他多次遭遇过假枪毙！在杀猪刀和枪的面前，本能的求生欲望逼出了这"轻如鸿毛"的笑，乃至十几年后，面对任何屠具，哪怕一把礼品刀，那可怕的笑，仍恒久地潜藏在他的表情中，不得销声匿迹。一个关于"不笑"和"笑"的现在时和过去时，揭露"文革"对人身心的戕害，让人哀伤，让人震颤，让人思索。铁凝1986年的这个短篇尚欠简洁，她完全可以删减一些现在时的旁枝末杈，让絮叨琐碎的现在时更加平实和风趣，以此映衬现在时的"不笑"和延续过去时的那叩击人心的"触著"的笑。

《棺材的故事》以平常心，平常笔墨讲述平常之人：一对菜贩子的爱情故事，没有浪漫，没有抒情诗，有的只是像树叶一样的密密麻麻的日子和盼着比树叶还多的好日子。小说的"触著"是将爱的温存热烈搁置于一个匪夷所思的狰狞可怖的场所——菜场对面寿衣店的空棺材里。他们最终被买棺材的人无意中盖在棺材里而丧生。平常的人，触目惊心的爱情悲剧，这让人生出多少

---

① 铁凝：《艺术需要一点出其不意》，《铁凝文集》（第5卷），江苏文艺出版社1996年版，第176页。

② 铁凝：《写在卷首》，《铁凝文集》（第3卷），江苏文艺出版社1996年版，第2—3页。

感慨:平常的日子真好,有爱情的苦日子真好。棺材连着人生的两个端点:爱与死亡,它该不会是人类的生命寓言吧。

铁凝的短篇《安德烈的晚上》,似乎将平实与触著的对立、和谐把握得更加老到圆熟。她摒弃一对同桌(罐头厂工人,在同一张桌边干活)可能摩擦出的一切戏剧性情节,波澜不兴地讲述只有好感,只有关爱体贴,并保持了二十多年的"两根平行的铁轨"。当安德烈即将调离工厂时,他以"久违了的冲动"策划要和他所喜欢的异性同桌"单独在一起那么一次"。然而,这二十年中唯一的一个晚上,安德烈带着同桌在最熟悉的楼群间穿行三个小时,犹如鬼怪缠身,却怎么也找不到怀中的钥匙可以打开的那扇门(安德烈的哥们让出自己的家作为幽会地点)。正是这貌似不可思议的三个小时所达到的"触著",反衬出普通人普通得没有故事的二十年,普通得连一次小小的"出格"都摸不着门儿。不平常的三个小时恰恰印证了平常的日子太平常,一次出格恰恰注解了二十年的循规蹈矩。这就是50年代初出生的一代人淡淡的、苦涩的又充满人间真情的生活:一段"罐头厂"中的日月和试图逃离"罐头厂"的波动;一段不落俗套的"不谈爱情的爱情故事"。

铁凝认为:"无数种诉说里,不动声色可能是一种极高的境界。她内藏着撼人心灵的力度,大喜大怒大哀大乐凝练而成的气度。"①铁凝的平实往往属于这种富有力度和气度的"不动声色"。"不动声色"不易,"不动声色"是作家情感大坝蓄拦的高峡平湖之水,它积蓄了足够的能量,为的是开闸(触著)之时的有声有色。

关于平实与触著,我想说:一路平实过于乏味,一味触著又嫌太作,平实之中的触著才是以对立造就的和谐之美。铁凝所喜爱的林风眠的画,丰子恺的画与文,细想起来,都含有那么一种平实而又触著的东西。作家常常会从画家那里感悟到许多只可意会的玩艺。各类艺术的门径原本是相通的。

①　铁凝:《只言片语》,《铁凝文集》(第5卷),江苏文艺出版社1996年版,第211页。

四、明白与含蓄

　　铁凝的作品，从人物到事件，从叙事方式到叙述语言，都可称得上——明白，她没有学会故弄玄虚，故作深沉。她那里既没有哲学家的抽象玄奥，也没有先锋派的刻意经营形式；既没有读不懂的故事，也没有读不懂的疙疙瘩瘩的话。但是，铁凝并没有让人一目了然。她懂得对读者不能搞"优待的虐待"，不能搞一泻无余。于是她的作品便留下了一块弹性空间，一块由于含蓄、节制、分寸感、掩饰而造成的空间，一块得由读者"补足"而非作者"给足"的空间。小说实在也像诗一样需要一块由读者相对自由地去"懂"去"补"的空间，这块地方应大于作者的所给才好。

　　我们有必要分析一下铁凝在明明白白"给"了你一些东西之后，何以能产生并不十分明白的，外延不甚确切的，读者感受参差错落各有所得的空间。不妨以铁凝的成名作《哦，香雪》为阐释对象。这个短篇，作者给你的是再明白不过的景象①。一个火车只停靠一分钟的深山小站，一群挎着装上鸡蛋、核桃、红枣的小篮的农村少女，在这快乐得近乎神圣的一分钟里与外部世界的交流，是小说给予你的重复又重复的"景象"。从这些景象里，你或许看到了一双双纯朴可爱的农村姑娘渴望美好生活探究文明世界的明亮的眼睛，你或许看到了一个腼腆又倔强的农村女学生追求自己希望时的那份勇敢，那种当机立断，那种无怨无悔。在这里，小说依靠一只与文明、文化紧密相连的铅笔盒，涂抹出文明附丽于生命焕发出的光彩，赞美了衣食温饱尚不富余的人们萌生的更高层次的精神需求。于是，中国作家孙犁从中看到了"纯净"。美国的杂

---

　　①　铁凝语："当我写长篇小说时，我经常想到的两个字是'命运'；当我写中篇小说时，我经常想到的两个字是'故事'；当我写短篇小说时，我想得最多的两个字是'景象'。"见铁凝：《写在卷首》，《铁凝文集》(第3卷)，江苏文艺出版社1996年版，第2—3页。

志主编感受到"一种人类心灵能够共同感受到的东西"①。或许读者还可以悟出：其实，我们每个人面前都会有那样一只香雪所渴望得到的铅笔盒，它在你的人生中稍纵即逝，就像载着铅笔盒的火车只有短短一分钟的停靠，要紧的是你能否成为香雪。这时小说中的铅笔盒便含蓄成一个象征物。

由此可见，铁凝式的含蓄，首先在于她尽可能地给你"景象"，使挑选出来的景象具有吸附丰饶"意味"的功能。借用铁凝语言便是"描绘思想的表情，而不是思想本身"。②"表情"这东西的弹性和含蓄度是"思想本身"所无可比拟的。

其次，铁凝式的含蓄在于她拥有强力突破狭小"能指"圈的"所指"。她有着极好的控制小的"能指"与大的"所指"的功力，在小与大的链环上，在言此意彼的过程中，是由机敏、俏皮、幽默等所构成的含蓄。这些作品的"所指"，往往揭示了历史发展、社会生活的重大问题。譬如：大包干给农村带来的巨大变化(《两个秋天》)，反特权反不正之风的必然与困难(《六月的话题》)，贫困地区农民负担的沉重(《砸骨头》)。

再次，铁凝式的含蓄，在于她的作品中或是没有抒情，胜似抒情(《孕妇和牛》)；或是放弃心理描写，却暗示了人物行动决然可信的心理逻辑(《六月的话题》《请你相信》)；或是不写爱情，却流淌着浓浓的爱意(《灶火的故事》《安德烈的晚上》)。

最后，铁凝式的含蓄，有时还表现在，她把对于生命中"欲辨已忘言"的复杂感受融入人物遭际，个中滋味，任由读者自己品尝咀嚼。例如《遭遇礼拜八》呼唤着不受打扰的个人私生活的自由空间；《四季歌》传递了女人心声：在甜言蜜语背后，男人常忽略了他们应该具备的某种重要素质；《晚钟》抖搂出老年夫妇渴求回归人性本真的生活。在这些篇章里，作者只是娓娓

---

① 铁凝：《又见香雪》，《铁凝文集》(第5卷)，江苏文艺出版社1996年版，第155页。
② 铁凝：《优待的虐待及其他》，《铁凝文集》(第5卷)，江苏文艺出版社1996年版，第166、170页。

叙述遭际,抛弃一切多余的感叹、感慨、描写和议论,读者却感触多多,感慨深深。写到此处,想起美学家朱光潜先生对青年学子的告诫:"言所以达意,然而意决不是完全可以言达的,""文学上我们并不以尽量表现为难能可贵。"①我将铁凝作品中不是完全"以言达"的美,"并不尽量表现"的美,统称之为"铁凝式的含蓄"。

结语

铁凝的短篇小说,极好地把握了艺术元素的对立与和谐。

原因之一:生活自身就是一种对立与和谐的统一。铁凝或许并没有刻意地去"做"什么,或曰刻意地"操作",只是紧贴在现实的土地上,观察、理解、领悟,正像她曾经有过的倾诉:"在大地这面思想的明镜里,我吸取我的所需。于是便更加相信:'不能在智慧上繁衍智慧'。"②当今,过于"智慧"的小说家只在圈子里走红,"不能在智慧上繁衍智慧"的铁凝,反倒在圈子内外广受好评,这也算是艺术效应的辩证法吧。

原因之二:归之于铁凝孩童般的睹物观世的目光。她认为,"拥有心灵和手的充分自由的只有两种人,一种是世上少有的艺术大师,一种便是孩童",而这两者的联结点"便是孩童和大师共有的天真,是天真把他们的作品变得诚实了"③。铁凝首先是孩童(她的众多作品都有一个或隐或显的少女视角),她以孩童的天真、诚实,逐步指向了大师所能达到的美学品位。

原因之三:父女之间艺术气息相通,艺术灵性耦合。铁凝的父亲铁扬是一位画家,50年代末毕业于中央戏剧学院舞台美术系。冯骥才如此评价铁扬的画:"铁扬最终蜕去的是一切人为的——无论是别人还是自我的捆绑,达到的

---

① 朱光潜:《无言之美》,参见《给青年的十二封信》附录一,安徽教育出版社1996年版,第60、62页。
② 铁凝:《我尽我心》,《铁凝文集》(第5卷),江苏文艺出版社1996年版,第213页。
③ 铁凝:《我与绘画》,《铁凝文集》(第5卷),江苏文艺出版社1996年版,第209页。

是艺术与生命合二为一的自由。他让我们看到的是画家本人的生命气质和生命理想。那就是大气磅礴中的宁静,野性里的柔和,率意中的精当,阳刚之气以及澎湃不已的生命激情。他的色彩也正是在转化为这种主观的颜色时,才焕发出他独有的性灵的沉雄与炽烈。"①父与女,绘画与小说,不同的艺术门类,两代人不约而同,控制对立的艺术元素,以致和谐。让人惊叹心有灵犀的神奇!

　　铁凝一路走来,我们能够感受到她从"纯净"到"复杂"到"智慧"到"厚实"的过程,她虽然从不做小女人状的娇娇滴滴,甜甜腻腻,但直到20世纪90年代后期,我们愈发看到了一个女作家的"大气"。

　　铁凝要走的路还很长。

---

① 颜慧:《铁扬:追求艺术与生命的自由结合》,《文艺报》2011年4月25日,转引自《作家文摘》2011年5月13日。

第十一章　张炜：焦虑情怀的
精神证词

　　谈到当代作家张炜，人们也许马上会想到他的《古船》《九月寓言》《柏慧》《家族》以及皇皇巨著《你在高原》等作品。同时，作家身上又似乎有一个显著的标签：一位高蹈的理想主义者和一位行吟诗人。这些固然不错。但在笔者看来，作家的焦虑情怀，是连贯这些作品和称谓的一条红线，它是作家理想的生命歌哭与精神证词。

一、知识分子的大爱与悲悯："外省者"
"虚伪者""彷徨者"

　　"焦虑"本是一个医学术语，它是人类面对外部世界与自身生命时的一种不安与恐惧等情绪。"焦虑"也是近现代以来文学艺术中常见的书写主题之一，"如果我们能穿透政治、经济、商业、专业或家庭危机的表层，深入去发掘它们的心理原因，或者试图去了解当代艺术、诗歌、哲学与宗教的话，我们在每个角落几乎都会碰到焦虑问题。"①其本质是"为某种价值受到威胁

---

　　①　[美]罗洛·梅：《焦虑的意义》，朱侃如译，广西师范大学出版社2010年版，第1页。

时所引发的不安,而这个价值则被个人视为是他存在的根本"。① 的确,由这种焦虑所产生出来的悲悯与大爱,是人间最宝贵的情怀之一。视道德、理想、责任为毕生追求的张炜,其小说中也处处流淌着作家的这种焦虑情怀,"是他存在的根本"。

张炜的这种焦虑情怀集中表现在他对知识分子命运的探讨上。因为在张炜看来,"知识分子是社会的良心",②"真正的知识分子应该有起码的洁净。首先是心灵的洁净,其次是专业上的造诣"。③ 所以考察张炜对知识分子问题的焦虑书写,是解读其小说的一把重要钥匙。

张炜对知识分子的焦虑情怀有一个发展变化的过程。在 20 世纪 90 年代以前的早期小说中,由于受制于时代和经历,作家尚未形成自觉、独立的对知识分子的整体认识与评判,其焦虑情怀大都表现为传统的道德评判这一形式。如《秋天的愤怒》中李芒,这个乡村知识分子对岳父肖万昌等的精神境界还停留在"冤冤相报"的层面。《你好! 本林同志》中的卢达对李本林的帮助则显示出某种"道德补偿"的意味。这种传统焦虑情怀的集大成之作是《古船》。作品中,隋抱朴面对家族、历史与人类的苦难,就像一个苦修的圣徒,静坐磨坊十年之久,也与自我灵魂搏斗了十年之久。他在反复诵读《共产党宣言》中悲悯与思索,最后将一切思考归结为一个问题:"谁来救救我,谁来救救人?"其答案是"没有。人靠人救。"④在隋抱朴身上,寄寓着张炜对当代中国知识分子某种"原罪"意识的认识,"这个形象无疑有似罗丹的面对地狱之门的思想者。在整个心理发展过程中,他都在思索和探求一种对'原罪'的超越。"⑤不过,这种"原罪"意识的动因依然停留在传统文化中,依靠个人内省力来实现。

① [美]罗洛·梅:《焦虑的意义》,朱侃如译,广西师范大学出版社 2010 年版,第 172 页。
② 张炜、王光东:《张炜王光东对话录》,苏州大学出版社 2003 年版,第 29 页。
③ 张炜:《柏慧》,十月文艺出版社 1995 年版,第 236 页。
④ 《张炜文集》(第 1 卷),上海文艺出版社 1997 年版,第 252 页。
⑤ 罗强烈:《思想者的雕像:论〈古船〉的主题结构》,《文学评论》1988 年第 1 期。

从 20 世纪 90 年代中后期开始,张炜对知识分子命运的思考渐趋成熟,其焦虑情怀的视域由狭小走向阔大。此期作家更关注当代中国知识分子在特定历史时期的精神操守问题,这在《家族》《外省书》《能不忆蜀葵》《刺猬歌》,一直到近作《你在高原》系列小说中都有表现。其中"外省者""虚伪者""彷徨者"等几类知识分子形象的塑造,就是作家的这种情怀的一种显现。

"外省者"代表人物是《外省书》中的史珂。小说一开始就将人物置身于一座现代城市的荒原中:年老、妻死、无子。为了摆脱这种孤独,他从城市返回乡里,不为物欲(以侄子史东宾为代表)、色欲(以"鲈鱼"为代表)所动,一个人独居海边小屋。作品中,人物命运的"被弃—守望—寻找"的过程,也是他寻求皈依、渴望被救赎的一段心灵炼狱的过程,是一种"真实的痛苦和痛苦的真实"(何西来语)。《九月寓言》中的山地名师、《家族》中的外祖父、《刺猬歌》中的廖麦、《你在高原·海客谈瀛洲》中的纪及等都是这一类代表。他们都敢于在特定时代偏居于各种"中心"的"外省",做一名孤独的"零余者"。这类人物形象是作家理想中的人物。

"虚伪者"形象比较复杂。这里,大致分为两类:一类是权高位重的当权者。代表人物是《柏慧》和《你在高原·忆阿雅》中的柏老。这个军人出身的知识分子,因"历史的误会"阴差阳错地被送入到大学进修,在他人帮助下成为学界"权威"。但他仍不甘心,正如他多年后在一次醉酒后的大骂,认为是"那个狗日的小组害了我",硬逼着他当个鸟"专家",并说他原本可以做更大的事情,等等。作家通过人物自己之口揭穿了自身的卑劣。《柏慧》中的瓷眼、《你在高原·海客谈瀛洲》中的吕南老和霍闻海等也属于这类人物。另一类是见风使舵的"虚伪者"。在张炜小说中,这类知识分子众多,如《柏慧》中的黄湘,《你在高原·海客谈瀛洲》中的秦茗已、王如一、蓝老;《你在高原·人的杂志》中的画家万磊等为代表的一大批"中间状态"的知识分子。他们软弱、妥协、盲从,为了保全个人利益,成了对同类的施虐者与施暴者,最终成为权势者的同盟与帮凶。如《你在高原·荒原纪事》中的记者溜溜,他以写内参为由头,四处混吃混喝,骗财骗色。通过这两类"虚伪者"的塑造,揭示出张炜对知识分子在权、色、利的诱惑下的某种拷问,"即便在所谓'知识分子成堆'的地方,也并没有太多的知识分子——真正的知识分子。他们在基本的并不复杂的检验面前,很容易就暴露了自己的卑贱"。① 从中,我们可以看出张炜对当代一类知识分子的某种鄙夷与愤激。

"彷徨者"知识分子形象以《能不忆蜀葵》中的淳于阳立、《你在高原·忆阿雅》中的林蕖、《你在高原·人的杂志》中的李大睿为代表。这类知识分子原本一心追求崇高的精神境界,也是文学艺术的"圣徒",但商业大潮击败了他们的精神信仰,使他们走向堕落,但在堕落的同时他们内心的某种向善的力量又在撕咬着他们,使他们时时处于困惑挣扎之中。淳于阳立们的困惑,如陈思和所言,"创造性的一面失去了生存的条件,无法再创造出新的生命力,那就只能剩下恶魔性的放肆破坏和粗俗反抗了。这是社会造成的悲剧,也是淳于阳立个人的悲剧。"②对这类知识分子的塑造,反映出张炜对当下知识分子精神境界的另一种探索。

以上几类知识分子形象,无论是像史珂们、柏老们,还是淳于阳立们,他们囊括了当代大部分中国知识分子的众生相。透过他们,作品传达出张炜对当代知识分子的某种焦虑:作为启蒙者的知识分子,无论是在火热的革命年代还是在波涛汹涌的商业时代,如何抵抗种种诱惑,将自己的精神之舟驶向圣洁的彼岸? 是坚守还是堕落? 是沉默还是抗争? 是洁净还是污浊?

二、《你在高原》系列:"五十年代生人"的
"焦虑的马拉松"

在被称为"长长的行走之书"的《你在高原》系列中,我们看到作家的焦虑

---

① 张炜:《柏慧》,十月文艺出版社 1995 年版,第 236 页。
② 陈思和:《我看张炜的近作》,《湖南大学学报》2003 年第 4 期。

情怀在经过 22 年长久酝酿后的又一次升华。

这种情怀首先表现为"我"（宁伽）"人到中年"后的寻找与追问。系列作品中，作为一个知识分子的"我"，一次次地漂泊于山区、平原、海滩、小岛，但又一次次伤痕累累地归来，等待下一次的出发。这种流浪、这种焦渴与煎熬，实际上是"我"对自身生命的一次次体悟、内省与批判，"我处在了人生的一个十字路口，我必得回答和解决何去何从的问题"（《曙光与暮色》）。这些"问题"，有对中年世故的发问，"男人过了四十岁，迟早都是一只狐狸"（《我的田园》）；有对过去人生的警醒与悟彻，"关于生命和时光的全部问题，好像都在一个人的中年突然地清晰了、逼近了、令人始料未及"（《橡树路》）；有对中年生命再出发的希冀与豪情，"中年一只手扯着悲风，另一只手牵着梦想"（《鹿眼》）。但更多的是对人到中年的无奈和茫然，"不期而至的中年，两手空空的中年，不知该诅咒还是庆贺的中年……"（《鹿眼》）

除了"我"的焦虑外，同为"五十年代生人"的"我们"也在焦虑。系列小说中，有两处直接对"五十年代生人"生命特征的描写。一处在《忆阿雅》中，理想主义者人物林蕖曾有过一大段议论；一处在《我的田园》中，通过人物小白之口转述"我"对"五十年代生人"的认识。其中不乏这样一些字眼："了不起的、绝非可有可无的一代""概念接受下来的英雄主义""表演的欲望""批判而不自省的性格"等。

的确，在 20 世纪的代际更替中，"五十年代生人"有着它自身的特点。有学者指出，这代人曾"共同建构起了以拨乱反正为旨归的宏大叙述，延续了五四思想启蒙。但是这种思想启蒙还没有完成，中国就被拉到了以经济为中心的后革命时代，五十年代生人的精神信仰顷刻间变得一钱不值"①。这种精神落差，让这代人在中年后，精神上充满了矛盾和痛苦，也开始迅速分化，他们或

---

① 贺绍俊：《五十年代生人的精神之旅——读张炜的〈你在高原〉》，《当代作家评论》2011 年第 1 期。

高升或沉潜,或飞翔或堕落,"这是怎样的一代,你尽可以畅言,却又一言难尽"①。系列作品就生动地书写了这代人的这种命运蹉跎与精神焦虑。如《橡树路》中的庄周、吕擎等,他们是一群"高贵的迷茫者",但他们的精神同"我"一样,不安于现实与现世,苦苦追求作为一个知识分子、一个"人"的价值。最后"橡树路的王子"庄周别妻离子,流浪四方;拥有高校教职的吕擎也时时躁动不安,或远赴山区平原考察,或撰写《驳蠹夜书》抨击时事。如果说"橡树路"象征一种历史、一种文化,那么庄周、吕擎等无一例外地选择了逃离,他们的痛苦是一代人试图摆脱"历史的因袭"所必然的痛苦。这种"出走—回归—再出走"模式中,张炜试图想开出"我们"这代人摆脱精神煎熬的药方。

这种焦虑情怀还来自作家对"我"的家族及其历史的书写。在系列作品中,"那个光荣而又不幸、雄心勃勃却又一筹莫展,最后是任人宰割的家族"②的故事贯穿始终。远祖的足迹、父母两大家族的兴衰和四口之家的苦难,让"我"时时处于一种家族历史的巨大阴影当中。

在《人的杂志》中讲述了关于远祖的故事。"我"对一部"天书"进行考证后认为,自己是古莱夷人的后代。这个刚勇耿直的民族不断与炎黄、狄族等部落争斗,因寡不敌众,被迫向北迁徙,"但一大部分最终还是留了下来。留下来的一支人就组成了今天的藏徐镇"③。而在"我"出生以前,外祖父曲予曾做过类似的考证,他认为"我"的父亲之所以乐于奔走,便因为他是"异族人",身上流着不安分的血液。祖孙俩间隔近半个世纪竟然得出了同样的结论,这似乎是一种宿命。因此,"我"坚信自己的固执和奔走的冲动源自遗传:"但愿我的不安和寻找、那种难以遏制的奔走的渴念,正是由这个遥远的、与我有着血缘关系的部族所赐予的。我将在这场追赶中确立自己的修行。"④

---

① 张炜:《你在高原》,作家出版社 2010 年版,自序。
② 张炜:《你在高原》,作家出版社 2010 年版,第 110 页。
③ 张炜:《你在高原》,作家出版社 2010 年版,第 112 页。
④ 张炜:《你在高原》,作家出版社 2010 年版,第 113 页。

父母两大家族的兴衰主要在《家族》里集中展现。尤其是两个家族与革命间的错综复杂关系,故事扑朔迷离又启人深思,也是日后父辈遭受灾难的开始。一方面,这背后揭示出历史自身的偶然性,"看来很多事情完全处于偶然,一切都只差那么一点点。历史正是如此,往往就是在一瞬间里被决定和改变的……"①另一方面,也揭示出人性在成长过程中的复杂。正是"偶然"中认识革命者殷弓,这两个家族开始走向悲运,最终家破人亡。作为父亲的亲密战友殷弓,在解放后他有能力、有义务也有机会拯救父亲及其家庭于危难,然而他没有。在《忆阿雅》中,父亲那句"懒得去找"和殷弓毛笔手书"忆往昔,峥嵘岁月稠"这两个对比细节中,不仅仅揭示出两位革命者在晚年人格魅力的高下,更折射出革命胜利后如何重新认识"革命"和"革命者"这一意味深长的话题。

"我"的一家四口的苦难直接来源于父亲的不幸灾难。这种叙述散见于系列作品中,其中《鹿眼》《忆阿雅》等作品篇幅较大。身为知识分子的父亲从狱中出来后,仍然被监视并强制劳动,开山修渠、拉网捕鱼,像牲口一样没有尊严地做着苦役。长期的高强度劳动和持续的侮辱与虐待磨去了父亲身上的一切美好品性,他成了一个满身病痛、苟延残喘的人,"大一点的伤疤有四十多处",②"断开的肋骨大概到死也没有长好。他比以往任何时候都暴躁。他用铁条去抽圈里的猪;妈妈一句话说不好,他一拳就打过来。他几乎想跟所有的人吵架,于是那些背枪的人就往狠里揍他。他挨过以后,就在屋里叫骂,一夜一夜折腾。他差不多把家里所能砸掉的东西都砸掉了;砸不碎的,就把他们弄得到处都是凹陷。"③外祖母为此含恨而死,母亲也自杀未遂,而"我"也早早地就开始了"无父"的恐惧与游荡。

这种对"五十年代生人"自身及其家族的焦虑书写,张炜曾认为:"'50 年

---

① 张炜:《你在高原》,作家出版社 2010 年版,第 81 页。
② 张炜:《你在高原》,作家出版社 2010 年版,第 279 页。
③ 张炜:《你在高原》,作家出版社 2010 年版,第 285 页。

代生人'并不一定是严格的限制,它只是一个大致的年龄范围。作者属于这批人,对他们自然熟悉。有不少人始终认为这批人不同于上一代,也不同于下一代,真的有些特殊。"①上述林莽的一段议论,作家将其引用到系列作品的《自序》当中,这可视为张炜自己对"五十年代生人"的深情告白。因此,通过对"我"的家族及其历史这扇窗口,作家提出了以下追问:"我(们)"是谁?"我(们)"从哪里来?"我(们)"又到哪里去? 这种追问,张炜将自己早期的对知识分子的关切推向一个新的层面,是作家焦虑情怀的新发展。

三、"焦虑"书写的原因及意义

在《当代文学精神的走向》一文中,张炜将中国当代新时期文学划分为三个时期:复兴期(1976—1985)、高涨期(1985—1995)和衰落期(1995—   )。② 纵观张炜本人的小说创作,其高峰是在20世纪90年代以后,一些作品曾引起广泛争议,如《九月寓言》《柏慧》《丑行与浪漫》《刺猬歌》等。这说明,在对知识分子的焦虑书写时,作家内心时时处于一种焦灼状态,尤其是在20世纪90年代以后,这种焦灼更加明显,如他在90年代的"人文精神大讨论"中和2005年提出的人文精神"沙化"等言辞。在此,我们想探讨的是:张炜焦虑书写的原因是什么? 其笔下的焦虑情怀的意义以及可能的局限有哪些?

在新近出版的自传《游走:从少年到青年》一书中,我们看到,张炜的童年和青少年的人生经历就像其《你在高原》系列中有关"我"的一家四口的故事。因躲避战乱,在张炜还未出生时举家就搬迁至胶东半岛的沿海丛林深处,他就出生于那片人间野地。此时其父正在蒙冤接受改造,"他的噩运带来了全家

① 张炜:《关于〈你在高原〉及其它》,《创作与评论》2012年第10期。
② 张炜:《纸与笔的温情》,春风文艺出版社2002年版,第60页。

的不幸,让全家在没有尽头的苦难中一起煎熬"。① 除了来自林地动物的威胁外,民兵的监视、大字报、批斗会等更让全家心惊胆战。少年的张炜"从一开始就成为难得的另类角色。校园内一度贴满了关于我、我们一家的大字报",②而"学校师生已经不止一次参加过我父亲的批斗会","如林的手臂令人心战"。③ 作家初中毕业后被迫离家出走,游荡于深山、平原与小岛……恐惧、孤独、焦灼伴随他成长,直到二十多岁时精神还处于一种紧张状态,"只要有人大声喊叫一句,我心上还要产生突然的、条件反射般的惶恐。直到现在,我在人多的地方待久了,还常常要头疼欲裂。"④这种独特的人生经历,对作家性格与创作带来了巨大的影响,所以他小说中的那份孤独与焦虑,从一开始就渗透了作家刻骨铭心的刺痛,也正是这种刺痛才孵育出他性格中博大的焦虑情怀。

张炜的创作,也离不开他出生的齐鲁大地这方水土的滋养。张炜十分推崇儒学和孔子,尤其是儒家文化中的入世情怀与仁爱思想。"从一九八四年至今,……逐步对儒学向往起来。那时几乎天天读中国典籍,主要是儒家;"⑤"孔子不是单向的商业和金钱思维,他对于世界的存在有立体的、全局的把握。所以他是极懂得科学治理社会的人。"⑥因此,由于受到儒学价值观和审美观的浸染,张炜在其小说中的理想人物身上都体现着儒家的人格理想,尤其是儒家的忧患意识始终存在于人物的精神深处。除了儒家文化,齐文化对张炜的影响也十分巨大。如从《你在高原·海客谈瀛洲》等小说中可以看出,作家对莱子古国的兴衰、秦始皇的东巡、稷下学派的兴亡等历史都非常熟悉,并借人物"我"之口,表达自己身上流淌有古莱夷人的血脉而自豪。此外,"天人

---

① 张炜:《游走:从少年到青年》,广西师范大学出版社 2012 年版,第 28 页。
② 张炜:《游走:从少年到青年》,广西师范大学出版社 2012 年版,第 3 页。
③ 张炜:《游走:从少年到青年》,广西师范大学出版社 2012 年版,第 5 页。
④ 张炜:《游走:从少年到青年》,广西师范大学出版社 2012 年版,第 143 页。
⑤ 张炜:《张炜自述:野地与行吟》,中国社会出版社 2007 年版,第 74 页。
⑥ 张炜:《张炜自述:野地与行吟》,中国社会出版社 2007 年版,第 73 页。

合一"道家思想、浪漫恣肆的荆楚文化、阴阳家、方士文化和"聊斋文化"等也都为作家的创作以精神滋养。①

另外,在作家漫长的阅读历史中,托尔斯泰的"宽容"、鲁迅的"冷峻"等都对张炜的创作产生影响,尤其是他们的独立人格和批判精神,"学托尔斯泰,学鲁迅,就是不做潮流的应声小虫。"②同时,马尔克斯、福克纳、索尔·贝娄、屈原、苏东坡等人对张炜都有所影响。所以他的小说中的焦虑情怀呈现出驳杂甚至相互矛盾的一面。

上述的个人经历、地域文化与古今中外名人的影响,其实这些都是一种"文化环境"对人的熏陶与浸染。正如当代新弗洛伊德派先驱者之一的德裔美国心理学家卡伦·荷妮(Karen Horney)指出的,一些容易患焦虑症的患者,大都是"那些十分敏锐地体验到文化环境艰难的人"③。这里,我们借鉴这一理论来考察张炜焦虑情怀的某种来源,即在张炜那里,这种"文化环境"的影响是一种"综合的存在",而更侧重于这些文化精神内涵中的内省、偏执的一面,典型的如他小说中的独语部分文字,它们是作家焦虑情怀的诗情见证。

张炜的这种焦虑情怀,丰富和发展了中国现代小说的精神内涵。其最大的贡献在于对社会转型期的中国人的理想道德、高尚人格的呼唤与重建上,所以也是人们为何将张炜称为理想主义者的原因之一。其实,中国现代小说自鲁迅《狂人日记》开始,一代代中国作家就对国人精神尤其是知识分子精神世界在做不懈的努力与探索,也塑造了一大批"精神高地"式的作品。如叶圣陶的《倪焕之》、茅盾的《子夜》、巴金的《家》、老舍的《四世同堂》、钱锺书的《围城》、宗璞的《红豆》、王蒙的《活动变人形》、阎真的《沧浪之水》、张者的《桃李》、格非的《欲望的旗帜》等,这些作品背后渗透着一代代作家的忧患意识。

---

① 王辉、王万顺:《"民间"意义的生成及中国传统文化的影响——张炜小说的一种理论思考》,《当代文坛》2012 年第 6 期。

② 张炜:《张炜自述:野地与行吟》,中国社会出版社 2007 年版,第 83 页。

③ [美]卡伦·荷妮:《焦虑的现代人》,叶颂寿译,志文出版社 1978 年版,第 258 页。

张炜的小说(不仅仅是小说)丰富和发展了这种忧患意识。"芦青河""野地""葡萄园""高原"等不仅仅是张炜笔下的文学意象,也是他奉献给当代文学精神资源的哲学命题。它们与莫言的"高密东北乡"、张承志的"西海固"、王安忆的"太平洋"、苏童的"枫杨树故乡"等一起构成中国当代文学精神的象征。

正如一些学者所言,张炜小说中的一些焦虑书写有着他自身的局限,比如文化保守主义、对现代技术主义等的过度警惕,同时"始终无法回避道德乌托邦理想与中国知识分子实践理性入世情怀的矛盾,无法回避社会责任感强烈而持久的冲动,使理想的突兀与艺术的张力处于难以调和的矛盾之中"①,等等,这些都妨碍了他"走向高原"的胸襟与勇气。尤其在其小说中,理想人物的精神往往无力解决现实中的困境,仅仅成为一种幻想与自我安慰。"高原"在哪? 它只是一个幻影、一个影像、一个乌托邦。这也许是作家有待如何走出自己创作瓶颈的另一种"焦虑"吧。

---

① 王辉:《纯然与超然——张炜小说创作论》,中国社会科学出版社 2007 年版,第 169 页。

第十二章 潘军:"形式主义者"的小说实验

　　皖籍作家潘军,1957 年生人,这个岁月出生,让他有别于 60 年代出生的先锋作家苏童(1962 年生)、余华(1960 年生)、格非(1964 年生)等人,哪怕只大他们几岁,对潘军来说,是人生的财富。中国历史上的反右,三年自然灾害,"文革",背语录,唱样板戏,搭末班车上山下乡,这些事情便刻进他的童年、少年记忆,永远无法抹去。

　　按潘军自己的说法,生活是不需要体验的,它像空气一样包围着你,你呼吸就是了。所以说潘军是呼吸过较他之后若干年出生的先锋派作家们不曾呼吸过的空气,同时,这种呼吸又是以孩子的肺吐纳,他便也不同于王蒙、高晓声、张贤亮们。

　　潘军的父亲是"右派",父亲给潘军的是性格,是文人气质,尽管他十八岁那年才第一次见到父亲,尽管他竟是非常偶然地在发黄的包装纸上第一次读到父亲反右前的文章。潘军的母亲、外祖父是地方黄梅戏剧团的演员,他这个梨园子弟却没有去学唱戏,而是自幼师从民间画家学绘画,可受中国地方戏曲潜移默化的影响,在潘军小说中总能见其踪影,而丹青之技又让潘军懂得了如何控制文学的线条和色彩,在长篇三部曲《独白与手势》(白、蓝、红)中,他终于忍不住技痒,以插图的形式,展示了自己不俗的绘画才能。他喜欢白色,他善于给读者留下"白"色，那是一种欲辨已忘言的东西。

潘军是"文革"结束恢复高考后的第一届大学生，1982年春毕业于安徽大学中文系，其后蹲机关，进文联，下海经商，又重返文坛当职业作家。他写出大量的长、中、短篇小说并且因小说而声誉日盛，他却一直对影视文学情有独钟，说是手中正怜香惜玉般地扣着自己的几部作品，不排除心动难耐时会去"触电"。新世纪他果然全身心投入影视编导，一如他当年义无反顾地去海南经商。

潘军的女儿称，我家所住的机关大院里，处长、厅长加起来有几百，好作家唯独我爹一个。女儿以爹为自豪，爹以女儿的评价为得意。2001年，父女俩合出了一个集子，名曰《我家的时尚女孩——害怕长大》（人民文学出版社）。走到今天的潘军是有资格让女儿背地里对他竖大拇指的。他没有官帽子，好像连文联作协的帽子也没有，经商恐怕也属于那种湿了衣服湿了鞋，在海里捞不出大钱来，或者淘了金又大把撒掉的一类。于是失之东隅收之桑榆，他成了好作家。从1982年处女作短篇小说《啊，大提琴》（原名《拉大提琴的人》）在《青年文学》创刊号上发表至今，他已出版了百万余字的作品，并且其中有相当一部分，应该当之无愧地成为（当代）文学史上的精品。

潘军故乡的大学安徽大学、安庆师范大学曾多次邀请他讲学，报告厅里，座无虚席，反响极热烈。潘军出众的口才打动过多少莘莘学子的心。

一、一个形式主义者对于"怎么写"的迷恋

潘军的成名和1985年中国文学的形式革命密切相关。面对大量涌进的西方各种风格、各个流派的译作，像卡夫卡、博尔赫斯、赫勒、加西亚·马尔克斯、林顿，法国新小说派的克洛德·西蒙、罗伯·格里耶，后来的米兰·昆德拉等，这些新鲜而有诱惑力的作家作品让潘军喜爱。在1982年大学毕业后的两年间，是他有生以来读书最多的时期。他说他后来查过读书笔记：我读了700

多本书。他受到一股强大的形式潮流的影响,他"感觉到像打开了一个窗户",惊异"原来小说还可以这样写"。①他反反复复地强调并琢磨着:"要紧的不是写什么,而是怎么写"。②

潘军对于形式的迷恋,对于"怎么写"的追求决不停留在简单模仿西方作家,也不局囿于舍弃百家,独尊一家。他将自己海量阅读的对象嚼碎了,消化了,融化作完全个人化的书写方式。他乐此不疲地做着小说的形式实验并由此快乐无比。

(一)"花心思"讲故事的先锋

20世纪80年代,当形式的潮流普遍抛弃故事和情节时,潘军在意于讲故事。

潘军坦言:小说要有可看性。"对故事的设计是需要花心思的"。③正是潘军"花心思"的东西,满足了笔者私人阅读的癖好——侦探小说,这类小说和先锋派创作似乎风马牛不相及,可潘军常常让笔者的职业阅读和私人兴趣阅读相契合。他的许多文本,首先能在故事层面给人带来阅读愉悦。如《风》《桃花流水》《白底黑斑蝴蝶》《对门·对面》等。

侦探小说的情节堪称小说中的情节之王,它重逻辑推理,重因果关联,以冷静和理性推动情节。而潘军这类小说的情节则更重情感性、偶然性、随机性、不确定性,有着另一番关于情节的滋味。

《风》是一部以抗日为核心题材的长篇小说。沿着小说叙事人"我"寻找抗日英雄郑海的情节线,"我"一步步走进历史,走进叶家,走向叶家的老爷和两个少爷的私生活。作家每每在情节的关键处扯断又连缀,分分合合,吞吞吐

① 潘军:《先锋文学、地域文化与我的小说创作》,《安庆师范学院学报》2003年第4期。
② 潘军:《多余的话》,《潘军文集1:日晕》,长江文艺出版社2002年版,第4页。
③ 潘军、牛志强:《编作对谈·历史的暧昧》,《潘军小说文本系列F卷:结束的地方》,中国工人出版社2000年版,第178页。

吐,一字半语,点点滴滴,诱人走进预设的情节,又不知所措地掉头退出。于是,一段抗日的陈年往事便扑朔迷离,烟雾迷茫。神秘的抗日英雄郑海总是若隐若现,像一股忽停忽起的风,来去无踪,轻轻地拂过家乡的湖汊山岗。

谁是郑海?老爷临终前未留一语,只伸出了两个指头。叶家两个少爷都是郑海么?抑或只是大少爷叶千帆或二少爷叶知秋是郑海?老爷的义子六指是郑海么?老道一樵是郑海么?可抗日英雄为何归隐山林?两个后生郑士林和糙坯子郑士旺都是郑海的后人么?抑或只是其中之一人?"十七年""高大全""三突出"的模式与先锋派的种种技巧都无法解读《风》。潘军认为:"现代小说的创作从某种意义上而言是形式的发现与确定。可以肯定地说,我是先找到了属于《风》的形式然后再去写《风》的。"①《风》的形式的发现让作家自己"怦然心动"。客观描述的"历史回忆",主观缝缀的"作家想象",弦外之音的"作家手记",多重视角,主观与客观,叙述与评点,情节的过程与叙述的过程,似连非连,似断非断,分分合合,重而不叠,照说这样地走近历史应该天衣无缝,但结局仍是疑云重重,暧昧连连。潘军把解读历史和解读人物的任务交给了读者,他的思考很形象也很抽象:"历史的形态与风的形态太相似了,来无踪去无影,每个人都能感受到,但却不能去把握。或者说每个人都能按照自己的意志去把握。"②

潘军以他对小说的理解大大拓展了小说叙事学的领域。他在意更多地开发一些非情节的软性叙事空间,使故事内涵更为丰饶,所涉及的社会生活更加广阔。这犹如建筑师构建一座结构合理又精巧的房子,每个房间的设计有赖于建筑师独立完成固然是一种风格,建筑师与房客共同精雕细琢不失为另一种风格。潘军所追求的正是后者。

---

① 潘军:《想象与形式——关于〈风〉的一些话》,《潘军文集2:风》,长江文艺出版社2002年版,第2页。

② 潘军、牛志强:《编作对谈·历史的暧昧》,《潘军小说文本系列F卷:结束的地方》,中国工人出版社2000年版,第180页。

（二）设置情节陷阱的游戏

当先锋派作家执迷于有意味的情节碎片时，潘军更在意设置情节陷阱，抖落出耐人寻味的结局。

现代主义追求碎片的美丽，碎片的富有意味，象征性的指涉，能指和所指之间链条的断裂。对西方现代派文学的阅读，只给潘军提供了一种新的思维方式，而不是新的创作范式。潘军的长处在于，他几乎从一开始就不描红他人。他以设置情节陷阱、引诱读者为快乐。当他有意无意间将你的阅读期待导向迷途时，又送上一块半块石头，让你踩上石头跌跌撞撞走下去，突有所悟：原来脚下有路，或说自以为找到了通向迷津的路。

读《秋声赋》，你很难设想主人公旺与霞，翁媳间的爱欲之火已然烈火烹油，竟会以旺的道德觉醒和血淋淋的自残为了断。作者对灵魂的探微又不全然在于褒扬、贬斥、慨叹或说教。

读《桃花流水》，原以为是纯粹的复仇和纯粹的爱情故事，最终却导向了兄妹之爱的爱情悲剧，一幅作为爱情信物的扇面画成为洞穿谜底的见证。现代人的爱恨情仇给了人难以用单纯确切的语词表达清楚的感慨。

读《白底黑斑蝴蝶》，你不敢去想，世界上的偶然性、巧合、误会竟然会导致谋杀，一个特定背景和情境之下的一句语义含混的话，一个关键时刻白底黑斑蝴蝶在额角轻轻掠过，竟会把上尉司徒建明送上断头台。世界上，因与果之间的链接是如此地关系密切又如此地毫无关系。

读《和陌生人喝酒》，一对一见钟情婚后又生活默契的夫妻，十年前，因了电梯里的一片纸屑而步入婚姻的殿堂；十年后，因为另一片纸——音乐会的门票而离异。一个玩笑，或许根本就是刻意的算计，让男人和女人怀揣想象中异性送上的门票，光临同一场音乐会。让人看到了忠贞背后的伪善和欺骗，也让读者琢磨不透，对待爱情，透明是幸福呢抑或不幸？

读潘军的作品，你千万不能急于跨越"过程"去关心"结局"。能坚定而成功地阻止读者只关心"开始"和"结局"的小说家是了不起的,潘军做到了。

其实,"过程"与"结局"更多的不是形式问题,而是对世界的一种认知方式,是观念问题,是哲学。潘军在他的小说《流动的沙滩》中,借作品人物之口阐述了这样的理念:"说清楚本身就是一个错误,我们对世界的认识一般都是一知半解的,你无法说清楚你面对的一切。这是连博尔赫斯都感到棘手的问题。"①这似乎在弘扬"历史虚无主义"和"历史不可知"论,这当然不是大多数政治家和历史学家的风范,却实在是非理性的小说家对大千世界的真实体验和感受。

于是,"多元"结局的故事便是潘军小说的理想格局。他承认小说是"编故事","不过你千万不要以为编只是潘军的事,其实也是你的事。我们得保持合作。这如同茶叶在我手里,水瓶让你提着,要想喝一杯就得往一块靠靠。"②很明显,作家希望读者参与再创造,成为"多元"结局的最为重要的"一元",它是不是小说家的预设似乎并不重要。

(三)叙述人闪烁变化的叙事实验

潘军是一个自我意识很强的人,现代主义的滋养让他一面相当看重主观叙事,但另一面,他又有一种对单视角叙事法则的恐惧,他逐渐地把在同一篇小说中"我"等于我、"我"小于我和"我"大于我的第一人称叙事,处理得日臻圆熟。

他在形式实验中开始尝试"纯客观视角""限制视角"和"全知视角"的任意转换。如果说,他的第一部长篇《日晕》在叙事视角转换时还略显生涩,那么在创作第二部长篇《风》时,他已经找到了非常完美的主客观结合,多重视角叙事的途径,他甚至采用了西方现代主义小说文本中的有效方式,付梓时采

---

① 潘军:《流动的沙滩》,《潘军小说文本系列 C 卷:悬念》,中国工人出版社 2000 年版,第17 页。

② 潘军:《省略》,《潘军小说文本系列 C 卷:悬念》,中国工人出版社 2000 年版,第102 页。

用了三种不同的印刷字体:历史回忆、作家想象、作家手记。字体变换是一种提示,潘军以视觉形式为辅助手段,来解决小说叙事形式问题,完成了过去时、现在时的时态融合与叙述视角的闪烁变换。

潘军的以"对话体"为主的叙事,类同于剧本或影视文学脚本。在新时期小说中,"对话体"小说文本能超过潘军的作家不多。

1987年潘军在他的成名作《白色沙龙》中已展示了他控制人物"对话"的能力,那时,他尚未能将"对话"演绎成一种小说文体。90年代末的短篇《对话》(1997年)和中篇《关系》(1999年),潘军率先尝试以"对话"作为推动叙事的基本方式,靠"对话"连缀时间,拓展空间,推进情节,又不轻易抛弃简约的第三人称纯客观叙事。"对话"双方(一般多为男人/女人),直面相同情境,双重的主观叙事,双重的往事回忆,双重的内心暴露,双重的价值取向。在互补、冲撞、矛盾、和谐,主观修正客观,主观消解客观的背后,重构人物、事件、场景、细节,从而达到重构历史的目的。

"对话体"的另一功能是控制叙事节奏。叙述人影影绰绰与作品人物合作,以双重视角去透视某一类至关重要的情节或细节:放纵时一路宣泄,酣畅淋漓;收敛时含蓄隽永,一颦一叹意味深长。双重的体验和玩味,不知是更接近了历史的真实,还是背离了它的本真?而这正是潘军所需要的"不确切的意味""多元意味",他称这类小说是"最饱满的小说"。①

或许是他大学时代初登文坛的习作就是话剧,或许是他童年少年时代梨园中的耳濡目染,经历成就了他操纵"对话"的能力,这样的本领为他从事影视剧创作积累了本钱。难怪他会扣下得意之作,以备自编、自导乃至自演,后来他果真做到了。

(四)超验和变形的主观叙事实验

这类形式实验的杰作当推《三月一日》和《重瞳》,这两部作品也是潘军全

---

① 潘军:《坦白——潘军访谈录》,安徽大学出版社2000年版,第11页。

部创作中的精品。

先说《三月一日》,主人公车祸受伤,左眼瞎,余另一目洞察人生百态。本来,能一目了然已算幸运,小说家偏赋予此公一目洞穿他人梦境的特异功能。"我"便出入自由地走入妻子之梦、同事之梦、领导之梦,甚至穿越时间隧道,闯入二十年前自己的梦。这个文本可堪称"第一人称超全知叙事"。荒诞的形式成为心理描写和灵魂探幽的最好载体。

如果说《三月一日》是自由地打破了空间的界限,那么《重瞳》则是自由地打破了时间的界限。如果说前者是叙述人少了一只眼而多了一种功能,那么后者则是叙述人多了一只眼(重瞳),少了一种历史书写惯常的政治的正史视角。两千多年前的楚汉之争,小说竟以作古的历史人物"霸王自叙"的方式讲述。我们不能不惊叹潘军的想象能力和创新能力。亡灵复生,第一人称,现代视角,现代语言,意在从全新的、文人的、诗人的、武夫的视角颠覆历史。牛志强对潘军说:"你完全依赖于前人提供的史实,没有去杜撰另外的事实,然而又在原有的史实上做出了新的解释。这种对历史人物的现代解读,颇有些冷幽默的味道。它好就好在不是在'新编',而是在'新解'。"①潘军的新解是对重大政治事件、重要历史人物的平民的、人性的、诗性的、心理的解读。这正是潘军式的"主观的真实和心理的真实"。② 我丝毫不会怀疑,《重瞳》将成为先锋文学中的经典叙事和经典文本。

在小说的形式问题上,潘军是一个不安分的作家,借用他的一个小说篇名——《流动的沙滩》,对潘军而言,我们可以说:流动的形式。他永不可能做纯粹的某某,也不可能做纯粹的昨日的潘军,超越前人和超越自己,中国的先锋文学正是在这样的形式探索中显示出勃勃生机。

---

① 潘军、牛志强:《编作对谈·第一人称》,《潘军小说文本系列 E 卷:霸王自叙》,中国工人出版社 2000 年版,第 185 页。

② 潘军、牛志强:《编作对谈·第一人称》,《潘军小说文本系列 E 卷:霸王自叙》,中国工人出版社 2000 年版,第 185 页。

二、一个语言技师以母语倾诉的睿智和欢乐

作为小说家,潘军有极高的语言天赋,无论是笔述还是口表,他在高校开讲座时,两三个小时的演讲从不带讲稿,且听众越多状态越好,面对台下雪片般飞来的纸条即兴作答,出口成章,妙语连珠,机敏睿智,不乏幽默。让人感到,他一旦进入一种语言状态,思想和语言之间几乎没有裂隙和阻隔。他在小说创作中对母语的运用和创新,给读者带来了无尽的审美愉悦。

(一)调侃之先驱

潘军 1987 年的成名作《白色沙龙》已彰显了他语言的实验性:调侃和嘲谑,刻薄和俏皮,准确、超准确和刻意地不准确,明晰、模糊和装糊涂。就语言而言,《白色沙龙》和王朔的《顽主》有异曲同工之处,然而,评论界必须注意,《白色沙龙》比《顽主》早两年。潘军笔下的"我""皇甫""达宁""二郎"等,正是王朔所不放在眼里的家伙——中国改革开放后最早受过高等教育的人,他们和王朔的马青、杨重等,所直面的环境,所体验的生活,所发现的问题,所宣泄的情绪均有差异,却不约而同地拿起同样的"语言武器"。潘军有过在大机关工作的经历,《白色沙龙》的绝妙处正是对公务员生涯的种种叙述。他用语言的匕首,把高墙深院禁卫森严、正襟危坐、道貌岸然、规则潜规则无情地杀戮了,彻底地消解了。

潘军有着优于王朔的多样化语言风格。王朔选用一副笔墨折腾出《顽主》《一点正经没有》,并且恪守这样的风格一路走下去,文坛发现且关注他另类的别具一格的语言特征。潘军其实更能折腾,他不安分地尝试多副笔墨的现代汉语表述方式,他敢于一次又一次否定自己实验过的方法,以致某一种尝试尚未可称"风格"时,他又风一般地开始了新的语言革命。他说:"从我十几年的写作经历看,我实际上就做一件事,就是在叙事空间里探寻,我越发觉得

汉语自身的潜质,觉得叙事的可能性不可限量。"①

（二）诗笔之强手

在潘军,语言的流畅,语言不时地挑战常规,一路洋洋洒洒而获得写作快感是一面;另一面则是它的自由、活泼和哲理,它诗性的含蓄隽永和意味深长。

这样一些小说篇名,谁能说和诗没有千丝万缕的联系:《小姨在天上放羊》《秋声赋》《桃花流水》《流动的沙滩》《南方的情绪》《爱情岛》……尽管潘军频频声称,自己只想做小说家,当不了诗人,但他骨子里还是兼具了边塞诗人的霸气和行吟诗人的忧郁,就像他笔下的楚霸王,铮铮一介武夫,开篇却偏称:"我叫项羽,这名字怎么看都像个诗人,其实我自己早就觉得是个诗人了,但没有人相信。"②《重瞳》以项羽自谓诗人开篇,结尾又以诗笔结束了那段悲剧的历史:

> 据说乌江的岸边还流着我和虞的鲜血,江浪竟没有把它冲刷干净。
>
> 第二年春天,这块地方开出了一片不知名的红花。有一天,一个老人领着他的小孙女到这儿散步。那孩子就问:爷爷,这些漂亮的花儿有名字吗? 老人思忖了片刻,说:有。他叫虞美人。③

谁人能不激赏这个结局,试问天下哪一位诗人笔下的花,这般地滴着血,透着情,印着生命的颜色啊。

诗性的东西要有诗的语言表达,而它又不仅仅是语言的。语言学家以为,诗的语言是高阶语言,其原因之一,是诗和哲学联袂,哲学抬高了诗的语言台

---

① 潘军、牛志强:《编作对谈·冷叙事与个人化历史》,《潘军小说文本系列 B 卷:偶像崇拜年代》,中国工人出版社 2000 年版,第 180 页。

② 潘军:《重瞳——霸王自叙》,《潘军文集 4:重瞳》,长江文艺出版社 2002 年版,第 1、58 页。

③ 潘军:《重瞳——霸王自叙》,《潘军文集 4:重瞳》,长江文艺出版社 2002 年版,第 1、58 页。

阶。其原因之二,是诗常常可以自由自在地不遵守语言规则。潘军的作品常常在恰到好处的地方流淌出这样的诗:

白色是世界上最纯也是最杂的色相。(《白色沙龙》)

上帝在馈赠他一份无限幸福的同时也搭配给他一份彻底的灾难。(《白底黑斑蝴蝶》)

我说一个鲁迅至少可以压三代人,你想往哪儿大? 你还真以为那些招摇过市的家伙了不起呀? 他们顶多能写一部或者 10 部 20 部厚的。从来就不曾大过。(《海口日记》)

外祖父说:"古人造这个'日',就是让你晓得,日倒过来还是日。"(《1967 年的日常生活》)

当人变坏了,历史就开始了,当人变好了,历史就结束了。(《重瞳》)

潘军不仅在面对故乡的阡陌溪流,面对亲情、友情、爱情,面对母爱、童年这些诗的富矿时常常流连忘返,他直面宏观的、玄奥的、历史的、人类的大时空时,亦兼具诗人的情怀。相比钱锺书的妙譬如涌,相比王蒙机敏的插语议论,潘军似乎更多了一份漫不经心和从容不迫:一种凝眉之际,嘴角挂出一份凝重、一丝嘲弄、一抹冷笑、一朵坏笑的倾吐,于是让读者平添了对叮当作响、过目难忘的小说语言的回味。沉甸甸的深奥哲学,化作了生命的诗。

(三)"对话体"之新锐

潘军控制语言的能力还表现在小说的"对话体"文本。潘军历经了早期片断的"对话体"尝试后,到写《关系》时已举重若轻,得心应手。其一,短句、口语、哼哈之间的大容量,大背景,暗示以及模糊性。其二,前卫的语言表达方式,如:男主人公和自己影子对话,两重自我,喁喁交谈,道出主人公内心的矛盾——次面对灵魂的追逼和叩问,一个面对影子才有的真实和真诚。这让人联想到王蒙东方意识流作品《蝴蝶》中"审判"一节,主人公两重人格的一问一答。此时的潘军,毫不逊色于王蒙。其三,对话体文本非常好地解决了控制情节密度的问题,最终控制了语言节奏和叙事节奏。情节密度大时,作家有足够的语言空间拓展小说的传奇性;情节密度小时,又引导读者慢慢咀嚼品味传神性的细节。笔者以为,"对话体"文本的语言正是潘军小说中最欢快、流畅的语言。

三、一个先锋小说家在东西文化碰撞中的人文情怀

身处文化转型时期的中国作家潘军,可以用塞林格的方式去写他的童年少年,可以用克洛德·西蒙的方式搞无结构痕迹的拼贴画,可以借鉴卡夫卡的荒诞,可以学习博尔赫斯的随想和充满智慧的东拉西扯,甚至不时地模仿希区柯克的侦探小说破案。然而潘军坚守着一个创作宗旨:"模仿只是在形式上,我最终要表达的还是自己的内心。"①他在写完《海口日记》后回答读者说:"故事是虚构的,但我对故事的体验是真实的。"②

潘军的这个"内心",这种"体验"是纯然个人化的么? 它与他生存环境中的东西文化碰撞、融合,传统文化转型有着什么样的关系? 如何影响了他笔下人物的思维方式、行为方式、价值标准、文化观和历史观? 统而言之,如何构建了转型时期中国知识分子的人文情怀? 这很值得我们辨析、探究。

(一)关于叛逆的话题

潘军的笔下,塑造了一批时代的叛逆者。这类形象的雏形可推溯至"文

① 潘军、牛志强:《编创对谈·实验见证》,《潘军小说文本系列 C 卷:悬念》,中国工人出版社 2000 年版,第 192 页。
② 潘军、牛志强:《编创对谈·在大陆和岛屿之间》,《潘军小说文本系列 A 卷:海口日记》,中国工人出版社 2000 年版,第 184 页。

革"中的那群少年,从英雄崇拜、偶像崇拜到忐忑的异性崇拜,那个由于好奇、冲动竟敢到"有伟大意义"的芒果上去咬一口的举动,可堪称"文革"叛逆人物的极致——实践比想法更重要,实践找到了真相——没有想到芒果竟然是蜡制的(《我的偶像崇拜年代》)。

第二类叛逆者是机关的小公务员。如《白色沙龙》中的一群。不管他们采取什么样的活法,无论是走正道想跻入"第三梯队"的,还是选旁门左道心有旁骛想当作家、画家的,无论是靠背景的还是凭自我奋斗的,最终在一个被称作"驴粪蛋"和"裁缝铺子"的地方,理想幻灭,人生败北。他们是一群世事洞明、思想叛逆的青年,唯一的优势是内心的强大,唯一的行为是操弄语言的武器。《三月一日》中,瞎了一只"慧眼"的"我",难道不也是叛逆者?"我"通过撞入他人梦境的荒诞手法,窥视机关里的每一个角落,看到了它秘不示人的另一面。否则,"我"如何会憧憬当年插队时的乡村,回访岭上的初恋之夜,去寻觅简单朴素清纯真情的旧梦。

第三类叛逆者是小说家。如《流动的沙滩》中的小说家,一个"习惯站在理论的反面"的作家,一个"记忆系统十分糟糕","比较适合叙述'没有十分把握'的事"的作家,一个"对古人并不存在由衷的崇拜"的作家,一个认为"向博尔赫斯投降是明智之举"的作家。塑造这个作家的作家潘军,采用了新人"我"与老权威交流的方式,以叛逆的表达记录一个叛逆者,可两代人最终仍面临着共同的惶恐和困惑:"创造还是抄袭?"

第四类叛逆者是都市漂泊者。最典型的是《海口日记》和《关系》中的"我",一个在淘金大潮中的寻梦人。这个男人半梦半醒:梦中,他是诗人。他崇尚浪漫主义和古典主义。他渴望,他追寻,他投入,他纯粹,他孩童般的单纯,还有一份感伤和凄迷。醒来,他是个在俗世中疲惫、厌倦、彷徨、尴尬、无奈的"多余的人"。他的人生最有效的选择只能是两个字——逃离,就像"我"与家人"文革"中躲避城市武斗逃回故乡(《1967年日常生活》);就像大学毕业的"我"逃离机关见习干事的岗位(《白色沙龙》);就像一介儒生两袖清风的

书画家古凤眠逃离省书画院,蛰居清幽古巷,傲于民,乐于民,最终融于民
(《墨子巷》)。潘军在多篇小说中用家乡的方言反反复复说着同一句话:跑出
这鬼场子吧。可逃离后的终极目的地何在? 不知道。正像主人公的自白:
"海口不是家,是码头,你看到有谁在码头上住一辈子?"主人公会永久地痛苦
在一个悖论的选择中。潘军的都市漂泊者的形象在新时期文学乃至先锋派小
说家的笔下是很独特的。

(二)关于道德的话题

潘军的作品表现了社会转型阶段现代都市人自由主义的新道德观念与乡
村儒化的道德传统的冲撞。关于道德,作品所涉最多的恐怕还是情、爱、性。

冲撞的一方是:爱的浪漫幻想和性的随意性。《海口日记》的男主人公坦
露心怀:"我曾经想,在我弥留之际,把这辈子爱过的女人召集起来开个会,这
当然是个狂妄的思想,但是富有生气和诱惑力。""我有责任把她们彼此介绍
一下,让她们握手和碰杯。等她们一一对上号后,我会大声说:我爱你们。我
这辈子就这么一一爱过来的!"[1]

冲撞的另一方是:民族传统的伦理道德规范的根深蒂固。《秋声赋》中一
个叫"旺"的汉子,为了斩断翁媳间不道德的情丝,他毅然用烧红的烛签将自
己的掌心扎穿,并永远地不让伤口愈合,这一笔是很具道德震撼力的——一种
恪守人性底线的悲悯与壮烈。

(三)关于价值观的话题

潘军的作品表现了中国知识分子代代相袭的诗化的人文理想和这种理想
在拜金主义侵蚀下的霉变、崩塌、瓦解、转型,他们既无力抵御物欲的诱惑,又
在灵魂的深处作着苦苦的精神挣扎。

---

[1]　潘军:《海口日记》,《潘军小说文本系列 A 卷:海口日记》,中国工人出版社 2000 年版,
第 21 页。

都市漂泊者的特立独行,闯荡天下,焉能不与金钱、女人、生计、俗世的形而下的快乐相关联。他们一边咬牙切齿地诅咒:"钱这东西确实太硬了,碰它不过。"①一边学着在商海中游泳,"碰它"而不被它咬死。他们重新调整和适应了现实生活中人与人的关系。《关系》中的男女主人公除了真真切切的情的关系、性的关系,也不排除切切真真的金钱的关系,投资者与被投资者的关系,借钱与还债的关系。于是就有了全新的睹物观世的眼光和全新的价值取向。作者在题记里的那句话,包含了多少人生况味与失望:"世界上最复杂的关系,其实我不说你也知道。"②逃离一个早被在额上烫上无字之红字的群体,逃离一种渐成生存样本的群体法则,艰难得如同抽刀断水。这是因为:文人的血脉割不断,砸断了骨头连着筋。所以开着出租车仍高贵得像一个精神王子——怀念大学校园里的杉树林,思念读陀思妥耶夫斯基的初恋女孩,着迷于闲暇时能靠在床上看《布拉格之恋》和米兰·昆德拉。所以落魄到拎着手提箱住标间时,依然对贵族式的"沙龙气"情有独钟——高雅的精神品位,浪漫的人文情怀,洞察世事人生的智慧,谈吐间一语中的的见识,男人独自吞咽痛苦却只和女人谈风月——生命中不能承受之轻,用小说人物对"我"的评价:"你这家伙骨子里还是个骚人墨客。"③在潘军笔下,中国社会转型期各各相异的都市新人,各各相异的生存方式,"骨子里"最重要的是什么? 笔者以为,依旧是传统知识分子代代相守的情感逻辑、精神维度、价值取向。

（四）关于重构历史的话题

潘军刚出道时几乎从不写古代历史题材的作品。他在这一领域不鸣则

---

① 潘军:《海口日记》,《潘军小说文本系列 A 卷:海口日记》,中国工人出版社 2000 年版,第 31 页。
② 潘军:《〈关系〉题记》,《潘军小说文本系列 A 卷:海口日记》,中国工人出版社 2000 年版。
③ 潘军:《海口日记》,《潘军小说文本系列 A 卷:海口日记》,中国工人出版社 2000 年版,第 22 页。

已,一鸣惊人。一部《重瞳》,以"霸王自叙"第一人称的口吻,讲述一个两千多年前楚汉之争的著名历史故事,一场政治的权力之争,一部兵戎相见的战争史,被作家赋予了现代新解。主人公项羽的自我定位是"人""有诗人气质的男人""出色的男人"。潘军解读历史是从解读"人"开始的。作家借古人之口,颂扬光明磊落的大丈夫气概,推崇职业军人立马横刀、赴死沙场的英雄豪情,赞颂三尺龙泉得天下的道统,不齿于凭借心机称帝的把戏,耻说不守信约的品性,鄙视甘忍胯下之辱的卑屈。小说借虞姬之口斥责刘邦:"德性如此之低下",借亚父之口慨叹霸王的"几分书呆子气"——这与其说是两千多年前古人的人格宣言,毋宁是潘军本人的人生观、历史观。

潘军刻意回避项羽政治家的角色,纵笔书写他的人生理想:灭秦之后,携心爱的女人过诗剑逍遥的日子,琴心剑胆,浪迹天涯。他既无"达则兼济天下"的抱负,又无"皇帝轮流做,今天到我家"的野心,犹如一个受老庄引领的诗人:他不纯粹但真诚,不爱江山但爱美人,几分霸气,几分呆气,几分神勇,几分柔情。他玩不转政治,做不了皇帝,却赢得了女人的芳心和忠贞,他的生命在历史中流星般地闪烁和灿烂——好一个潘军独有的霸王!

读《重瞳》,联想到潘军另一个相当不错的短篇《溪上桥》,戎马征战一辈子的当代将军衣锦还乡,钦羡少年时代的伙伴,如今儿孙绕膝,尽享田园躬耕的欢乐。其中两老对着老槐树,旁若无人酣畅淋漓地撒尿的细节,让人忍俊不禁。返璞归真之情,古今相通。

《重瞳》绝不同于当今不少影视文学作品对历史的戏说,潘军是对史料做重新解读,对历史人物行为方式做心理推演。史家之笔,千秋功罪,从来是后人评说前人;如今小说家之笔,则任由古人自说自话,自我定位,甚至跨朝越代,指点着后人的是是非非。对此潘军有他独到的理解:"我以为我写得非常的真实。什么是真实?是客观的真实还是主观的真实?物理的真实还是心理的真实?我觉得小说家的真实就是主观的真实和心理的真实。小说家不应该仅去描摹世界,更需要表达自己对这个世界的态度,也就是表达自己眼中和心中的世界形象本质意义。"①

对于历史,《重瞳》是复古的历史追寻,还是现代的人文理想的张扬?作者的取舍显然偏重于后者。从这一意义上说,任何历史都是现代的,任何历史也都是属于言说者的。

结语

综论潘军,他很西化也很民族化,他很现代也很传统;他沉郁又张扬,内敛又豪放;他狂傲又不屑于种种身外的声名和获奖。他的文风摇曳,却又恪守着某些为人为文的规矩准则。他是先锋潮流中成就卓然、绝不该被忽略的作家。

阅读潘军,我频频追问,是什么样的文化雕塑了潘军这副模样?记得鲁迅先生在论及现代艺术时曾指出:"采用外国的良规,加以发挥,使我们的作品更加丰满是一条路;择取中国的遗产,融合新机,使将来的作品别开生面也是一条路。"②新时期小说应该还有中西结合、兼容并包的第三条路。更确切地说,两条道路不是阵线分明、截然相对的。潘军蹚的正是这第三条路。

陈平原先生在讨论东西文化碰撞背景下的"五四"作家时曾说:他们"师法中国古典小说"是"无意中接受",是"幼年时代熟读经史、背诵诗词以至明里暗里翻看《三国演义》《水浒传》《红楼梦》《聊斋志异》,那似乎只是一种自然而然的功课或没有艺术功利的娱乐,并没想从中得到什么写作技巧";而"理直气壮地以外国作品为榜样"则是"着意去模仿","'五四'作家则大多意识到后者而忽略了前者。还不只是前者'得来全不费工夫',故视而不见,后者'踏破铁鞋无觅处',故弥足珍贵,而是因为传统文学更多作为一种修养、一种趣味、一种眼光,化在作家的整个文学活动中而不是落实在某一具体表现手

---

① 潘军、牛志强:《编作对谈·第一人称》,《潘军小说文本系列E卷:霸王自叙》,中国工人出版社2000年版,第185页。

② 鲁迅:《且介亭·〈木刻纪程〉小引》,《鲁迅全集》(第6卷),人民文学出版社1981年版,第19页。

法的运用上。西洋小说则恰恰相反。无疑,具体而可视的'手法'比抽象而隐晦的'趣味'更易为作家、读者所觉察"。① 当今文坛何尝不是如此? 评家更加关注潘军们借鉴诸多西化形式的一面。尽管潘军本人也一往情深地佐证,说他在读完现代西方名家大作之后,如何地眼睛发亮,如何地惊叹小说可以这么写! 可他也如"五四"作家一样,有着溶进血液和骨髓中的,在母语土地上所获得的启蒙。读潘军新版散文集《山水美人》,欣赏他书中几十幅亲绘的水墨画插页,由此更加确信,在作家所钟情的山水之间,浸透着永生永世割舍不断的"根文化"的濡染。潘军发出肺腑之言:"这是我生命的烙印。"②

---

① 参见陈平原:《中国小说叙事模式的转变》,北京大学出版社 2003 年版,第 142—143 页。
② 潘军:《山水美人》,广西师范大学出版社 2003 年版,第 48 页。

第十三章　余华:"仿梦小说"的
追寻与转型

　　1987 年读余华的《十八岁出门远行》时,吃惊于主人公青春初旅,竟对世界作如此无奈感受,也吃惊于作者奇异怪诞的感知生活的方式,由此便牢牢记住了他的名字。

　　此后我一路跟读余华公开发表的短中长篇小说,但最初六七年里对作家本人,却说不出个子丑寅卯,一度连他是哪里人也不知道。

　　文坛如同舞台,有人把"炒"当成时髦,或"炒"作品,或"炒"作家,更有取终南捷径者,先将人"炒"得红红紫紫,夹风裹雨,再去张罗作品,美其名曰:包装。待到揭开盖头,读者所得,仅空"椟"一只,"珠"是想还也还不出的。余华未成名前,把自己包裹得很好,默默奉献出八十万字作品后(这八十万字虽不是字字珠玑,篇篇精品,但绝对没有粗制滥造的东西),才在中国社会科学出版社 1995 年 3 月出版的三卷本《余华作品集》中附写了寥寥三页纸的"自传",这是当时余华提供给读者的最详尽的有关他本人的文字。

　　读此"自传",再辅以"出版说明",才凑齐了关于余华的基本资料:

　　余华,1960 年 4 月 3 日生于杭州,一岁随父母迁居海盐县城,从小在父母供职的医院环境中长大,中学毕业当了五年牙医,其间读过一年卫生学校。因为写作如愿进入海盐县文化馆,再进嘉兴文联,最后打入北京。曾在北京鲁迅文学院与北师大合办的研究生班学习。"自传"中余华只字未提鲁迅文学院的深造,却强调:"我在海盐生活了差不多有三十年……我过去灵感都来自于那里,今后的灵感也会从那里产生。"

从1987年到1991年,余华以《十八岁出门远行》《四月三日事件》《一九八六年》(1987年),《河边的错误》《现实一种》《世事如烟》《难逃劫数》《死亡叙述》(1988年),《往事与刑罚》《两个人的历史》(1989年),《偶然事件》(1990年),《在细雨中呼喊》(1991年)等,敞开了余华式的广阔的精神领域。他犹如打开了潘多拉的盒子,汹涌而出的,是关于暴力、本能、仇恨、杀戮、死亡、虐待、恐惧、阴私、猥琐、乖戾、凶残、欺诈、荒谬、野蛮、混乱、冷酷、堕落、痛苦……的空前想象,那是一个完全颠覆了20世纪80年代中国读者阅读经验的世界。从天空、大地、河流到道路、房屋、情感,从人性之恶到世道之厄、命运之舛,从社会—历史,到宇宙—人生,都露出了狰狞的面目。充斥其间的,是裸露的存在荒原,生命的深渊。那是本原性的存在真相。它鬼魅般如影随形,无处不在。余华以自我式的精神冒险,冲击着读者的心理底线。那无法超越、无法救赎的绝望感,至今令人战栗和不堪。这是此前的伤痕文学、反思文学、改革文学、寻根文学中所没有的,甚至也是20世纪以来汉语写作的世界里从未有过的。无论是前者还是后者,关于苦难的书写,大多是在社会—历史的框架中去揭示世道人生的悲剧,它是由诸如新与旧、善与恶、美与丑、进步与落后、光明与黑暗之间的矛盾所导致的,是在历史主义的坐标中预设了一个发展和进步的历史规律,因而是可以超越和救赎的悲剧。即便是像鲁迅直面的"惨淡人生"也是如此,至少人们大多是在中国式的启蒙立场下那样去接受鲁迅的。然而,从1987年到1991年余华的小说世界所"现身"的,仿佛是从那社会—历史坐标游离而出的鬼魅般的宇宙—人生惨象,那是绝对的,历史虚无主义的,没有灵魂、没有皈依的存在性荒原和生命真实。余华自己都这样说:"那一段时间就像张颐武所说的'余华好像迷上了暴力'。确实如此,暴力因为其形式充满激情,它的力量源自于内心的渴望,所以它使我心醉神迷。"①至今我都很难相信,没有"40后""50后"作家那样悲苦的人生经历,余华何以有如此极端的文学想象? 即便是余华后来这样解释:"80年代,写先锋小说的时候我才二十多岁,我当时是一个愤怒的青年,那时候刚刚从'文革'中走出来,我突然感到原来接受的教育完全是谎话,有了强烈的被欺骗的感觉。当一个年轻人感到自己被欺骗了,和一个老人感到被欺骗是不一样的,老人也许轻轻一笑,年轻人很容易因此而愤怒,所以那时候我的作品里充满了愤怒。"②

如果说1987年到1991年余华小说犹如一个实验场,那么那场精神实验,就是要以极端的个人化经验、偶然的事件、内心的冒险,去接近真实:"事实上到《现实一种》为止,我有关真实的思考只是对常识的怀疑。也就是说,当我不再相信有关现实生活的常识时,这种怀疑便导致我对另一部分现实的重视,从而直接诱发了我有关混乱和暴力的极端化想法。"③这另一部分现实,就是余华揭示的一种真实,那就是宇宙人生的悲剧性真相——存在的荒原,它令人绝望、无可救赎。

一、形式迷恋:"精神真实"的追寻者

余华远不是一个能够提供休闲阅读的作家,从他初入文坛那天起,便对客观主义、传统现实主义进行了彻底颠覆。他和"再现论""反映论"无缘:那个背着"红背包",像小马驹般在公路上奔跑的"我"(《十八岁出门远行》),那个被莫须有的"四月三日"事件困扰威慑着,惶惶如惊弓之鸟的"我"(《四月三日事件》),他们所遭遇的现实,都不是表层现实,纯客观现实,而是经过主人

---

① 余华:《虚伪的作品》,《上海文论》1989年第5期。
② 参见吴虹飞、李鹏:《余华:争议不是坏事》,《南方人物周刊》2006年第9期。
③ 余华:《虚伪的作品》,《上海文论》1989年第5期。

公感觉强化,主观改造的表现主义现实。

此后,余华的每一个新篇都展露出作家对于叙述形式的极度偏好以及追恋新鲜话语的不灭热情:

《世事如烟》主要人物姓名竟以阿拉伯数字取代;感觉、幻觉、呓语、先兆交替出现;幽灵再现、阴阳对话、托梦相会、心灵感应,一系列充满诡秘之气的叙述,使小说的表现领域扩大,小说规范叙述毁坏。

《难逃劫数》刻意遏制主干性情节,阻塞顺畅阅读。几组人物:东山—露珠—老中医,广佛—彩蝶—小男孩,森林—沙子,不构成完整的中心故事,而以"组"为单元相对独立。小说意在以此吸引读者关注,那些安置于细节皱褶里的情绪化、哲理化的东西:爱与恨、欲与死、偶然与必然、命运与劫数。

《此文献给少女杨》以时间为结构,四大段十三小节,采用 1234　1234　123　12 的排列方式,以显示四段的同步关系,余华耿耿于怀于最初发表时被编辑改成 1—13 顺序排列,结集时终又复原。

20 世纪 80 年代末的余华在令人眼花缭乱的形式间穿行,但择其要可归结为两点:一是强调精神真实,感觉世界而不是描述世界;二是通过变形指向意义的渴望异常强烈。这两点恰恰对应了他极为崇拜的两位世界级文学大师:川端康成和卡夫卡。

需要说明的是,余华通过读作品,从川端康成和卡夫卡的遗产中接受的,全然是感性的、直觉的、被个人兴趣筛选过的精细艺术手段和技巧,而决非经后人研究整理出来的有关大师的系统理论。

至于创作论,余华弘扬他自己的"宣言",余华有过好几篇创作论方面的文章。"真实"论是他创作论中的统率性论点。余华如是阐释自己的"真实"观:"我觉得所有的创作,都是在努力更加接近真实。我的这个真实,不是生活里的那样真实。我觉得生活实际上是不真实的,生活是一种真假参半的、鱼目混珠的事物。我觉得真实是对个人而言的。""所以我宁愿相信自己,而不相信生活给我提供的那些东西。所以在我的创作中,也许更接近个人精神上的一种真实。"①余华的"真实"观充满了个人化、主观化色彩。他的主张非常接近西方荒诞派所崇尚的"心灵真实",只要将余华的如上所言与荒诞派的代表人物欧·尤内斯库的论述作一比较,便不难发现其间的一致性。尤氏曰:"我甚至常这样想:虚构的真实比日常现实更深刻、更富有意义……我们的真实是在我们的梦幻里,在想象中,所有的一切都无时无刻不证明这一论断。"②

此外,余华关于"抽象可以抚摸"的论述③,关于"人物是道具","放弃性格"的论述④,与荒诞派理论也都一脉相承。

而他的关于"时间"的概念——"过去和将来只是现在的两种表现形式"⑤,则是意识流文学"感觉中的现在"的翻版。

20世纪80年代末的余华,看来曾涉猎过大量西方现代文论和作品。他在理论上固然没能拿出多少新鲜玩意,然而却用自己充满独特感觉和思考的作品,不断给文坛送来份份诧异与惊喜。他的创作,将那些被他称作"抽象"的东西:愿望、欲望、恐惧、憎恶、尴尬、迷惘等,表现得非常真实——内在的、深层的真实,而承载"抽象"的具象或曰"思想的直觉形式"则常常"失真"——失去外在的表相之真。

余华的作品向哲学的领地突进,然哲学的抽象需将对象推向极致,推向单纯,推向可归纳,而文学的余华在完成主观对客观的观照时,因为极度重视感觉、重视想象力,便能将生活中那些遍布玄机、奥妙、偶然性、多义性、不可释性的地方仔仔细细探察,一点一点抖弄,从而指向了余华试图指向的那块地方:

① 余华:《我的真实》,《人民文学》1989年第3期。
② [法]欧·尤内斯库:《戏剧经验谈》,闻前译,收入袁可嘉编:《现代主义文学研究》(下),中国社会科学出版社1989年版,第612页。
③ 余华说:"在我的精神里面,我甚至感到很多东西都太真实了,比如一种愿望,一种欲望,那些很抽象的东西,都像茶几一样真实得可以去抚摸它。"参见余华:《我的真实》,《人民文学》1989年第3期。
④ 余华说:"我以为人物和河流、阳光等一样,在作品中都只是道具而已。""我实在看不出那些所谓性格鲜明的人物身上有多少艺术价值。""性格关心的是人的外表而并非内心","我更关心的是人物的欲望。"见余华:《虚伪的作品》,《上海文论》1989年第5期。
⑤ 余华:《虚伪的作品》,《上海文论》1989年第5期。

"事实的价值并不只是局限于事实本身,任何一个事实一旦进入作品都可能象征一个世界。"①

　　早期的余华恐又过于执迷于"意义"以及它的不确定性,因而或多或少忽略了具象世界的丰饶,忽略了形象系统的自足、立体、圆满。那时人们几乎怀疑他殚精竭虑构筑的形式广厦是否只能矗立于精神的土地之上? 他的人物是否只能符号化加"新感觉"般地出场? 平实的看不见技巧的话语形式在他笔端是否已然寿终正寝?

　　90 年代,当余华向文坛推出他的文风转变的信号——长篇小说《呼喊与细雨》(出版时更名为《在细雨中呼喊》)时,我们骤然发现,他正积蓄力量,打算换一种步伐去徜徉世界:意义未曾阙如,进而向人类生存的本源性领域探掘;世态纷扰,不再只是心造图景;人物日渐鲜活,不再只充当"道具",当然仍不屑于直奔典型目标而去,但行为过程已和内心世界一样显得重要;细节更加贴近生活,常态之景取代绝对之景,那种因主观性调控而显僵硬的细节不再露面。尽管《呼喊与细雨》情节破碎,顺叙这一叙事基本法则常常被内心独白击毁,幻觉不时登场,感觉依然强盛,但这并不影响读者顺畅阅读。艰涩的余华朴素了许多。

　　将余华的渐变归结为所谓张艺谋的"选妃效应"似乎太勉强,虽说再后他的《活着》真的被"选妃";将此归结为"后现代"潮流的冲击又抹杀了余华的个性,他绝对不是那种为追潮流而肯放弃独立思考的人。他在北京大学的演讲不满于评论界将自己划入"先锋派"阵营,就是为了强调个性,强调独特。

　　余华有时很绝对,可他即便将"精神真实"张扬到无以复加的程度时,也未忘记事物的相对性和发展性。我赞赏他的这样两句话:"有关世界的结构并非只有唯一。""真实永远都是一位处女,所有的理论到头来都只是自鸣得意的手淫。"②

---

① 余华:《虚伪的作品》,《上海文论》1989 年第 5 期。
② 余华:《虚伪的作品》,《上海文论》1989 年第 5 期。

　　显然,余华 80 年代的创作经验和创作理论已不能拘囿、规范他自己了,"转折"之态初露端倪,新的形式大厦已突破正负零,昔日的砖瓦仍然在使用。《呼喊与细雨》的篇名,在中国社会科学出版社结集出版时,改成了更为平实的、符合汉语规范的《在细雨中呼喊》,这一改,或许正是释放新的信号,正是非宣言的宣言了。

二、感觉、幻觉:"仿梦小说"的制作人

　　研究余华,有必要将余华最为得心应手的领域——感觉和幻觉,单独提出来加以研究。新时期的作家中,活跃着擅长写感觉的莫言和幻觉机制亢奋的残雪,而余华对感觉的格外关注却来自川端康成的启悟。川端摒弃单纯描摹外部世界,注重将感觉印象投入客体之中去把握现实的方式,即日本"新感觉派"的"主客体合一主义",给过余华很多感性认识。余华自述 1982 年至 1986 年间曾对川端迷恋有加,"忠贞不渝",余华羡慕并称颂川端直到晚年"感觉依然生机勃勃"。①

　　在余华作品尤其是早期作品中,我们随处可见那种川端式的目光和感知方式,川端式的虚幻空灵之气,以及川端式的借助暗示、隐喻、象征等手段拓展主观感受的做法。《四月三日事件》中"我"对昔日邻座白雪姑娘的感觉;《世事如烟》中瞎子对少女声音气息的感觉,司机在他人婚礼上接受新娘递送擦脸毛巾时的感觉;《难逃劫数》中众多男人对身边各个不同女人的感觉……依笔者看,均不逊色于川端作品对女性细腻独到的感觉,并且余华感觉的触角比川端延伸得更为自如和宽广。

　　还有川端式的似梦非梦,半寐半醒,飘飘忽忽地来,玄妙莫测地去的手法,例如《雪国》中"镜中美人""透明幻影"叶子的出现与离去,《离合》中福岛与

---

　　①　余华:《川端康成和卡夫卡的遗产》,《外国文学评论》1990 年第 2 期。

离异之妻明子会面的写法,在余华的《古典爱情》《世事如烟》的某些片断中时有上佳表现。

　　不同的是川端之作不失清丽典雅,淡淡哀伤,幽幽情思,余华却对触目惊心、张牙舞爪的恶欲恶行异常敏感,从不避原始之态的赤裸。川端的主观感觉与客观层面不会游离太远,余华却无所拘束地弘扬主观想象力,因而更加"无政府主义"。

　　幻觉在现代心理学中属前意识、潜意识范畴,现代主义作家常借助幻觉表现生活中的变态迷狂、无秩序、非理性,而余华无论如何都属理性十足、逻辑推理能力绝佳的那类作家。最能体现他推理能力的是中篇小说《偶然事件》:两个在咖啡馆偶然目睹了凶杀案全过程的男子,以通信方式推论凶手动机,他们的推论一步步逼近现实,而推论的依据完全来自对自身行为的解说和自身心理的剖白,但几乎无懈可击的人性推理毁灭于另一场兽欲冲动的凶杀——前凶杀案的一位目击者杀死了另一位目击者,动机——正是他们过往书信中对他人的推论。此篇虽无幻无梦,只采用"理的世界"与"情的世界"叠合的叙事策略,来展示人类婚姻爱情中自私性、排他性以及种种微妙复杂心态,可此篇足以证明余华缜密的理性思维能力不容小觑。他的这种能力在他的另一类作品:亦幻亦真、虚实相映、真假难辨的世界中施展身手,便构成了他独具风格的"一批条理清楚的——仿梦小说"。《十八岁出门远行》《四月三日事件》等皆属此类。莫言把"仿梦小说"的制作人余华唤作"清醒的说梦者"[1],这一精彩称叹,颇似莱辛在《拉奥孔》中的名言:"意象是诗人醒着的梦"。一方面是理性十足的"醒",一方面是无理而妙的"梦",两者本应相克相斥,在余华却能相生相融。"醒着"意在追求卡夫卡式的思想深度,"仿梦"则又幻化出生活的倒影怪影。由是,余华的"梦"已不是纯粹的梦,余华的"幻觉"也不是纯粹的幻觉。"仿梦"中的人,既不是那种佯狂假痴,作姿

_____

　　[1]　莫言:《清醒的说梦者》,《当代作家评论》1991 年第 2 期。

弄态之人,也并非大梦无醒,彻底超脱之人。"仿梦"的过程,叙述人"醒着",叙述对象不为成法所拘地"梦着",他们或做疯痴之行,或吐荒唐之言,一如鲁迅《狂人日记》中的狂人。若经"由影反推形"的审美,虽说尚得费番思忖,总能现出纷扰世界的真实人形。当今文坛,能如此将本质"真实"虚幻至此的作家并不多。

"仿梦"之作《一九八六年》值得细细品读:"文革"的灾难业已远去,往事似已烟消云散无迹可寻,然而"文革"开始之后二十年,当一个疯子口中狂叫着"劓""剕""宫"并依此古刑可怕地自残肉体时,时间恍若倒转,勾起了善良的遭受过伤害的人们(小说中以母女两人的形式出现)的战栗与恐惧,当年母之夫、女之父是一位偏爱研究古代刑法的历史教员,他被关押、迫害,从此音信杳无。一九八六年街头的疯子是不是这位失踪的历史教员似乎并不重要,然而历史疯狂的一幕却真的是靠了疯子来提醒和再现的,疯子记住了可怕,疯子的幻觉记录了历史。无论如何,在一九八六年春的阳光里,夏的树荫下,本不该由疯子来向世人讲述历史,可是历史教员失踪了。小说演示了一连串古代酷刑以钩沉"文革"对人的残害,极具历史深度。当年鲁迅通过狂人之口警醒世人"吃人"的历史和"吃人"的现实,余华则以狂人鲜血淋漓的肉体给了我们一个"文革"野蛮的暴力图景。

这时的余华,哪还有一丝川端康成的真情余韵,哪还有一点纯净朦胧的虚幻之美?川端之于余华,从来只是一只装酒的瓶子而已。

缘何余华十八岁的青春之梦没有浪漫,没有爱情,没有快乐歌唱和七彩人生?缘何余华的"仿梦"充满灰色的无奈与黑色的恐惧?是世界疯了?看世界的人疯了?梦醒了无路可走之人的"梦"多半是美好的,无路可走才去"做梦"那就未必了。

余华后期的作品,梦呓成分明显减少,老是"仿梦"总归不行,终得落到掐一下就知道疼的现实的土地上。

三、黑夜茫茫:生命苦旅的独行客

余华有着对于人类生存苦难的格外敏感与关切,他是人生哲学的悲观主义者。他的作品向我们展示了人类世纪末的景致:人与人之间难以沟通,相互敌视,欺骗劫掳,初涉世者被碰得鼻青脸肿头破血流(《十八岁出门远行》);世界缺少亲情、友情、爱情,人生活在疑心重重、战战兢兢之中,大灾大难若达摩克利斯之剑高悬于头顶,随时都会从天而降,弱小者逃遁躲避唯恐不及(《四月三日事件》)——没有人会注意,"四月三日"这可怕的日子,正是余华本人的生日;人类设置的保护自己抵御兽性的秩序、逻辑、道德、法律软弱无力,文明屡屡遭受暴力嘲弄,走投无路只得以恶抗恶(《河边的错误》)。

将"性恶"论,"他人即地狱"论推向巅峰的是中篇小说《现实一种》。小说情节不乏故事性,山岗山峰兄弟两家人连锁杀人使故事的每个角落都溅满鲜血:山岗四岁的儿子皮皮摔死了堂弟(山峰的尚躺于摇篮之中的幼子)——山峰一脚踢死皮皮——山岗以恶毒私刑杀死亲弟山峰——山岗被枪毙后,山峰妻"献出"山岗尸供医生零刀碎剐(解剖)。情节链每扣上一环,探问人性之笔便向纵深推进一步。

四岁小儿的"性恶"似乎是与生俱来的:拧脸、打耳光、卡堂弟喉咙,以引起婴儿尖厉哭叫为乐事。常言道:视某事如同儿戏,"儿戏"竟也如此狞恶,世上还有何处会展露灿烂微笑? 如果说孩子对孩子的剿杀带有下意识成分,那么成人对孩子的仇杀,成人与成人之间的仇杀则全然是兽性大发,老谋深算。山峰逼皮皮去舔婴儿的血,山峰妻吼叫着"咬死你"扑向皮皮,山峰甩起一脚将皮皮踢得腾空飞起的镜头,让人难以摆脱动物世界狮虎扑食羔羊、小鹿的联想。

山岗捆绑弟弟,以煮烂的肉骨头糊住弟弟的脚心、太阳穴,端立一旁看狗去"舔",事后不动声色地回答弟媳的痛斥:杀人的"不是我,是那条狗"。此刻杀人策划者与杀人操纵者——的确都是"狗"。

曾被看作"骂世过甚"的第七节,在笔者看来真是绝妙一笔,让医生的解剖刀游走于山岗尸体,将它变为一堆皮肉骨骼,一个个器官,具象与抽象之间的跨越在解剖刀下完成,医生们嘻嘻哈哈地演示了一个严肃的哲学命题:我是谁? 这一节是余华小说中令人久久难忘的一幕。

值得玩味的还有老祖母以及兄弟俩各自的妻在杀人中扮演的角色:老太太冷漠寡情,只关心自己还能活多久,不去力阻儿孙们行恶;山岗妻揎掇怂恿,把菜刀递给丈夫并激怒他:"你是胆小鬼!";山峰妻则阴鸷捐尸,就本意而言,完全没有正极意义的为他人、为科学,纯然是负极之端的复仇。

尼采通过一个叫查拉斯图拉的哲人如是说:"人类是一根系在兽与超人间的软索——一根悬在深谷上的软索。"①余华的软索系于"超人"一端的是活结,经不住轻轻一拽,旋即散开,系于"兽"一端的却是牢牢的死结。

然而,对人类心若枯井的余华,不知他读了紧接"软索论"的下一个段落,心中是否会掠过些微震颤:"往彼端去是危险的,停在半途是危险的,向后瞧望也是危险的,战栗或不前进,都是危险的。人类之伟大处,正在它是一座桥而不是一个目的。人类之可爱处,正在它是一个过程与一个没落。"②尼采的"危险论"是对"软索论"的补充,无论从人的行为论的角度还是认识论的角度,它都是有益的忠告。

还须强调,人类生存的恐怖景观在余华眼中是生活的凡态常景。他体验的苦难是一种本源性质的苦难,超越历史,超越社会的政治的层面,因此,这种痛苦就是无法拯救的永恒的痛苦。新时期,一部分作家试图从宗教的或亚宗教的高蹈于生命之上的信仰来冲击生存痛苦,为心灵开一扇明亮的窗子;另一部分作家遍视人类社会外在的善恶冲突,以判断、选择、倾吐、宣泄的快乐替代感知过程,由是抚慰心灵的创痛;余华则立足叩问人性深层蕴含的罪恶与缺

---

① 〔德〕尼采:《查拉斯图拉如是说》,尹溟译,文化艺术出版社 1987 年版,第 9 页。
② 〔德〕尼采:《查拉斯图拉如是说》,尹溟译,文化艺术出版社 1987 年版,第 9 页。

陷,他从不向外去寻求拯救与抚慰,而是向内扩张人自身对苦难的心理承受能力。《活着》的电影版本与余华原著的小说版本的区别就在于拯救和无可拯救,抚慰与无从抚慰的区别。张艺谋把审视人生的强光打在时代的社会背景之上,余华小说版本的背景相对弱化(他早期作品甚至可称无背景小说)。创作《活着》时的余华,已渐渐平息了内心愤怒,他说:"我开始意识到一位真正的作家所寻找的是真理,是一种排斥道德判断的真理。作家的使命不是发泄,不是控诉或者揭露,他应该向人们展示高尚。这里所说的高尚不是那种单纯的美好,而是对一切事物理解之后的超然,对善与恶一视同仁,用同情的目光看待世界。"①他用作品展示,苍茫天地芸芸众生,活着就要面对无尽苦难。明知苦海无边,出路只有一条,扑腾挣扎,活着而已。余华让福贵家人一个个悲惨死去,唯留下一头老牛——一头衰老了仍得无休无止耕田的也取名叫福贵的老牛——与孑然一身的福贵形影相吊(电影版本不忍如此残酷,为老人留下了女婿和外孙,留下了"鸡长大了变成鹅,鹅长大了变成羊,羊长大了变成牛,牛长大了就能骑到牛背上去"的憧憬)。遍尝了大苦大难的人叫福贵,颇有些反讽意味。福贵的外孙叫苦根,喻示人生苦难还得一代一代延续下去。福贵、龙二、春生都是经历人生大起大落者,祖传的富贵,争来的风光,终究皆如过眼烟云,要么"争来争去赔了自己的命",要么活着受难。

记得新生代"撒娇派"诗人曾作如此自嘲:"中国人连死都不怕,还怕活么?""不怕活"的人实在需要一种"面对痛苦放声大笑"的酒神精神。《活着》是给如福贵那样活着的人们一副无奈的心灵之药,缓解痛苦却救治不了痛苦——人间苦痛莫过于此,福贵枕下藏着请人收尸的钱,不是仍旧在默默地耕田么?

余华的苦难人生没有救赎者,唯有死亡才是解脱,死亡是绝望生命的透气孔。犹如希腊神话中酒神的伴护西勒诺斯对人类的恐吓:对人来说,最好最妙

---

① 余华:《〈活着〉前言》,《活着》,长江文艺出版社 1993 年版,第 3 页。

的东西是不要降生,次好的东西——立刻就死。我惊异余华的笔能如此残忍又如此冷静地叙述死亡:《活着》中福贵的家人们的死,战场上伤兵之死,老全、龙二、春生之死,各个相异,每一场死亡,都让人倒抽冷气。从某种意义说,《活着》是一幅活人观看死亡的全景图。还有,《呼喊与细雨》中的祖父之死让人惊愕慨叹,王立强之死让人目瞪口呆;《一个地主的死》中的少爷之死惊魂泣魄;《古典爱情》中饥馑之年卸人腿,割人肉,宰杀"菜人"则令人寒彻肌骨……有人说,余华善写暴力,其实余华更善写死亡,暴力与死亡是他长盛不衰的表现对象。

究其原因,除了他的悲剧人生观外,我不能不套用一种陈旧的阐释:童年记忆。余华曾长期居住在父母供职的医院里,他回忆:"我家对面就是太平间,差不多隔几个晚上我就会听到凄惨的哭声。那几年里我听够了哭喊的声音。""应该说我小时候不怕看到死人,对太平间也没有丝毫的恐惧,到了夏天最为炎热的时候,我喜欢一个人待在太平间里,那用水泥砌成的床非常凉快。"①死亡之于余华,不过是人生的一张"床",一张如六岁孩童所理解的"原来死去就是睡着了"的睡觉的"床"。

真正给余华和他笔下人物带来无可名状的恐惧的是"黑夜"。"再也没有比孤独的无依无靠的呼喊声更让人战栗了,在雨中空旷的黑夜里。"《呼喊与细雨》以一个孤独孩童的视角,听人间夜色里孱弱而绝望的呼喊:父的残暴丑陋,虐待老父,施暴儿女,偷鸡摸狗,想靠出卖儿子的死攫取"英雄父亲"的美名。童年伙伴无不生活在父的阴影之下,无论是贫困粗鄙的农家百姓如孙家,还是颇有书卷之气的苏家。孩子和女人总是被迫害,遭受毒打、欺骗和遗弃,唯有孩子们的倔强,或许是给这黑夜韧性的一击,而母亲则逆来顺受,弥留之际才拼尽气力喊出她沉默一生本该早就喊出的话。人的现实生存面临困境,世俗取代神圣,肉欲霸占灵魂,所有圣洁之身都沾满污浊,所有的美好都脆弱

---

① 余华:《自传》,收入《余华作品集3》,中国社会科学出版社1995年版,第384页。

得不堪一击。救人灵魂的教师恶作剧般整治捉弄学生;救人肉体的医生(苏宇苏杭之父)无法拯救自己肉体的堕落;美丽的初恋几近引发杀人(国庆);相知的小伙伴命若琴弦,少年早夭(苏宇);渴望母亲爱抚,母亲却成为娼妓,七岁孩子独自奔波,扑向母亲所在的劳改营(鲁鲁);希冀男人强盛,可曾经风光一时的男人,风烛之年却得竭力讨好家中每个人,欲速死而不能,差点被儿子活埋(祖父);连稍稍能遮风避雨、寝食无愁的养父母家,随着养父的自杀,有限温馨即刻崩溃("我")……在余华看来,面对如洪水滚滚而来的黑夜,人惊恐而悲切的呼喊,永远没有回声,一如六岁的"我"失望的自白:"我一直没有听到一个出来回答的声音。"(《呼喊与细雨·南门》)。

人们通常以为,艺术家的幸福在于他直面人生,拥有一方可以击毁痛苦的退守之地,这就是藉由"日神冲动"营造的使人获得解脱的"幻象":"这里,阿波罗借着对现象中永恒者的光荣颂扬而克服个体的痛苦;这里,美克服了内在于所有存在中的痛苦,所以在某种意义上说,痛苦乃从自然的表面滑走了。"①尼采的晚年拒绝了"日神精神",余华也拒绝了退守之地,余华结束了文学的审美人生。

何谓审美人生的失落? 笔者以为,并非确认世界本身缺少诗意,而在于人自身缺少诗意:人丢弃了自己的浪漫心情,抛弃对于未来与未知的希望,从而使"知其不可为而为"的真正悲剧精神缺席。

关于悲剧,余华真的是把自己逼进了一个极端的空间,在悬崖上观看人类生命痛苦的挣扎。似乎这不仅仅是余华,他们执着于存在而疏离于超越;执着于现实的有限性、无奈性、被动承受性,疏离了有限之中的无限,无奈之中的能动选择。文学中,终极意义,价值标准,自我实现的话题日渐淡去——是困扰着人类的环境日益强暴,还是人类自身日益弱小? 在这个问题上,笔者赞成一位当代德国哲学家雅斯贝尔斯的观点,这位在"二战"中以独立的超越民族主

---

① ［德］尼采:《悲剧的诞生》,刘崎译,作家出版社1986年版,第91页。

义的自由精神战胜过法西斯强暴的思想家以为,仅仅感受悲剧是不够的,它需要能动地超越。人面对着不可能摆脱的客观现实,并不是完全软弱无力,每一个个别的人都能够通过他自己的行为、生活和思维,走向一个较好的世界。人的存在不仅意味着活在世上,还意味着存在的超越与自由。

在此,笔者引用卡尔·雅斯贝尔斯的原述:"悲剧世界观最为极端的扭曲畸变,就是真正的悲剧被变成'绝对',并且看起来仿佛是它构成了人类的精髓和价值。悲剧与不幸、痛苦、毁灭,与病患、死亡或罪恶截然不同。它的不同取决于它的知识的性质:这一知识是普遍的,而不是特殊的;它是问询而非接受——是控诉,而非悲悼。""在原始想象里,悲剧和悲剧解脱是缚系在一起的。但是如果我们剥夺掉悲剧的反极,并把悲剧孤立成'唯悲剧',我们就会坠入没有任何伟大的悲剧作品产生的万丈深壑。"①

出身于医生家庭,自己也当过医生的余华,是否能接受同样也做过医生,后来又当了哲学教授的雅斯贝尔斯的呼唤与告诫!

遭遇过打劫的十八岁青春少年呵,你的"红背包"不能再背起来么?明知路漫漫凶险未卜,"向前奔"的欲望是万万不能缺失的,就像西绪弗斯从未放弃周而复始地推石上山的希望。

四、"接近真实":叙述转型与意义坚守

20世纪90年代,余华创作进入转型期。他接连推出了长篇小说《呼喊与细雨》(1991年)、《活着》(1992年)、《许三观卖血记》(1995年)、《兄弟》(上)(2005年)、《兄弟》(下)(2006年)、《第七天》(2013年)。

余华1991年写完《呼喊与细雨》这部他创作"转型"时间节点上的作品,继而在1992年写出了后期代表作《活着》。此时,作家的"真实"观发生了相

---

① [德]卡尔·雅斯贝尔斯:《悲剧的超越》,亦春译,工人出版社1988年版,第106、109页。

当微妙的变化。1993年,余华说:"这过去的现实虽然充满魅力,可它已经蒙上了一层虚幻的色彩,那里面塞满了个人想象和个人理解。真正的现实,也就是作家生活中的现实。"①在写完《许三观卖血记》后,1996年,余华更加明确地说道:"我过去的现实更倾向于某种想象中的,现在的现实更接近于现实本身。"②"在过去,当我描写什么的时候,我的工作总是让叙述离开事物,只有这样我才感到被描写的事物可以真正的丰富起来,从而达到我愿望中的真实。现在问题出来了,出在我已经胸有成竹的叙述上面,如何写出我越来越热爱的活生生来?"③在对过去的"现实"和现在的"现实"的比较中,我们不难看出余华对于它们的甄别。这也是他对于两种"真实"观有所甄别的表述。

在前期(1987—1991年)的小说中,余华破除现实生活的"不真实"而展开个人化想象,让现实处于遥远的状态,让叙述离开熟悉的事物,追求不为物所役的快感。后期(1992年开始)余华越来越坚信,那"活生生"的真实,不在于拒斥生活,而在于接近现实。就像他后来所说的:"不知道是时代在变化,还是人在变化,我现在更喜欢活生生的事实和活生生的情感。"④

然而,余华的这种变化,并不意味着对过去"真实"观的全面否定。恰恰相反,余华正努力实现着客观"生活现实"和主观"内心精神"的统一,而不是过去的两者分离或若即若离。我们是否可以这样认为:余华过去是以拒斥生活现实的方式接近"真实",现在是以接近生活现实的方式接近"真实";过去是以自我封闭的"精神真实"接近"真实",现在是以内心敞开的客观现实接近"真实"。

余华的叙述转型还表现在,前期的余华体现为语言的不确定及其增殖,结

---

① 余华:《〈活着〉前言》,《活着》,长江文艺出版社1993年版,第2页。

② 余华、潘凯维:《新年第一天的文学对话——关于〈许三观卖血记〉及其他》,《作家》1996年第3期。

③ 余华:《叙述中的理想——代后记》,载余华:《许三观卖血记》,江苏文艺出版社1996年版,第255页。

④ 余华:《说话》,春风文艺出版社2002年版,第114页。

构的多重、交叉、并置,时间的交错、无序,人物的平面化、符号化等。如果说那是一个做加法的叙述,那么90年代之后,余华的叙述形式就是一个做减法的叙述。去掉过去叙述形式的巴洛克式的过度修饰,删繁就简,转变为直接、简洁、朴素、单纯。余华说:"单纯是非常有力的,它能够用最快的速度进入到人的内心。所以我为什么非常喜欢鲁迅,我就喜欢鲁迅作品中的速度,他的速度不仅存在于叙述中,叙述非常快,迅速,同时也存在于阅读中,你能够一下子就进入了,感到就像是一把匕首插进来,没有任何多余的东西。"①在这样的变复杂为简单的叙述中,语言、结构、时间、空间都变得明了;叙述主体由过去的张扬、强硬而变为谦卑、虚无;最富有意义的变化在于,由先前忽视人物丰满的叙述转变为紧紧贴住"活生生"人物的叙述。

这样一种做减法的叙述方式,在《兄弟》(上、下)中得到实践,正像他自己所言:"前一个是'文革'中的故事,那是一个精神狂热、本能压抑和命运惨烈的时代,相当于欧洲的中世纪;后一个是现在的故事,那是一个伦理颠覆、浮躁纵欲和众生万象的时代,更甚于今天的欧洲。一个西方人活四百年才能经历这样两个天壤之别的时代,一个中国人只需四十年就经历了。四百年间的动荡万变浓缩在了四十年之中,这是弥足珍贵的经历。连接着两个时代的纽带就是这兄弟两人,他们的生活在裂变中裂变,他们的悲喜在爆发中爆发,他们的命运和这两个时代一样的天翻地覆,最终他们必须恩怨交集地自食其果。"②《兄弟》似乎并没有得到多数评论家和普通读者的喝彩,原因恐怕不在形式的删繁就简,更多是因他无法遏制地张扬生活粗陋化、粗鄙化的某一个侧面。一部长篇小说,侧面的生活容量显然难以满足新时期读者日益成熟的审美期待。

对于余华从20世纪80年代后期到90年代叙述形式的转变,我们可以做

---

① 余华、洪治纲:《火焰的秘密心脏》,洪治纲编:《余华研究资料》,天津人民出版社2007年版,第13页。

② 余华:《兄弟》上部后记,见《兄弟》上部封底,上海文艺出版社2005年版。

出如下概述:从先锋虚构到写实叙事,从启蒙叙事到民间叙事,从精英化叙事到大众化叙事,从形式迷恋到故事回归,从复杂到简单,从做加法到做减法,从叙述主体凸显到叙述主体虚无,从侵略性叙述到聆听性叙述。余华对自己叙事方式的转变有着极为清醒的理性自觉。

在叙述转型的表征下,笔者依然确信,转型以后的余华是深刻的。因为他在哲学层面充分领略了汉语词汇中"活着"一词的沉重与朴素、悲怆与华严。"活着"是存在,它是衣食住行、悲欢离合、生老病死,无论男女老少、尊卑贵贱,都在活着;"活着"是富有质感的"此在";"活着"是"永恒",是"人生代代无穷已"的背负和行进。它让宇宙人生的悲剧真相成为日常生活经验,而更加具有个体化、切身性,因而更加具有普遍意义。

早在 1904 年,王国维就说到这样一种"人生之所固有"的经验:"非必有蛇蝎之性质与意外之变故也,但由普通之人物,普通之境遇,逼之不得不如是,彼等明知其害,交施之而交受之,各加以力而各不任其咎。"所谓"所固有"者,就是"人生之真相"①"宇宙人生之本质"②"宇宙人生之真相"③,王国维谓之"悲剧中的悲剧",它比其他形式的悲剧更加令人不堪而更为震撼人心,因为"彼示人生最大之不幸非例外之事,而人生之所固有故也"④。王国维以为《红楼梦》是这样的悲剧,意味着他把这看作是中国人"人生之所固有"的经验,余华的"活着",揭示的就是这样的宇宙人生悲剧真相。

"活着"分外平凡而悲怆。它不只是游离于社会—历史的框架而如鬼魅般飘忽,而就在天下人日常的亲历中反复现出;它不只是暴力和欲望扩张下存在的荒原,而在于无数卑微、琐碎和平庸中生命的华严。无论是福贵的活着,还是许三观的活着,李光头、宋钢的活着,莫不如此。

①　王国维:《红楼梦评论》,收入《静庵文集》,辽宁教育出版社 1997 年版,第 76 页。
②　王国维:《红楼梦评论》,收入《静庵文集》,辽宁教育出版社 1997 年版,第 71 页。
③　王国维:《红楼梦评论》,收入《静庵文集》,辽宁教育出版社 1997 年版,第 72 页。
④　王国维:《红楼梦评论》,收入《静庵文集》,辽宁教育出版社 1997 年版,第 74 页。

　　一直以来,人们似乎早已习惯于以中国式的启蒙立场及其价值观念,去审视中国现当代文学,这成为主流的思维方式和批评话语。然而,近现代以来,本是来自于西方的启蒙思想,由于遭遇民族存亡的危机,逐渐丧失了它本有的一些内涵。启蒙立场演变成了单一的社会—政治框架下的激进诉求,甚至一度扭曲为庸俗社会政治学的狂热;宇宙—人生模式中人类学、人道主义、自由精神等普世价值,被前者所取代。而后者恰恰应该是启蒙思想的根基。正因为如此,启蒙立场的批判精神在面对传统和现实的时候,变成了一场非理性的社会清算和政治冲动,不幸的是,这甚至一度成为被片面解读的鲁迅的遗产,甚至唯一的遗产。鲁迅精神的丰富和伟大,则往往被湮灭其中。

　　这种中国式启蒙立场的批评,也一直延续到对新时期余华的批评。笔者注意到,学界在讨论余华的作品时,对他 80 年代后期的小说多有肯定,那是对先锋精神的褒扬。而对他 90 年代的小说多有微词,那是对先锋精神消失的否定。无论是面对前者或是后者,都是出于中国式的启蒙立场,所不同的是前者是以这一名义的认同,后者是以这一名义的批判。这种将余华置于社会—历史框架下的诠释,往往出于中国式启蒙立场的期待视野。比如他们把余华先锋小说中的暴力、欲望、死亡等的书写以及叙述形式的彰显,解读为是对陈旧落后的历史现实和政治意识形态的变相批判,轻易地就过滤掉了余华潜意识中个人化的意绪。又把余华 90 年代小说中回归现实的叙述,看作是对现实的妥协,把福贵、许三观视为软弱、麻木的灵魂。这在很大程度上是对余华小说的误读。笔者以为 20 世纪 80 年代的余华像同时期的其他作家一样,并不见得有明显的启蒙意识,起码并不见得有这样的理性自觉。正如苏童所言:"我们认为当初的写作并不是为了特意呈现先锋性。后来不同程度地远离'先锋文学'话语圈,不是背叛,也不是决裂,只是认为我们不是为潮流写作,都是在探索自己创作的各种可能性。"①但有一点却是可以肯定的,那就是余华更有

---

　　①　苏童、王宏图:《苏童、王宏图对话录》,苏州大学出版社 2003 年版,第 22—23 页。

自己的信念,那就是"接近真实",确立了这一点,就是确立了小说的意义,而其实并不需要在这之外去寻求意义。也正是这一信念,使余华由社会—历史框架推进到了宇宙—人生模式,这其实是对中国式启蒙立场的修正,对本源性启蒙精神的回归。余华的批判精神,也应当是在宇宙—人生模式下的含存。误读余华常常是因为看不清余华是为了"接近真实"——宇宙人生悲剧真相。

余华的信念和精神在现代中国并非没有渊源。现代中国新文学及其现代性的生成的一个重要标志,就是悲剧意识和悲剧精神的形成,这是欧风美雨的洗礼与中国人生经验的融合所致。最早确立它的是王国维。王国维1904年以《红楼梦评论》揭开了中国现代文学批评的序幕,他以超越社会—历史框架的眼光,深邃地观照宇宙人生悲剧真相——"悲剧中之悲剧",可谓筚路蓝缕。王国维的意义在于,他不啻开启了中国现当代文学的一个意义之源。这一意义被鲁迅所彰显高扬。鲁迅是现代最具有悲剧精神及生命体验的作家,连同他的艺术经验一起,构成伟大的鲁迅精神。鲁迅掀开历史的封尘,使中国的现实裸露出存在的荒原,荒原上的抵抗何其惨淡,何其悲怆! 其精神内核的无畏、孤独、人性、质疑、悲剧精神等,这是鲁迅的一个难以逾越的高度。而余华的"接近真实",正是对王国维所开启,鲁迅所高扬的悲剧精神的承继。无疑,它是余华小说的一种执拗的意义坚守。余华是新时期作家中与王国维、鲁迅最为精神相通的一个。

一直以来,新时期余华的转型,成为文坛关注的焦点。人们把余华视为新时期中国先锋派的标志性人物。先锋派是崛起,继而衰落? 抑或崛起,继而探索新路,自我超越,后出转精? 一人一作之状态,不足以论群体;一城一地之得失,不足以言成败。转型以后的余华有精品也有不足,但他是一位有巨大创作潜能的作家,这一点可以确信无疑。

第十四章　苏童：先锋的历史与永远的故事

苏童,原名童忠贵,他属笔名大噪而湮没了正名的作家。

普通的中国人常常误以为苏童是"一作定乾坤",成名于他的《妻妾成群》被拍成电影《大红灯笼高高挂》,人们还很看重该片获奥斯卡最佳外语片提名的荣誉。评论界关注苏童显然要早于此,然而开始并没有对他个人过加厚爱,而是瞩目于他所加盟的那个作家群体:先锋派作家群。其实,文学小圈子对这位富有写作才华的青年情有独钟始于他养在深闺人未识之时,他的《桑园留念》在《北京文学》1987 年 2 月号正式发表前四年就已刊载于新生代诗人韩东、于坚编印的油印刊物《他们》上。此后,他的三个中篇《一九三四年的逃亡》《罂粟之家》《妻妾成群》于 1987 年、1988 年、1989 年连续由国内一流的纯文学刊物《收获》推出,足见该刊对他的器重。苏童的高产,风格日渐圆熟、不断创新,处理历史题材的非凡感悟力,以及他坚实的学院派文化功底,使他成为新时期文坛头角崭露、潜力深厚的先锋小说家之一。

到苏童这群出生于 60 年代的作家崛起(苏童 1963 年出生),标志着构成新时期文坛可称之为"中流砥柱"的作家队伍的成分有了显著变化:新时期前十年,能领导文坛潮流的大致是两类作家,一类为 50 年代中期遭受政治灾难沦落社会底层,70 年代末重获新生的"右派"作家,另一类为六七十年代有过上山下乡经历的"知青"作家。此两者均有不凡的人生阅历为创作资本,他们多半本能地具有对时代政治的敏锐,对现代社会生活脉动的敏感,对浮沉起落坎坷人生有铭心刻骨的体验,以至他们即便处理非亲历性的题材,即便采用提纯、抽象、变形的审美方式,"体验"的取景框始终会或明或暗地对创作起重要作用。

苏童这代作家拥有什么? 他们逃脱了饿饭,躲过了上山下乡,历次政治运动只赶上了"文革",况且其时年尚幼,不谙世事或初谙世事,作为中国人,这是大幸运,作为中国作家,或许是大不幸,这就"逼"出了他们的另一类本领——艺术想象的能力,到历史的册页中去寻觅发掘传统的能力,迅速移植借鉴 20 世纪世界文学各类经典文本或花样翻新文本的能力,乃至仅是采撷破碎的各种流派、主义而为我所需的能力。纵观苏童全部作品,唯"旧城少年"类型有亲历、体验的踪影。但在他,亲历的却写得很诗性,非亲历的反倒想象得出乎意料地真实。真有些让理论家瞠目结舌,颇费思量。

苏童说:"小说是灵魂的逆光。你把灵魂的一部分注入作品从而使它有了你的血肉。你在每一处都打上某种特殊的印记,用自己探索的方法和方式组织每一个细节每一句对话,然后按你自己的审美态度把小说这座房子构建起来。这一切都需要孤独者的勇气和智慧。你孤独而自傲地坐在这盖起的房子里,让读者怀着好奇心围着房子围观,我想这才是一种小说的效果。"①在这里,没有启蒙,没有拯救,没有神圣使命感,没有终极价值目标。脱卸重负有助于小说者操练绝对个人化的话语讲述。对读者,怀着好奇心的"围观"比被动接受布道式的指点和耳提面命的灌输更切近人对文学渴求的本性。

苏童的另一优势是,良好的学院派教育。南方古城的灵秀,纤巧少年闯入京都首善之地,便濡染了这里的凝重与气魄。他在接受中央电视台"东方时空"节目主持人的采访时说,"在北京的四年大学生活(1980—1984 年)对我

---

①　苏童:《小说家言》,《人民文学》1989 年第 3 期。

的创作太重要了,让我看到了大世界的风景"。可以想见,绝少故作深沉故作深刻的苏童,倘若真的没有深沉深刻作铺垫,他的作品怕会是另一副模样,这犹如:"一个诗人需要一切哲学,但在其作品中则必须把它避开。"(歌德语)

让我们走到苏童构建的"小说这座房子"前去"围观"。

一、故事/诗:诗性未必拒绝故事

苏童是个讲故事的好手,这在先锋小说家中是很独特的,他出色的建构故事的才能,弥补了先锋派文本艰涩、理念过旺的弱点,于是才有了影视界频频垂青于他的故事的可能。新时期先锋文学作品成为影视脚本,无论是质或量,恐怕还很难有他人与苏童相匹敌。据统计,除了大红大紫的《妻妾成群》外,还有《红粉》《我的帝王生涯》《武则天》《米》等被年轻的导演们所相中。

文坛始于 1989 年的由"形式压制故事"转而成为"故事凸显于形式之上"(尤其是历史颓败的故事)的悄悄演变中,苏童不经意地以他出众的叙事和独特的个人化艺术感觉攻击了"观念至上,形式第一"的先锋派群体风格,他没有任何隔阂地以先锋作家的身份参加了"新写实"小说大联展。纯文学作家对苏童的这种独特不无羡慕也不无忧虑,王安忆说:"我很担心他会变成一个畅销书作家,故事对他的诱惑太大了,他总是着迷于讲出一个出奇制胜的好故事,为了把故事编好,他不惜走在畅销书的陷阱的边缘薄刃上,面对着堕身的危险。"①事实上,苏童的"出奇制胜"并不仅仅是他的"好故事",而更在于他的故事空间氤氲着诗性因素——他的故事可以在任何时候骤然打住,情节的缝隙飘逸出奇妙诡谲的诗性想象;他的故事核中似乎有一个忧郁孤独的灵魂在游荡,你只想缄默不语地追随着它游荡,去体验生命感悟历史,任凭感伤的情调充斥心田;他的故事可以借助语言的柔韧而绵延伸展出非常细腻的触丝,

---

① 王安忆:《我们在做什么》,《文学自由谈》1993 年第 3 期。

撩拨起读者心灵的丝丝敏感,依通常的阅读经验,触动你这份敏感的多半是诗而不是小说。正因为如此,苏童才不可能堕身为民间"故事篓子"似的说书艺人。

苏童早期的作品《桑园留念》几乎没有故事,碎片似的生活中弥漫着一股少年视角窥视人类原罪的神秘感。一群少年男孩,无论是强壮粗野如肖弟者还是弱小早熟如"我"者,他们懵懵懂懂之中已有了追逐异性的青春萌动:一双女孩的凹陷的眼睛,一次翻越墙头传递纸条的欢愉,一场为捍卫小男子汉尊严的格斗……这一切以极其简约的叙事为框架,而让澎湃于人物胸中的感觉和情绪无限地涨大,苏童走进了一块独属于他的领地。在此我们不妨对新时期文学性描写作粗略的巡视:从早期小心翼翼地弘扬精神恋爱的旗帜(《爱,是不能忘记的》),到以性为躯壳而负载社会因素扼杀人类本性的政治内核(《绿化树》等),再到弗洛伊德式的"力必多"的赤裸裸展示("三恋"等)。唯独苏童,以诗的情调去欣赏人物的青春冲动,追忆每一细小微妙乃至无以名状的焦虑、渴望、惧怕、依恋,苏童以独特的诗笔和独特的少年视角窥视"性",窥视"原罪",成为一幅遮掩性与装饰性兼及的窗帘,于是他做到了裸露而少有恶俗,放纵亦不失美感。

苏童写出《桑园留念》的十年后,他再经营此类题材,故事的层面已相对强化,诗性的美丽依然如故。《城北地带》中十八岁的年轻人红旗在整个夏季里四处游荡,他自己也说不明白如何会对十三岁的邻居女孩美琪那样喜欢,他学着成年人般打情骂俏,他喜欢看女孩躲躲闪闪的眼神和双颊飞红的模样,他喜欢在这个漂亮女孩面前显示自己,这成了无聊夏季里唯一令人愉悦的事情,而红旗的同龄人也一个个不干好事,要么私访和尚习武,要么勒死人家的狗,要么为女孩械斗打群架。红旗最终成为性犯罪少年而银铛入狱。作品无意揭示少年罪犯的邪恶,而是展示一种《麦田里的守望者》式的无奈与无所顾忌,青春甜甜又涩涩的气息,模模糊糊的欲望,异性带来的撞击,少年古古怪怪的念头,它们被一条无形的绳索牵动着,被动地承受着生命能量的指挥,就像大自然不会没有春的烟雨夏的火热。在这里,苏童不打算作为人性批判者的角色登台,而只是面对赤裸的生命吟唱舞蹈。

意象本应属于诗人的专利,作为小说家的苏童同样不愿放弃他捕捉意象的偏好,这就使得作者的主观之情借助客观之象表达得含蓄而委婉,客观之象则包孕了经读者的想象而尽情扩张的蕴涵。《妻妾成群》中,苏童营造的绝妙意象,俯拾可得:后花园里紫藤掩映的"废井"被反复渲染得美丽却又阴气袭人,这里死过陈家上代三个违越族规的女眷,三太太曾在井边对颂莲说,那里边的鬼"一个是你,一个是我",未想一语成谶,三太太在此丧了命,颂莲在此失了魂。"废井"的意象让人联想起诗人舒婷的名句:"不是瀑布/不是激流/是花木掩映中/唱不出歌声的古井。"再有,三太太于秋霜覆盖的庭院里,黑衣黑裙,且唱且舞,宛若俏丽鬼魅的意象,既隐喻了人物的生存环境,人物的任性刚强,又暗示了陈家大院里的女人,人鬼之间仅一层薄霜之隔,哈气即融罢了。此外,"箫"的意象,"落叶"的意象等,都能调动起读者各自的文学储藏,颇显得耐人寻味。

《另一种妇女生活》中,"剪子"的意象扑朔迷离。两类女人:足不出户的闺秀与世俗粗鄙的售货员都曾举起剪子,扬言要剪去长舌妇的舌头。小说结尾,老处女简少贞生前留下的最后一幅人像绣品,竟然有一把剪子插在女人两片粉唇之间——"嘴"成了绣品女人的致命伤,那么它仅仅是绣品女人的致命伤么?

苏童的作品常写"狗",狗往往出现于人物依动物性本能而行动的时刻,这一刻,狗与人,动物性与人性就是一个可随意串门、任意置换的概念。苏童极善于用此类小道具构筑意象,如长篇《米》中"米"的意象,中篇《红粉》中"胭脂盒"的意象,短篇《狂奔》中"棺材"的意象,等等,它们既具客观性,是故事必不可少的链环,又具主观性,作者需要借助它们承载某种观念,寄寓某种情感,暗示某种结局。

由此看来,故事对苏童很重要,故事对苏童又不那么重要,苏童自己似乎更喜好把玩故事的枝蔓,使之氤氲出诗情。这来自"南方"的一丛丛诗性的藤萝,遍插故事的野地,为光秃秃的故事野地徒增了百媚千姿令人观赏不厌的景致。

二、乡村/都市:人类没有栖息地

苏童祖籍为江苏省扬中县,该地是长江中的孤岛,居民多为苏北移民,他的父辈由扬中移居苏州。很难判明,作为"移民"后代的苏童,是向往都市文明还是难以割舍对于"根"之地的探寻。苏童笔下的"枫杨树"男人在告别家园涌向城市时,天边升起的不是现代文明的朝霞,而是丑恶、动荡、纵欲与暴力的乌云。一方面想逃离家园,永远告别家乡的水荒、瘟疫与饥馑,告别踩满脚印的黄泥大道与种着稻谷、红罂粟的田野,一方面又时刻怀念那里的温馨,甚至粗陋、蛮荒,渴望将妻携雏,衣锦还乡。这正是人类永恒的迷惘:人类最理想的栖息地在哪里? 人说:不知道! 事实上,当人类失去伊甸园之后,他们便永远地失去了自己的福土乐园,只剩精神家园是美好的。

苏童笔下塑造了一批"逃亡者"形象,"逃亡"正是他最初叩响历史之门的地方。他的第一个中篇《一九三四年的逃亡》向我们展示了历史如何由田园乡村向都市文明演进的轨迹:滚滚车轮碾在两根黑色钢轨上,一根叫作暴力,另一根叫作纵欲。陈宝年(《一九三四年的逃亡》)和五龙(《米》)是"逃亡者"中的代表,他们逃脱了乡村的灾难,又深陷都市的罪恶。愚昧与文明搏斗的过程,新兴工业社会的建立,伴随着无处不在的恶行。都市里的外乡人要在异地生存的道路布满险峻,最初的小资本的积累采取了弱肉强食的暴力手段:陈宝年的小竹器铺策划过哄抢糙米的行动,五龙以屈求伸,复仇的欲望纵贯他的一生,当初踏上这片土地时他可以为了一块猪头肉叫人亲爹,他要做这块地盘上的霸主时人叫他亲爹他也照样杀人不误。两人最终都死于狎妓,前者从妓院出来被心腹暗算,后者患上杨梅大疮而毙命。都市文明的第一批开拓者成为它的殉葬者。历史有时会赋予它的角色以多重身份,它的逻辑绝不是"历史的推动者""历史的绊脚石"这样的两极对峙所能概括得了。撇开先验,走入历史纵深,你才发现,这里的人和事是那么芜杂,芜杂得叫人担心理念的阐释、概括是否会漏洞百出。

苏童笔下的众多人物具有还乡情结,还乡的欲望执着得近乎怪异。

"逃亡者"的后代"我"早就宣称:"我从十七八岁起就喜欢对这座城市的朋友们说:'我是外乡人'。"(《一九三四年的逃亡》)"叛逆者"童震移民外乡,尽管他已没有童姓家族的大头篾刀,他那把亮锃锃的双铳猎枪在故乡的土地上全无用武之地,他还是不屈不挠地把垂死的儿子背回故乡,让儿子留在那里做个好竹匠(《故事:外乡人父子》)。在都市中已娶妻生子且成为一方之霸的五龙,垂死之际唯一的愿望是"我要带一车最好的白米回去",他死在开往故乡的火车上(《米》)。

并不因为移民的还乡欲望,乡村就被描绘成一方净土、圣地,这里的秩序散发着古老的陈腐,这里的愚昧与罪孽依旧生生不息。

土匪当着春麦的面霸占了他的妻,春麦怒吼着举起柴刀,而砍杀的不是土匪,竟是自己弱小的妻(《十九间房》)。在艰难的生存挣扎中,人与人之间丧失人伦亲情:祖父陈宝年用亲妹子的青春向财东换取十亩水田;伯父狗崽因丢失一木匣铜板,将年幼的弟妹们捆绑拷打;瘟疫和粮荒使女人蜕变成母兽,在死人塘边争夺野菜(《一九三四年的逃亡》)。乡村土地上的乱伦与淫荡,仇恨与杀戮,一点也不亚于城市的罪孽。城中买来的小妓如同一只球,被刘氏家族两代三个男人传来递去拍来打去;兄弟相阋;儿子杀父;丈夫杀妻;父亲为了田产和传宗接代而将亲闺女推入火坑,嫁给布店的驼背老板,让土匪掳去做压寨夫人。这块土地上散播的气息犹如漫山遍野可以提炼毒品的罂粟(《罂粟之家》)。

从某种意义说,人类的文明史就是一个为自己建造家园的历史,人类建造的家园永远不可能如他们所希望的那样尽善尽美。苏童的"逃亡"与"还乡",

终极目标指向何方？或许正是苏童与他所塑造的人物无法寻得历史的神化和乌托邦的理想，无法寻得永恒的超越性的价值目标，才会有"逃亡者""还乡者"的熙来攘往，奔波劳顿。

苏童 1993 年的长篇《我的帝王生涯》似乎与以上话题相去甚远。依笔者看，人君之梦亦是寻找家园的另一个版本：承袭大燮国帝位的端白，痛感萧墙之内的残暴，阴谋，失爱，受纵于人（祖母），高冠博带之下毫无人生自由，一心向往过平民生活，想做一名游走江湖的走索艺人，做一只自由自在飞翔于悬索之上的鸟——"鸟"的意象让人心领神会，怦然心动。然而一旦国情动荡，大权旁落，真的由帝王被贬为庶民，却又无法忍受世俗生活的危困和艰难："我觉得乡村客栈里的每一个人都比我幸福快乐"——一具躯壳，两重灵魂，平民百姓做着逃亡/还乡的梦，一代君王以另一种方式逃亡和还乡。人类得到的，那都不是最好的。万幸潘多拉的盒子里，还关着一块叫作希望的"精神家园"。

三、《狂奔》/《最后的仪式》：沉陷于宿命的困惑

笔者注意过苏童众多作品的开始与结局，琢磨过苏童人物命运的因与果，发现了那千差万异之中的某种雷同。作为故事，任何的雷同似乎都不能算作一种好的选择；作为命运，苏童一定是无奈的，命运的门闩被拨动的声音，必作如此之响，别无它音。

在此举例他的几个短篇作为剖析对象。

《狂奔》是苏童迄今为止的最好的短篇之一。游村走街的年轻木匠被少年榆的母亲请到家中，为榆老迈的祖母打制寿材。少年榆本能地厌恶拒斥着这个"那不是我爹"的家伙（榆的爹也是位游走他乡的木匠）。棺材打成之后，正如它的制作者所言："棺材打好了总会有人睡的"，然而睡进这口棺材的不

是病重的老祖母,竟是榆的母亲,母亲偷偷喝下榆曾经企图用来毒死木匠的农药撒手归天——母亲引来了打棺材的木匠,她何曾料到正是在为自己打一口棺材。母亲与年轻木匠间的私情通过孩子懵懂的感觉和老祖母不明不白的咒骂表现得若隐若现,故事的每一个细节都朦胧且耐人寻味,而更加耐人寻味的是故事的结局:人类所有为自己寻求欢乐的借口和举动都有可能把自己引向它的反面,乃至走向终极欢乐——死亡。任何主观意志都无法指定,谁会睡进棺材。命运之神冷冰冰地窥视着人类,把令人战栗的寒光投射在他们身上。这是又一对亚当夏娃被逐出伊甸园的悲剧。这是一种文化寓言,由此可抽象出人类命运中的某种"必然"以及恰好与之相反的"不可测"。

在苏童的作品中,类似的结局决非一二。

孔家夫妇为自家花园中的一架爬山虎是否要砍除而龃龉,孔先生离家出走,深夜返回时被勒索钱财的少年杀死,尸体正巧被歹人悄悄埋在那架他与太太争执不休的爬山虎的花垒中(《园艺》)——夫妇反目之场成为当事者的葬身之地。

民俗学家要求村人重演"拈人鬼"的仪式(依上古延续的风俗,每隔三年,族人在宗祠前聚集,凭抓阄拈出"人鬼"以祭奠先祖亡灵,人鬼者白衣裹身,置于龙凤缸内以乱棍打死)。仪式设计者自己却戏剧性地拈到画有鬼符的锡箔元宝,被定为"人鬼"。后来的过程虽是摹拟却着实让他惊魂失魄,以至离村那天仍旧恍恍惚惚,在公路上出了车祸,他的尸体也不可思议地被置于龙凤大缸——民俗学家以做"人鬼"为终结完成了他要研究的"仪式"(《最后的仪式》)。咎由自取的历史景象喻示了历史自身无言的深刻。

少年刘东听纸扎店老人追忆几十年前女儿青青的死,他偷偷带回家一匹老人扎来烧给死人的纸马,便从此梦魂萦绕,恍若去阴间游走了一圈,与鬼魂相会,他大病一场,染上怪疾:怕纸,常常见纸就烧(《纸》)。

以上种种,对于苏童,事情的"因"和"果"之间有着一种什么样的联系呢?

多年前,有人著文试图用中国传统的"术数文化"作为阐释,以为作者具有"对于术数文化的精神感应"，"其中涵括着中国传统史学的精神基础——神秘学"。文章精细剖析过苏童的短篇《蓝白染坊》和中篇《一九三四年的逃亡》，称后者是"对《周易》神秘外壳包裹着的中国历史重要规律的现代解码"，称苏童是"神龟"，称他和另两位先锋作家（格非、余华）的作品"相当逼真地传出了一股来自于中国古老文化的道山深处的灵气"，把此归功于"江南的灵秀山水熏陶"。这可算是一家之言。① 坦白地说，我对"术数文化"几乎完全不了解，无以置喙，但笔者总觉这些解释并不能完全解开疑窦。

　　笔者研究过西方理论三种因果关系模式及其诠释：机械的因果律，表现性因果律（其代表是黑格尔式因果关系），阿尔图塞的结构性因果关系，即"复合的多元决定结构性总体"。发现这些概念和理论也都不能规范约束苏童。据说苏童的书架上没有哲学，找不到黑格尔，也没有康德的影子。

　　于此，笔者推想，苏童只是感性化地、潜意识地徜徉于历史，去触摸世界的某种奇妙关系：打棺材与进棺材，摹拟仪式与完成仪式，花垒、纸马，还有他更多作品中不经意间安排下的命运预兆，结局暗示以及谶语成真，等等，这一切是偶然？是巧合？是上帝在开玩笑或者是他老人家为人类设置的陷阱和圈套？读者迷惑惊异于冥冥之中有一只手在操纵人物命运，操纵故事结局，苏童自己也未必清醒这只"手"伸自何方。他只是忠实描述传达了他对生活的感觉、理解，其中包括他的童年记忆。他的神秘结局的故事中，多半都有一名少年男孩的踪影，诸多细节也都能在他的"自传"或写实性的散文中找到对应点。此外他大约也从自己喜好的晚报、译报、着迷的话本小说上摄取和改造过颇为怪诞的素材。需要强调的是，苏童的潜意识中具有格外关注超理性力量支配事情结局的偏好。对于小说家，综合表象的"局部突出"是常用手段，尤其是短篇小说，突出哪一"局部"则因人而异。在如上一类作品中，被苏童安置于炫目位置的，是一只只被宿命的手摘下的无花果。

　　①　胡河清：《论格非、苏童、余华与术数文化》，《当代作家评论》1992 年第 5 期。

由此,他在因果律的命题前,不自觉地步入了"无决定性"的阵营。

四、人/历史:向模式之外拓荒

大千世界的男人和女人之间究竟能演绎出多少故事?文学在男人和女人之间究竟能建构起多少结合与冲突的模式?前人如何创造历史?后人如何观照历史?作家总希望在这些问号里翻捡出一些鲜活有趣的东西。苏童的目光频频停留在未被开拓的荒芜之地上。笔者感佩于他向前辈作家没有顾及或无意展开的领地冲击,并且从通常最能出意义的地方退却。苏童的拓荒从对一群红粉女子的塑造开始了。

先看《妻妾成群》。这个题材原本可以处理成被奴役、被损害、被作为玩偶的女人去反抗社会环境,反抗封建家庭,反抗施暴玩弄他们的男人的作品。然而老爷陈佐千家的四房太太的全部反抗、全部才能、全部阴谋和心计,统统施展到与自己同命相连的姐妹们身上,演出的是其豆相煎的女人折磨女人的悲剧。无论是呆板固执冷酷圆滑若她手持的佛珠的大太太毓如,还是满面堆笑容,暗中使绊子的二太太卓云,无论是冷艳刚烈任性多情的三太太梅珊,还是初入牢笼,单纯且易于感伤的四太太颂莲,连陈家的使唤丫头雁儿,也搅在了一群争宠女人的行列里。文学固有的模式,生活曾发掘出的意义,苏童都无意问津。在诸多女性中褒贬分明地赞美同情一人(或一方),以确立符合作者审美理想的女主人公,此种传统角色配置的模式被摒弃。环境改造了颂莲,她的聪颖、天真,连同她所读过的书,统统被吞噬,只剩下女人唯一想要的安慰:替老爷生个儿子。她对雁儿的过分之举,包容的是女性自身的性格缺陷。颂莲与飞浦少爷间的故事在若有若无间受到节制(苏童极力回避《雷雨》模式)。封建社会男权中心对女性的践踏蹂躏;主奴之争的阶级对立关系等,也未依从过往模式而被刻意捕捉和张扬。在文学审美的天地里,苏童以人性审视的目光,探究个体感性生命的律动,表现女性在特定环境下的诡诈、恶毒、乖戾、秘不示人的复杂心态,展示红粉女子病态的美丽,病态的悲凉。

结构一部封建家族秘史,"深度模式"指导下的历史意识已不能涵盖作家对生活的全部认识。具原始态的史,人性中某些自然状态的东西,那决不是灰色理论过滤的视野所能描述的。苏童的视野不能说没有主观的过滤与选择,但他至少让我们看到了隐秘家族史中很少被铺叙过的那些角落。读者对它的兴趣,犹如人类希望探测月球背离地球那一面的兴趣。"深度模式"能让理论心安,却让文学自身顾虑重重,苏童有足够的理由,拒绝让板着面孔的模式把生活挤压成失去汁水的索然无味的甘蔗渣。

苏童对历史景观的选择,并不是一种意识对另一种意识的颠覆或全盘否定,而是相互包容,合理共存,这显示了他审美心态的宽容、平和。如《一九三四年的逃亡》所叙,饥馑之年,地主陈文治家族与乡村民众的对立,祖母蒋氏肩背小儿无畏地加入了饥民暴力反抗陈家老财的斗争,几十年后作为蒋氏后代的"我"在研读毛泽东的《湖南农民运动考察报告》时,引家族成员的这段历史为自豪,然而,具有"光辉一页"的祖母在与另一个女人环子的争斗中成为失败者,她最终是坐上红轿子,被抬进她曾反抗过的陈家——暴力革命的明星与普通枫杨树女人的故事接轨,抹平了历史课本的理论棱角。该作中"黑衣巫师"以神奇巫术启蒙民众的情节,拓展出革命、阶级斗争的多元复杂形态。

在更多的时候,苏童刻意将历史的大事件、大场景化作虚景或相对弱化。他注重对历史中个人的曲折经历,特别是性爱史、情爱史为主线的秘闻发掘。这是苏童进入历史的独特切入点:《罂粟之家》以铺叙一个男人的性史作为全作的纽结,这个男人叫陈茂。在地主刘老侠家族历史上,陈茂的地位相当独特,他既是刘氏家族的掘墓人(他的儿子刘沉草的诞生宣告了刘家传宗接代链条的断裂),他又为自己培养了掘墓人(死在亲生儿子枪口下)。苏童用于陈茂身上的笔墨令人惊诧。新中国成立前,长工陈茂是刘家的一条狗,与东家的姨太太翠花花多年有染,但陈茂翻翠花花的窗子实在没有半个"情"字可言,翠花花亦非真正钟情于他。无情的"偷情":一反传统"偷情"模式;新中国成立以后的陈茂成了农会主席,他的"干革命"与"干女人"是同等意义:一反翻身农民当家作主人的模式。在翠花花面前,乱伦的地主刘家父子与乱伦的长工陈茂没有根本区别。将人的本性置于中心位置时,"阶级性"这个词被推挤到小说边缘地带。作品中心处,传统意义的缺损丝毫不影响结构碎片的蕴含丰饶。回想新时期初期《芙蓉镇》中以政治倾向作标尺,对两类偷情者褒贬分明,而此刻的苏童,早已不屑肤浅评价和急迫表态,他只着意于展示。

家族秘史的书写始于"寻根文学",一时间追随者接踵。现代人因了种种原因,总想隐匿自己而去窥测别人的高墙深院,现实之窥测有碍文明,总有点心虚气短,于是文学以虚构的真实满足生活缺憾,这就像人们不能到大街上去挥动老拳,却可以坐在体育场里大呼小叫观看拳击比赛。从这一角度说,家族秘史的兴盛有其必然。此外,它与20世纪世界文学的潮流亦是同步而行,新时期的先锋作家,到域外寻求同道者,一度乐此不疲。

苏童的另一部代表作《红粉》倒是跳出家族秘史的领域去书写男人/女人的故事。故事以新中国人民政府改造妓女工作为历史背景。两位女主角:逃避改造的秋仪被生活本身改造成韧性十足、随遇而安的妇人,情未了之际随情,情了以后既可青灯黄卷寄身尼庵,也可嫁一残疾人安分度日;经过劳动营改造的小萼,积习难除,终难改变她依赖男人,追求享受的本性。嫖客老浦未落恶少负心郎俗套,出没风月场里,又颇能重情重义,用小萼的话说,"是个好人",用更为客观的评论话语:"是罪恶却不甚可恶的窝囊男人"。二女一男,浮沉孽海。灵肉相搏,作家时有出彩之笔。改造不是个轻松的话题,苏童却操弄得游刃有余。只要他的笔一落到病态美丽的女性身上,总会灵气顿生,神采飞扬。

前期的苏童,曾经与其他的先锋派作家一样,对于小说形式有极度热忱,如小说叙述人称的自如转换,历史场景与现实画面的自由交替。非常叙述手段的尝试:图型表述,诗行排列,短句合并不加标点,取消冒号引号等。他渐趋"由繁丰走向简洁,由峭丽走向平实"(王干评价),由对20世纪美国文学的迷恋到对中国古老文化遗产话本小说感兴趣。从根本上说,先锋文学扩大雅俗分野的群体倾向,在苏童身上已悄然遁去,他正以各种手段,弥合雅俗裂隙,"跨过边界,填平鸿沟"(费德勒著名文章的标题)。他似乎没有太多困惑地向大众接受热点趋附,是迫于商业化对纯文学的诱惑拉拢?抑或这本身就是苏童的自觉追求?做先锋派时他不是纯粹的"精英主义",转型目标又不是纯粹的"畅销书主义"。

苏童说:"作为一个写作者,我始终渴望一种会流动会摇曳的小说风格,害怕被固定在'风格'的惯性中,更害怕陷于自己设置的艺术陷阱中。我渴望对每一篇未竟的新作有挑战性的新鲜陌生的心态,我相信这也是一个写作者最好的写作心态,因此我做出了种种努力。"①

五、边界/穿行:在"历史与现实""传统与现代"之间

在新时期作家中,苏童的写作看起来似乎最有边界,而又最无边界。他笔下清晰地浮现出一个"枫杨树村""香椿树街",以至于整整一个"南方",但这些标地分明又是那样的模糊,似是而非,似实而虚,若隐若现,因为"'南方'早已抽空需要被指涉的实体,悬浮飘荡"②。设立标地,而又依靠着自由穿行,抽空被指涉的实体而取消了边界,这在苏童那里,远不止于这一地理学范畴。笔者以为,苏童犹如将很多东西撕成片块,片块之间是裂缝和边界,而撕裂的目的既是为了有裂缝和边界,又是为了能穿越这些裂缝和边界,就像一位高明的裁缝,将布剪成块,又将它们缝合起来,做成一件百衲彩衣。比如可以罗列出这样一些范畴:故事与意象、童话与市井、男人与女人、城市与乡村、光明与阴暗、善与恶、美与丑、邪恶与诗意、破败与唯美、高雅与通俗、阳刚与阴柔、小说

---

① 苏童:《作者的话》,见苏童小说集《离婚指南》,华艺出版社 1993 年版,第 5 页。
② 王德威:《南方的堕落与诱惑》,《读书》1998 年第 4 期。

与诗歌、小说与电影等——当然最为重要的要算"历史与现实""传统与现代"——所有的"两两对立"都可以涵盖于这两组范畴之下。苏童仿佛既要划定那"两两对立"的边界,却又要穿行其中。他将那许多"两两对立"的东西杂糅混搭,从而体现苏童式的小说美学和苏童式的暧昧。他的世界显得那样的确定而又不确定,他像永远徘徊在一个十字路口或者说处在一个临界点,复杂而犹疑。这一特征在苏童"转型"之前或之后,一如既往。

在20世纪80年代后期那场叙事革命的巨大变化中,苏童以他独特的姿态和方式伫立潮头。在众多先锋派作家以各异的姿态去对抗现实、颠覆传统的社会政治叙事的阵列里,苏童选择了逃遁于历史纪实,展开了他漫长而怪异的历史想象。他把历史世界演绎成个人化的经验,完全没有了公众历史领域里的模样。其实在那个以欲望叙事去反抗政治叙事的年代,苏童与其他的先锋派作家一样,从中获得了写作的自由感和快意。但他与他人的不同在于,他把欲望叙事扩展到了历史世界,或者说欲望叙事成了他介入历史的方式。欲望是源于个体生命的人的欲望,感性而具体,混乱而幽深,它是身体和精神与现实的最直接、最自然的关系,事关个体生命的肉体和灵魂。因而,以欲望叙事介入历史就是以个体生命存在的名义进入历史。它其实就是"'人'的叙事"[①]。无论是一开始的《一九三四年的逃亡》,还是《妻妾成群》《红粉》《我的帝王生涯》《米》等,都是如此。那里呈现的,是一个欲望将灵魂五马分尸的历史之域,性欲、暴力、权力、死亡等一如弗洛伊德所说的种种"生的本能"和"死的本能"充斥于其中;在人的欲望无限扩张中,历史露出狰狞的面目,人性丑恶,心灵扭曲,成为宿命式的存在,人的苦难无边无际、无法救赎;所有的历史时间、历史事件、社会政治指涉,只不过是那苦难世界的一个标识。这种对历史的重新书写,不啻以原欲为历史的本质,为历史的动力机制。苏童实施了一场前所未有的历史解构。

---

① 苏童、周新民:《打开人性的皱折》,《小说评论》2004年第2期。

　　然而,当苏童以那样的方式介入历史时,其实也就预设了一个历史与现实的边界,以及对于这个边界的穿行。首先,当苏童以欲望叙事介入历史时,其实是要以解构历史的方式来对抗现实;其次,以欲望叙事介入历史,其实就是以现实的名义介入历史,因为欲望是源自于个体生命的现实,它永远是非历史的。历史体验就是现实体验,于是,在欲望的名义下,历史与现实有效地混搭媾和。当然那也是一个传统与现代的边界,以及对这个边界的穿行。苏童是以现代主义的生命体验进入历史的,然而当他进入历史书写时,传统的小说艺术表现方式又会不自觉地浮现出来。现代和传统的边界以及穿行其间,无疑在苏童那里得以典型地体现,成为苏童小说一个重要的美学标识。

　　苏童真正面临"历史与现实""传统与现代"所带来的挑战和风险,是在20世纪90年代以后。先锋派辉煌已过,铅华尽洗。当一些作家或渐渐销声匿迹、或转变人生态度和价值取向时,苏童的"转型",仍然坚守着真诚地写作,或者说坚守着一贯的人文立场和文学立场。为此,苏童付出了更多、更漫长的艰辛。根本原因就在于,他要从他所迷恋而游刃有余的历史世界抽身而出,转向他所不愿面对的当下现实,苏童曾经说:"现实往往是令人生厌的。一旦你关注现实,没有一个人在感情上对现实生活充满热情,充满接受。我很喜欢余华说过的一句话:'现实与人的关系是紧张的'。"①

　　在相对沉寂了大约五年之后,2002年苏童以长篇小说《蛇为什么会飞》进入我们的视野,并这样表达"洗心革面"的决心:"我确实在破坏我自己,破坏某种我赖以生存的、用惯了的武器,比如语言、节奏、风格等等。我不再满足于我自己,我想改变,想割断与自己过去的联系。把以前'商标化'了的苏童全部打碎,然后脚踏实地,直面惨淡人生。"②《蛇为什么会飞》就是苏童力图自我否定又自我超越的作品,力图由过去的历史想象转向"直面惨淡人生"的现实书写。然而,在2009年完成《河岸》的写作后,苏童又说:"在写作中,我一

---

①　苏童、谭嘉:《作家苏童谈写作》,《当代作家评论》2002年第5期。
②　参见陆梅:《把标签化了的苏童打碎》,《文学报》2002年4月18日。

直在宣称要割裂自己。但我也意识到,一个作家无论如何改变自己、破坏自己,你的筋骨还在那儿,你的血液还在那儿,这两样东西,无论如何是变不了的。所以要一个作家完完全全地颠覆自己是不可能的。但问题是,你必须要有在自己身上动刀子的决心。这种决心可能在其他方面体现,譬如在选择的题材上、类型上。"①很显然,此时的苏童,对于先前的断腕的决心有所迟疑和反拨。事实上,如果说《蛇为什么会飞》完全是直面当下现实的叙事,那么《河岸》很多时候又回到苏童所擅长的历史书写,只不过与先前的历史想象不同的是,它是"文革"记忆,是离现实不远的历史。2010 年,苏童再度反思自己的创作:"事实上我在创作中与时代构成了虚拟的关系,之前的很长时间,我是比较享受这种关系,作为一个虚拟的写作者,我往往忽略了当下的思考、感受、体验对文本的影响,感兴趣的永远是'谜底'和'谜面'的设置。这是我进行创作的原始途径。"②苏童认识到自己的症结所在:与现实的紧张关系一直困扰着自己,使他不能更贴紧现实;迷恋隐喻、意象、象征等文学修辞,使他不能拷问当下,深邃地观照历史与现实。正是鉴于这种自我反思,苏童再度对自己的写作态度有所调整,2013 年推出了他的《黄雀记》。也许《河岸》获得第三届曼布克亚洲文学奖、第八届茅盾文学奖提名,《黄雀记》最终摘得茅盾文学奖的桂冠,正是对苏童由历史想象转向现实书写的转型,以及对他艰难前行、不断自我超越的最好奖赏。

尽管现在评价苏童过去的历史想象与后来的现实书写孰优孰劣,也许为时过早,但作为转型后的代表作,《蛇为什么会飞》《河岸》《黄雀记》三部长篇小说,无疑构成了一幅叙写当下现实百态的图卷。

然而,对于自己的转型,苏童为何又说"你的筋骨还在那儿,你的血液还在那儿,这两样东西,无论如何是变不了的。所以要一个作家完完全全地颠覆

---

① 苏童:《〈河岸〉让我新生》,《新世纪周刊》2009 年 5 月 11 日。

② 陈思和、王安忆、栾梅健等:《童年·60 年代人·历史记忆——苏童作品学术研讨会纪要》,《渤海大学学报》2010 年第 6 期。

自己是不可能的"? 筋骨、血液是指什么? 最重要的:一是苏童介入现实的方式与他过去介入历史的方式一样没有改变。苏童以个体生命存在的名义进入历史,这本质上是欲望叙事的方式,其实也就是"'人'的叙事",这是切入人的生命欲望,绽开人性的皱褶的叙事;苏童正是以同样的方式介入现实,或者说这种方式本就是属于现实体验而不是历史的,所以苏童以这样的方式介入现实,只不过是一种回归。但正因为最初苏童是以那样的方式介入历史,因此,当苏童转型之后,也就可以说他是以历史的名义进入现实。在《蛇为什么会飞》《河岸》《黄雀记》中,苏童从个体生命存在切入,打开人性的皱褶,从而映现出动荡不安的苦难现实。那里同样是心灵扭曲、精神放逐、生存困境、性、暴力、死亡等,与以往所不同的只是,苏童加入了一份现实批判,那就是指斥"文革"与金钱这一对政治和经济鬼魅。二是苏童式的美学风格没有变。这包括精致的文字意象、制造拟旧风格、"谜底"和"谜面"的设置等。尽管苏童宣称"破坏某种我赖以生存的、用惯了的武器,比如语言、节奏、风格等等",但他在叙述中总是自觉和不自觉地体现着那些特征。比如《蛇为什么会飞》中"蛇"的意象:一群所谓"基因蛇"泛漫于在城市的角落;"美丽城"蛇餐馆;冷燕在餐馆中找到"蛇小姐"角色;克渊在飞驰的列车上看到蛇。《河岸》中"河"与"岸"的隐喻和象征,人们屁股上的胎记以及镇上掀起的胎记热;文本中充斥着有如孙甘露式的"梦魇"、马原式的"悬疑"、格非式的"历史迷案"。《黄雀记》中隐含的"螳螂捕蝉,黄雀在后"的寓言。这一切使得那些直面现实的叙事中,总是飘荡着一种仿佛是源于历史深处的神秘感。

王德威1998年的一句话确乎有先见之明,也深谙苏童小说三昧:"苏童擅写过去的时代,更善于把当代也写成了过去,实在是因为他因循约定俗成的文学想象。"①不过这话确切地说应该是:苏童善于把过去写成了当代,更善于把当代也写成了过去。因此,苏童笔下的历史是现实的历史,他笔下的现实也就

---

① 王德威:《南方的堕落与诱惑》,《读书》1998年第4期。

是历史的现实。这都是因为他过剩的文学想象，而这想象源自于现代主义的生命体验与中国传统文化精神和传统文学修辞的有效融合。

苏童很像一个以现在的名义活在过去的人，或者说以过去的名义活在现在的人。在"历史与现实"之间、"传统与现代"之间穿行，这应当是苏童独特的艺术经验和艺术个性，它涵盖到他小说的题材、主题、结构、风格、语言等各方面。它也应当是苏童对于新时期文学的贡献所在。

如果把苏童置于中国现代文学史背景中来考量，那么可以说他像一个将沈从文式的静谧和诗意与鲁迅式的浓烈和冷峻汇于一炉的妙手。

如果把苏童放到中国古代文学与现代文学的关系这一维度上去考量，则更有意义。因为在 20 世纪以来古今裂变、中西碰撞的历史语境中，能够在"历史与现实"之间、"传统与现代"之间自由穿行者并不多见，苏童的艺术经验和艺术个性就尤为难能可贵。

第十五章　莫言：为文学重新立法

如果世界文坛如康德所言，从来就是天才艺术家为艺术立法，而非读者和批评家，那么，莫言应该是一位有资格为文学立法的作家，他是中国当代最伟大的天才作家之一，是迄今获得诺贝尔文学奖的唯一一位中国作家。一个天才作家的个体性人格和对于世界的感受，自然地具有文学整体的普遍性；他不仅最明白怎样地艺术传达，而且明白为什么要有那样的艺术传达。而这正是我们讨论莫言的前提。莫言建构的"高密东北乡"，已远不仅是他某一个作品的存在，而是莫言文学的整体世界，这意味着我们必须将莫言作品当作是一个整体的文学世界来对待。这是我们讨论莫言的又一个前提。

一、鲸鱼之喻：文学精神

2012 年 10 月 21 日夜，莫言获得诺贝尔文学奖后的第十天，他写给《明报月刊》的一篇短文中这样说："多年前，刘再复先生希望我做文学海洋的鲸鱼。这形象化的比喻，给我留下了深刻印象。我复信给他：'在我周围的文学海洋里，没看到一条鲸鱼，但却游弋着成群的鲨鱼。'我做不了鲸鱼，但会力避自己成为鲨鱼。鲨鱼体态优雅，牙齿锋利，善于进攻；鲸鱼躯体笨重，和平安详，按照自己的方向缓慢地前进，即便被鲨鱼咬掉一块肉也不停止前进、也不纠缠打斗。虽然我永远做不成鲸鱼,但会牢记着鲸鱼的精神。"①莫言把一种伟大的文学精神比作鲸鱼。这一喻象来自1995年刘再复寄寓他的莫大期待。② 而刘再复之说源自高尔基,后者曾把列夫·托尔斯泰喻为文学沧海中的鲸鱼。不过,这一象喻其实并无需到俄罗斯去寻源。公元761年,唐代诗人杜甫在他著名的《戏为六绝句》中有云:"才力应难跨数公,凡今谁是出群雄?或看翡翠兰苕上,未掣鲸鱼碧海中。"并且把李白推为骑鲸之人:"若逢李白骑鲸鱼,道甫问信今何如。"(《送孔巢父谢病归游江东兼呈李白》),杜甫不仅把鲸鱼比作与"翡翠兰苕"相生相对的伟大文学形态,而且从他的豪迈追问中,不难看出杜甫自身成为鲸鱼的愿望和自信。古往今来,鲸鱼之喻,渊源有自,这种无独有偶,耐人寻味。

　　事实上莫言对于鲸鱼之喻,早在他获诺奖之前就有着反复确认。他于1996年1月6日在给刘再复的信中说:"国内文学界……磅礴粗砺气象不足。宛若苏州园林、小桥流水、杏花江南,难得见大漠板荡、荒原雪山。……难得见您推崇的大爱大恨大善大美,更难见崇高庄严之气。……鲸鱼是从不选择食物的,它张开巨口,有点容纳百川的意思。鲸鱼也是不怕伤害的,它连舔伤的技能都不具备。"③2006年,莫言作《捍卫长篇小说的尊严》,其中再度明确说道:"伟大的长篇小说,没有必要像宠物一样遍地打滚,也没有必要像猎狗一样结群吠叫。它应该是鲸鱼,在深海里,孤独地遨游着,响亮而沉重地呼吸着,波浪翻滚地交配着,血水浩荡地生产着,与成群结队的鲨鱼,保持足够的距离。"④2008年上海文艺出版社出版莫言系列作品,莫言把该文作为统贯每一部作品的"代序言",其用意不言而喻。甚至在2006年出版的小说《生死疲劳》中,莫言借转世为猪的西门闹之口说"莫言":"要用《养猪记》把他的写作

---

　　① 参见刘再复:《莫言的鲸鱼状态》,《华文文学》2013年第1期。
　　② 向阳、卫毅:《龙应台、刘再复说莫言》,《南方周末》主编:《说吧,莫言》,二十一世纪出版社2012年版,第50页。
　　③ 参见刘再复:《莫言的鲸鱼状态》,《华文文学》2013年第1期。
　　④ 莫言:《捍卫长篇小说的尊严》,《当代作家评论》2006年第1期。

与那些掌握了伟大小说秘密配方的人的写作区别开来，就像汪洋大海中的鲸鱼用它笨重的身体、粗暴的呼吸、血腥的胎生把自己与那些体形优美、行动敏捷、高傲冷酷的鲨鱼区别开来一样。"①

如果把莫言的鲸鱼之喻与杜甫相对照，不难看到一种惊人的声气相通。莫言不满于"苏州园林、小桥流水、杏花江南"式的文学，与杜甫不满于"翡翠兰苕"的文学，何其相似；他所谓的"鲨鱼"与杜甫所谓"轻薄为文哂未休"（《戏为六绝句》）者，何其相似；而要谋求"沧海鲸鱼"式的文学，又何其不约而同。761 年，是中国诗歌走向声色大开的盛唐之际，却又是唐代历经安史之乱的巨大创伤之后，杜甫所言，正是立足于历史此在的文学展望："翡翠兰苕"的文学表达，不足以担当历史和人生，而只有"沧海鲸鱼"式的文学才足以担承那样的历史体验和审美诉求。从 20 世纪到 21 世纪初，正是中国历史和文学历经"三千年未有之变局"的剧烈板荡之际，它们在巨大创痛中展开巨大的可能性，这一情境堪比杜甫而更有过之而无不及。如果说李白、杜甫和托尔斯泰所实现的鲸鱼状态，有其具体历史性，那么莫言一而再再而三的鲸鱼之喻，是要表达什么样的文学精神？莫言文学又是如何创造这一精神的？

鲸鱼是一个巨大的存在，它伟岸、厚重、强力、沉稳、丰沛、饱满、孤独、简单、素朴、从容、坚定、安详，长风浩荡，遨游于沧海，在响亮、沉重的呼吸、吞吐中，显示着强大的生命动象；其翻江倒海的律动，充满大行进的坚定目标感，在对鲨鱼的睥睨和威慑中，持存着足够的悲悯和张力；在磅礴粗砺的板荡中，展现着大简的素朴与华严；在撼天动地、血水浩荡的生殖中，彰显着伟大的悲壮；在生死于斯的安详中，证实着宇宙天地的生机和欢乐。这便是莫言反复呈现的鲸鱼形态和鲸鱼精神。往往只有那些拥有构成性力量去塑造意义的人才能象征，也只有象征才是最原初、最根基而又最具有构成性的力量。莫言反复使用的鲸鱼之喻，就是这样一种象征。在莫言发表的所有关于文学的言论中，最

① 莫言：《生死疲劳》，《莫言文集》（第 10 卷），上海文艺出版社 2012 年版，第 412 页。

具有穿透性力量优势的,莫过于这一象征。因为它有两个基本前提:一是明白在通向历史此在的关联处进行怎样的价值设定,它是文学的,也是哲学的;二是这一设定不是逻辑性设定,而是艺术天才式的领悟和传达。一个天才作家的世界感受中,总能有着对于历史可能性的领悟,对于人的可能性的领悟。尽管一直以来的莫言批评中始终有一种声音:莫言是一个没有思想的感觉主义者,尽管莫言一再以文学家而非思想家的名义正当防卫:"有人提出,中国作家缺乏思想,我认为不是缺乏思想,而是思想太多了。……作家最好没有思想,思想越多越写不好。"①甚至说:"我向来以没有思想为荣。"②但指责莫言思想匮乏,无疑是各种批评中对于莫言最大的羞辱,也是最大误解;诺贝尔文学奖不是颁发给思想家的,但也绝不是颁发给一个没有思想的作家的。

鲸鱼之喻,不是概念,不是理性逻辑,但有着莫言最大和最深邃的思想包孕。莫言说:其中有"大胸怀""大气象""大苦闷""大悲悯""大抱负""大感悟""大精神""大尊严""大力量""大手笔""大营造""大爱大恨大善大美"。③尽管莫言是指长篇小说,但其思想边际其实并不是文体边际。鲸鱼文学,不仅喻指莫言需要什么样的文学,也是 20 世纪以来的中国需要什么样的文学,不仅是文学自身需要什么样的文学,更是文学需要以什么样的本质而存在。

在莫言所说的一系列的"大"中,有一个奠基性的东西,那就是"大生命"。鲸鱼首先是生命形态,它呈现的是生命动象。其最基本之义就在于:文学艺术是生命存在的方式,而且它是生命的最基本也是最根本的存在方式。莫言曾说,很早的时候他就在自己的本子上郑重抄录下鲁迅的话:"文艺是纯然的生命的表现。"显然他是以此为座右铭,打开自己最初文学之窗的,也是他最初文学观的确立。1988 年莫言再次申言:"必须比较明朗地阐明我的观点:……

---

① 张清华、曹霞编:《看莫言:朋友、专家、同行眼中的诺奖得主》,华中科技大学出版社 2013 年版,第 343—344 页。

② 莫言:《诉说就是一切——代后记》,《四十一炮》,上海文艺出版社 2008 年版,第 485 页。

③ 莫言:《捍卫长篇小说的尊严》,《当代作家评论》2006 年第 1 期。

我同意文学是生命的纯然表现的观点。"①其实那让莫言误以为是鲁迅之言的箴言,出自鲁迅1924年翻译厨川白村的《苦闷的象征》,而它正是演绎从尼采到柏格森生命哲学思想的文论著作。人的存在,是作为生命的存在,生命是人的唯一存在形式,世界的存在,是作为生命的存在,是世界唯一的存在形式;当文学艺术作为生命的形而上学活动时,它便成为生命存在最优越、最可靠的方式和依据,因为无论在最初和在最终、最高意义上,除了生命之外,别无其他的存在。正是在这个意义上,正如海德格尔所说:"艺术是我们最熟悉的形态,因为艺术在美学上被把握为一种状态;而且这种状态,艺术在其中成其本质并且从中起源的这种状态,乃是人的一种状态,也就是我们自己的一种状态。艺术属于这样一个领域,我们本身就置身于其中,我们本身就是这个领域。艺术不属于并非我们本身所是、因而总是使我们感到陌生的区域。"②如果说"艺术的特征乃是创造和赋形,如果艺术的特性完全构成了形而上学的活动,那么,一切行为,尤其是最高的行为,因而也包括哲学思考,就都必须通过艺术的特性来规定"③,那么我们就能充分理解莫言鲸鱼之喻的要义:文学是生命的最基本也是最根本的存在方式;它是生命的形而上学活动。而这是文学的,也是哲学的。

鲸鱼是"大生命",这个"大",固然指体积和重量,但从本质上,它是指生命的本质,这就是:丰富、强力、生成。鲸鱼意象是这一本质的典型征候。它"张开巨口",而"容纳百川",它"在深海里,孤独地遨游着,响亮而沉重地呼吸着,波浪翻滚地交配着,血水浩荡地生产着",它"不怕伤害的,它连舔伤的技能都不具备",它"和平安详,按照自己的方向缓慢地前进,即便被鲨鱼咬掉一块肉也不停止前进、也不纠缠打斗",它无比丰沛,无比强盛,它强大地呼吸,强大地孤独,强大地生殖,强大地和平安详,强大地不怕伤害,强大地前行。文

---

① 莫言:《"我痛恨所有的神灵"》,《福建文学》1988年第10期。
② [德]海德格尔:《尼采》,孙周兴译,商务印书馆2002年版,第152页。
③ [德]海德格尔:《尼采》,孙周兴译,商务印书馆2002年版,第79页。

学是生命的形而上学活动,那么它就是丰富、强力和生成的"大生命"形态。

这种"大生命"是文学形态、文学精神,同时也就是价值形态。李白、杜甫成为中国 8 世纪的鲸鱼,托尔斯泰成为俄罗斯 19 世纪的鲸鱼,这是中国历史和俄罗斯历史的"必然",但也是其"应然"。那么,20 世纪末 21 世纪初的莫言,再度有鲸鱼之喻,是中国现当代历史的何种"必然",又是何种"应然"?

"大生命"的思想,渊源有自。《周易·系辞传》云:"天地之大德曰生。""富有之谓大业,日新之谓盛德,生生之谓易。"老子言:"道大,天大,地大,人亦大。"(《道德经》上篇)庄子说:"夫道者,覆载万物,洋洋乎大哉!""至大无外,谓之大一"(《庄子·天下》),"万物不得不昌"(《庄子·知北游》),孟子道:"至大至刚"(《孟子·公孙丑》),中国传统文化无不洋溢着"大生命"精神;而且儒佛道作为一种结构性存在,本就是一个具有巨大吸收和消化功能的文化生命胃口,就像作为文化符号的太极图,呈现的正是犹如鲸鱼律动的巨大生命动象。中国文学似乎也从来不乏那种雄奇壮彩的静穆深邃和生命飞动:从女娲补天、夸父追日、精卫填海、后羿射日等神话想象,到屈原《天问》、李杜诗歌、《金瓶梅》、四大名著、《聊斋志异》,更是有着"文气""风骨""肌理""神韵"等与生命同构的生命诗学。然而,儒佛道文化结构,"天人合一"的基本思理框架,却体现出结构性的张力与结构性的耗散功能并存,在那种张力中,历史地涌现出"天行健,君子以自强不息""文死谏,武死战",杀身成仁、舍生取义、浩然正气的伟岸道德生命形态;但结构性耗散,滋生的则是儒家历史道德主义与佛道的历史虚无主义;生命的极端伦理化与生命的虚无化并存,这一"自然的人化"与"人的自然化"往往致使生命的异化和弱化,这使得一种反生命逻辑获得了历史的正当性。公元 8 世纪杜甫"或看翡翠兰苕上,未掣鲸鱼碧海中",不无对那种历史正当性的美学质询。从 19 世纪到 20 世纪,历史虚无主义成为世界性的迷雾,尤其在中国,它以种种现代面目出现,现代性与反传统成为它的一体两面。它意味着最高价值基设的自行贬黜:一切目标都被消除,一切价值评估相互对立起来,颠来倒去。一是传统价值在普世现代性面前的自行贬黜，一是现代价值在普世商业主义面前的自行贬黜；这已成为20世纪以来的中国历史事实。中国文学在这一历史性此在中，日渐丧失其创造性维系力量，我们远离于同历史的一种真正历史性的关联，而那里有形而上学思想的一种伟大首创精神和存在性奠基作用。其最大的精神灾难，莫过于生命的普遍虚弱、干涸和沉沦。面对这种被经验到的巨大空虚和沉沦，需要文学艺术为历史性的精神此在重新准备和建立尺度和法则。这一"应然"，必须深入最内在的历史性，才能获得最大的深度和广度。

　　1924年鲁迅说："非有天马行空似的大精神即无大艺术的产生。但中国现在的精神又何其萎靡锢蔽呢？"①这一世纪质询，与公元8世纪的杜甫质询"未掣鲸鱼碧海中"何其相似。其时正是鲁迅作《摩罗诗力说》和《文化偏至论》大张尼采酒神精神和超人学说之后。他说："二十世纪之新精神，殆将立狂风怒浪之间，恃意力以辟生路者也。"②其所谓"意力"，便是指生命意志。鲁迅体认到20世纪中国文学之"应然"：文学艺术应当表现生命；文学艺术应当是生命的最高存在；生命之"真力"美学应当取代道德美学和虚静美学。它不是复归历史道德主义的生命形态，更非"或看翡翠兰苕上"的虚静田园式的生命诗学，而是将尼采"强力意志"的生命形态奠基于文学，而这也是基设于与历史性此在的关联中。鲁迅企图在"立人"与"立国"之间谋求本体价值支撑点，然而在"救亡"压倒"启蒙"、工具理性压倒价值理性的紧迫性中，鲁迅形而上的启蒙也不能不湮没其中，他的"文化偏至"让他坠入以历史虚无主义反历史虚无主义的深渊，他无法"天马行空"地文学想象。当代中国，已不是传统的纯粹东方或西方所能涵盖的生存场景，而是全球化语境中的历史性此在，面对一切以各种历史理性和世界性名义价值基设的自行贬值，面对来自三个方向——中国传统文化、中国现代文化、西方现代和后现代文化——的历史道

---

　　①　鲁迅：《苦闷的象征》引言，《鲁迅全集》（第13卷），人民文学出版社1973年版，第19页。

　　②　鲁迅：《文化偏至论》，《鲁迅全集》（第1卷），人民文学出版社1981年版，第55—56页。

德主义和现代虚无主义,莫言让鲁迅当年的世纪质询,再度回响:"非有大苦闷不可能有天马行空的大精神,非有天马行空的大精神不可能有大艺术。"①近代以来的文化冲突、战争、工业文明、全球市场主义等鲁迅经验到和未经验到的历史创痛,前所未有的世界性感受,中国人首次达到其现代本质的根据凿凿的丰富性,如此种种,成为莫言重新探入到人的存在的一个始基状态之中,并把这一始基状态把握为对历史性此在具有奠基作用的可能性条件。即如有学者所言:"现代中国人遭遇的生存场景是世界性的,我们同样经历了战争和工业文明,它们对我们的思维起到了翻天覆地的影响,迫使我们更换视角,趋近丰富而复杂的生命肌理。"②这就是鲁迅期望而又未能完成的"天马行空似的大精神"——以"大生命"为本体的现代生命精神。1985 年莫言公开发表的第一篇创作谈,即以《天马行空》为题,2006 年所作《捍卫长篇小说的尊严》再度谈及"大苦闷、大悲悯、大抱负,天马行空般的大精神"③,这表明莫言从一开始就有并一以贯之的自觉意识。莫言不像鲁迅那样是思想家,他更多的是天才文学家的倾听和体验,他说:"我在农村长大,学到了最朴素最简捷的思想方法。"④莫言天才式地领悟到在通向历史此在的关联处进行怎样的价值设定。莫言说:"当代小说的突破早已不是形式上的突破,而是哲学上的突破。"⑤他所领悟到的"哲学上的突破",便是作为价值设定的"应然"——现代生命哲学。

莫言没有遁入历史虚无主义,而是进入到中国历史的根基和世界文化感受中,去领悟生命的本质,探入到更为辽阔而深邃的生命空间。莫言说:"作

---

① 莫言:《鲁迅对我的影响——莫言、孙郁对话录》,《南方周末》主编:《说吧,莫言》,二十一世纪出版社 2012 年版,第 196 页。

② 莫言、张慧敏:《是什么支撑着〈檀香刑〉——答张慧敏》,杨扬编:《莫言研究资料》,天津人民出版社 2005 年版,第 73 页。

③ 莫言:《捍卫长篇小说的尊严》,《当代作家评论》2006 年第 1 期。

④ 莫言、杨杨:《以低调写作贴近生活——关于〈四十一炮〉的对话》,《文学报》2003 年第 1423 期。

⑤ 莫言:《清醒的说梦者——关于余华及其小说的杂感》,《当代作家评论》1991 年第 2 期。

家应该俯瞰世界,从全人类的高度来拯救人类,从文化结构和心理上来拯救我们的民族,这是非常艰巨的任务,从鲁迅以来一直在做这个工作,不断地暴露我们民族性格中那种懦弱的、软弱的、黑暗的一面。我觉得鲁迅最缺少的是弘扬我们民族意识里面光明的一面。一味地解剖,一味地否定,社会是没有希望的。"①"吃人"和"国民性"并不能成为历史虚无的借口和根由,并不能抹去一个伟大而丰富的中国生命的尊严,而这只有在一个更为广大的思想幅度中,才能得以体认。而给予莫言这一契机的是马尔克斯和福克纳:"《百年孤独》提供给我的,值得借鉴的、给我的视野以拓展的,是加西亚·马尔克斯的哲学思想。""过去的历史与现在的世界密切相连,历史的血在当代人的血脉中重复流淌。"②莫言也没有囿于如尼采生命哲学的非理性樊篱。尼采思想的两个根本性破缺在于:"强力意志"的贵族性与歧视性。它往往维系于精神贵族的英雄人格;不仅充满种族歧视,尤其更是女性歧视,他近乎诅咒地把女性作为一切弱化生命的哲学修辞;这与其崇尚艺术精神有着根本的悖反。莫言显然相反,他恰恰是在高密东北乡,在中国的平民身上,去感受和领悟到丰富、强力和生成的"大生命"本质的;更恰恰是从女性那里认识到那种本质的优越性:"我觉得女人比男人多了一个侧面,女人身上有一个最伟大的东西,母性。父亲当然也有父爱,但父爱远远不如母爱。女人在涉及她的孩子时,那种牺牲精神是无与伦比的。女人一旦涉及她的后代、她的孩子,这种忍耐力、吃苦力,包括她的身体能够焕发出来的力量,肯定是男人比不了的。所以我觉得母性是人性中最宽广的东西,母性绝对超过政治和阶级性。"③"一旦把母亲和大地联系在一起,我的眼前便一望无垠地展开了高密东北乡广袤的土地,清清的河水在那片土地上流淌,繁茂的庄稼在那片土地上生长。既有'天地不仁以万物为刍狗',更有'天地厚德以载万物'。母亲其实也是大地之子,母亲并不是大地,

---

① 莫言:《我的"农民意识"观》,《文学评论家》1989 年第 2 期。
② 莫言:《两座灼热的高炉——加西亚·马尔克斯和福克纳》,《世界文学》1986 年第 3 期。
③ 《南方周末》主编:《说吧,莫言》,二十一世纪出版社 2012 年版,第 265 页。

但母亲具有大地的品格,厚德载物,任劳任怨,默默无言,无私奉献,大音希声,大象无形,大之至哉!"①正是在女性那里,莫言看到生命的始基之"大",充分感受和领悟到犹如尼采所说的"艺术是生命的最大兴奋剂"②,文学艺术是反对一切要否定生命的优越性对抗力量。

莫言的伟大创造在于:在一个全球化市场主义的年月里,在现代战争和工业文明所带来的前所未有的历史虚无主义的年月里,在无休无止的消费生命的年月里,以文学艺术的方式去寻求对抗性力量;将文学艺术感受和领悟为沧海鲸鱼的"大生命"形态,确认为文学艺术的价值形态,被莫言把握为最为有效的方式;这也是在个体性此在通往历史之根基处、关联世界性存在的最为有效的方式;文学艺术是"大生命"的存在,这是文学的最高尊严。

二、大生命:价值形态

生命的本质在于丰沛、强力、生成,这是鲸鱼意象中奠基性的存在,也是莫言文学世界的奠基性存在。莫言文学表达了对于"中国现代生命"的浩大想象,它建起了这样的生命范畴:在最终和最高意义上,除了生命之外,别无其他的存在,它实现为整体的生命性情境;生命是在创造与毁灭的永恒矛盾冲突中的丰富、强力、生成,这一冲突的强度孕育和决定着生命的强度。从1985年《透明的红萝卜》开始,莫言便展开为越来越明确而深邃的自觉。生命从来就是以经验的、身体的、感觉的方式以及超验的、终极的方式存在,它以"高密东北乡"的名义在场,在那里,人、动物、植物、天空、大地、山川、河流、城镇、乡村、街道、田野……构成丰沛、强力、生成的总体性生命情境。一切生命都存在着纷杂繁复的冲动和能力,它们各有自己的角度,相互处于争斗之中,生命呈现的多义性、歧义性、不确定性,以及由此而涌现的丰富性、强力性、生成性得

---

① 莫言:《丰乳肥臀解》,《光明日报》1995年11月22日。
② [德]尼采:《权力意志》,孙周兴译,商务印书馆2011年版,第1028页。

以被彰显。

莫言所有作品几乎都预设和隐含了生命情境的意象。红萝卜、红高粱、红蝗、红树林、红耳朵、高粱酒,红色取向,甚至于可以说是红色思维,成为莫言文学所喷涌的存在性情境。它是血与火,指向生,也指向死,意味着新生与创造,也意味着死亡与毁灭,就像朝阳与夕阳,甚至月亮也是如此:

> 这月亮同样是胖大丰满,刚冒出水面时颜色血红,仿佛从宇宙的阴道中分娩出来的赤子,哇哇地啼哭着,流淌着血水,使河水改变颜色。那月亮甜蜜而忧伤,是专为你们的婚礼而来,这月亮悲壮苍凉,是专为逝世的毛泽东而来。①

蛙、丰乳肥臀、檀香刑、生死疲劳等,无不是指向生命的意象。"蛙"谐"娃""娲"的多义性能指,通过谐音相关,而实现既语义双关又语义互文的意义增殖和复义交叠,关联于生命的自然之维、人之维、文化之维:在自然为蛙,在人为娃,在文化为娲,生命在三个维度深度敞开,又是这三个维度的张力重合。生殖,生命,生生,生的对立面、否定性的死,关联于自然与社会、神性与人性、历史与现实、欲望与制度,都在那种张力重合中丰沛地展开。"丰乳肥臀"是莫言关于生生与丰沛的最高象征,它是欲望与哺育、自然与文明、美与丑、形上与形下的紧张与张力,是生命的最原始、素朴的基设,又是关联人类社会、历史的伟大动源,是大地般厚德载物的品性。《檀香刑》中的檀香板就像《酒国》中的酒,是对生命的肯定与否定、创造与毁灭的张力意象。"生死疲劳"是生死交叠的张力意象。它们都集创造性与破坏性、善恶美丑于一身,成为生命意志中高层紧张张力的结构性存在。

在莫言的高密东北乡,无论自然世界还是世道人生事象,都处于激烈强度的丰饶与颓败的相互冲突和相互投射状态。植物疯狂地生长,让你听到吱吱咯咯的声响,动物热烈地繁殖:

---

① 莫言:《生死疲劳》,《莫言文集》(第10卷),上海文艺出版社2012年版,第410—411页。

　　　　阳光很毒辣,大地蒸腾着水汽,到处都是植物生长的声音。两只咬着尾巴的蜻蜓从她的面前飞过去。两只燕子在空中追逐着交配。路上蹦跶着刚刚褪去尾巴的小青蛙,草梢上有刚刚孵化出来的小蚂蚱。刚出生的小野兔在草丛中跟随着母兔子觅食。小野鸭子跟随着妈妈在水里游动。它们粉红的脚蹼划破水面,在身后留下一道道波纹……

一只伤痛中的小小蚂蚱,就像创痛中的母亲一样顽强地生存,依然有如一棵脱落麦粒的麦穗一般的饱满:

　　　　麦穗儿哗啦啦地响着,像金子铸成的小鱼儿,沉甸甸地从杈缝里滑落,脱落下来的麦粒,窸窸窣窣地响着。一只翠绿的、被麦穗儿带到场上的尖头长须小蚂蚱,展开粉红色的肉翅,飞到了她的手上。母亲看到了这精致的小虫子那两只玉石般的复眼和被镰刀削去了一半的肚子。去了一半肚子,还能活,还能飞,这种顽强的生命力,让母亲感动。①

"我爷爷""我奶奶"在高粱地里的野合犹如一场饕餮盛宴,生命的火花,光焰万丈。(《红高粱》)一群"右派"分子,在一个历史切口处,焕发出与历史理性和意识形态压抑之间的巨大生命张力,爆发出生命之始基的简单和纯粹,感性而饱满,粗俗而刚健,汹涌而欢乐。(《三十年前的一次长跑》)2002年莫言说:"如何把我在乡村小说中所描写的生命感受延续到新的题材中来,这是我思考的问题。"于是《天堂蒜薹之歌》《蛙》等,也成为莫言表达"那种对生命与大自然的感受,这些感受在现实题材的小说中得到了延续。"②《四十一炮》成为"再造少年岁月,与苍白的人生抗衡,与失败的奋斗抗衡,与流逝的时光抗衡。"③

---

① 莫言:《丰乳肥臀》,当代世界出版社2004年版,第544、555页。
② 莫言、大江健三郎:《寻找红高粱的故乡——大江健三郎与莫言的对话》,《南方周末》2002年2月28日。
③ 莫言:《诉说就是一切——代后记》,《四十一炮》,上海文艺出版社2008年版,第484页。

　　莫言文学在极端的矛盾冲突中,显示出汉语写作前所未有的生命意志强度,这意味着巨大的对立面的统一,更要与"恶化"共属一体。那里"有兽性和恶魔性,但一起也有着神性;有利己主义的欲求,但一起也有着爱他主义的欲求。如果称那一种为生命力,则这一种也确乎是生命力的发现。这样子,精神和物质,灵和肉,理想和现实之间,有着不绝的不调和,不断的冲突和纠葛。所以生命力愈旺盛,这种冲突这纠葛就该愈激烈。"①在莫言的生命范畴中,诸如生与死、灵与肉、善与恶、美与丑、情感与理性、伟大与渺小、崇高与卑琐、文明与愚昧、聪明与无知、勇敢与凶残、赞美与亵渎、丰饶与腐烂等,互涵交迭,相摩相荡,既是不同事物之间、更是同一事物自身某种矛盾的甚至悖论性的统一,成为内生张力机制,郁勃而成巨大强度的生命动象。在其中,"创造根本上包含着摧毁的必要性。在摧毁中,大逆不道的东西、丑陋的东西和恶劣的东西被设定起来;这一点必然地属于创造,也即属于强力意志,因而属于存在本身。"②这意味着生命之"深渊"的凸显,生命自身冲突的凸显,但它们不是作为道德维度上的恶,而是作为对于生命之肯定的另一种力量。"有如铁和石相击的地方就迸出火花,奔流给磐石挡住了的地方那飞沫就现出虹采一样,两种的力一冲突,于是美丽的绚烂的人生的万花镜,生活的种种相就展开来了。"③无论是肯定性的力量还是否定性的力量,都在相互冲突、相互交织、相摩相荡中,迸发出炙热的生命激情,犹如喷涌混浊而浓稠的生命热浆。所有的创造或是毁灭,真善美和假丑恶,复仇与报恩、生殖与虐杀、热恋与仇恨,都演示为一种生命的狂欢化色彩。即便是饥饿、贫瘠、战乱、疾病、伤痛、杀戮、死亡、淫荡、阴私、狡诈等,或是自然的恶,或是社会历史的恶,或是人性的恶,也决不像那虫吟般虚弱,而是暴风骤雨般狂歌漫舞,都是作为一种否定性的力的

---

　　① 〔日〕厨川白村:《苦闷的象征》,鲁迅译,《鲁迅全集》(第 13 卷),人民文学出版社 1973 年版,第 30 页。
　　② 〔德〕海德格尔:《尼采》,孙周兴译,商务印书馆 2002 年版,第 65 页。
　　③ 〔日〕厨川白村:《苦闷的象征》,鲁迅译,《鲁迅全集》(第 13 卷),人民文学出版社 1973 年版,第 21 页。

存在,都是作为超道德领域中人的生命本身的存在,正是这种否定性的力,恰恰是肯定生命的唯一的力,它们的强弱恰恰意味着生命的丰富、提高和生成的程度。邪恶也要显示出恶魔般坚如磐石的生命意志和激情,即如鲁迅所言:"恶魔者,说真理者也","使无天魔之诱,人类将无由生。故世间人,当蔑弗秉有魔血,惠之及人世者,撒但其首矣。"①《红高粱》中鬼子的"恶",尽管具有历史具体性的内容,但依然是作为一种具有强大魔鬼意志的否定性力量,正是它,逼出了中国生命力的爆发和显扬。《檀香刑》中的刽子手赵甲有着魔鬼般的冷峻和坚毅:"一个优秀的刽子手,站在执行台前,眼睛里就不应该再有活人;在他眼睛里,只有一条条的肌肉、一件件的脏器和一根根的骨头。经过了四十多年的磨炼,赵甲已经达到了这种炉火纯青的境界。"正是它,映射着受死者孙丙的生命强度。

生命存在首先是作为身体性的存在,穷根究底,探入身体状态的极致,这甚至表现为莫言最极端的身体美学。所谓身体性的存在,包含诸如呼吸吞吐、肌肉张力、内分泌的变化、神经反应、疾病与健康、特殊的生理状况等,也包含诸如情绪心理、爱情、仇恨等情感反应。身体不仅仅是一个生物学、医学的形而下事实,而且事关个体和历史性存在之维的宏旨。文学艺术既是生命本体的形态,便首先要把身体带到敞开之域,让它可见、可闻、可嗅、可感,从而获得在时间和空间中的质感。所有的文明化不能成为幽闭身体的借口。身体的敞开,才谈得上真正地进入我们自身。敞开的身体,尤其是在其特定的突发和极端反应比如爱情和仇恨中,更是把我们带入生命内核。一方面,那些激烈的情感反应,把我们的本质聚集到本真的基础上,或者说,这一本真正是在这种聚集当中开启出来,让我们扎在自身;另一方面,那种激烈的身体敞开,更是关联到身体的安置、处置、肯定与否定等,而正是这些将我们带入到历史性的此在情境。总之,在身体的敞开中,启开和持存着一种状态,我们的生命存在就在

---

① 鲁迅:《摩罗诗力说》,《鲁迅全集》(第1卷),人民文学出版社1981年版,第73页。

其中动荡，在此之中同时与事物、与他人、与世界、与我们自己相对待。它不是诗意美化中生命力的匮乏和虚弱，不是一种去身体化的意义指涉、象征或结构构件，而是相反，是面对这种匮乏和虚弱的力的喷射。《红高粱》中戴凤莲撼人心魂的呼喊始终回荡在莫言的高密东北乡：

> 天，你认为我有罪吗？你认为我跟一个麻风病人同枕交颈，生出一窝癞皮烂肉的魔鬼，使这个美丽的世界污秽不堪是对还是错？天，什么叫贞洁？什么叫正道？什么是善良？什么是邪恶？你一直没有告诉我，我只有按我自己的想法去办，我爱幸福，我爱力量，我爱美，我的身体是我自己的，我为自己做主，我不怕罪，不怕罚，我不怕进你的十八层地狱。我该做的都做了，该干的都干了，我什么都不怕。①

《丰乳肥臀》中百年历史，就是母亲的身体获得历史在场，是她的身体的历史地呈现，百年历史是碾过母亲身体的沧桑，也是母亲"丰乳肥臀"的悲歌。虐杀是对身体最极端的宰制，莫言反复呈现了那一场景，它也成为身体自身最强力的展露。虐杀是权力法度、历史伦理对身体的残酷处置，但唯其如此，却也成为身体实现纯粹生命意志强度的极端方式。《檀香刑》中库丁被腰斩后，"用双手撑着地，硬是让半截身体立了起来，在台子上乱蹦跳。……最奇怪的是那条辫子竟然如蝎子的尾巴一样，钩钩钩钩地就翘起来了"；小虫子在被施以"阎王闩"时，发出"胜过了万牲园里的狼嗥"；钱雄飞被凌迟时，"舌头烂了但他还是詈骂不止"，"那残破的嘴巴里发出的像火焰和毒药一样的嗥叫"。这是纯粹生命意志的迸发和乱力四射。当在世的关于活着的命名和规制概念被取消，身体的器官却获得独立，一反作为库丁、小虫子的弱小和虚怯，变异为蝎子、豺狼和火焰、毒药般的凶狠和狞厉。戊戌六君子的刘光第被斩首后，"头双眼圆睁，双眉倒竖，牙齿错动，发出了咯咯吱吱的声响"；檀香板楔进身体，孙丙却高唱猫腔。它们是纯粹伟大生命意志的彰显，是身体本身对于历史

---

① 莫言：《红高粱家族》，上海文艺出版社 2008 年版，第 67 页。

和权力反抗,也是生命意志面向历史和权力的飞扬。正如张清华所言:"莫言的小说是真正的和发挥到极致的'身体写作',中国当代小说叙事中'身体的解放'是从莫言开始的——'不仅是写身体,而且是用身体去写'。""甚至他小说中活跃的无处不在的潜意识,都不是在'大脑'、而是在身体和'器官'中展开的。某种意义上,'身体的道德'比形而上学的道德更具有真实感,更诚实可爱,这是莫言小说阅读快感的泉,也是他笔下的人物之所以鲜活丰满的缘由。何以饱满丰盈,如飞行,如滑翔,如亲历,如毛孔张开,气味、颜色、形体、硬度和质感,一切都是原生的和毛茸茸地活在纸上,如河流一泻千里,如土地饱涨雨水……"①不过,莫言那里的"身体的道德",是属于他的"生命范畴",那即是生命意志的丰沛、强力、生成;它即在形而下的身体本身,因而身体的敞开,即是形而上学的生命活动。

刘再复说:"莫言不是用头脑写作,而是用全生命写作。全生命包括心灵与潜意识,他的作品呈现的全是活生生的生命、活生生的人性。……莫言的宝贵之处是他彻底醒悟了,而且最彻底地抛弃教条,最彻底地冲破概念的牢笼,让自己的作品只磅礴着生命。他的小说是'生命爱恨''生命呻吟''生命挣扎''生命喘息''生命强悍''生命脆弱''生命狂欢''生命悲哭''生命神秘''生命荒诞''生命野合''生命诞生''生命死亡''生命野性''生命魔性'等生命现象的百科全书。"②可谓独具只眼。莫言的伟大创造在于:在历史性此在之根基处,拓开中国生命的广阔高度和深渊以及巨大韧性和张力,他让文学获得了生命的最高存在状态。

三、"大悲悯":轮回永恒

在莫言的鲸鱼意象中,鲸鱼"和平安详","即便被鲨鱼咬掉一块肉也不停

① 张清华:《叙述的极限——论莫言》,《当代作家评论》2003年第2期。
② 刘再复:《莫言了不起》,东方出版社2013年版,第81—82页。

止前进、也不纠缠打斗。"它不怕伤害，"连舔伤的技能都不具备"，现出佛陀式割肉喂鹰、舍身饲虎的悲悯华严。这是"大悲悯"。"大悲悯"是莫言文学的世界观，是他的文化姿态和文学情怀，也是他的哲学思想。理解莫言的"大悲悯"，是充分理解"大生命"的关键所在。一方面，"大生命"必有"大悲悯"，无"大悲悯"必无"大生命"，因为正是"大悲悯"，使得"大生命"提升到形而上的高度，使其更加广阔而深邃；另一方面，"大悲悯"与"大生命"之间，却也存有矛盾，体现出极为复杂的思想蕴含。莫言对"悲悯"有着相当深切的体认。他把它分为三种：一是假悲悯。假悲悯是"那种刚吃完红烧乳鸽，又赶紧给一只翅膀受伤的鸽子包扎的悲悯"，"苏联战争片中和好莱坞大片中那种模式化的、煽情的悲悯"，"那种全社会为一只生病的熊猫献爱心但置无数因为无钱而在家等死的人于不顾的悲悯"。① 假悲悯或是"回避罪恶和肮脏"的伪善，或是无灵魂的无耻。在文学中的表现往往是"描写政治、战争、灾荒、疾病、意外事件等外部原因带给人的苦难，把诸多苦难加诸弱小善良之身"；"只描写别人留给自己的伤痕，不描写自己留给别人的伤痕"；"只揭示别人心中的恶，不袒露自我心中的恶"。二是小悲悯。它是"'打你的左脸把右脸也让人打'"，是"在苦难中保持善心和优雅姿态"，小悲悯是"只同情好人"的悲悯。三是大悲悯。它是不回避丑恶，而是正视丑恶，是"那种非在苦难中煎熬过的人才可能有的命运感"的观照情怀："站在高一点的角度往下看，好人和坏人，都是可怜的人"，"大悲悯不但同情好人，而且也同情恶人"；"只有正视人类之恶，只有认识到自我之丑，只有描写了人类不可克服的弱点和病态人格导致的悲惨命运，才是真正的悲剧，才可能具有'拷问灵魂'的深度和力度，才是真正的大悲悯"。莫言之所以不厌其烦地将"大悲悯"同小悲悯和假悲悯相分辨，本质上是要凸显"大生命"精神，它是超越善恶对待、美丑对待、好坏对待的一种精神幅度，它有两个基本条件：一是能够直面丑恶特别是灵魂丑恶，尤其是

---

① 以下所引莫言关于"悲悯"之言，均出自莫言：《捍卫长篇小说的尊严》，《当代作家评论》2006 年第 1 期。

能够直面自我灵魂丑恶的强大生命意志,如鲸鱼面对鲨鱼却"和平安详";一是具有"在苦难中煎熬过"所形成的"命运感",这是由一己之我而进到历史以至人类普遍之域的生命体验与担荷,如鲸鱼遨游沧海。

悲悯世界观,源自宗教,有着人类古老而悠长的精神始基。莫言说:"《圣经》是悲悯的经典,但那里边也不乏血肉模糊的场面,佛教是大悲悯之教,但那里也有地狱和令人发指的酷刑。……《金瓶梅》素负恶名,但有见地的批评家却说那是一部悲悯之书。这才是中国式的悲悯,这才是建立在中国的哲学、宗教基础上的悲悯,而不是建立在西方哲学和西方宗教基础上的悲悯。"这里有两点值得关注:一是佛教是大悲悯之教,这是其优越于其他宗教之处;二是东吴弄珠客说"读《金瓶梅》而生怜悯心者"(《〈金瓶梅词话〉序》),是中国哲学和宗教式的大悲悯。关注这两点并非多余,相反十分重要,因为这表明莫言的"大悲悯"既主要来自于佛教,又与后者有极大差异,而这既是莫言"大生命"之树得以生长的肥沃土壤,同时也是其文学世界中思想复杂性的渊薮;既是莫言的铠甲,也成为他的软肋。事实上诸多关于莫言的批评,根本上都与此有关。佛教有大悲悯,根源于它的轮回思想。这至少是生长于农村的莫言的朴素体认。其实轮回思想,在中国比佛教更早。《易·泰卦·爻辞》言"无平不陂,无往不复",《易·复卦·爻辞》说"反复其道,七日来复,天行也",春秋代序,寒来暑往,世界和万物都处在永恒的循环往复中。佛陀《圆觉经》说:"一切世界,始终生灭,前后有无,聚散起止,念念相续,循环往复,种种取舍,皆是轮回。"中国佛教演绎为天道、阿修罗道、人道、畜生道、饿鬼道、地狱道的"六道轮回"。众生凡俗因善恶业因,而因缘果报,转世轮回;缘起依存,都只是生命形式的或升或堕,因而所有生命本体相同。这就是为什么莫言说《金瓶梅》是悲悯之书是基于中国哲学和宗教的原因。

莫言最早明确把轮回之说确认为悲悯之由,是1986年,那是因为马尔克斯和福克纳,或者说是莫言以他们的名义完成的一次自我确认,而这对莫言的影响来说是根本性的:马尔克斯"在用一颗悲怆的心灵,去寻找拉美迷失的温暖的精神的家园。他认为世界是一个轮回,在广阔无垠的宇宙中,人的位置十分渺小。他无疑受到了相对论的影响,他站在一个非常的高峰,充满同情地鸟瞰着纷纷扰扰的人类世界。"马尔克斯给予莫言的最根本启示,不仅在于魔幻现实主义的叙事方法,而首先在于他的哲学——"轮回"和"悲悯"的世界观。由于把宇宙世界看成无往不复的轮回,因而在这样的超历史视域中,才有众生齐物,才会真切地看到万物纷扰而丰富地涌现的世界场景,才能悲悯地体察世界,这才是始基性的世界家园。福克纳不是魔幻现实主义,但莫言从他那里同样感受和领悟到这一点,这是对时间的具体体验:"过去的历史与现在的世界密切相连,历史的血在当代人的血脉中重复流淌,时间像汽车尾灯柔和的灯光,不断消逝着,又不断新生着。"①时间不是直线式的,而是弯曲的重复流淌,时间不是从过去到现在到未来的那种无始无终般的永恒,而是在每一个瞬间上的永恒,过去和未来都是在现在,在此时此刻每一瞬间的不断涌现,因此过去的不断消逝,就是不断的新生,世界就是这样的永恒的瞬间永恒。

对于轮回与悲悯的自我确认,让莫言进入到广博辽阔的生命空间,这也成为创构他的文学世界的强大动力。这是从此在的切身经验领域、历史领域翻进到了广阔的形而上的世界本体空间,在那一空间,生命自由生长、伸展,无论是善与恶、美与丑、好与坏,都丰沛地涌现,从遮蔽到澄明,生命展现出多种可能性的面向,变化万方,而又印证着世界的永恒,通向生命存在之母——万物核心之路敞开了。这也是莫言自信地把自己的《檀香刑》《丰乳肥臀》《酒国》《四十一炮》《天堂蒜薹之歌》《十三步》《欢乐》《红蝗》等视为"悲悯之书"的缘由所在。② 正如有批评家的卓然见识:"莫言本身的艺术气质有一种天高地远的宏伟,他的眼光是总体性的、俯瞰式的,他所能看见的是发生了什么,而不是为何发生。这样一个作家如天地不仁,他需要把伦理和美学的自由保存在自己的手里,人的所有弱点、人的所有感觉和经验皆如枣木枯荣,雷霆雨露、白

---

① 莫言:《两座灼热的高炉——加西亚·马尔克斯和福克纳》,《世界文学》1986 年第 3 期。
② 莫言:《捍卫长篇小说的尊严》,《当代作家评论》2006 年第 1 期。

云屎溺皆是壮阔、自在,没有任何外在的尽度。"①

　　轮回与悲悯并没有把莫言带向宗教,而是恰恰相反,把他带向对生命的信仰,如果说这是一种信仰的话:世界本体是伟大的生命本体;世界万物有同一生命本体,这一生命本体是永恒的。如果以为它们是莫言为丑恶张本的粉饰托词,是让丑恶获得神圣化的理由和价值,那就是对莫言的严重误读。不过,轮回与悲悯似乎的确存在历史虚无主义和相对主义的风险:世界是永恒的轮回,众生齐物,那么历史如何获得它的具体性?现实人生的意义何在?如果我们把莫言文学,看作对于 20 世纪以来中国和世界在现代虚无主义的价值沉沦中生命弱化和枯萎的反动,如果把莫言文学看作中华民族重新审视自我的一种方式,看作激发、释放、洗礼中华民族生机的一种结实而厚重的文化修辞,那么它恰恰就在这种反虚无主义中,能够获得它的历史确定性和正当性,因为正是在轮回和悲悯中,生命得到最高形式的肯定,或者说丰富、强力、生成的"大生命"正是在轮回和悲悯中获得其最高形式。显然,莫言没有遁入佛教的历史虚无主义和文化相对主义,而毋宁说,生命的思想正是在与轮回和悲悯之间的巨大张力中凸显出它的纵深幅度。宗教的轮回和悲悯给予莫言一种决定性的作用,但却决不是消极性的。宗教本质上是悲观主义的,它否定现实人生的此岸世界,否定生命感性,视尘土大地变动不居而虚妄不定,它以否定感性生命的欲望而否定生命自身,中国佛教的"六道轮回"本身是作为否定生命的最高形式,它是一个痛苦的永恒循环,因而是痛苦的渊薮,它成为一个巨大的宿命;佛陀的悲天悯人本是超度众生于苦难的情怀,但也正由于此,佛陀之大,反衬了个体生命之弱小无能;众生平等、坐禅忘机,成为掩饰逃避现实矛盾冲突的方式。佛教作为精神救赎的方式,体现着弱化生命的功能,这是与莫言文学所格格不入的。就像《金瓶梅》《红楼梦》《聊斋志异》等,与那种否定生命的宗教其实格格不入一样,莫言的《檀香刑》以及《丰乳肥臀》《酒国》《四十一

---

　　① 李敬泽:《莫言与中国精神》,《小说评论》2003 年第 1 期。

炮》《天堂蒜薹之歌》《十三步》《欢乐》《红蝗》等，都浸润着悲悯与轮回，但却是在拓展生命幅度上的文化修辞。

也许正是那一深深的潜在情结，莫言终究写成了他的《生死疲劳》。它向来不被中国批评界看好的一个根本原因就在于，对于莫言讲述一个从1950年到2000年农村变迁的故事，何以要以一个人由驴到牛、猪、狗、猴的生死轮回的方式去讲，感到迷惑和费解，这一轮回在诸多论者眼中成为消解历史感的炫技，然而，就像阅读莫言众多小说，总会让现实主义和历史主义、道德主义的审美期待遭到挫败一样，《生死疲劳》或许尤为如此。生死轮回根本上绝不是一个结构问题，而是一个哲学问题。"生死疲劳"出自《佛说八大人觉经》："生死疲劳，由贪欲起，少欲无为，身心自在。"《楞严经》说七趣皆是虚妄。这一佛教戒妄，恰恰成了莫言延展生命幅度的契机。虚妄固是痛苦的渊薮，生死轮回固是疲劳，固是巨大的宿命，那么，西门闹又何以有大闹阎王，哪怕在阴曹的油锅里炸得焦干，宁愿在石磨下碾成粉末，在铁臼里捣成肉酱，也要不惜一切回到人间？为什么即便只是在畜生道中为驴、为牛、为猪、为狗、为猴的生死循环，也要回到人间？这恰恰是莫言要悬设的巨大问题，它具有巨大的终极性。强烈的仇恨和复仇，固然是最初的缘由，但这一仇恨情结，却同时也正是西门闹燃烧起生命激情的强大而不竭的动力，并且随着轮回的不断，生命本质即强大的生命意志本身，逐渐过滤了仇恨而凸显出来，它也使得最初的仇恨改变了它的性质和方向，而成为追求生命的一个缘由，成为生命意志自身的一个征候，也就是说，仇恨作为一个汇集维系生命力量所需要的各种张力的根源，也就成为生命本身的动源。在西门闹的生死轮回中，转世复仇的社会性，逐渐被转世重生之生命性所取代，因此，轮回也就成为西门闹的生命轨迹，为驴、为牛、为猪、为狗、为猴的生命本质的每一个体性殊相，以其每一个人生瞬间，彰显而证实着丰富、强力和生成的永恒生命本质。无论是为驴、为牛、为猪、为狗、为猴，西门闹都是丰沛而强大的，充满对生的激情和渴望，就像作品中借蓝解放之口所言：

　　　　驴的潇洒与放荡、牛的憨直与倔强、猪的贪婪与暴烈、狗的忠诚
　　与诌媚、猴的机警与调皮——看看上述这些因素综合而成的那种沧
　　桑而悲凉的表情,有关那头牛的回忆纷至沓来,犹如浪潮追逐着往沙
　　滩上奔涌;犹如飞蛾,一群群扑向火焰;犹如铁屑,飞快地粘向磁铁;
　　犹如气味,丝丝缕缕地钻进鼻孔;犹如颜色,在上等的宣纸上洇开;犹
　　如我对那个生着一张世界上最美丽的脸的女人的思念,不可断绝啊,
　　永难断绝……

莫言更是借转世为猪的西门闹之口表达了这一点:

　　　　永生不灭的伟大循环之中……如果他看到,我,猪王十六,驮着
　　小花,在暗金色的河流中,逐浪而下的情景,他就不会去描写死的,而
　　会歌颂活的,歌颂我们,歌颂我! 我就是生命力,是热情,是自由,是
　　爱,是地球上最美丽的生命奇观。①

　　转世轮回被莫言演绎为"永生不灭的伟大循环"的生命,而恰恰不是佛教
中痛苦深渊的宿命,不是后者生命寂灭的借口,而恰恰相反,是前者生命永恒
的颂歌。西门闹的畜生道轮回表明,生命是永远值得被渴望的东西,也是唯一
值得被渴望的东西。五十年的农村变迁史,也就成为生命的历史具体性场景,
它是人与动物,与大自然、房屋、尘土、大地……共存的世界场景。生命为经,
历史为纬,人与动物的生命本体同一,二者张力,形下与形上的张力,让生命意
志永恒。因此,西门闹的生死转世轮回,并不是一个佛教故事,而是生命的丰
富面向而强力伸展的历史寓言,悲悯不是佛陀式的强大而视众生弱小的同情,
不是前者对后者的救赎,而是对生命同一的尊重,是来自于生命本质的形而上
的慰藉,即如尼采所言:"我们信仰永恒生命。""不管现象如何变化,事物基础
之中的生命仍是坚不可摧和充满欢乐的。"②大悲悯的本质,既不是一个弱者

---

　　① 莫言:《生死疲劳》,《莫言文集》(第 10 卷),上海文艺出版社 2012 年版,第 117—118、
410 页。
　　② [德]尼采:《悲剧的诞生》,周国平译,生活·读书·新知三联书店 1986 年版,第 28 页。

在道德同情中寻觅精神慰藉,也不是在以此为借口的无所作为,而是作为一个强者的生命意志。

四、大苦闷:悲剧文化

莫言沧海鲸鱼的意象,呈现的是一个无比悲壮的生存景象:鲸鱼在大海深渊中,在波涛汹涌中,在鲨鱼的利齿间艰难前行,在血水翻滚中生殖。这是苦难的生存场景和存在状态,这是"大苦闷"。莫言说:"必须比较明朗地阐明我的观点:我同意没有苦闷就没有文学的观点。"①他把鲁迅说的"非有天马行空似的大精神即无大艺术的产生",转换为:"非有大苦闷不可能有天马行空的大精神,非有天马行空的大精神不可能有大艺术。"②如果说鲁迅所言被莫言领悟为"大生命"精神,那么,莫言再次把"大苦闷"确立为具有那种大精神的前提:"我同意'艺术是苦闷的象征'的说法。鲁迅先生也同意这说法。……这苦闷应是大苦闷、时代的苦闷、民族的苦闷。只有在这大苦闷的炉子里,才能锻炼生长出艺术的璀璨晶体。一个人不可能超然出世,即便是'一己的苦闷',也是社会的产物,也是社会苦闷的组成部分。"③这"大苦闷"是基于一己而通向和担承时代、民族以至人类的苦闷,或者说大苦闷一定是通向和担承后者的"一己的苦闷"。所以莫言说:"我非常希望非常渴望我的痛苦与民族的痛苦产生一个合拍。"④他把大苦闷视为"那种非在苦难中煎熬过的人才可能有的命运感"⑤,它是高度个人化的,发自生命根基的生命感,即如厨川白村所说的,"是潜伏在心灵的深奥的圣殿里",是"伏藏在潜在意识的海的底里的苦

---

① 莫言:《"我痛恨所有的神灵"》,《福建文学》1988 年第 10 期。

② 莫言:《鲁迅对我的影响——莫言、孙郁对话录》,《南方周末》主编:《说吧,莫言》,二十一世纪出版社 2012 年版,第 196 页。

③ 莫言:《"我痛恨所有的神灵"》,《福建文学》1988 年第 10 期。

④ 莫言:《创作是痛苦的挣扎》,《文学评论家》1989 年第 2 期。

⑤ 莫言:《捍卫长篇小说的尊严》,《当代作家评论》2006 年第 1 期。

闷即精神底伤害"①。它是肉体的创痛,更是精神的创伤,是因为政治、战争、灾荒、饥饿、疾病、意外事件等外部原因带给人的苦难,更是人性自身的丑恶带给人的苦难,是因为他人的苦难,更是自我灵魂杨朱泣岐的苦难。因此,大苦闷必是大生命现象,也必是大悲悯现象。它是一种基于深深的悲剧性体验的悲剧意识、悲剧世界观,是一种悲剧文化精神。

现代悲剧意识的自觉和悲剧精神的建构,是中国文化现代转型的一个重要标志,它远不仅具有美学知识学范畴的意义,而更是对于中国现代历史文化来说具有"价值重估"的奠基性意义:"悲剧经验通常引发一个时代的根本信仰和冲突。悲剧理论之所以有趣,主要是因为一个具体文化的形态和结构往往能够通过它而得到深刻的体现。"②"三千年未有之变局"的历史挣扎感,是中国现代悲剧的历史本质。文学艺术有没有深度呈现这种悲剧经验,这不仅关乎文学艺术自身的美学经验,更关乎它对传统和未来的文化姿态以及对于生命存在的形而上学本质的把握和观照。

现代悲剧意识的自觉和悲剧精神的建构,既源自西方,也是自我发见。最早进行这样表达的是王国维。他由叔本华,把中国悲剧经验诠释为:"但由普通之人物,普通之境遇,逼之不得不如是,彼等明知其害,交施之而交受之,各加以力而各不任其咎。此种悲剧,……示人生最大之不幸,非例外之事,而人生之所固有故也。"③这源于对中国历史文化形式和这一形式下现代人生苦难体验:历史道德主义和人生经验,既遮蔽了生命的原罪感,又在道德理性的极端抽象化和普遍化中让生命枯萎和沉沦,那种一向的理想主义和乐观主义在现代时期的玻璃化,变成了空前的精神灾难和现实苦难。鲁迅是中国现代悲剧文化的里程碑。1925 年他首次明确给出了悲剧的中国定义:"悲剧将人生

---

① [日]厨川白村:《苦闷的象征》,鲁迅译,《鲁迅全集》(第 13 卷),人民文学出版社 1973 年版,第 53、54 页。

② [英]威廉斯:《现代悲剧》,丁尔苏译,译林出版社 2002 年版,第 37 页。

③ 王国维:《红楼梦评论》,收入《静庵文集》,辽宁教育出版社 1997 年版,第 74 页。

有价值的东西毁灭给人看"(《再论雷峰塔的倒掉》)。鲁迅确立了两个要义："一是悲剧的价值定性,一是悲剧的真实定性。"①他充分体认到悲剧对于中国现代文化建设的巨大意义;悲剧让中国经验撕掉"瞒和骗"、团圆主义、"十景病"、曲终奏雅等温柔美丽面纱,现出"吃人"的"国民性"原形,成为苦难的悲剧经验:"一个现在已极平常的惨苦到谁也看不见的地狱来"(《写在深夜里》)。鲁迅更加凸显了王国维所体认的那种平常人平常事的悲剧:"人们灭亡于英雄的特别的悲剧者少,消磨于极平常的,或者简直近于没有事情的悲剧者多。"(《几乎无事的悲剧》)这种日常悲剧,正是典型中国性的悲剧经验。

然而,悲剧不是悲观,王国维的悲观主义,让他并没有真正抵达悲剧的本质;而"立国"与救亡的历史具体性和紧迫性,使得鲁迅的悲剧观念更多的成为一种抽象化和普遍化力量,更多地负载了社会历史批判的文化意义。无论是《狂人日记》《阿Q正传》还是《祝福》《伤逝》等,都寄寓了鲁迅的启蒙理性和文化批判姿态,其中的个人生活事件纳入到宏大的历史理性审判中。当活生生的事件投入到宏大的历史理性当中,作为事件本身的悲剧性,个人的苦难,便湮没于后者,悲剧更多地成为了观念演绎,而不是体验和经历,它流失了个人存在性的苦难细节和丰富的情感结构。无论是作为理论还是实践,悲剧在鲁迅那里有着逼仄性。

如果说王国维和鲁迅并没有完成20世纪以来伟大的中国悲剧文化创造,那么,莫言则让这一宏愿变成了文学现实。大生命、大悲悯、大苦闷,必定是悲剧文学,或者说,只要是悲剧文学,必定是大苦闷、大悲悯和大生命。当莫言以大苦闷、大悲悯进入20世纪以来中国苦难的日常生活场景,悲剧之域就敞开了。在那里,悲剧不是观念,而是经验,不是反映,而是经历;不是从某种历史理性或意识形态出发去审察活生生的生活事件,而是从个人事件出发去触动历史神经,不是以一种普遍化的抽象观念去灌注于事件,而是个人苦难生活经

---

① 刘再复:《鲁迅悲剧观概论》,齐一等编著:《美学专题选讲汇编》,中央广播电视大学出版社1983年版,第54页。

验本身的悲剧性生态情境。它表现为：事件的偶然性和日常性；悲剧的平民化和情境化。

20世纪以来，在立人与立国、启蒙与救亡、革命与改革等历史的目的性和正当性下，生活苦难往往被认为是必要的牺牲，因而往往被抽象化和本质化为必然性事件，而生命的无常、人生的意外、欲望的盲动、生理和遗传的缺陷、人性自身的丑恶、生活的无序，以及政治、战争、饥饿、疾病等对于个体生命的侵害和毁灭，这些作为偶然性的、无所不在而又具有切身性的苦难细节，往往被忽略了。但那些真实的情感结构和生存场景，都在莫言文学的回溯性叙事中一一呈现。那种回溯性就是莫言一再申言的"从人出发"去关联于历史的悲剧性体验，而不是相反。由此，苦难作为日常性的偶然事件蜂拥而出，莫言使得"'偶然事件'的意义完全改变了。……偶然事件的范畴会受到强调和不断扩展，直至涵盖几乎所有的现实苦难，尤其是现实的社会秩序所带来的后果。"①莫言的高密东北乡中，个人关系与社会关系的人为划分不再成立，所有的所谓社会性、政治性、文化性的特征都在个人、个人关系中生活化了。《红高粱》中与其说是重大的历史事件，不如说是高密东北乡人的日常生活，这不仅是战争动乱中依然有衣食住行、柴米油盐，有儿女情长，有生儿育女，有生老病死，而且是政党、阶级、战争的生活化，它们是"我爷爷""我奶奶""父亲""母亲"扩展到家族邻里人际关系的生活事件。历史的生活化，贯穿于莫言的全部作品，《丰乳肥臀》中的百年历史，是母亲与她的九个儿女、她的丈夫、公公婆婆的生活史，由这种人际关系联结到政党、政治、阶级、民族、战争、革命、宗教、经济、改革等，或者说百年重大的历史事件，所有的社会关系，都是具体的日常生活事件和人际关系。所以那种将莫言文学纳入新文学的宏大历史叙事模式，而谋求新文学的整体观，其实是令人可疑和不妥当的。② 当然，莫言从来没有忽略历史，他从来没有像先锋派、新写实小说，在欲望化叙事、私人化

① ［英］威廉斯：《现代悲剧》，丁尔苏译，译林出版社2002年版，第43页。
② 参见张清华：《莫言与新文学的整体观》，《文学评论》2017年第1期。

叙事、身体叙事中去取消历史，那种以取消历史为代价而凸显个体生命存在，所获得的真实具体性，恰恰让这种个体的存在成为了抽象的存在。相反，莫言总是谋求主动地进入历史，这从一开始的《红高粱》也就奠定了，而且到90年代后商业主义越发充斥一时的年代，它变得愈来愈显著，《酒国》《天堂蒜薹之歌》《檀香刑》《丰乳肥臀》《蛙》《生死疲劳》等莫不如此。但莫言文学既不是传统的历史主义，也不是所谓新历史主义，它不是史诗，不是历史诗学。莫言文学是从个体的人、日常人际关系，从偶然事件出发，去与历史关联，而不是相反，确切地说，它是由此出发而建构起与历史的张力。王德威说莫言"徘徊大历史的缝隙边缘"，"令人眩晕的叙述网络，直至历史意识本身的断层，就在理论家觅觅找寻'失落的'主体时，莫言版的'变形记'已暗示我们人/我关系的扑朔迷离，哪里是一二乌托邦的呐喊就可正名归位？从文体到身体、从身体到（历史）主体，谈笑之间，莫言已展现一位世纪末中国作家的独特怀抱。"①如果把这看作是莫言文学的悲剧性生态情境的建构，那么这意味着，只有在那种张力情境中，人的生命存在才能获得历史的具体性，苦难才是真实的经验性的悲剧。

　　悲剧性不是史诗性，这是莫言既超越王国维、鲁迅悲剧意识和悲剧世界观的地方，又是实现他们对中国悲剧的现代性期望的地方，百年来的中国社会历史变迁，在莫言那里获得了一种新的和更加辽阔幅度的体认。悲剧不是使悲剧性消弭于历史进步的乐观主义中，也不是像王国维那样消失于个人惨苦的悲观主义中，那么，莫言文学的中国悲剧经验，其悲剧意义、悲剧本质、悲剧精神体现在哪里？当莫言以大悲悯、大苦闷进入20世纪来的中国历史和现实情境时，悲剧性就成为世界的基本特征，它是悲剧性的世界感受，是生命的形而上学本质。这意味着，"只有透过悲剧情绪，我们才能感觉到在事件中直接影响我们的，或存在于总体世界中的紧张不安和灾难。悲剧出现在斗争，出现在

---

①　王德威：《千言万语，何若莫言》，《读书》1999年第3期。

胜利和失败,出现在罪恶里。它是对于人类在溃败中的伟大的量度。悲剧呈露在人类追求真理的绝对意志里。它代表人类存在的终极不和谐。"①莫言的悲剧精神在于:只有悲剧性体验,才是刺破生存幻象而直达生活的本质、生命本质的方式,这也是唯一的、最高的方式;只有悲剧,才使现象世界得以丰沛地涌现和存在,才使生气勃勃的个体化世界执着于生命,这才是对生命的肯定,这也是唯一的、最高的肯定。当莫言在中国悲剧性生态情境中让人的苦难得以最深广地体验时,世界的本质、生命的本质便得以最深广地呈现。莫言文学从来没有提供过一种充满诗情画意的安逸生存家园,没有过道德审美主义和虚静审美主义以及历史乐观主义的廉价承诺。他唯一信诺的,是在中国悲剧经验中,对于世界和生命的肯定。如果说这是中国现代历史在本质上的"应然"的话,那就是莫言文学在本质上的"必然"。正是在悲剧经验中事件的偶然性和日常性、平民化和情境化中,高密东北乡的土地上,上演着一幕幕最为惊心动魄的悲剧,而这也是一曲曲对生命肯定的颂歌。高密东北乡布满了恐惧的阴霾,因为"悲剧性的确包含着恐惧,但它不是作为激发恐惧的东西,可以通过向'听天由命'的、通过对虚无的渴望来逃避恐惧。相反地,这种恐惧是受到肯定的东西,而且是在它与美的不可改变的归属关系方面受到肯定的东西。悲剧存在于恐惧作为美所包含的内在对立面而受到肯定的地方。伟大和崇高与深度和恐惧是共属一体的;一方越是原始地被要求,另一方就越可靠地被获得。"②高密东北乡所有卑微的生命,在遭受极端的否定、毁灭和痛苦中都顽强地生存,展示着中国生命式的韧性和张力,所有的罪与罚、丑恶与阴谋、放纵与抑郁、杀戮与死亡,都成为对于生命意志的肯定,这里"有着人类生命的一切。不独善和恶,美和丑而已。和欢喜一起,也看得见悲哀;和爱欲一起,也看得见憎恶。和心灵的叫喊一起,也可以听到不可遏抑的欲情的叫喊。换句话,就是因为和人类生命的飞跃相接触,所以这里有道德和法律所不能拘的

---

① [德]雅斯贝尔斯:《悲剧的超越》,亦春译,工人出版社1988年版,第30页。
② [德]海德格尔:《尼采》,孙周兴译,商务印书馆2002年版,第271页。

流动无碍的新天地存在。"①更为惊心动魄的是,正是那一个个卑微者,莫言将其变成了一个个"伟大的犯人",他们不仅是与战争、灾荒、饥饿、疾病、意外等的抗争者,也是与生命意志自身的残酷的抗争者,这其中甚至包括莫言自身,莫言说:"鲁迅评价陀思妥耶夫斯基'凡是人的灵魂的伟大的审问者,同时也一定是伟大的犯人。审问者在堂上举劾着他的恶,犯人在阶下陈述着他自己的善;审问者在灵魂中揭发污秽,犯人在所揭发污秽中阐明那埋藏的光耀。'这评价真是精辟之极,看起来是说陀氏,是不是也是在说他自己呢?还有:'把小说中的男男女女,放在万难忍受的境遇里,来试炼他,不但剥去了表面的洁白,拷问出藏在底下的罪恶,而且还要拷问出那罪恶之下的洁白来,而且还不肯爽利地处死,竭力要放它们活得长久。'鲁迅真可谓是陀氏的知己。'伟大的犯人'的说法真是惊心动魄啊。"②莫言笔下多是这些"伟大的犯人",不过他们不是普罗米修斯,不是哈姆雷特,不是卡拉马佐夫,不是安娜·卡列尼娜,而是包括莫言自身在内的高密东北乡那些平常的男男女女。

对生命的肯定的最高方式,莫过于狂欢化,不过,狂欢化从来就不是莫言的一种戏剧化手段或文学修辞,更不是对悲剧性的谐谑化消解,恰恰相反,如果说对生命的肯定正是莫言文学的悲剧精神的话,那么狂欢化就是这样的悲剧精神:它是世界和生命原本的悲剧性情绪,是中国式的穷极而反的生命张力,而不仅是巴赫金式的作为另一种意识形态的民间文化精神。只有在这一层面上,才能真正把握莫言狂欢化的本质意义。莫言在高密东北乡实施的一场最为诡激悲壮的狂欢化,莫过于《檀香刑》中的孙丙之死。檀香刑的虐杀,演示为宇宙天地间的一场狂欢化仪式。火车的轰隆,猫腔响入云天的凄厉,孙丙的慷慨壮曲,媚娘肝肠寸断的哭唱,钱丁的九曲恨声,德国兵的呼啸枪声,看

---

① 鲁迅:《苦闷的象征》引言,《鲁迅全集》(第 13 卷),人民文学出版社 1973 年版,第119 页。

② 莫言:《鲁迅对我的影响——莫言、孙郁对话录》,《南方周末》主编:《说吧,莫言》,二十一世纪出版社 2012 年版,第 198 页。

客们形形色色的咪鸣声、凄凉激越的哀鸣声,众声喧哗,把人间的一场最残酷的生命虐杀,变成了一场最高的生命礼赞,那是高密东北乡一场最为狂欢化的悲剧。

五、浑涵:叙事美学

"大生命""大悲悯""大苦闷",所获得的文学修辞必定是浑涵,因为唯有浑涵才有容乃大,就像鲸鱼"从不选择食物""张开巨口"而"容纳百川"。唯有以"浑涵",才能言说莫言的文学叙事。

"浑涵"是源自中国古代诗学的一个概念。中国古人用"浑涵"来言说集大成者的杜甫:"至甫,浑涵汪茫,千汇万状,兼古今而有之。"(《新唐书·文艺传上·杜审言、杜甫传赞》)清人叶燮评杜甫:"诗之基,其人之胸襟是也。有胸襟,然后能载其性情、智慧、聪明、才辨以出,随遇发生,随生即盛。……因遇得题,因题达情,因情敷句,皆因甫有其胸襟以为基。如星宿之海,万源从出;如钻燧之火,无处不发;如肥土沃壤,时雨一过,夭矫百物,随类而兴,生意各别,而无不具足。"(《原诗·内篇上》)"浑涵"也被用来言说苏轼,甚至于说他是浑涵体:"其体浑涵光芒,雄视百代,有文章以来,盖亦鲜矣。"(《宋史·苏轼传》)当然,"浑涵"决不仅指诗文艺术经验,也是以《红楼梦》为代表的小说艺术经验。脂砚斋说《红楼梦》"一支笔作千百支用""曲笔错综""千头万绪,合笋贯连""一树千枝,一源万派",可谓"浑涵"叙事方式的喻指,《金瓶梅》《三国演义》《聊斋志异》等也莫不是这样的"浑涵"叙事。可以说,从以杜甫、苏轼为代表的诗文到明清经典小说,"浑涵"一直是蕴含和贯穿于中国文学史的一种诗学气象。

"浑涵"是根生于中国传统文化精神的艺术方式,或者说是它的一种必然存在方式。老子说:"大道至简,衍化至繁。"(《道德经》第四十五章)孔子说:"天何言哉? 四时行焉,百物兴也。"(《论语·阳货》)戴震说:"生生者,化之原；生生而条理者，化之流。"(《原善》上)他们说的是世界生成、万物化成的原理：天地"生生"之大道必至简，而衍化必至繁；至繁必由至简，而至简必由至繁。这即是"即一即多"而"即多即一"。"浑涵"就是它的艺术原理。唯其为"一"，则至简，唯其为"多"，则至繁。唯其为"一"，则有作家的大胸襟，有作品的主题，有"一支笔""一树""一源"；唯其为"多"，则有千汇万状，众体兼备，生意各别，有"作千百支用""错综""合笋""千枝""万派"。唯其"即一即多"而"即多即一"，则博大、深厚、丰沛、繁盛，则为"大一"，为"汪茫"，为光芒气象。

如果说"浑涵"是贯穿于中国古代文学的一种诗学气象的话，那么到莫言，则演化为中国现代文学的"浑涵体"，它可谓是根植于中国文化和文学的一种现代性体验和巨大艺术创造。

莫言在1985年第一次公开发表创作谈就有这样的话："把风马牛不相及的若干事物联系在一起，熔为一炉，烩成一锅，揉成一团，剪不断，撕不烂，扯着尾巴头动弹。""天上人间，古今中外，坟中枯骨，松下幽灵，公子王孙，才子佳人，穷山恶水，刁民泼妇，枯藤昏鸦，古道瘦马，高山流水，大浪淘沙，——把各种意象叠加起来，翻来覆去，去粗取精，去伪存真，由此及彼，由表及里，一唱雄鸡天下白，虎兔相逢大梦归。""也可以超脱时空，至大无外，至小无内；也可以去描绘碧云天黄花地北雁南飞；也可以去勾勒风声紧雨意浓天低云暗；泼墨大写意，留白题小诗，画一个朗朗乾坤花花世界给人看。"[①]莫言的天上一句地下一句，其实涵盖了创作心理、胸襟、艺术思维、艺术想象、艺术构思、结构、语言、风格、境界等诸多方面，显露出鲸鱼式的胃口。这其实就是对于"浑涵"艺术经验的体认。1987年莫言在《红蝗》中借女戏剧家之口说："总有一天，我要编导一部真正的戏剧，在这部剧里，梦幻与现实、科学与童话、上帝与魔鬼、爱情与卖淫、高贵与卑贱、美女与大便、过去与现在、金奖牌与避孕套……互相掺

---

① 莫言：《天马行空》，《解放军文艺》1985年第2期。

和、紧密团结、环环相连,构成一个完整的世界。"这种"完整的世界"感受,更是对于"浑涵"的现代性体认。2001 年莫言说:"把赞歌唱成了挽歌,把仇恨写成了恋爱,就差不多是杰作了。"①2013 年说:"把坏人当好人写,把好人当坏人写,把自己当罪人写。"②从这里的一再声称到鲸鱼之喻的反复申言,都充分表明,那种体认既是莫言的初始,也是他的终极追求。莫言文学就是对这种"浑涵体"的不断创造。

一直以来,也正是莫言那种鲸鱼式的"巨口",那种"意象叠加",那种似谲而正、似淫而则的"邪气",那种天马行空、泥沙俱下的恣肆,让人目瞪口呆、望"莫"兴叹,以致手足无措,束手无策。以至于莫言文学实际上在广泛层面上招致了叙事伦理批判和相对主义的曲解。王德威早在 1999 年就发出"千言万语,何若莫言"之叹:"正经八百的评论莫言……未免小看了他的视野及潜力。"③到 2017 年还有陈晓明这样的为难:"他那么土,土得掉渣;他那么现代主义,神龙见首不见尾。别人都以为他自由放纵,实则诡异莫测,变化多端,也无法被规整安置。把莫言放在什么格式下、什么主义与体系中来解读,都显得捉襟见肘,勉为其难。"④有人甚至把莫言文学叙事叫作"混杂性美学":"他的主要目的,其实是要营构一种含混不清而又繁复驳杂的文化意识,使作品的审美内涵处于某种混沌芜杂的状态。可以说,莫言的绝大多数小说中的文化意识都是含混的、矛盾的,甚至难辨创作主体的清晰立场。这是莫言的特殊之处。他从来就没有打算在小说中给历史和现实提供明确的价值判断,而是让所有的矛盾混杂在一起;他带有鲜明的解构性冲动,然而他又从来不轻易地建

---

① 莫言:《作为老百姓的写作》,杨杨编:《莫言研究资料》,天津人民出版社 2005 年版,第 65 页。

② 王原、陆瑞洋:《莫言:最重要的经验就是把人当"人"来写》,《大众日报》2013 年 4 月 28 日。

③ 王德威:《千言万语,何若莫言》,《读书》1999 年第 3 期。

④ 陈晓明《"歪拧"的乡村自然史——从〈木匠和狗〉看中国现代主义的在地性》,《文学评论》2017 年第 1 期。

构一种理想的价值维度——如果一定要说他有所建构,那么,这种建构就是向原始自然的生命状态彻底地回归。""透过这种混杂性的文化,我们很难确定创作主体的文化观念和意识形态化的价值立场,一切只是为了活着,一切又似乎见证了活着的历史。"①这种披着"美学"外衣的误读,其实对于莫言来说有着灭顶之灾。它把莫言的"浑涵"看成了文化意识含混和审美内涵芜杂的"混杂性"涣散;把"活着"这一最重要的生命存在视为最不重要的"原始自然的生命状态",切断了莫言的"生命"与历史现实之间、与生命的形而上学价值之间的关联,从而也就从根本上否定了莫言艺术经验的审美文化价值。这同那种认为"'文芜而事假'——芜杂、虚假、夸张、悖理,这些就是莫言写作上的突出问题"②的肤浅指责,本质上并无二致。这不仅是如王德威所言未免太小看莫言的问题了,而毋宁说是在怀疑诺贝尔文学奖评委们的智商问题了。不过,无论是王德威之叹还是对于莫言的曲解都表明,莫言或许从一开始就越出了20世纪以来新文学史的知识框架。

莫言"浑涵体",是立足于中国现代历史文化语境的生存感受和文学修辞,它是"大生命""大悲悯""大苦闷"所必然取向的叙事冲动和赋形方式;既是万源从出的"大胸襟",又是生意各别的大世界。它是融汇古今中外各种艺术元素的叙述张力场,是笼括古今、中西的共时态体验和这一浑涵时空中万象奔突、青黄杂糅的中国事物涌现方式。它体现为"中国现代生命"的一种博大诗学气象。

其一,莫言"浑涵体"是"大道至简,衍化至繁"的现代生成,是中国现代"生生而条理"的生命形态。其实老子、孔子的世界感受,也无不是大悲悯、大苦闷中的大生命感受,天地万物大道之本,就是生命,它是为一,是为至简,是为永恒,但它必由至繁而现,是为多,是为生生,是为衍繁。但那种"浑涵"生命感受,在历史虚无主义和历史道德主义中,往往实现为古典世界平宁和谐的

① 洪治纲:《论莫言小说的混杂性美学追求》,《中国现代文学研究丛刊》2015年第8期。
② 李建军:《直议莫言与诺奖》,《文学自由谈》2013年第1期。

文化体验和古代汉语的艺术方式,生命要由矛盾冲突而生发的本质,其丰富、强力和生成的内在紧张张力,往往消弭于那种平宁和谐中,正如宗白华所体认的:"中国人感到宇宙全体是大生命的流行,其本身就是节奏与和谐。人类社会生活里的礼和乐,是反射着天地的节奏与和谐。但西洋文艺自希腊以来所富有的'悲剧精神',在中国艺术里,却得不到充分的发挥,且往往被拒绝和闪躲。人性由剧烈的内心矛盾才能掘发出的深度,往往被浓挚的和谐愿望所湮没。固然,中国人心灵里并不缺乏雍穆和平的大海似的幽深,然而,由心灵的冒险,不怕悲剧,以窥探宇宙人生的危岩雪岭,发而为莎士比亚的悲剧、贝多芬的乐曲,这却是西洋人生波澜壮阔的造诣!"①尽管宗白华所言不无特定时代的印迹,但却寄寓了对于中国现代生命的文化想象。莫言"浑涵体"就是如宗白华所期望的丰沛、强力、生成的大生命形态。

其二,"浑涵体"是莫言感受世界和想象世界的独特方式。在莫言笼括古今、中西的共时态体验和想象中,中国事物以从未有过的复杂冲突形式而历史地涌现,而只能以"浑涵"策略性地命名;它们是它们自身、它们之间各种原初的、能动的、支配的力与反向的、适应的、调节的力的相互缠绕和角逐,而此消彼长,是新生与毁灭之间的抵牾和争斗而相摩相荡,在这一紧张张力中维系着"生生"之肌理和强度。它们是一种变易、突进、生成、竞斗的戏剧性的生活流。它们对任何定规、公理、模式和法则都冲毁和逃逸,对任何恒定性都冲毁和逃逸,就像吞吐翻腾的大海,变幻不息,无往不复。这一"浑涵"中国经验,实际上已不是巴赫金的"狂欢化"、复调理论、对话理论所能涵盖的。如果说这是一种混杂的话,那么它也是有如尼采意义上的"混杂",那是一种酒神精神的"醉":"人们称为陶醉的快乐状态,准确地讲,乃是高度的强力感……时间感觉和空间感觉已经变化了:异常迢远之物被一览无余,几乎是可感知的了;视野的扩展,涵摄更大的数量和广度;器官的精细化,以致可以感知大量极

---

① 宗白华:《艺术与中国社会》,《宗白华全集》(第2卷),安徽教育出版社1994年版,第413页。

其细微和转瞬即逝的东西;预见、理解力,对于最轻微的帮助、对于一切暗示,此乃'聪明的'感性……强壮作为肌肉的支配感,作为柔韧性和运动欲,作为舞蹈,作为轻盈和急板;强壮作为对强壮之证明的欲望,作为精彩表演、冒险、无所畏惧、漠然处之的本色……生命中所有这些高贵的因素在互相激励;其中每个因素的图像世界和表象世界都足以启发出其他的因素……如此这般地,各种状态最后就相互混杂融合在一起了。"①这是一种浑涵时空中万象奔突、青黄杂糅的生存感受和生命感受。

　　其三,"浑涵体"是莫言小说文本独特的艺术存在方式。"青黄杂糅,文章烂矣。"(《楚辞·九章·橘颂》)当莫言把小说根植于现代生命之本质,那么它必在于把生命带到充分敞开之域,带向丰富、提高和力量,而这必在于"青黄杂糅"的艺术赋形张力中实现。道在技中,"真正的形式乃是唯一真实的内容。"②为此,莫言不惜调动了古今中外各种艺术元素去实现这一目标,他说:"用叙述的华美和丰盛,来弥补生活的苍白和性格的缺陷,这是一个恒久的创作现象。""诉说者煞有介事的腔调,能让一切不真实都变得'真实'起来。一个写小说的,只要找到了这种'煞有介事'的腔调,就等于找到了那把开启小说圣殿之门的钥匙。"③莫言将神话、历史、现实浑涵;将虚实、形神、个殊与一般、具体与抽象浑涵;将叙事、抒情、议论浑涵;把各种叙述视角、叙述人称、叙事方式浑涵;把小说与戏剧、书信、诗歌、散文、新闻报道、广告、民谣谚语等各种文体浑涵;把意识形态话语、民间话语、知识分子话语、翻译性话语等各种语体浑涵;把比喻、象征、夸张、拟人、反讽、戏拟等各种修辞浑涵;把语言的可视、可听、可触、可感浑涵。莫言极尽各种技术装置之能事,繁富而玮异,形成空前的浑涵文本张力,它们在各种内涵与外延、能指与所指的相互牵制与互涵互摄

①　[德]尼采:《权力意志》,孙周兴译,商务印书馆2007年版,第1024—1025页。
②　[德]海德格尔:《尼采》,孙周兴译,商务印书馆2002年版,第132页。
③　莫言:《诉说就是一切——代后记》,《四十一炮》,上海文艺出版社2008年版,第484、485页。

中,在众多搅动、缠绕与冲突中达到一种蕴藏着无数可能性的张力场。它们作为总体性的"浑涵"文学修辞,发挥着文化修辞的功效。这有如刘再复所说的"震撼性的启迪":"把写实、写真、幻想、奇想、魔幻、魔术、技巧统一于一身,也完全可以把荷马、但丁、塞万提斯、巴尔扎克、卡夫卡、马尔克斯、蒲松龄、曹雪芹、鲁迅都请到自己的笔下,让'六经助我开生面'。莫言所有这一切'启迪'都是震撼性的启迪。"①莫言文学形成"形式的震撼",这是对于形式的高峰体验。这一"震撼性的启迪"既是进入生命深处的方式,也是生命的丰富、强力、生成由此而启开、敞开的方式。尼采说:"艺术家之所以是艺术家,是因为艺术家把一切非艺术家所谓的'形式'当作内容来感受,即当作'事实本身'来感受。当然,这样一来,人们就归属于一个颠倒的世界了:因为现在,人们把内容当作某个单纯的东西了——包括我们的生命在内。"②把莫言的高密东北乡看作是这样的一个"颠倒的世界",再确切不过,因为它有着"形式的震撼"的巨大强度张力,在这种"震撼性的启迪"中,生命的本质得以展露,富有可视可闻可嗅可触可感之巨大质感。

有效地处理"一"与"多"、"繁"与"简"、"古"与"今"、"中"与"西"的互摄互涵,道与技的贯通,形而下与形而上的贯通,实与幻的相生,正与谲的共构,成为莫言天马行空叙事中的主动策略和规则意识,也是他达到"浑涵"的路径,由此呈现出莫言"浑涵体"的叙事张力和丰饶模样。

在当代文坛,莫言是最丰富复杂的,但却也是最简单纯粹的,这种简单纯粹,必须由最丰富复杂而实现,或者说最丰富复杂实现的是最简单纯粹。莫言文学其实从来就不存在多重主题,而毋宁说是一个生命主题的繁富变奏,即"大道至简,衍化至繁"。这不仅是就其某一个作品而言,也是就其全部文学

---

① 刘再复:《莫言的震撼与启迪——从李欧梵的〈人文六讲〉谈起》,《读书》2013 年第 5 期。

② [德]尼采:《强力意志》,第 818 条,见[德]海德格尔:《尼采》,孙周兴译,商务印书馆 2002 年版,第 132 页。

世界而言。这就像杜甫是其同一"胸襟之基"的"万源从出""生意各别"。或者说,任何一个作品,实际上从根本上说从来就不存在多个主题,这就像一个人会有不同的面目,但却不会是他人,就像《红楼梦》是"一树千枝,一源万派"。那种认为莫言文学有"'历史与人类学'的双重主题"①其实是可疑的。莫言熔古今中西创作方法于一炉,千汇万状,而众体兼备,其条条大路通向的罗马,就是丰沛、强力和生成的生命本体。在莫言那里,作为形而下的事物与作为生命的形而上学的艺术冰炭扦格地混合在一起,笼罩着一种持续不断的分裂,一种反复无常,那些看起来相互抵触的东西结伴而行,莫言似乎在极端的矛盾中来回动荡,乍看起来,令人感到纷乱不堪。然而这恰恰就是活生生的生命世界的涌现和展开状态,它成为莫言的审美状态和审美领域。从生命本质的丰富、强力和生成,由此而及文学艺术整个本质的丰富性来理解,"浑涵"使得我们了解到莫言关于文学艺术的本质以及对于这一本质的规定性意识。它不是传统静穆式的圆融,而是紧张张力式的衍繁;不是整饬、对称、和谐的雍穆和平,而是万象杂糅、波澜壮阔的动态平衡。

结语

莫言为文学立法,他的巨大创作成就有资格让他为文学立法:

大生命(价值)、大悲悯(轮回)、大苦闷(悲剧)、浑涵(叙事美学)是四位一体的,"大生命"是莫言的文学精神和价值形态,它的丰富、强力、生成,出现在轮回的大悲悯观照,存在于大苦闷的悲剧文化,表征为浑涵体的艺术赋形;或者说莫言文学以"浑涵体"构建了大生命(价值)、大悲悯(轮回)、大苦闷(悲剧)、审美叙事四位一体的小说文本,它就是莫言文学的鲸鱼形态。这一艺术经验正是莫言基于中国现代历史性此在,而为文学的立法。

莫言是丰富的,却也是简单的,简单到就是一个讲故事的人讲一个简单的

---

① 张清华:《叙述的极限——论莫言》,《当代作家评论》2003 年第 2 期。

故事,这简单的故事就是一个关于生命的故事,然而这却是大道至简,他由此抵达到了人、物,抵达到了历史与文化,抵达到了中国和世界。莫言把这一简单的故事讲得天花乱坠、天马行空、杂花生树,讲得呕心沥血、鞠躬尽瘁。因为他懂得衍化至繁,因为这就是生命之树———一干千枝、一源万派,就是生命形态本身,从而故事性的敞开,就是生命的敞开。这个道理也是简单的。它就像海德格尔所说的伟大风格:"具有伟大风格的艺术乃是从对生命的至高丰富性的保护性掌握中产生出来的简单安宁。它包含着对生命的原始解放,但却是一种受约束的解放;它包含着最丰富的对立,但却是处于简朴之物的统一性中的对立;它包含着增长的丰富性,但却是处于长久而稀罕之物的持续中的增长。在艺术的至高形式要根据伟大的风格被把握的地方,我们必须把艺术回置到具体生命的原始状态之中。"①莫言文学从来就是面对历史此在的言说,因此,那个"大生命"的鲸鱼形态,既是个体生命之"大",也是中国大生命、世界大生命;它是伟大的"中国现代生命"的文化想象。

2012 年 10 月,世界褒扬了一位中国作家高度个性化的、创造性的文化想象。

1907 年陶佑曾说:"二十世纪之中心点,有一大怪物焉:不胫而走,不翼而飞,不扣而鸣;刺人脑球,惊人眼帘,畅人意界,增人智力;忽而庄,忽而谐,忽而歌,忽而哭,忽而激,忽而动,忽而讽,忽而嘲;郁郁葱葱,兀兀屹屹;热度骤跻极点,电光万丈,魔力千钧,有无量不可思议之大势力,于文学界中放一异彩,标一特色。此何物欤? 则小说是。"②莫非他在百年前就看到了莫言?

---

① [德]海德格尔:《尼采》,孙周兴译,商务印书馆 2002 年版,第 138—139 页。
② 陈平原、夏晓虹编:《二十世纪中国小说理论资料》第 1 卷,北京大学出版社 1989 年版,第 226 页。

附　　录

本书撰稿人说明：

本书共计十五章。由主笔和统稿人王海燕教授撰写了其中的导言、第一章、第二章、第三章、第四章、第五章、第七章、第八章、第九章、第十章、第十二章、第十三章之第一、二、三节、第十四章之第一、二、三、四节和后记。

梅向东教授撰写了其中的第十三章之第四节、第十四章之第五节和第十五章。

陈宗俊教授撰写了其中的第六章、第十一章。

冯慧敏副教授承担了书稿的注释核正和校对工作。

后　　记

　　我是"老三届",我是"知青族",知青之后还当过八年纺织女工和工厂的共青团专职团干。

　　我沉潜其中地经历了"与新时期文学同行"的历史。记得正是上大学前的那个月,在工厂义务劳动歇息时,师傅顺手递来一张1978年8月11日的《文汇报》,我在八月炙热的阳光下,读卢新华的《伤痕》。读完之后唯一想做的事情:躲到个没人看得见的角落,为王晓华母女痛痛快快大哭一场。我就是拿着这么一张记忆深刻的《文汇报》,走进了"新时期文学"。"新时期"——当时还没有把它作为后来"在很长时间成为当代中国通用的时期范畴"来认识的意识,更未曾想过,研究"新时期文学"日后成为我大半生的职业。

　　我1982年7月大学中文系本科毕业留校任教。1986年从复旦大学中文系进修回校后开始给本科生开设专业基础课"中国当代文学",后来还相继开设过相关的若干门选修课,几乎一个学期不落。连担任教学、行政双肩挑的十余年间,也从不缺课。我曾经对学生说,王老师打算一生不欠别人的钱,一生不欠学生的课。据说,很多学生至今记得我的这句话,还能证明,老师身体力行兑现了诺言。再后来我成为"中国现代当代文学"学科的硕士生导师,先后给研究生们开了四门当代文学研究领域的必修课和选修课。算下来,我从事中国现当代文学的教学与研究,大约正好三十年。我很庆幸,我获得的是一份与个人兴趣爱好完全吻合的职业,我知道,不是所有人都会如此幸运,所以课堂上下、书斋内外加倍地努力,也由此而分外快乐。

20世纪90年代开始,我的研究领域逐渐偏重于中国"新时期文学"研究,其重中之重是"新时期小说"研究。我陆续在学术刊物上发表的论文能够印证这一点。想起新时期文坛曾经流行过的两句话,一句是评论家黄子平先生的名言:"创新的狗追得我们连撒尿的工夫都没有"。另一句是作家王蒙先生的比喻:说自己"打一枪换一个地方"的麻雀战术,让跟在后面的人"比如追一辆车或一匹马,连吃车扬起的或马踏起的尘土都甭想,我早把他们甩到二千公里以外去啦"。我感觉自己正是被"创新的狗"追赶的人,或者是跟在作家后边"吃土"的人。

我重视新时期作家作品的阅读,曾经不无自得地向朋友们自诩,整个80年代到90年代中后期,可以领导本校中文系当代文学作品阅读的潮流。此言竟至招来雅贼,扫去我半书桌堆积盈尺的具有"轰动效应"的小说,还包括我以个性化偏好所筛选出来的独具"感动效应"的作品。惊魂甫定,又发现连同三本敝帚自珍的读书笔记也不翼而飞,精神差点崩溃。我托人到旧书摊和废品收购站去打探过,终是一无所获,吓得从此不敢再吹牛。

我不喜欢"快餐式阅读"或者阅读由他人代劳的"作品摘要""作品简介"之类,以为那是拾人牙慧。这倒正暗合了当下"重建文本细读的批评方法"之呼声。可以说,本书中,从做专论的作家作品,到因阐释文学史某一观点而所涉作家作品,我都一一读过,有的不止读一遍。我更相信个人细读之后做出的研究和判断,而不是寻找终南捷径,拘囿在由他者越俎代庖的阅读体验中。那年莫言的《丰乳肥臀》刚问世,我就迫不及待买来阅读,读了几十页,发现是本盗版,虽然不爽,也只能咕哝几句"先睹为快",将就着不时出现的错别字把这部长篇读完。大前年落笔评论上官金童,对1996年的那本盗版总是心存忐忑,生怕有所疏漏或错误,赶紧换了正版,再次重新精读。对待长篇小说尚且如此,遑论其他?

我的课题组的成员们认真阅读原著,直面问题善做讨论争鸣:我的同事陈宗俊教授告诉我,他担纲撰写张炜论时,为了一万字的一个章节,硬是花了半年多时间,通读了张炜四百五十万字的《你在高原》系列,这让我十分感动和敬佩。担纲书稿第十五章的梅向东教授为了在莫言评论良莠不齐的当下,写出一篇个人化的有独到见地的莫言专论,不惜全盘摒弃一稿而另起炉灶。他用了整整一年半的时间,在原始阅读的基础上,补读了莫言早期的中短篇和后期的全部长篇小说。以至于课题组和出版社不惜停摆,以期待这篇压轴之作。事实证明,我们的等待是值得的。

回想 2010 年下半年,我获得国家社会科学基金资助,项目名称:"新时期中国小说发展史论"。项目申报时,心怀几分自信,几分不知天高地厚。项目获批时,我于某一个失眠的夜晚,突然间意识到了学术"灾难"的降临:批文比我的申报书多出一字:"发展论"变成了"发展史论",一个"史"字,黑黢黢地日夜在眼前晃动,我体会到了被一个方块汉字击垮的滋味。研究资料的搜集与补充搜集,书桌前的海量阅读与思考,电脑键盘上的敲击与删除……我从此被这个该死的"史"字折磨得寝食难安,形枯影瘦,若干年来真没过上一天轻松日子。我十分清楚,中国新时期小说浩如烟海,以我个人和一个小小的学术团队的学术积淀、学术洞察力去面对它,只能是管窥蠡测。追溯 20 世纪 90 年代王晓明先生主编的《二十世纪中国文学史论》的几十位作者,多是当代有学术影响力的学者,其所汇编篇目,至今已成相关学科研究领域的经典名篇。名家在前,不敢言"史论"啊!

辗转反侧之后,我终于定下一条以不变应万变的良策:扬我所长,凝心聚力,不惜延长完稿时间,交一份不偷懒、不潦草、不浮躁、不人云亦云的答卷。于是我梳理自己三十年新时期小说教学和研究最有价值的积淀,一篇一篇地撰写被称之为课题"阶段性研究成果"的论文,同时整理、修改、丰富了业已成型的有一定学术影响力的前期成果。在此过程中,我采用哲学的、美学的、知识社会学的、现代心理学的、中国传统鉴赏批评的等不同方法去面对不同作家,还尽可能避开同行学者过往的和新近出版物的研究套路或论点,最终确立了以"新时期小说综论"和"新时期小说作家专论"两个维度为本书的基本框架。这样的建构方式,是受到李泽厚先生《中国现代思想史论》的启迪。同样以"史论"命名,李泽厚先生既有《启蒙与救亡的双重变奏》《二十世纪中国(大陆)文艺一瞥》等思想深刻、立论精当、文采华美、荡气回肠的宏观文章,也有对胡适、陈独秀、鲁迅,青年毛泽东,现代新儒家熊十力、梁漱溟、冯友兰、牟宗三等八位思想家的专论或"略论"。这对我是如同榜样一般的鼓动和激励。

时至今日,课题终于结题,向出版社交付定稿在即,我需要特别说明:我的同事梅向东教授、陈宗俊教授作为课题组成员参与了本书稿部分章节的撰写。冯慧敏副教授承担了书稿的校对和很多繁杂的事务性工作。他们都是十分敬业的人,我专此向他们致谢,致敬!我还要感谢方锡球教授、王永兵教授、汪长林副教授和我的硕士研究生李玺瑞对本课题的研究给予的关心和帮助。有一个可以经常沟通和讨论学术问题的团队真好!谢谢他们!

一路走来我渐悟,文化人做课题从来都是作命题文章——既是遵自我之命,也是遵课题批准机构之命,于是乎来不得临阵脱逃,也来不得突然间信马由缰,随意改道去逛另一路风景。此刻的我仿佛仍然被罩在"中国新时期小说史论"的大命题中不得解脱。我难道从此欠了磐石般沉重的"史论"一笔永远还不清的"文债"?唯愿日后还能慢慢"还债",并且享受这阅读、研究、写作的"还债"时光。

2019 年大暑日于安徽安庆